中外文学交流史

钱林森　周宁　主编

中国－俄苏卷

李明滨　查晓燕　著

山东教育出版社
·济南·

目 录

总序

一

中外文学关系的研究，是中国比较文学学术传统最丰厚的领域，前辈学者开拓性的建树，大多集中在这一领域的研究，如范存忠、钱锺书、方重等之于中英文学关系，吴宓之于中美，梁宗岱之于中法，陈铨之于中德，季羡林之于中印，戈宝权之于中俄文学关系的研究，等等。20 世纪中国比较文学研究前后两个高峰，世纪前半叶的高峰，主要成就就在中外文学关系研究上。20 世纪后半叶，比较文学在新时期复兴，30 多年来推进我国比较文学学科发展的支撑领域，同时也是本学科取得最多实绩的研究领域，依旧在中外文学关系研究。中外文学关系研究所获得的丰硕成果，被学术史家视为真正“体现了‘我们自己的比较文学’的特色和成就”[1]，成为我国比较文学复兴发展的一个重要标志[2]。

学术传统是众多学者不断努力、众多成果不断积累而成的。在中外文学关系研究领域，从 20 世纪 80 年代中期开始，先后已有三套丛书标志其阶段性进展。首先是乐黛云教授主编的比较文学丛书中的《中日古代文学交流史稿》（严绍璗著）、《近代中日文学交流史稿》（王晓平著）、《中印文学关系源流》（郁龙余编）。乐黛云教授和这套丛书的相关作者，既是继承者，又是开拓者。他们继承老一辈学者的研究，同时又开创了新的论题与研究方法。

其次是 20 世纪 90 年代初，北京大学和南京大学联合推出《中国文学在国外》丛书（10 卷集，乐黛云、钱林森主编，花城出版社），扩大了研究论题的覆盖面，在理论与方法上也有所创新。再其后就是经过 20 年积累、在新世纪初期密集出现的三套大型比较文学丛书：《外国作家与中国文化》（10 卷集，钱林森主编，宁夏人民出版社）、《跨文化沟通个案研究》丛书（乐黛云主编，北京出版社）、国别文学文化关系丛书《人文日本新书》（王晓平主编，宁夏人民出版社），这些成果细化深化了该研究领域，在研究范式的探究和方法论革新方面，也取得较大进展。

从某种意义上说，中外文学关系研究带动了整个中国比较文学研究。从“20 世纪中国文学

1. 王向远：《中国比较文学研究二十年·前言》，南昌：江西教育出版社，2003 年版。

2. 王向远教授在其 28 章的大著《中国比较文学研究二十年》中，从第 2 章到第 10 章论述国别文学关系研究，如果加上第 17、18“中外文艺思潮与中国文学关系”、“中外文学关系史的总体研究”两章，整整占 11 章，可谓是“半壁江山”。

的世界性因素”的讨论，到中外文学关系探究中的“文学发生学”理论的建构；从中外文学关系的哲学审视和跨文化对话中激活中外文化文学精魂的尝试，到比较文学形象学与后殖民主义文化批判……所有这一切探索成果的出现，不仅推动了中国比较文学学科深入发展，反过来对中外文学关系问题的研究，也有了问题视野与理论方法的启示。

二

在丰厚的研究基础上，如何进一步推进中外文学交流研究，成为学术史上的一项重要使命。2005 年 7 月初，南京大学比较文学与比较文化研究所与山东教育出版社在南京新纪元大酒店，举行《中外文学交流史》丛书首届编委会暨学术研讨会，正式启动大型丛书《中外文学交流史》的编写工作，以创设一套涵盖中国与欧洲、亚洲、美洲等世界主要国家及地区的文学交流史。

中外文学交流史研究既是一项研究，又是关于此项研究的反思，这是学科自觉的标志。学者应该对自己的研究有清醒的问题意识，明确“研究什么”、“如何研究”和“为何研究”。

20 世纪末以来，国际比较文学研究一直面临着范式转型的问题，不同研究范型的出现与转换的意义在于其背后问题脉络的转变。产生自西方民族国家体系确立时代的比较文学学科，本身就是民族国家意识形态的产物。影响研究的真正命题是确定文学“宗主”，特定文学传统如何影响他人，他人如何从“外国文学”中汲取营养并借鉴经验与技巧；平行研究兴盛于“冷战”时代，试图超越文学关系的外在的、历史的关联，集中探讨不同文学传统的内在的、美学的、共同的意义与价值。“继之而起的新模式没有一个公认的名称，但是和所谓的后殖民批评有着明显的关系，甚至可以把后殖民批评称为比较研究的第三种模式。这种模式从后结构理论吸取了‘话语’、‘权力’等概念，致力于清算伴随着资本主义扩张的帝国主义和殖民主义，尤其是其文化方面的问题。这种批评的所谓‘后’字既有‘反对’的意思，也有‘在……之后’的意思。”“后殖民批评的假设前提是正式的帝国 / 殖民主义时代已然成为历史。在第二次世界大战之后这一点已经成为普遍的共识，当时不同政治阵营能够加之于对方的最严厉的谴责莫过于‘帝国主义’了。这种共识是后殖民批评能够立于不败之地的先决条件。”[1]

1. 陈燕谷：《比较文学与“新帝国文明”》，载《中国社会科学院院报》，2004年2月24日。

伴随着后殖民主义文化批评在1970年代后期的兴起，西方比较文学界对社会文本的关注似乎开始压倒既往的文学文本。翻译、妇女、生态、少数族裔、性别、电影、新媒体、身份政治、亚文化、“新帝国治下的比较研究”[2]等问题几乎彻底更新了比较文学的格局。比如知名文化翻译学者苏珊·巴斯奈特在1993年出版的专著《比较文学批评导论》（*Comparative Literature: A Critical Introduction*）中就明确指出：“后殖民”用最恰当的术语来表达，就是近年来出现的新跨文化批评，而“除此之外，比较文学已无其他名称可以替代”。[3]

2. 陈燕谷指出：“现在我们也许有理由提出比较研究的第四种模式，也就是‘新帝国治下的比较研究’。……当‘帝国’去而复返……自然意味着后殖民批评不再具有不证自明的有效性。今天这种情况正在发生，比较研究必须在新帝国条件下重新界定自己的任务和方向。”陈燕谷：《比较文学与“新帝国文明”》。

3. Susan Bassnett, *Comparative Literature: A Critical Introduction*, Oxford and Cambridge: Blackwell, 1993, p.10.

本世纪初，比较文学的学科理论建设工作似乎依然徘徊在突围西方中心主义的方向和路径上。2000年，蜚声北美、亚洲理论界的明星级学者G.C.斯皮瓦克将其在加州大学厄湾分校的“韦勒克文学讲座”系列讲稿结集出版，取了个惊世骇俗的名字《一门学科的死亡》（*Death of A Discipline*），这门学科就是比较文学。其实斯皮瓦克并无意宣布比较文学的终结，而是在指出当前的欧美比较文学的困境，即文学越界交流过程中的不均衡局面，以及该学科依然留存着欧美文化的主导意识并分享了对人文主义主体无从判定的恐惧等问题后，希望促成比较文学的转型，开创一种容纳文化研究的新的比较文学范型，迎接全球化语境的文化挑战。[4]

4. Gayatri C. Spivak, *Death of A Discipline*, New York: Columbia University Press, 2003.

然而，我们也要清楚地看到，后殖民主义文化批判试图颠覆比较文学研究的价值体系，却没有超越比较文学的理论前提。因为比较研究尽管关注不同民族、不同国家文学之间的关系，但其理论前提却是，不同民族、国家的文学是以语言为疆界的相互独立、自成系统的主体。而且，比较文学研究总是以本国本民族文学为立场，假设比较研究视野内文学之间的关系是一种自我与他者的关系，只不过影响研究表示顺从与和解，后殖民主义文化批判强调反写与对抗。对于“他性”的肯定，依然没有着落。

坦率地说，中外文学关系研究仍属于传统范型，面临着新问题与新观念的挑战。我们在第三种甚至第四种模式的时代留守在类似于巴斯奈特所谓的“史前恐龙”[5]的第一种模式的研究领域，是需要勇气与毅力的。伴随着国际学术共同体间的密切互动与交流，北美比较文学的越界意识也在20世纪末期旅行到了中国。虽然目前国内比较文学也整合了文化批评的理论方法，跨越了既往单一的文学学科疆界，开掘了许多富于活力和前景的学术领域，但这些年来比较文学领域并不景气：一方面是研究的疆界在扩大也在不断消解，另一方面是不断出现危机警示与

5. Susan Bassnett, *Comparative Literature: A Critical Introduction*, p.5.

研究者的出走。在这个大背景下，从事我们这套丛书写作的作者大多是一些忠诚的留守者，大家之所以继续这个领域的研究，不是因为盲目保守，而是因为“有所不为”。首先，在前辈学人累积的深厚学术传统上，埋头静心、勤勤恳恳地在“我们自己的比较文学”领地里精心耕作，在喧嚣热闹的当下，这本身就是一种别具意味的学术姿态。同时，在硕果纷呈的比较文学研究领域，中外文学关系问题始终是一个基础但又重要的问题，不断引起关注，不断催生深入研究，又不断呈现最新成果，正如目前已推出的这套丛书所展示的，其研究写作不仅在扎实的根基上，对中外文学交流史的论题领域有所拓展，在理论与方法探索上也通过积极吸收、整合其他领域的成果而有所推进。最后，在中国作为新崛起的世界经济大国的关键历史节点上重新思考中外文学关系问题，直接关涉到中外文学关系研究的学科自觉。这事实上是一个如何在世界文学图景中重新测绘“中国文学”的问题，也即当代中国文学如何在世界中重新创造自己的身份和位置。通过中外文学关系研究，我们可以重新提炼和塑造中国文学、文化的精神感召力、使命感和认同感，在当代世界的共同关注点上，以文学为价值载体去发现不同文化之间交往的可能和协商空间，进而参与全球新的世界观的形成。

三

中外文学关系研究，就学科本质属性而言，属实证范畴，从比较文学研究传统内部分类和研究范式来看，归于“影响研究”，所以重“事实”和“材料”的梳理。对中外文学关系史、交流史的整体开发，就是要在占有充分、完整材料的基础上，对双向“交流”、“关系”“史”的演变、沿革、发展作总体描述，从而揭示出可资今人借鉴、发展民族文学的历史经验和历史规律，因此它要求拥有可信的第一手思想素材，要求资料的整一性和真实性。

中外文学关系研究的开发、深化和创新，离不开研究理论方法的提升与原理范式的探讨。某种新的研究理念和理论思路，有助于重新理解与发掘新的文学关系史料，而新的阐释角度和策略又能重构与凸显中外文学交流的历史图景，从而将中外文学关系的研究向新的深度开掘。早在新时期我国比较文学举步之时和复兴之初，我国前辈学者季羡林、钱锺书等就卓有识见地强调“清理”中外文学关系的重要性和必要性，把它提到中国比较文学特色建设和拥有比较文学研究“话语权”的高度。[1]30 年来，我国学者在这方面不断努力，在研究的观念与方法上进行了深入的探讨。钱林森教授主持的《外国作家与中国文化》丛书，曾经就中外文学关系研究中的哲学观照和跨文化文学对话的观念与方法进行过有益的尝试与实践。其具体思路主要体现在如下五个方面：

1）依托于人类文明交流互补基点上的中外文化和文学关系课题，从根本上来说，是中外哲学观、价值观交流互补的问题，是某一种形式的精神交流的课题。从这个意义上看，研究中外文化、文学相互影响，说到底，就是研究中外思想、哲学精神相互渗透、影响的问题，必须作哲学层面的审视。2）考察两者接受和影响关系时，必须从原创性材料出发，不但要考察外国作家、外国文学对中国文化精神的追寻，努力捕捉他们提取中国文化（思想）滋养，在其创造中到底呈现怎样的文学景观，还要审察作为这种文学景观“新构体”的外乡作品，又怎样反转过来向中国文学施于新的文化反馈。3）今日中外文学关系史建构，不是往昔文学史的分支研究，而是多元文化共存、东西哲学互渗时代的跨文化比较文学研究重构。比较不是理由，比较中达到对话并且通过对话获得互识、互证、互补的成果，才是中外文学关系研究学理层面的应有之义。4）中外文学和文化关系研究课题，应以对话为方法论基点，应当遵循“平等对话”的原则。对研究者来说，对话不止是具体操作的方法论，也是研究者一种坚定的立场和世界观，一种学术信仰，其研究实践既是研究者与研究对象跨时空跨文化的对话，也是研究者与潜在的读者共时性的对话，通过多层面、多向度的个案考察与双向互动的观照、对话，激活文化精魂，进一步提升和丰富影响研究的层次。5）对话作为方法论基点来考量的意义在于，它对以往“影响研究”、“平行研究”两种模式的超越。这对所有致力于中外文学关系的研究者来说，都是一种富有创意的、富有挑战性的学术探索。

从学术史角度看，同一课题的探讨经常表现为研究不断深化、理路不断明晰的过程。中外文学关系史研究在中国比较文学界已有多年的历史，具有丰厚的学术基础。《中外文学交流史》丛书是在以往研究基础上的又一次推进，具有更高标准的理论追求。钱林森主编在 2005 年编委会上将丛书的学术宗旨具体表述为：

丛书立足于世界文学与世界文化的宏观视野，展现中外文学与文化的双向多层次交流的历程，在跨文化对话、全球一体化与文化多元化发展的背景中，把握中外文学

1. 20 世纪 80 年代初，钱锺书先生就提出：“要发展我们自己的比较文学研究，重要的任务之一就是清理一下中国文学与外国文学的相互关系。”季羡林在《资料工作是影响研究的基础》一文中强调：“我们一定先做点扎扎实实的工作，从研究直接影响入手，努力细致地去收集材料，在西方各国之间，在东方各国之间，特别是在东方与西方之间，从民间文学一直到文人学士的个人著作中去搜寻直接影响的证据，爬罗剔抉，刮垢磨光，一定要有根有据，决不能捕风捉影。然后在这个基础上归纳出有规律性的东西。”他明确反对“那些一无基础，二无材料，完全靠着自己的‘天才’、‘灵感’，率而下笔，大言不惭，说句难听的话，就是自欺欺人的所谓平行发展的研究”。参见王向远：《中国比较文学研究二十年》，第 9 页，南昌：江西教育出版社，2003 年版。

相互碰撞与交融的精神实质：1）外国作家如何接受中国文学，中国文学如何对外国作家产生冲击与影响？具体涉及到外国作家对中国文学的收纳与评说，外国作家眼中的中国形象及其误读、误释，中国文学在外国的流布与影响，外国作家笔下的中国题材与异国情调等等。2）与此相对的是，中国作家如何接受外国文学，对中国作家接纳外来影响时的重整和创造，进行双向的考察和审视。3）在不同文化语境中，展示出中外文学家就相关的思想命题所进行的同步思考及其所作的不同观照，可以结合中外作品参照考析，互识、互证、互补，从而在深层次上探讨出中外文学的各自特质。4）从外国作家作品在中国文化语境（尤其是20世纪）中的传播与接受着眼，试图勾勒出中国读者（包括评论家）眼中的外国形象，探析中国读者借鉴外国文学时，在多大程度上、何种层面上受制于本土文化的制约，以及外国文学在中国文化范式中的改塑和重整。5）论从史出，关注问题意识。在丰富的史料基础上提炼出展示文学交流实质与规律的重要问题，以问题剪裁史料，构建各国别语种文学交流史的阐释框架。6）丛书撰写应力求反映出国际比较文学界近半个世纪相关研究成果和我国比较文学20多年来发展的新成果。

四

在已有成果基础上从事中外文学关系史研究，要求我们要有所反思与开辟。这是该丛书从规划到研究，再到写作，整个过程中贯穿的思路。中外文学关系研究，涉及基本概念、史料与研究范型三方面的问题。

首先是基本概念。

中外文学关系，顾名思义，研究的是“关系”，其问题的重心在中国文学的世界性与现代性问题。在此前提下进行细分，所谓中外文学关系的历史叙述，应该在三个层次上展开：1）中国与不同国家、地区、语种文学在历史中的交流，其中包括作家作品与思潮理论的译介、作家阅读与创作的“想象图书馆”、个人与团体的交游互访等具体活动等。2）中外文学相互影响相互创造的双向过程，诸如中国文学接受外国文学并从与外国文学的交流中获得自我构建与自我确认基础，中国文学以民族文学与文学的民族个性贡献并参与不同国家、地区、语种文学创造等。3) 存在于中外文学不同国家、地区、语种文学之间的世界文学格局，提出“跨文学空间”的概念，并将世界文学建立在这样一种关系概念上，而不是任何一种国家、地区、语种文学的普世性霸权上。

中外文学关系研究“中外文学”的关系，另一个必须厘清的概念是“中外文学”：1) 中外文学关系不仅是研究“之间”的关系，更重要的是研究不同国家、地区、语种文学各自的文学史，比如研究法国文学对中国现代文学的影响，真正的问题在中国现代文学，反之亦然。2) 中外文学关系在“中”与“外”二元对立框架内强调双向交流的同时，也不能回避中国立场。首先，中外文学研究表面上看是双向的、中立的，实际上却有不可否认的中国立场甚至可以说是中国中心。因此“中外文学”提出问题的角度与落脚点都应是中国文学。3) 中国立场的中外文学关系研究的理论指归在于中国文学的世界性与现代性问题。它包括两个层次的意义：中国在历史上是如何启发、创造外国文学的；外国文学是如何构筑中国文学的世界性与现代性的。

中外文学关系基本概念涉及的最后一个问题是“史”。中外文学关系史属于文学史的范畴，它关系到某种时间、经验与意义的整体性。纯粹编年性地记录曾经发生过的文学交流事件，像文学旅行线路图或文学流水账单之类，还不能够成为文学交流史。中外文学交流史“史”的最基本的要求在于：1) 文学交流史必须有一种时间向度的研究观念，以该观念为尺度，或者说是编码原则，确定文学交流史的起点、主要问题、基本规律与某种预设性的方向与价值。2) 可能成为中外文学关系史的研究观念的，是中国文学的世界性与现代性问题。中国文学是何时、如何参与、如何接受或影响世界文学的，世界性因素是何时并如何塑造中国文学的。3) 中外文学交流史表现为中国文学在中外文学交流中实现世界性与现代性的过程。中国文学的世界化分两个阶段，汉字文化圈内东亚化与近代以来真正的世界化，中国文学的世界化是与中国文学的“现代化”同时出现的。

其次是史料问题。

史料是研究的基础。研究的成败，从某种意义上说，取决于史料的丰富与准确程度。史料是多年研究积累的成果，丰富是量上的要求；史料需要辨伪甄别，尽量收集第一手资料，这是对史料的质上的要求。史料自然越丰富越好，但史料的发现往往是没有止境的，所以史料的丰富与完备是相对的，关键看它是否可以支撑起论述。因此，研究中处理史料的方式，不仅是收集，还有在特定研究观念下剪裁史料、分析史料。

没有史料不行，仅有史料又不够。中外文学关系史研究在国内，已有多年的历史，但大多数研究只停留在史料的收集与叙述上，丛书要在研究上上一个层次，就不能只满足于史料的收集、整理、叙述。中外文学关系的研究与写作应该分为三个层次：第一个层次，掌握资料来源并尽量收集第一手的资料，对资料进行整理、分析、阐释，从中发现一些最基本的“可研究的”问题。第二个层次是编年史式资料复述，其中没有逻辑的起点与终点，发现的最早的资料就是起点，该起点是临时的，随着新资料的发现不断向前推，重点也是临时的，写到哪里就在哪里结束。第三个层次是使文学交流史具有一种“思想的结构”。在史料研究基础上形成不同专题的文学交流史的“观念”，并以此为线索框架设计文学交流史的“叙事”。

最后，中外文学交流研究的第三大问题是研究范型。学术创新的途径，不外乎新史料的发现、新观念与新的研究范型的提出。

研究范型是从基本概念的确立与史料的把握中来的。问题从何处来，研究往何处去。研究模式包括基本概念的确立、史料的收集与阐发、研究方法的选择等内容。任何一项研究，都应该首先清醒地意识到研究模式，说到底，就是应该明确“研究什么”和“如何研究”。研究的基本概念划定了我们研究的范围，而从史料问题开始，我们已经在思考“如何研究”了。

中外文学交流作为一个走向成熟的研究领域，必须自觉到撰写原则或述史立场：首先应该明确“研究什么”。有狭义的文学交流与广义的中外文学交流。狭义的文学交流，仅研究文学与文学的交流，也就是说文学范围内作家作品、思潮流派的交流，更多属于形式研究范畴，诸如英美意象派与中国古典诗词、《雷雨》与《俄狄浦斯王》；广义的文学交流史，则包括文学涉及的广泛的社会文化内容，文本是文学的，但内容与问题远超出文学之外，比如“启蒙作家的中国文化观”。本书的研究范围，无疑属于广义的中外文学交流。所谓中外文化交流表现在文学活动中的种种经验、事实与问题，都在研究之列。

但是，我们不能始终在积极意义上讨论影响研究，或者说在积极意义上使用影响概念，似乎影响与交流总是值得肯定的。实际上，对文学活动中中外文化交流的研究，现有两种范型：一种是肯定影响的积极意义的研究范型，它以启蒙主义与现代民族文学观念作为文学交流史叙事的价值原则，该视野内出现的问题，主要是一种文学传统内作家作品与社团思潮如何译介、传播到另一种文学传统，关注的是不同语种文学可交流性侧面，乐观地期待亲和理解、平等互惠的积极方面，甚至在潜意识中，将民族主义自豪感的确认寄寓在文学世界主义想象中，看中国文学如何影响世界。我们以往的中外文学关系研究，大多是在这个范型内进行的。另一种范型关注影响的负面意义，解构影响中的“霸权”因素。这种范型以后现代主义或后殖民主义观念为价值原则，关注不同文学传统的不可交流性、误读与霸权侧面。怀疑双向与平等交流的乐观假设，比如特定文学传统之间一方对另一方影响越大，反向影响就越小，文学交流往往是动摇文学传统的霸权化过程；揭示不同语种文学接触交流中的“背叛性”因素与反双向性的等级结构，并试图解构其产生的社会文化机制。

中外文学关系研究的开发、深化和创新，离不开研究理论方法的提升与原理范式的研讨。某种新的研究理念和理论思路，有助于重新理解与发掘新的文学关系史料，而新的阐释角度和策略又能重构与凸显中外文学交流的历史图景，从而将中外文学关系的“清理”和研究向新的深度开掘。以往的中外文学交流研究，关注更多的是第一种范型内的问题，对第二种范型内的问题似乎注意不够。丛书希望能够兼顾两种范型内的问题。“平等对话”是一种道德化的学术理想，我们不能为此掩盖历史问题，掩盖中外文学交流上的种种“不平等”现象，应分析其霸权与压制、他者化与自我他者化、自觉与“反写”（Write Back）的潜在结构。

同时，这也让我们警觉到我们的研究范型中可能潜在着的一个矛盾：怎能一边认同所谓“中国立场”或“中国中心”，一边又提倡“世界文学”或“跨文学空间”？二者之间是否存在着某种对立？实际上在中国文学的世界性与现代性问题前提下叙述中外文学交流，中国文学本身就处于某种劣势，针对西方国家所谓影响的“逆差”是明显的。比如说，关于中国文学对西方文学的影响，我们可以以一个专题写成一本书，而西方文学对中国现代文学的影响，则是覆盖性的，几乎可写成整部文学史。我们强调“中国立场”本身就是一种“反写”。另外，文学史述实际上根本不存在一个超越国别民族文学的普世立场。启蒙神话中的“世界文学”或“总体文学”，包含着西方中心主义的霸权。或许提倡“跨文学空间”更合理。我们在“交流”或“关系”这一“公共空间”内讨论问题，假设世界文学是一个多元发展、相互作用的系统进程，形成于跨文化跨语种的“文学之际”的“公共领域”或“公共空间”中。不仅西方文学塑造中国现代文学，中国文学也在某种程度上参与构建塑造西方现代文学。尽管不同国家、民族、地区的文学交流存在着“不平等”的现实，但任何国家、民族、地区的文学都以自身独特的立场参与塑造世界文学，而世界文学不可能成为任何一个国家、民族或语种文学扩张的结果。

我们一直在试图反思、辨析、确立中外文学交流研究的基本概念、方法与理论范型，并在学术史上为本套丛书定位。所谓研究领域的拓展、史料的丰富、问题域的明确、问题研究的深入、中外文学交流整体框架的建构，都将是本套丛书的学术价值所在。我们希望本套丛书的完成，能够推进中国比较文学界中外文学关系研究领域走向成熟。这不仅是个人研究的自我超越问题，也是整个比较文学研究界的自我超越问题。

五

钱林森教授将中外文学交流研究的问题细化为五大类，前文已述。这五大类问题构成中外文学交流史的基本问题域，每一卷的写作，都离不开这五大类基本问题。反思这套丛书的研究与写作，可以使我们对中外文学交流史的研究范型有一个基本的把握。在丛书写作的过程中，钱林森教授不断主持有关中外文学关系史的笔谈，反思中外文学关系研究的基本问题与理论范式，大部分参与丛书写作的学者都从不同角度发表了具有建设性的思考，引起了国内学术界的关注。

其中，王宁教授从国家文化战略的高度理解中外文学关系史研究，认为：“探讨中国文化和文学在国外的接受和传播，应该是新世纪中国比较文学学者研究的一个重要课题，通过这一课题的研究，不仅可以从根本上打破中外文学关系研究领域内长期存在的西方中心主义思维定势，使得中国学者的民族自尊心和自豪感大大地提升，而且也有助于中国文化走出去战略的实施。在这方面，比较文学学者应该先行一步。”王宁先生高蹈，叶隽先生务实，追问作为科学范式的文学关系研究的普遍有效性问题，他从三个方面质疑比较文学学科的合法性：一是比较文学的整体学术史意识，二是比较文学的思想史高度，三是比较文学作为一门具体学科的“文史根基”与方寸。葛桂录教授曾对史料问题做过三方面的深入论述：一是文献史料，二是问题域，三是阐释立场。“从比较文学学科的传统研究范式来看，中外文学关系研究属于‘影响研究’

范畴，非常关注‘事实材料’的获取与阐释。就其学科领域的本质属性来说，它又属于史学范畴。而文献史料的搜集、鉴辨、理解与运用，是一切历史研究的基础性工作。力求广泛而全面地占有史料，尽可能将史料放在它形成和演变的整个历史进程中动态地考察，分辨其主次源流，辨明其价值与真伪，是中外文学关系研究永远的起点和基础。”缺少史料固然不行，仅有史料又十分不够。中外文学关系研究“问题意识”必不可少，问题是研究的先导与指南。葛桂录教授进一步论述：“能否在原典文献史料研究基础上，形成由一个个问题构成的有研究价值的不同专题，则成为考量文学关系研究者成熟与否的试金石。在文学关系研究的‘问题域’中进而思考中外文学交往史的整体‘史述’框架，展现文学交流的历史经验与历史规律，揭示出可资后人借鉴、发展本民族文学的重要路径，又构成中外文学关系研究的基本目标。”

文献史料、问题域、阐释立场是中外文学关系研究的三大要素。文献史料的丰富、问题域的确证、研究领域的拓展、观念思考的深入，最终都要受研究者阐释立场的制约。中外文学关系研究，理论上讲当然应该是双向的、互动的。但如要追寻这种双向交流的精神实质，不可避免地要带有某种主体评价与判断。对中国学者来说，就是展现着中国问题意识的中国文化立场。“中外文学”提出问题的出发点与归宿都指向中国文学。这样看来，中外文学关系研究的理论关注点，在于回答中国文学的世界性与现代性问题。也就是，中国文学（文化）在漫长的东西方交流史上是如何滋养、启迪外国文学的；外国文学是如何激活、构建中国文学的世界性与现代性的。这是我们思考中外文学交流史的重要前提，尤其是要考虑处于中外文学交流进程中的中国文学是如何显示其世界性，构建其现代性的。

六

乐黛云先生在致该丛书编委会的信中，提出该丛书作为中外文学关系研究的“第三波”的高标：“如果说《中国文学在国外》丛书是第一波，《外国作家与中国文化》是第二波，那么，《中外文学交流史》则应是第三波。作为第三波，我想它的特点首先应体现在‘交流’二字上。它不单是以中国文学为核心，研究其在国外的影响，也不只是以外国作家为核心讨论其对中国文化的接受，而是要着眼于‘双向阐发’，这不仅要求新的视角，也要求新的方法；特别是总的说来，中国文学对其他文学的影响多集中于古代文学，而外国文学对中国文学的影响却集中于现代文学。如何将二者连缀成‘史’实在是一大难点，也是‘交流史’能否成功的关键。”

本套丛书承载着中国比较文学百年学术史的重要使命，它的宏愿不仅在描述中国与世界主要国家的文学关系，还在以汉语文学为立场，建构一个“文学想象的世界体系”。中外文学交流史的研究要点在“文学交流”，因此研究的核心问题是“双向阐发”，带着这个问题进入研究，中外文学关系就不是一个简单的译介、传播的问题，中外文学相互认知、相互影响与创造才是问题的关键。严绍璗先生在致主编钱林森的信中，进一步表达了他对本丛书的学术期望，文学交流史研究应该“从一般的‘表象事实’的描述深入到‘文学事实’内具的各种‘本相’的探讨和表达”：

我期待本书各卷能够是以事实真相为基础，既充分展现中华文化向世界的传播，又能够实事求是地表述世界各个民族文化对中华文化和中华文明丰富多彩性的积极的影响，把“中外文学关系”正确地表述为中国和世界文化互动的历史性探讨。“文学关系”的研究，习惯上经常把它界定在“传播学”和“接受学”的层面上考量，三十年来比较文学的研究，特别是中国比较文学研究，事实上已经突破了这样一些层面而推进到了“发生学”、“形象学”、“符号学”、“阐释学”和“叙事学”等等的层面中。在这些层面中推进的研究，或许能够更加接近文学关系的事实真相并呈现文学关系的内具生命力的场面。我期待着新撰的《中外文学交流史》各卷，能够从一般的“表象事实”的描述深入到“文学事实”内具的各种“本相”的探讨和表达。

2005年南京会议之后，丛书的编写工作正式启动，国内著名学者吕同六、李明滨、赵振江、郁龙余、郅溥浩、王晓平等先生慷慨加盟，连同其他各位中青年学者，共同分担《中外文学交流史》丛书的写作。吕同六先生曾主持中意文学交流卷，却在丛书启动不久仙逝，为本丛书留下巨大的遗憾。在丛书编写过程中，有人去了有人来，张西平、刘顺利、梁丽芳、马佳、齐宏伟、杜心源、叶隽先生先后加入本套丛书，并贡献出他们出色的成果。

在整个研究写作过程中，国内外许多同行都给予我们实际的支持与指导，我们受用良多。南京会议之后，编委会又先后在济南、北京、厦门、南京召开过四次编委会，就丛书编写的具体问题进行讨论，得到山东教育出版社的一贯支持。丛书最初计划五年的写作时间，当时觉得已足够宽裕，不料最终竟然用了九年才完成，学术研究之漫长艰辛，由此可见一斑。丛书完成了，各卷与作者如下：

(1) 《中国 - 阿拉伯卷》（郅溥浩、丁淑红、宗笑飞 著）

(2) 《中国 - 北欧卷》（叶隽 著）

(3) 《中国 - 朝韩卷》（刘顺利 著）

(4) 《中国 - 德国卷》（卫茂平、陈虹嫣等 著）

(5) 《中国 - 东南亚卷》（郭惠芬 著）

(6) 《中国 - 俄苏卷》（李明滨、查晓燕 著）

(7) 《中国 - 法国卷》（钱林森 著）

(8) 《中国 - 加拿大卷》（梁丽芳、马佳 主编）

(9) 《中国 - 美国卷》（周宁、朱徽、贺昌盛、周云龙 著）

(10) 《中国 - 葡萄牙卷》（姚风 著）

(11) 《中国 - 日本卷》（王晓平 著）

(12) 《中国 - 希腊、希伯来卷》（齐宏伟、杜心源、杨巧 著）

(13) 《中国 - 西班牙语国家卷》（赵振江、滕威 著）

(14) 《中国 - 意大利卷》（张西平、马西尼 主编）

(15) 《中国 - 印度卷》（郁龙余、刘朝华 著）

(16) 《中国 - 英国卷》（葛桂录 著）

(17) 《中国 - 中东欧卷》（丁超、宋炳辉 著）

本套丛书的意义，就在于调动本学科研究者的共同智慧，对已有成果进行咀嚼和消化，对已有的研究范式、方法、理论和已有的探索、尝试进行重估和反思，进行过滤、选择，去伪存真，以期对中外文学关系本身，进行深入研究和全方位的开发，创造出新的局面。

钱林森、周宁

绪论

中俄两国之间的交往历时长久，范围广泛，内容多样。若做全面的撰述，必将成就一套多卷本的巨著。作为单卷的叙史，本书只关注其中的一个侧面——文学交流。书里的重点有二：文学和交流。文学与文化往往交织在一起，二者实难断然分开。是故开篇先把两国文化（包括文学在内）的交流做历史概述，以提供一个整体的背景，然后再分章详写。

追溯历史，中俄之间起初只是通过丝绸之路，以别的国家和地区为中介，有了间接的交流，后来才发展为直接的接触，尤其在中古时期。到了近代，18 世纪的俄国甚至出现过“中国热”。而在现代，20 世纪初的中国曾经形成过“向俄国人学习”的潮流。时至今日，相互的文化交流已经蔚为大观。

一

从文学交流的双向来看，中传俄的时间较早，不但历程长，前后跨越 4 个世纪（18—21 世纪），而且种类多，包括各种体裁和不同样式的大小作品。反过来，俄传中则迟至 20 世纪初才开始，不过 100 多年内进展迅猛，大有后来居上之势。

中传俄方面，从开始传入到文学翻译与研究走向高峰的全过程，大致可分为三个时期。

第一，传入早期，可从 18 世纪上半叶算起。杂志《雄蜂》（1744—1794）等时常发表中国文章的译文，刊登了汉学家列昂季耶夫译自中文的《易经》(1780)、《大学》(1780)、《中庸》(1784) 和《三字经》（1799）。1832 年首次出现《好逑传》俄译本。从 18 世纪上半叶至 19 世纪上半叶，建设成了俄罗斯汉学的总体学科，比丘林（1777—1853）是奠基人。

第二，文学研究从汉学总体学科中分立时期，始于 19 世纪下半叶。其标志是“中国文学”这门课于 1851 年在高校开讲，而且主讲人瓦 · 瓦西里耶夫（1818—1900）著成世界第一部中国文学史《中国文学史纲要》（1880）。他后来成为俄国汉学中国文学学科的第一位科学院院士。

第三，文学研究走上鼎盛时期的 20 世纪。20 世纪上半叶出现了俄国汉学划时代的人物瓦 · 阿列克谢耶夫（1881—1951），他带领出的一支队伍形成俄国汉学学派。20 世纪的下半叶李福清（1932—2012）独领风骚，在中国文学研究诸多领域和治学方法上代表了俄国学派的最高成就。阿、李二位分别成为俄国史上第二和第三位中国文学学科的科学院院士。期间，在 50 年代和 80 年代出现两波译研中国文学的热潮，同时造就了一支强有力的汉学队伍。

俄传中方面，从 19 世纪末 20 世纪初开始翻译俄罗斯文学，此后百余年间，中国的俄苏文学研究出现过四次热潮。

第一次从五四运动前后至北伐战争（1919—1927）时期，主要译介俄罗斯进步文学，介绍俄国十月革命的先进思潮，了解和考察苏俄新貌，为中国的新文学运动寻找借鉴。

第二次在抗日战争时期，大致从 30 年代末期至 40 年代，主要译介苏联新文学，重在抗战文艺和反映社会主义建设的作品，介绍“新的人物和新的世界”，有力地激发了我国抗日战争前线和后方各方面的斗志。

第三、四次分别在 50 年代和 80 年代，可以说俄苏文学作品如潮水般涌入中国。引入的范围由文学扩及文艺的各个领域，涉及文艺理论和文艺批评，从此建成了俄苏文学学科。

二

依照年代顺序，交流的历史可以分成四个阶段。

（一）古代至 17 世纪，交往进展缓慢

在俄罗斯金帐汗国时期（约 13 世纪中至 15 世纪末），俄国人就已知道有中国这样一个国家了。两国正式的外事交往始于 17 世纪初。互派使臣、签约通商、开展文化交流则是在彼得大帝和康熙皇帝当政年间签订《尼布楚条约》（1689 年）之后，即 17 世纪末叶。整个过程经历了间接交流和直接碰撞，然后才有使臣来往。

古代的丝绸之路，自我国新疆出境，有南北两路。北路在疏勒（今新疆喀什市）以西越过葱岭，经大宛（今费尔干纳盆地，在塔吉克斯坦境内）和康居国南部（今撒马尔罕附近，在乌兹别克斯坦境内）西行。南路在莎车（今新疆莎车县）以西越过葱岭，经大月氏（今阿姆河上、

中游一带，部分地带在土库曼斯坦境内）西行。两条路线会于木鹿城（今为土库曼斯坦境内的马里），再向西到里海东南边，又向西延伸，直抵地中海东岸。途中经过的地方有俄罗斯南部和亚美尼亚南部。[1]

1. 张星烺：《中西交通史料汇编》，第4册，第1、3～27页，第5册，第1、3页，见《辅仁大学丛书》第1种，1929年版。

我国汉唐时代通西域时，与大宛、康居、大月氏之间，即与中亚各国早就有交往。当时虽然还没有与俄罗斯直接接触，但是通过丝绸之路向俄国的欧洲部分中部，尤其溯伏尔加河而上，中国商品辐射到俄罗斯的一些重镇。

蒙古人的西征导致了中俄的直接往来。13世纪初，成吉思汗率军远征，进占伏尔加河东岸。1236年，成吉思汗之孙拔都再次进攻古罗斯，1240年攻陷基辅，建立了一个横跨欧亚的大帝国——金帐汗国。

俄国人生活中中国的物产逐渐增多，连语言中部分用语的译音也反映出这种交流。以“中国”一词为例，俄文译音“Китай”来自契丹。契丹原是我国北方的一个民族，在中国历史上其所建立的辽朝占有重要地位，契丹的名称曾一度成为中国的代称。俄文中“Китай”的读音恰是“契丹”读音的变体。

17世纪初叶明朝万历年间，两国开始互相试探建立联系的可能性。如果说近代西方国家同中国的交往常以传教士来华为开端的话，那么俄罗斯则是以哥萨克为先导。中俄的外事交往就是由托木斯克的哥萨克伊凡·裴特林开始的。他奉托波尔斯克哥萨克军的督军之命，于1618年抵达北京，拜会了明朝万历皇帝。

1654年沙皇政府派遣以费奥多尔·巴伊科夫为首的使团来华，于清顺治十三年（1656）到达北京。顺治十七年（1660）俄国又派使臣伊凡·别尔菲里耶夫抵达北京。两次都带回了顺治皇帝的文书。

清康熙年间中俄互派使臣来往较多。康熙十四年（1675）尼果赖·斯帕法里率俄国使团来华，曾受到康熙皇帝四次接见。1719年，伊兹迈罗夫奉派来华，也受到康熙皇帝五六次接见。此前，1716年瑞典人郎格以俄国特使身份来华，曾受到皇帝的接见。由于俄国哥萨克不断向东扩张，严重威胁中国边境安全，于是两国派代表进行谈判，在康熙二十八年（1689）签订了第一个中俄条约《尼布楚条约》。中方以内阁大臣索额图为代表，俄方以御前大臣戈洛文为代表，在中俄边境的尼布楚（俄称“涅尔琴斯克”）进行，谈判内容包括划定两国疆界和通商事务，条约奠定了中俄外交关系和通商的基础，从此两国的文化交往也开始发展起来。

（二）18 世纪，开端良好，为长期交流打下了基础

1. 开端始于俄国社会“迷恋中国”的热潮

俄国 18 世纪掀起了“迷恋中国”的热潮——宫廷和上流社会热衷于中国文物等，知识界则瞩目于中国文学和文化古籍。

18 世纪从法国兴起并传遍欧洲的“中国热”，对俄国有很大的影响。伏尔泰赞叹中国完美道德的文章、宣扬孔子教义的著作，以及他取材于中国元代杂剧《赵氏孤儿》而编成的剧作《中国孤儿》，曾经影响了俄国文坛的风气。剧作家冯维辛从德文翻译了儒家经典《大学》。作家诺维科夫主编的两家杂志相继刊登了宣扬中国理想皇帝的文章，一篇是 1770 年 2 月《雄蜂》登载的《中国哲学家程子给皇帝的劝告》（宋朝程颐《为太中上皇帝应诏书》的摘译，原书作于宋治平二年，即 1065 年），一篇是 1770 年 7 月《爱说闲话的人》登载的《雍正帝传子遗诏》（原作写于 1735 年）。

在俄国，百年之间有三位沙皇营造了“中国热”的气氛，即彼得大帝（1682—1725 年在位）、伊丽莎白女皇（1741—1761 年执政）和叶卡捷琳娜二世女皇（1762—1796 年执政）。

女皇叶卡捷琳娜二世最为明显，其影响直接到达文化思想层面。叶卡捷琳娜二世即位之初，便作出姿态接受“启蒙思想”，标榜自己是“开明君主”，她在醉心于中国方面以身示范，以至于形成叶卡捷琳娜朝代的“中国气派”：她一方面广为收集中国瓷器、漆器、丝绸织物，按中国风格装饰皇宫里的房间和仿造中国园林；一方面拜法国启蒙主义者伏尔泰为师，在致伏尔泰等人书简中经常谈到中国。因而，在叶卡捷琳娜朝代，俄国杂志得以发表许多有关中国的报道和翻译作品。

建于 1754—1762 年的皇宫又称冬宫，后辟为埃尔米塔日博物馆。全馆分为 6 个部，其中的东方国家文化艺术部里设有中国文化艺术厅，占 13 个陈列室，收有几代沙皇精心搜集的大量中国艺术品：从元代至清末的各种瓷器，从明代至清末民初的各种漆器、珐琅器皿，20 世纪初的彩色泥塑、民间玩具、民间剪纸、民间年画，各个朝代的石刻、木雕艺术品。

2．双方开始互动，包括使团互访和互学语文

18 世纪初，康熙五十一年(1712)，内阁侍读阿颜觉罗·图理琛一行四人出使，经西伯利亚前往伏尔加河下游慰问土尔扈特阿玉奇汗（土尔扈特系我国蒙古族外出游牧的一个分支部落），于康熙五十四年(1715)回京，历时几近三载。虽然不是直接出使俄国首都，但大部分行程和时间都在俄罗斯，都由俄方官员迎候接待。

图理琛此行，除了亲慰中国部众、增进中俄之间官方和民间的友谊之外，还有重要的文化交流意义。他宣传才能卓越，以至于俄国官员向沙皇报告时称图理琛为“天朝使者”。可以说图理琛也是友谊和文化的使者。

图理琛回国后，“因述其道里山川、民风物产，以及应对礼仪”，于 1715 年撰成《异域录》一书。这是第一部中国人写的旅俄游记，全书约 35 000 字，内容丰富，描述生动，国人闻所未闻，所以极受重视。清朝官修《一统志》、《四裔考》、《四库全书》均全文采录。

1712 年图理琛等前往慰问土尔扈特部时，作为交换条件，彼得大帝提出要求，派出修士大司祭列扎依斯基的宗教使团，随图理琛一行于 1715 年到达北京。这就是第一届东正教驻北京使团。此后，派使团形成制度，定员 10 人，其中 4 名神职人员，6 名世俗人员（包括随团医生和学员），定期每 10 年轮换一届。使团驻地称为“俄罗斯馆”。

3．开办学校，互学语文

东正教驻北京使团在华活动近 250 年，换届 20 次，每届 10 年，其在十月革命前兼有传教、外交和文化交流三种功能。使团成员所做的文化交流是双向的：一方面学习汉、满、藏、蒙文，另一方面受聘担任教职，教授中国人俄文和拉丁文。中国的文化典籍，由使团首次译成俄文。其教俗人员中，有一批人成为有名的汉学家。

清政府在为俄国学员设立“俄罗斯馆”后，又于康熙四十七年(1708)开设了“俄罗斯文馆”，这是中国历史上第一所俄语学校，系由康熙皇帝倡议和下令成立的。以往在中俄两国的交往谈判中，清政府是依靠来华的西方传教士和俄国商人当翻译。随着中俄的外事来往日增，急需培养中国人自己的翻译。康熙帝乃决意开办学校。首届学生 68 人，从八旗子弟中征选。在俄国商团住地“俄罗斯馆”内支搭席棚，由俄国商人任教习。

康熙五十五年(1716)，该馆由隶属于内阁典籍厅升级，改属内阁管辖，更名为“内阁俄罗斯文馆”。俄罗斯文馆从 1708 年至 l862 年共历经 154 年，培养了不少人才。

（三）19 世纪，交流全面展开，文学内容尤为显著

两国的文化交流在 19 世纪全面开展，交流涉及人员、资料直至思想观念各个方面，尤其是文化及文学作品的翻译和评介。

1．双方交换古典书籍

俄国派员来华的行动日益频繁，中国赴俄的外交人员人数稍逊于对方。同文学和文化交流活动有关且可查的记载不少，如著名学者兼外交官洪钧于光绪十三年 (1887) 出使俄、德、奥、荷四国。洪钧在出使俄国时，曾参阅俄人书籍资料多种以充实元史研究，写成《元史译文证补》三十卷。其他的官员，如斌椿在同治五年 (1866) 赴俄至彼得堡观看演剧两次，公使郭嵩焘的译员张德彝于光绪五年 (1879) 在俄国皇宫观看芭蕾舞。稍后，光绪十四年 (1888)，户部主事缪荃孙在彼得堡参观科学院、美术学院和图书馆，见过汉学家瓦西里耶夫。另一位使者王之春，在《使俄草》中写到光绪二十一年 (1895) 在彼得堡皇家大戏院看过舞剧《天鹅湖》，参观图书馆时见到《西厢记》、《红楼梦》等中文藏书。

还有以洋务派首领李鸿章（1823—1901）为首的赴俄使团，于 1896 年赴莫斯科参加沙皇尼古拉二世的加冕典礼，参观下诺夫哥罗德举行的全俄工业与艺术博览会和莫斯科的盲人学校（有盲人作家爱罗先珂在场）。这次活动在高尔基的长篇小说《克里姆·萨姆金的一生》中被描写到。据汉学家阿翰林文章所记，李鸿章听不懂歌剧，当演员在台上引吭高歌时，他在台下吓得站起身来就跑，说：“这样刺耳，就跟老虎叫似的！”

官方正式文化往来中的重要项目是相互赠书。19 世纪中叶，先是由清政府应俄国政府之要求，于道光二十五年 (1845) 将北京雍和宫所藏佛教重要经典《丹珠尔经》八百余册赠送对方。不久，俄政府回赠一批书籍，送交清政府理藩院。据何秋涛《朔方备乘》中《俄罗斯进呈书籍记》所载：俄国政府“乃尽缮俄罗斯所有书籍来献，凡三百五十七号，每号为一帙，装饰甚华，有书有图”，“考其中言彼国史事地理武备算法之书十之五，医药种树之书十之二，字学训解之书十之二，其天主教与夫诗文等类仅十之一而已”。[1] 由于当时能看懂俄文的人少，这批书先存理藩院，后移存方略馆、总理衙门等处。

1．戈宝权：《谈中俄文字之交》，见周一良主编《中外文化交流史》，第 549 页，郑州：河南人民出版社，1988 年版。

据我国学者戈宝权的查考，那批书现只存书名，而书多已散失。从目录中，我们可以知道，"在文学方面，有俄国 18 世纪和 19 世纪初叶的重要作家如德尔日费英（杰尔查文）、底米忒里（德米特里耶夫）、柯里噜幅（克雷洛夫）、喀拉马星（卡拉姆津）、普氏（普希金）、格氏（果戈理）等人的文集，此外尚有《俄国名家丛文》十六本、《俄罗斯文人百家传》二本等，惜书名及著者不详，可能都是当时俄国名家的著作"[1]。

1. 戈宝权：《谈中俄文字之交》，见周一良主编《中外文化交流史》，第 549 页，郑州：河南人民出版社，1988 年版。

俄国早期参与对华文化交往活动的除了东正教教会外，还有圣彼得堡皇家科学院、俄国研究中亚和东亚委员会、大学东方系研究所（如喀山大学、圣彼得堡大学、海参崴东方学院）等。[2] 俄方投入的人力、财力显然要比中方多。

2. 中国社会科学院文献情报中心编：《俄苏中国学手册》（上），第 103—106 页，北京：中国社会科学出版社，1986 年版。

2．俄方早期的交流成果

（1） 产生俄国汉学学科，奠基人以比丘林为代表。

18 世纪初，在驻北京的俄国宗教使团内萌发了早期的汉学，出现了一批研究中国文化有成绩的人才，比丘林便是代表人物。比丘林原为喀山一所修道院院长，后到伊尔库茨克为升天修道院主持人。1807 年担任东正教第九届驻北京宗教使团团长，于 1808 年 1 月到达北京，从此开始了研究中国文化的生涯，后来成为俄国汉学的奠基人。

他在中国倾尽全力学习汉、满、蒙文，编成《汉俄辞典》等六部辞典。

在北京逗留 14 年间，他搜集了大量文献资料，研究范围涉及中国哲学、经济、政治、伦理、民族以及风土人情。研究和著译的成果可以构成整整的百科系列。他翻译了《西藏志》、《蒙古纪事》、《准噶尔和东土耳其斯坦志》、《北京概览》、《成吉思汗家系前四汗史》、《三字经》、《西藏和青海史》、《厄鲁特人或卡尔梅克人史概述》等，发表了文章《中国皇帝的早期制度》、《中国农历》、《中国教育观》、《中华帝国统计资料》、《中国国民粮食计量单位》、《由孔夫子首创，其后由中国学者接受的中国历史的基本原理》等，出版的著作主要有《中国，其居民、风俗、习惯与教育》（1840）、《中华帝国统计概要》（1842）。此外，他还开办汉语学校培养汉学人才。

由于成绩卓著，比丘林于 1828 年当选为俄国科学院东方文学和古文物通讯院士。

(2) 推出世界第一部中国文学史，吸引俄国作家关注中国文学。

1837 年，喀山大学东方系设立汉语教研室，此举在俄国汉学史上具有里程碑的意义。它标志着两个转移：一是汉学基地由北京的宗教使团转移到俄国境内；二是汉学教育由个别汉学家（罗索欣、比丘林等）开办普通学校转移到高等学校，使汉学人才具有高等教育水平和接受大学的科研训练。

1851 年 1 月 6 日，瓦·瓦西里耶夫（1818—1900）正式被聘任为喀山大学汉、满语教授，这是俄国汉学界的大事。此时，汉学教学和研究中心最终形成。

瓦西里耶夫，中文名字王西里，1837 年毕业于喀山大学历史语文系东方语言科，1840 年作为第 12 届宗教使团学员到达北京，居留 10 年，学通汉、满、蒙、藏语，此外还通晓日、朝、突厥语和梵文，学识渊博，兴趣广泛。从 1851 年起，他在喀山大学和彼得堡大学东方系任教长达 50 年，为俄国培养了大批汉学家。他的研究涉及历史、宗教、地理、文学，发表著（译）作几十种，还有大量手稿（存档可查的有 140 种）。其主要著作为：《佛教教义、历史、文献》（3 卷，1857—1869）、《十至十三世纪中亚东部的历史和古迹》（附《契丹国志》和《蒙鞑备录》译文，1857）、《东方的宗教：儒、释、道》（1873）和《中国文学史纲要》（1880）。他成就卓著，于 1866 年当选为俄国科学院通讯院士，1886 年升为院士，是俄国历史上第一个中国文学研究领域的院士。

瓦西里耶夫所著《中国文学史纲要》包括三部分内容：一、二部分为儒、释、道诸子百家的典籍，以及农书、兵书；第三部分是“诗歌、小说、戏曲”。

（3）俄国作家广泛关注中国文学，以普希金和托尔斯泰最为突出。

普希金不但用诗歌赞誉中国，而且宣扬《三字经》，促进中国文化传俄。

托尔斯泰崇尚儒道思想，著文加以评述，并称世界上对他有影响的作家和思想家中，孔子和孟子属于“很大”，老子则是“巨大”。

3. 俄方翻译和传播中国文学

俄国虽然早就注意中国文学，但在 18 世纪一百年里只有零星的几篇文学译作。在 19 世纪，数量明显增多，译介的文章或论著约共 50 种，其中翻译作品约占 32 种，评介文章和论著 18 种。[1] 翻译作品中知名的如 1827 年出版的《玉娇梨》（片段）、1832 年出版的小说《好逑传》、1843 年发表的《红楼梦》第一回、1847 年出版的《琵琶记》，其他多是一些诗歌、笑话或民间故事及传说。到 19 世纪后期才译介古典名著《聊斋志异》中的若干篇，如 1878 年《新作》杂

1.〔俄〕彼·叶·斯卡奇科夫：《中国书目》，1932 年版第 465—474 页，1960 年版第 497—552 页，莫斯科。

志上的《水莽草》，还有1883年瓦西里耶夫翻译发表的《阿宝》、《庚娘》、《毛狐》等5篇。1894年瓦氏译的《李娃传》发表。俄译诗文中有唐代诗人王勃的《滕王阁序》（1874年发表）这样的名篇。这些文章不少是从其他国家文字转译的。《玉娇梨》即转自法文，《好逑传》则是先有英译，转成法译后再译成俄文。

特别值得提出的是，古代散文的早期俄译已初具规模：(1)《大学》，1780年，阿列克谢·列昂季耶夫译，由汉文和满文译成俄文；(2)《中庸》，1788年，阿列克谢·阿加封诺夫译；(3)《孙子》，1818年，格里鲍夫斯基由法文转译了其中的《谋攻篇》；(4)《论语》，1884年，瓦西里耶夫译注；其他还有《孟子》、《韩非子》、《道德经》等，当年已译有手稿，在20世纪初出版。

传播中国文学的另一途径是汉学家写的评介文字，见于几种重要期刊。如《俄国皇家地理学会学报》从1868年到1872年的5年中，每年都有一篇《中国文学新闻》（北京通讯）。《东方评论》1890年第6期发表汉学家阿·伊凡诺夫斯基在俄国皇家地理学会东方部博物馆的讲稿《中国人的美文学：小说、章回小说和戏曲》等。这类文章虽然不长，却因是刊物传播，能让更多的人了解中国文学。俄国的一家主要杂志《祖国纪事》1843年第26期发表的随笔《中国纪行》及文中所附《红楼梦》头回译文的片段，就曾引起著名文艺批评家别林斯基的赞赏。

（四）20世纪，文学交流进入鼎盛时期

中国引进俄罗斯文学迟至19世纪末才起步，但是却进展神速，在20世纪很快拓展开来。前半世纪是中国人向往和引进俄苏文化，尤其是革命思想；20世纪中叶起两国积极互动，很快形成双向交流的洪流，之后曾有曲折，但积极的进程在后半世纪终于得以继续。

1．20世纪前半期

其一，世纪初以俄为师和考察苏联，引进进步文化。

毛泽东主席说过：“中国人找到马克思主义，是经过俄国人介绍的。”[1] 俄国十月革命后，

1. 毛泽东：《论人民民主专政》，见《毛泽东选集》第4卷，第1470页，北京：人民出版社，1991年版。

1918年夏，孙中山致电列宁和苏维埃政府祝贺俄国革命取得胜利，指出：“因为有了俄国革命，世界人类便生出了一个大希望。”从十月革命到1921年中国共产党成立，计译载《伟大的创举》等列宁著作十多种。从1921年中国共产党成立到1927年，计翻译出版列宁著作三十多种。

1927 年至 1937 年，中央苏区和国民党统治区计翻译出版《共产主义运动中的“左派”幼稚病》、《论国家》等列宁著作四十余种。[1]

1. 威仲伦：《中国翻译史话》，第 73—79 页，济南：山东教育出版社，1991 年版。

抗日战争时期，1938 年 5 月 5 日在延安成立马列学院，从 1938 年至 1942 年，在延安翻译出版《马克思恩格斯丛书》、《列宁选集》和《斯大林选集》。1949 年 6 月，成立中央俄文编译局，既译出马列著作，也培养了俄语人才。

据不完全统计，20 世纪初到 1949 年新中国成立之前，翻译出版的马列著作有 530 余种，包括列宁的《怎么办？》、《唯物主义和经验批判主义》、《帝国主义是资本主义的最高阶段》、《国家与革命》，斯大林的《论列宁主义基础》。[2]

2. 宋书声：《马列著作翻译工作纪事》，见《中共中央编译局建局四十周年纪念册（1953—1993）》，第 29 页，北京：中央编译出版社，1993 年版。

俄国十月革命后，中国出现了“以俄为师”的浪潮，中俄之间开始了以新文化为内容的交流。1920 年 8 月，毛泽东、何叔衡等人在湖南发起组织“俄罗斯研究会”和留俄勤工俭学活动，一批革命青年在 1921 年到达苏俄学习。中国共产党成立后有一批青年秘密赴俄。孙中山实行“联俄、联共、扶助农工”三大政策后，又派出大批青年到莫斯科进入东方大学学习。孙中山逝世后，为表示纪念，莫斯科建立起一所以他的名字命名的大学即中山大学，专门接受中国青年入学。中国人留学苏联成为热潮。中国共产党的许多领导人和重要干部都在这个时期到了苏联学习。

最早去苏俄访问的是瞿秋白。他 1921 年初到 1922 年底旅苏两年，实地考察了新俄罗斯的社会，寄回多篇通讯在《晨报》上发表，后把两年的作品编成两本散文集：《饿乡纪程》（又名《新俄国游记》），记叙他赴苏俄的旅程，也反映作者“自非饿乡至饿乡”的心情；《赤都心史》，记述作者 1921 年在莫斯科生活中的见闻和观感。两本书最早向中国人民真实报道了革命后苏俄新貌及其艰苦的岁月。

其二，20 年代末出现第一次中国引进俄苏文学的热潮。

十月革命后，中国人对苏俄产生极大的兴趣，把译介俄苏文学当作“盗天火给人类”的神圣事业。俄罗斯文学翻译的数量激增，在外国文学翻译中的比重急剧上升，并迅速占居首位。据《中国新文学大系　史料 · 索引》（1919—1927）中“翻译总目”的统计，五四运动以后八年内翻译的外国文学作品共有 187 部，其中俄国为 65 部，占三分之一强。

从 20 年代末到 30 年代中期，苏联文学作品和文艺理论著作冲破重重的封锁和禁令，源源不断地介绍进来。其作用和影响在于：一是苏联文学作品以先进的世界观和革命精神、以感人的英雄形象激励着中国的读者，推动了一批又一批人走向革命；二是马克思主义的文艺理论一旦为文艺界的先进分子所接受，就一直指导着中国的文学运动。苏联的文艺政策和革命文学运动对中国的文学运动也起过很大的影响。在当年起过这种作用的苏联优秀作品有绥拉菲摩维奇的《铁流》（曹靖华译）、高尔基的《母亲》（夏衍译）、法捷耶夫的《毁灭》（鲁迅译）和《青年近卫军》（叶水夫译）、奥斯特洛夫斯基的《钢铁是怎样炼成的》（梅益译）、肖洛霍夫的《被开垦的处女地》（周立波译）等。

其三，30年代末至40年代出现第二次俄苏文学交流热潮。

俄罗斯古典作家的名著都出了中译本，如普希金的《欧根·奥涅金》（1944，吕荧译）、《普希金文集》（1947，罗果夫、戈宝权编），莱蒙托夫的《波尔塔瓦》（1946，余振译）和《抒情诗选》（1948，余振译），果戈理的《巡按使及其他》（1941，耿济之译）和《结婚》（1945，魏荒弩译），奥斯特洛夫斯基的《没有陪嫁的女人》（1946，梁香译）、《智者千虑，必有一失》（1949，林陵译），陀思妥耶夫斯基的《卡拉马佐夫兄弟》（1940—1947）、《白痴》（1946）、《死屋手记》（1947）、《少年》（1948，均耿济之译），托尔斯泰的《战争与和平》（1942）、《安娜·卡列尼娜》（1948）、《复活》（1944，均高植译）及《少年时代》（1948，蒋路译），契诃夫的《草原》（1942，彭慧译；1944，金人译）和《樱桃园》（1940，满涛译）等。

1949年以前，翻译作品出单行本的总量相当可观，包括苏联文学和俄罗斯古典文学。从1919年6月至1949年10月所译俄苏文学有1 045种，其中俄罗斯古典文学401种，约占十分之四，苏联文学530种，占十分之五，而跨于俄苏两个时代的高尔基作品有114种，约占十分之一。

2．20世纪后半期

其一，50年代起双向交流扩展，有大批文学艺术界人士互访。

1949年以后，中国对外文化交流工作的对象偏重苏联等社会主义国家，交流的目的很明确，就是要加紧宣传中国革命的胜利，使这些国家更多的人了解新中国，同时，要学习对方的经验，发展新中国的文化事业。

中国与苏联的文化交流不但开展得最早，而且发展得最快。交流涉及十分广泛的领域，包括文学、艺术、教育、体育、卫生、科技、新闻出版、广播、电影、文物、图书、博物馆等各个文化部门。无论人员来往，还是信息资料的交换，都极为频繁。这对于推动我国文化事业的发展有非常积极的作用。

中国方面从 1950 年起每年都有艺术团赴苏联演出，苏方访华的艺术团组为数更多。

从 1949 年中苏建交至 1966 年的 17 年间，是双方作家及艺术家互访的黄金时代。两国文艺界的人士都有机会到对方去访问。中国的如郭沫若、茅盾、周扬、夏衍、巴金、丁玲、周立波、郑振铎、曹靖华、吴晓邦、贺绿汀、马思聪、刘开渠、华君武、杜宣、金人、赵沨、郭兰英、吕骥、黄虹、郑君里、张骏祥、白杨、张瑞芳、秦怡、孙道临、蔡楚生、阿良、杨小亭、夏菊花、孙泰等，以及当年赴苏留学进修的青年艺术家李德伦、严良堃、郑小瑛、郑兴丽、盛中国、殷承宗等。苏联方面的如爱伦堡、吉洪诺夫、法捷耶夫、西蒙诺夫、波列沃依、乌兰诺娃、普列谢茨卡娅、齐米娜、莫伊塞耶夫、邦达尔丘克，以及电影导演格拉西莫夫、作曲家诺维科夫、钢琴家谢列布里亚科夫等。

其二，俄苏翻译和研究中国文学出现两次高潮。

20 世纪中后期，俄苏对中国文学的研究大致经历了下述几个阶段：

第一阶段，50 年代译介中国文学的热潮。

随着中国大陆的解放，苏联对中国文学的引进在 50 年代出现了浩荡的“洪流”。从 1949 年到 1960 年，苏联翻译中国文学作品有 1 000 种，印数达 4 300 万册，而且是用苏联境内 50 种民族文字印行。

在这十年里出版的译作品种繁多，包括从古代至现当代的作品，每一种印数均达 5 万或 10 万册。有什图金的《诗经》首次全译本 (1957)，费德林主编的四卷本《中国诗集》(1957—1958)，所选诗歌上起古代下至 20 世纪 50 年代。

此外，还出版了一些大诗人的单行本，如艾德林译《白居易诗集》(1958)，吉托维奇译《杜甫诗集》(1955)、《李白抒情诗集》(1956) 和《王维诗集》(1959)，阿列克谢耶夫等译《屈原诗集》(1954) 等。

此时，几部中国重要古典小说也有了俄译本：帕纳秀克译《三国演义》(1954)、《红楼梦》(1958)，罗加乔夫（罗高寿）译《水浒传》(1955)，以及罗加乔夫同科洛科洛夫合译《西游记》(1959)，沃斯克列辛斯基（华克生）译《儒林外史》(1959)，费什曼等译《镜花缘》(1959)。有些还是西方较少译介的清末章回小说，如谢曼诺夫译《老残游记》(1958) 和《孽海花》(1960)。

现当代的大作家如鲁迅、郭沫若、巴金、茅盾、老舍、叶圣陶、丁玲等都有了俄译本：四卷本的《鲁迅选集》(1954—1955)，两卷本的《老舍选集》(1957)，一卷本的《郭沫若选集》(1955)，三卷本的《茅盾选集》(1956)，以及丁玲的《太阳照在桑干河上》(1949)等。一些在西方还很少介绍的作家如马烽、李准、周立波、杨朔、艾芜、陈登科、秦兆阳、冯德英等的作品在苏联也都得到了译介。

第二阶段，60—70年代扩大翻译的范围，至80年代再一次出现热潮。

这20多年，逐步扩展到各种体裁的作品，可以说是在50年代的基础上做了“填平补齐”的工作。

在古典诗词方面，陆续出版的作品有：艾德林译《白居易抒情诗集》(1965)、《白居易诗集》(1978)、《陶渊明抒情诗集》(1964)和《陶渊明诗集》(1975)，切尔卡斯基译曹植《七哀诗集》(1973)，戈鲁别夫译《陆游诗集》(1960)、《苏东坡诗词集》(1975)，巴斯曼诺夫译《辛弃疾诗词》(1961)和李清照《漱玉词》(1974)等。也有多人合集的诗选，如艾德林译《中国古典诗歌集》(1975)和巴斯曼诺夫译《梅花开（中国历代词选）》(1979)。

在小说方面，既有旧小说（文言小说），也有通俗小说（白话小说）。在1977年出版了马努辛译的删节本《金瓶梅》。苏联也同我国一样，为了在少年儿童中推广文学名著，在七八十年代出了几种小说名著的节译本及缩写本。

在散文方面，有司马迁、贾谊等人的散文作品。

现当代文学的翻译要比古典文学少，重要的有切尔卡斯基译的中国诗集系列（含近六七十年来的诗选）以及鲁迅、茅盾、巴金、叶圣陶、丁玲、王鲁彦、王统照、谢冰心、吴组缃、许地山、老舍等人的小说。

70多年来苏联翻译的中国文学作品已为数不少，80年代初即着手编辑的40卷本《中国文学丛书》在陆续出版。

三

梳理历史脉络，我们发现双向交流的成果丰硕，而且已各自形成特点和传统。

俄方：

其一，历时久，而且持续不断。俄方从 18 世纪引进中国文学作品算起，已有三百年的历史。如若从 17 世纪杂志刊登中国文章的译文算起，则时间更长，几近四百年。如计算自古代至 17 世纪俄国与中国的间接和直接交往，那历史就更为漫长。在文学交流的 300 年里，翻译和研究一直持续不断，其间还出现过四次引进的热潮。头两次是 18 世纪初俄国社会的“中国热”和 19 世纪下半叶对中国古籍的译介，均传达了文学信息。后两次在 20 世纪 50 年代和 80 年代，均为大量译介文学作品和全面的文学交流。

其二，研究的范围广，成果多。从经典到神话、民间文学，从短诗到章回小说等鸿篇巨制，既译研作品，又论析作家，而且是关注促进社会文明的佳作，尤其重视进步和革命的思想，像“鉴湖女侠”秋瑾传都有人写出。

其三，学术研究已成传统，且养成风气。翻译界不限于译作，而是译与研并重，不但为译作写出前言、注解，而且著成专书。学界以著书立说为荣，人才的成长有一定的学术规范，做到了承前启后、薪火相传。

其四，整个文学译研队伍有组织，有统一规划和项目分工。小说、诗歌、戏剧和文艺理论各有人负责，还有人注意梳理学科发展历史与现状，指出缺项，提出今后研究方向。

在 20 世纪，俄国汉学研究力量已充分发展，形成一支强大的汉学家队伍。其中文学研究家相当突出，陆续选出了四名科学院院士：阿列克谢耶夫院士、齐赫文院士、米亚斯尼科夫院士和季塔连科院士。他们分别在文学、史学和哲学领域成为汉学研究的领军人物。而 21 世纪初（2008 年）当选为院士的李福清则于 2003 年 12 月 22 日获中国教育部颁发的“中国语言文化友谊奖”，成为首位荣获我国政府奖励的俄国汉学家。

中方：

其一，世纪之初，在十月革命和五四运动的影响和推动下，参与介绍俄苏文学的有三部分人。一是革命者和革命文化人，虽然不都懂俄文，但为了介绍新思潮和新俄文化，都透过各种外文来译介。李大钊、陈独秀、鲁迅、茅盾、郭沫若、郑振铎等都有这方面的著述。二是直接赴苏俄考察、懂俄文、能描述现实新况的人士。第一个在新俄采访的瞿秋白写出《饿乡纪程》和《赤都心史》两本著作，耿济之在苏联期间译出一系列古典文学名著。三是在国内兴办俄文学校的教育者。如张西曼，他早年留俄，深谙苏俄国情，从事革命和教学实践，在北大图书馆任职和北京各校任俄文教员，有多种译著。他作为俄文教授最早于20年代初推出《俄文文法》(1922)、《中等俄文典》（1923）、《新俄罗斯读本》（1925）等系列教材，成为中国俄语教育史上的开拓者。

其二，20年代末至1949年，进展缓慢，但分布范围很广。这个时期也有三部分人在进行介绍俄苏的活动。一是以几个文化团体为依托的人士。如30年代“左联”的瞿秋白、周扬等，三四十年代中苏文协的张西曼、曹靖华、戈宝权等，40年代时代出版社的姜椿芳、叶水夫、孙绳武等。戈宝权编选和翻译的《苏联反抗法西斯战争文学译丛》影响巨大，他后来成为中俄文学关系问题研究的开拓者。曹靖华则以译介苏俄革命文学而成为译界的旗帜。二是在苏联莫斯科外文出版局工作的中国学者萧三、唯真、陈昌浩、李立三等，他们主要是译介马列主义和苏联革命书籍。三是在俄语院校任教的教师，如延安马列学院的张闻天、师哲，延安外国语学校培养的一批人才解放后也成了各俄文学院的骨干，在国统区有西南联大的刘泽荣等。

其三，50年代至80年代，人才辈出，翻译和研究成果丰硕。50年代俄文大普及时期，俄文文学教育广泛而深入。刘泽荣、曹靖华和戈宝权被誉为学界泰斗。刘泽荣从30—40年代起就任教北大、清华和西南联大，所著《俄文文法》（1936）、主编《俄汉大辞典》（1960）为学界必备之书。他解放后即为中央编译局、商务印书馆、人民文学出版社出版顾问，专为俄文书典解疑，其水平和业绩在学界首屈一指。曹靖华长期执教北大，创建了俄苏文学学科，有《曹靖华译著文集》（1—13卷）和《俄苏文学史》（1—3卷）传世。据《中国翻译家辞典》和《中国作家大辞典》粗略统计，两书约收录150人，其中属于老一代的占1/3，中、青年占2/3。老一代名家有余振、蒋路、水夫、磊然、汝龙、刘辽逸、丽尼、芳信、吕荧、陈冰夷、孟昌、辛未艾、查良铮、魏荒弩、满涛、葛一虹、董秋斯、盛草婴等。戈宝权在中俄文学交流史、中与俄的双向交流研究上都有建树，以《中外文学因缘》(1992)一书驰名，编有《戈宝权文集》（6卷，1993）。

第一章　18—19世纪中俄文学交流

第一节 以中国文学传俄为交流开端

中俄之间的文化交流起于17世纪末。中俄文学交流更晚，有案可查的当在1715年之后，即18世纪初。开始是由别的国家文字转译，后来才直接译自汉文。在18、19世纪都是单向传播，由中入俄，至19世纪末20世纪初才有双向译介，增加了由俄入中。

一、“中国热”潮流催生了俄国汉学

中国是一个文明古国，上下五千年的文明留下了辉煌的文学遗产。它所具有的非凡魅力，自然引起各国人民的注意，因而得以不断向外传播。

中国文学向外传播有一个由近及远的历程，先在亚洲，逐步扩及欧洲，最后到达美洲。对外传播第一波热潮在唐代。当时与中国发生政治、经济及文化交流的国家和地区有日本、高丽、天竺、大食以及东南亚、中亚等40多个，中国文学自然传及这些友邦近邻。

第二波在18世纪，这时开始对欧洲发生影响。《马可波罗游记》和来华传教士发回去的各类文章，从16、17世纪引起西方对中国的兴趣，至18世纪渐成“中国热”潮流。法国人金尼阁（Nicolas Trigault，1577—1629）翻译的《五经》（拉丁文，1626），马若瑟翻译的《诗经》和《书经》（1735），尤其是他翻译的元代纪君祥的杂剧《赵氏孤儿》（节译，1734），先在法国，随后依次在英国、德国、俄国得到转译，至伏尔泰（Voltaire，1694—1778）改编成新剧本《中国孤儿》，影响更大。19世纪初德国诗人歌德对章回小说《好逑传》的热情评价更是起到了巨大的推动作用。

18世纪从法国兴起并传遍欧洲的“中国热”，对俄国有很大的影响。伏尔泰赞叹中国完美道德的文章、宣扬孔子教义的著作以及他取材于中国元代杂剧《赵氏孤儿》而编成的剧作《中国孤儿》，曾经影响了俄国文坛的风气。1788年，涅恰耶夫（В.Нечаев）把伏尔泰所著该剧译成俄文。此前，1759年剧作家苏马罗科夫（А.П.Сумароков，1718—1777）从德文译出了《中国悲剧“孤儿”的独白》。作家拉吉舍夫（А.Н.Радищев，1749—1802）在西伯利亚写了《有关中国市场的信札》，诗人康杰米尔（А.Д.Контемир，1708—1744）提到“奇异的中国智慧”，诗人杰尔查文（Г.Р.Державин，1743—1816）的诗中一再提到中国文化。此外，剧作家冯维辛（Д.И.Фонвизин，1745—1792）从德文翻译了儒典《大学》。作家诺维科夫（Н.И.Новиков，1744—1818）主编的两家杂志相继刊登了宣扬中国理想皇帝的文章，一篇是 1770 年 2 月《雄蜂》登载的《中国哲学家程子给皇帝的劝告》（宋朝程颐《为太中上皇帝应诏书》的摘译，原作写于宋治平二年，即 1065 年），一篇是 1770 年 7 月《爱说闲话的人》登载的《雍正帝传子遗诏》（原作写于 1735 年）。

诺维科夫像

俄国有三代沙皇促进了“中国热”：彼得大帝（1682—1725 年在位）派出宗教使团常驻北京；其女伊丽莎白女皇（1741—1761 年执政）营造中国建筑；叶卡捷琳娜二世（1762—1796 年执政）提倡文学创作，开办杂志，宣扬中国理想的吏治。

二、 东正教派出宗教使团常驻北京

东正教驻北京宗教使团在华活动近 250 年，换届 20 次，其作用在十月革命前兼有传教、外交和文化交流三种功能。

他们中每一届人员居留中国至少十年之久，有的人连住几届，最多的长达 33 年。他们来时的使命明确，就是学通语文，了解和搜集资料以便研究中国。

中国的文化典籍，从《论语》、《中庸》到《大清一统志》、《元史》和《通鉴纲目》的部分内容等，都由宗教使团首次译成俄文。他们也首次编成了《汉俄大辞典》。在开展中国研究的教俗人员中，一批人成为有名的汉学家。其中有俄国第一批汉、满文教授丹尼尔·西维洛夫、沃伊采霍夫斯基、斯卡奇科夫、查哈罗夫、佩休罗夫；早期的汉学家罗索欣、列昂季耶夫、弗拉迪金、卡缅斯基、巴拉第、瓦西里耶夫和比丘林。

三、 比丘林为俄国汉学奠基

比丘林（Н. Я.Бичурин，1777—1853），原为喀山一所修道院院长，后到伊尔库茨克为升天修道院主持人。1807年担任东正教第九届驻北京宗教使团团长，于1808年1月到达北京，从此开始了研究中国的生涯，后来成为俄国汉学的奠基人。

比丘林像

宗教使团初到中国即倾全力学习汉、满、蒙文，当时最大的困难是缺乏教科书和汉俄辞典。于是比丘林开始编纂辞典。为了搜集生动的口语词汇以作为辞典的基本词汇，他穿上中国服装到市场和店铺里去，询问和记录一些物品的名称，标出读音。比丘林先后编成六部辞典。除《汉俄辞典》外，大部头的还有《汉俄语音字典》，此书费去他许多心血，先后重抄有四次，还依据《康熙字典》做仔细校订，最后根据发音按俄文字母顺序排列，分为九卷。《汉俄语音字典》在他身后的1922年才印行。

在北京逗留14年间，他搜集了大量文献资料，1821年回国时所带文物材料重达一万四千磅，其中仅汉、满文的中国书籍就有12箱，全部文献书籍分由15头骆驼驮运。

研究范围涉及中国哲学、经济、政治、伦理、民族以及风土人情，研究和著译的成果可以构成百科系列。1826—1834 年，他翻译的《西藏志》、《蒙古纪事》、《准噶尔和东土耳其斯坦志》、《北京概览》、《成吉思汗家系前四汗史》、《三字经》、《西藏和青海史》、《厄鲁特人或卡尔梅克人史概述》等先后出版，他写的文章《中国皇帝的早期制度》、《中国农历》、《中国教育观》、《中华帝国统计资料》、《中国国民粮食计量单位》、《由孔夫子首创，其后由中国学者接受的中国历史的基本原理》等发表面世。他的主要著作有《中国，其居民、风俗、习惯与教育》（1840）和《中华帝国统计概要》（1842）。

由于成绩卓著，比丘林于 1828 年当选为俄国科学院东方文学和古文物通讯院士。

此外，他还开办了汉语学校培养汉学人才。1831 年他在恰克图开办了第一所汉语学校，并担任教师，至 1838 年返回彼得堡。该校办学 30 年，培养了大批汉语人才。比丘林促成了俄国汉学的最终形成。此时已出现有多方面研究成果的汉学家，汉学成果也不局限于翻译，而是翻译与研究并重，教学基地和研究方法业已成型。

第二节 俄国多种途径翻译和传播中国古典文学

同西欧国家相比，俄国汉学起步较晚。它的研究资料和信息来源，必然会借鉴一些先行的国家。俄国与中国毗邻，交通便利，交往人员众多，因而获取史料有优势。这些决定了它引进中国文学作品和信息的多渠道、多层次和多方向的特点。

一、 从西欧文字转译中国文学作品

18 世纪，俄国开始从西欧诸国文字转译中国文学作品。1763 年，《每月著作与学术简讯》（12 月号）发表一篇小说，名为《庄子休鼓盆成大道》（《今古奇观》第 20 回），系据英、法译文和改编而转译的。

1785 年，这部小说再次译为俄文，载于彼得堡出版的小说集《庄子与田氏，或公然的不忠》。

1788 年，译自各国文字的《阿拉伯、土耳其、中国、英国、法国田园及神话小说选》出版，有一篇《善有善报》，即《吕大郎还金完骨肉》（《今古奇观》第 31 回），系从英译本转译的。

其他见诸报刊的零星翻译，有些名为中国小说，实际很难找到原文与之对应。例如，彼得堡杂志《新闻总汇》（1775）刊载的一篇《中国小说》、莫斯科《味·智·情读物》第 1 分册（1792）刊载的小说《恩人与贤人，中国小说》，以及《味·智·情读物》第 5 分册（1792）刊载的小说《友人》。所有这些译文，据李福清院士的考证，其中“多半仍是西方人手笔，显系杜撰”，不是中国小说。

关于早期的译介，我国缺乏相关的报刊和文档。此处所引资料，主要依据俄罗斯汉学家李福清的文章《中国文学在俄国（18—19 世纪上半叶）》和莫斯科出版的彼·叶·斯卡奇科夫编的俄文资料书《中国书目》（1932、1960）。

二、 从汉、满文直接翻译中国文学作品

俄国汉学进入 19 世纪以后有了新的发展，中国文学的俄译本不仅数量有所增加，而且在转译和直接翻译两个方面同时进行。

这个时期的翻译，仍然以小说为最多。例如，1810 年，《儿童之友》第 11 期刊登了几篇题为《中国逸事》的译文，其中一篇为《夸妙术丹客提金》（《今古奇观》第 39 回）的译文（删节）。1821 年，《国民教育部部刊》刊登了另一篇《中国逸事》，据称系从满文抄本译出。1839 年，《祖国之子》杂志又发表 11 篇《中国逸事》，是弗拉德金根据汉文和满文译出的，其中有一篇《两县令婚孤女》（《醒世恒言》第 3 回），其他几篇则为《王祥卧冰》、《唐氏乳姑》之类的二十四孝故事和《孟母三迁》故事。

还有几种章回小说译成俄文，如《金云翘传》（弗拉德金据满文抄本译）、《玉娇梨》片段、《红楼梦》第一回等。此外，文言小说《聊斋志异》也陆续有俄译，如《水莽草》、《阿宝》、《庚娘》、《毛狐》等，以瓦·瓦西里耶夫的翻译为最多。

第一次直接从中文翻译的章回小说《好逑传》，译者未署名。有史料说明，该译稿已于

1832年全部译齐。1832年彼得堡出版的文集《北国之花》收录了其中一个片段。同年在莫斯科出版的《好逑传》俄译本，则是从法译本转译的，而法译本又是由英译本转译的。

此外，中国戏剧、诗歌和散文也有介绍。1829年，《雅典娜神庙》（6月第11期）发表了短文《秀才之女雪恨记》，首次介绍了《窦娥冤》的剧情和《元夜留鞋记》的故事梗概。1839年发表的《樊素，或善骗的使女》（载《读书丛刊》第35卷）是中国剧本的首次俄译，译者巴依巴科夫注明原作者是郑德辉（郑光祖），这个剧本是《㑇梅香》。1847年，有人又转译了高则诚的《琵琶记》，在彼得堡出版单行本。诗文的俄译有王勃《滕王阁序》（1874年发表）等。

三、 传播中国文学资讯

（一） 人员来往和图书交换

比较起来，中国赴俄的外交人员不如俄国来华的多。同文化交流活动有关且有记载可查的，有著名学者兼外交官洪钧于光绪十三年(1887)为出使俄、德、奥、荷四国。洪钧在使俄时，曾参阅俄人贝勒津所译波斯学者拉施达金的著作《编年史文集》和亚美尼亚人多桑等人的蒙古史著作，从而充实了对元史的研究，写成《元史译文证补》三十卷。

中国其他的官员，如斌椿，在同治五年(1866)赴俄至彼得堡观看演剧两次。据记载，公使郭嵩焘的译员张德彝也于光绪五年(1879)在俄国皇宫观看芭蕾舞。稍后，光绪十四年(1888)则有户部主事缪荃孙在彼得堡参观过格致学院、阿喀接密亚绘画和古今列国书库（按戈宝权推测，分别为俄国科学院、美术学院和图书馆），并见过汉学家瓦西里耶夫。另一位使者王之春，在《使俄草》中写到光绪二十一年(1895)在彼得堡皇家大戏院看过舞剧《鸿池》（即《天鹅湖》），参观图书馆时见到有《西厢记》、《红楼梦》等中文藏书。

还有一个重要人物是洋务派首领李鸿章（1823—1901），以他为首的出使俄国代表团，于1896年赴莫斯科参加沙皇尼古拉二世的加冕典礼。在使俄期间，李鸿章还参观了下诺夫戈罗德举行的全俄工业与艺术博览会和莫斯科的盲人学校（有盲人作家爱罗先科在场）。他的参观活动在俄国人的书中也有所体现，如参观博览会就在高尔基的长篇小说《克里姆·萨姆金的一生》

中被描写到。但观看歌剧时，据汉学家阿列克谢耶夫的文章所记叙，李鸿章听不懂歌剧，当演员在台上引吭高歌时，他在台下吓得站起身来就跑，说："这样刺耳，就跟老虎叫似的！"

官方正式的文化往来中重要的一项是相互赠书。19 世纪中叶，先是清政府应俄国政府之要求，于道光二十五年(1845)将北京雍和宫所藏佛教重要经典《丹珠尔经》八百余册赠送对方。不久，俄政府回赠一批书籍，送交清政府理藩院。据何秋涛《朔方备乘》中《俄罗斯进呈书籍记》所载：俄国政府"乃尽缮俄罗斯所有书籍来献，凡三百五十七号，每号为一帙，装饰甚华，有书有图"，"考其中言彼国史事地理武备算法之书十之五，医药种树之书十之二，字学训解之书十之二，其天主教与夫诗文等类仅十之一而已"。由于当时能看懂俄文的人少，这批书先存理藩院，后移存方略馆、总理衙门等处。[1]

1. 戈宝权：《谈中俄文字之交》，见周一良主编《中外文化交流史》，第 549 页，郑州：河南人民出版社，1988 年版。

雍和宫

俄国早期参与对华文化交往活动的除了东正教教会外，还有：(1) 圣彼得堡皇家科学院(1725 年创办)，除直接领导亚洲博物馆外，它还对东正教驻北京传教士团以及喀山大学东方系等对华有关的单位进行业务指导。(2) 俄国研究中亚和东亚委员会。据 1899 年在罗马举行的第十二届国际东方学家大会的决定，于 1903 年设立，由俄国协调。目的是研究中亚和远东历史学、考古学、语言学和民族学，实际上主要从事对中国西北部的考察。委员会由科学院、考古委员会、地理学会、宫廷事务部、外交部、陆军部、财政部、国民教育部派员组成。(3) 大学东方系研究所(室)，如喀山大学(1837 年成立汉语教研室)、彼得堡大学（1855 年成立东方系，设满汉语教研室）和东方学院（1898 年在符拉迪沃斯托克成立）等。[2]

2. 中国社会科学院文献情报中心编：《俄苏中国学手册》（上），第 103—106 页，北京：中国社会科学出版社，1986 年版。

（二）翻译和搜藏中国文学作品

俄国虽然早就注意中国文学，但在 18 世纪一百年里只有零星的几篇中国文学译作。即便在 19 世纪，译介的文章或论著仅约 50 种，其中翻译作品约占 32 种，评介文章和论著 18 种。[1] 翻译作品中知名的如 1827 年出版的《玉娇梨》（片段）、1832 年出版的小说《好逑传》、1843 年发表的《红楼梦》第一回、1847 年出版的《琵琶记》，其他多是一些诗歌、笑话或民间故事及传说。到 19 世纪后期才译介古典名著《聊斋志异》中的若干篇，如 1878 年《新作》杂志上的《水莽草》，还有 1883 年瓦西里耶夫（中文名为王西里）翻译发表的《阿宝》、《庚娘》、《毛狐》等 5 篇。俄译诗文中有唐代诗人王勃的《滕王阁序》这样的名篇。这些文章不少是从其他欧洲文字转译的。《玉娇梨》即转自法文，有些诗转自德文，《好逑传》则是先有英译本，转成法文后再译成俄文。可见 19 世纪中国文学作品在俄国流传的范围还是很有限的。

1.〔俄〕彼·叶·斯卡奇科夫：《中国书目》，1932 年版第 465—474 页，1960 年版第 497—552 页，莫斯科。

传播中国文学的另一途径是汉学家写的评介文字。如《俄国皇家地理学会学报》从 1868 年至 1872 年，每年都有一篇《中国文学新闻》。《东方评论》1890 年第 6 期发表汉学家阿·伊凡诺夫斯基在俄国皇家地理学会东方部博物馆的讲稿《中国人的美文学: 小说、章回小说和戏曲》等。这类文章虽然不长，却因是登在刊物上，让更多的人了解了中国文学。俄国的一家主要杂志《祖国纪事》1843 年第 26 期发表的随笔《中国纪行》及文中所附《红楼梦》头回片段的译文，曾引起著名文艺批评家别林斯基的赞赏。

俄国向来重视搜藏中文图书，自从两国有了交往，俄国就更加注意。1727 年瑞典人洛伦茨·郎格受俄国政府雇用出使中国，带回去汉、满文书籍 8 套 82 本。这成为俄国科学院图书馆的第一批中国书籍。后来该馆发展为闻名世界的汉学书库“亚洲博物馆中国部”（今为东方学研究所彼得堡分所）。

俄国所获中国图书主要是靠教士使团和外交使团人员的搜购。如王西里在《圣彼得堡大学东方书籍简介》中不无自豪地谈到该校图书馆的满文类藏书已“囊括了用这种文字出版和写作的全部书籍”，“因为在清朝首都对满文的注意已经减弱到如此程度，以至于书商认为满文书无利可图而当作汉文书的衬纸”，这为他的搜罗提供了方便。第十三届使团学员，曾任俄国驻天津、塔城以及中国各开放港口领事的斯卡奇科夫（孔琪庭，1821—1883），三次在华都搜集各种资料情报，“其收藏汉籍善本之富，为当时俄国之冠”，包括有大量公文、日记、手稿（现均存国家图书馆）。再则是高校派人专门到中国购书。符拉迪沃斯托克东方学院在建校的当年（1898）就派出亚·格列比翁希科夫和彼·施密特教授在内的一批人到沈阳购置大量汉、满文图书。该校叶·斯帕里文教授在1910年编成出版的《东方学院中国图书编目》就展示出其所藏书籍甚丰。

由于各部门人员的努力，18—19世纪俄国所获大量的中国古籍中，藏有不少珍稀版本，包括在中国已失传的孤本。迄今已发现的古代抄本《石头记》、《姑妄言》即为重大事例，将在本章第三节详述。

第三节 清代抄本流传至俄国成珍本

自从两国有了正式的交往，俄国就重视收藏中国图书。在18—19世纪（清代中后期）俄国收藏了大量中国古籍，其中藏有不少珍本，甚至在中国已失传的孤本。迄今已发现并且为我国学界惊为突出事例的，有《石头记》和《姑妄言》等抄本。

一、 罕见的抄本《石头记》在俄国发现

1964年，俄国汉学家孟列夫、李福清以《〈红楼梦〉前所未闻的抄本》（载莫斯科《亚非人民》1964年第5期）一文公布了在苏联科学院东方学研究所列宁格勒分所所藏《石头记》清代抄本的信息，引起国内外红学界的关注。

1984年12月，中国艺术研究院红楼梦研究所派出冯其庸、周汝昌、李侃三位专家前往考察，影印了这个抄本，并由中华书局于1986年出版，以《曹雪芹撰〈石头记〉》（全六册）为书名印行。书前有红楼梦研究者所作的序。

序文云：

此《石头记》抄本共35册，线装，有包角。抄本用的纸张是清代常见的竹纸。

纸色浅米黄，纸质似不够薄净光洁，比起“甲戌本”、“己卯本”、“庚辰本”等乾隆抄本的纸质和黄脆程度来，似都显得“新”一点，纸质也较粗糙。

这个抄本的底本是属于脂砚斋评本，这是无可怀疑的。

序文认定：

此抄本抄定年代……最早似不能早于乾隆末年（乾隆56到60年，公元1785—1794年），最晚不能晚于道光初年（道光元年到道光10年，公元1822—1830年），或者在嘉庆年间最为可能（公元1796—1820年）。

孟列夫像

大家知道，曹雪芹当年创作《石头记》，并不是按回目逐回撰写的，而是下笔一气写出好多文字，然后“纂成目录，分成章回”，因而序文云：

此抄本所据底本既系脂本旧文，且其中部分还保存早期未分回之初状，抄本正文虽颇有脱漏，然亦甚多可与其他脂本对校，足以补其他脂本之抄误抄漏者，固已弥足珍贵矣。

序文盛赞新发现抄本的意义，曰：

《石头记》抄本，20年代始，即续有发现，至今屈指已得11种（靖藏本得而复失，故未计入）。此本于道光十二年（1832年）传入俄京，迄今已越152年，乃赋归来，实为红学界之盛事，亦中苏文化交流之佳话也！

李福清像

（一）　抄本传俄过程

据抄本发现者李福清、孟列夫的长文《列宁格勒藏抄本〈石头记〉的发现及其意义》（见中华书局影印本第一册）所叙，可以得出几个要点。

其一，抄本传俄缘于当年的历史背景。俄方急需搜集大量中国文籍，每届来京的宗教使团均受命购书，以供几家图书馆之需。在他们所得书籍中，《红楼梦》占有重要地位。据苏联时代统计，各图书馆所藏计有60多种《红楼梦》刻本及其续集，以及以《红楼梦》为题材的作品老版本。其中自然少不了稀有的本子。

其二，宗教使团成员喜好，常用作学习汉语和了解中国社会人情的资料。1830年来京的第11届宗教使团里一位叫科万科的学员，对《红楼梦》情有独钟。李、孟文中称：

> *А.И. 科万科（生于1808年）是一名矿业工程师，他访华的目的是研究中国的地质，进行"地磁观测"。为了从事这项工作，首先必须掌握汉语。他在后来写道："需要尽快学会口语，但又无法经常同中国人接触，为了学习汉语，我开始读《红楼梦》，这本书是用地道的口语写成，因此正合我意。"А.И. 科万科的选择最正确不过了，《红楼梦》的语言的确优美生动。А.И. 科万科还认为这部作品淋漓尽致地描写了那个时代的日常生活，称得起是一部中国人生活的百科全书。他在给矿业工程师总部主任的报告中写道："我关心主要的课程（指矿业、农业和工业——引者），但对中国人的风俗习惯也颇感兴趣。为了更多了解这方面情况，我读了长篇小说《红楼梦》。中国人的家庭生活，喜庆节日，婚丧嫁娶，消遣娱乐，官吏的舞弊，奴婢的机诈，中国人（指中国当时的贵族官僚——引者）的贪婪和淫逸，还有母亲迎接做了皇帝妃子的女儿的时候的那种排场——这一切书中都有惟妙惟肖的描述。迎女儿的仪式实在滑稽。为了迎女儿回娘家过几个小时，竟然要筑起亭台楼阁，还要引来潺潺流水。总之，奢华之物，应有尽有。母亲要跪下迎接女儿，还要在一间专门屋子里给女儿叩头。女儿只有步入母亲的内室，才能像一般女孩子见了亲生母亲那样给母亲叩头。父亲要给女儿鞠躬行礼，但不能看女儿一眼，因为他只能在房间的帘外给女儿鞠躬。""如果把这本书译成俄文，那么，那些想了解中国人习俗或希望学习汉语的人将受益匪浅。"可惜，他的建议没有得到任何反响。尽管如此，А.И. 科万科仍尽其所能向俄国读者介绍了小说的某些篇章。1836年，他从中国回国后，以"德明"为中文笔名，以《中国之行》为总题，连续写了十篇随笔，刊登在1841—1843年间*

俄国一家主要杂志《祖国纪事》上。文章得到了别林斯基的赞赏。第十篇随笔是介绍中国教育和科举情况的，科万科把他自译的《红楼梦》第一章头半部分附在了第九篇随笔之后。

其三，亲手带走抄本的是另一位学员库尔梁德采夫。在1830年末来北京的第十一届俄国宗教使团里，对《红楼梦》感兴趣的非止一个科万科，他同来的伙伴中有个叫П.库尔梁德采夫的学员也从中国带回一本八十回的《红楼梦》抄本，这本罕见的抄本目前收藏在科学院东方学研究所列宁格勒分所。苏中两国学者根据双方达成的协议合作影印的正是这部难得的抄本。

（二） 抄本收藏和被发现的过程

李、孟对抄本做了多方面研究，根据抄本封二两个笔迹笨拙的汉字“洪”（显然系库尔梁德采夫的“中国姓”）确定，“此抄本显然是库尔梁德采夫于1830—1832年在北京获得，保存在驻北京宗教使团或为其个人所藏”，至于“抄本是如何从北京得到，后来又如何落入亚洲博物馆的，目前尚不清楚”。

但是，从抄本的编目和号码上看，它在亚洲博物馆（后改名为科学院东方学研究所列宁格勒分所，现又改为东方文献研究所）。收藏期间，“经历了三次清点，至20世纪60年代初并未引起注意，直到1962年李福清调查小说俗文学各种不同藏本之时，才注意到了《石头记》这个抄本”。他与孟列夫（现行俄译本《红楼梦》中诗词部分的译者）不久就公布了这一发现。

李、孟综合20年前国内外许多汉学家和他们本身的研究结果认定，这个“列藏本《石头记》是小说早期印刷前校阅过的最完整的一个本子”，“是准备去付印的”。

至于抄本当年获得者库尔梁德采夫，李、孟曾介绍云：

有关П.库尔梁德采夫的情况，我们所知不多，仅知他1830年随第11届宗教使团去北京，没过两年（1832年）就称病回国，估计是与宗教团长莫拉切维奇不和。列宁格勒中央国立历史档案馆的文件披露，1829年6月6日亚洲司司长在给彼得堡学区督学的一封信中说，1830年前往北京的俄国宗教使团中拟包括五名学生，其使命是“认真学习汉、满、蒙语”。这位亚洲司司长告称，已有四位人选，请彼得堡学区督学再

物色一位有竭诚献身精神、愿在太平盛世的中国京城从事十年科学研究以报效祖国的青年。彼得堡大学历史语言系二年级学生 П. 库尔梁德采夫得知这消息后，便呈请作为一名学生加入宗教使团。

*П. 库尔梁德采夫曾在彼得堡大学学习近东语言，他是语言专家 **Ф.Б.** 格列费（1780—1851）的学生，也是著名作家兼近东语言大师 **О.И.** 先科夫斯基（1800—1858）的学生。先科夫斯基告诉学区督学："他发现这个学生（即库尔梁德采夫）的语言才能非同一般。他学习东方语不足三年，就在阿拉伯语和波斯语方面取得了显赫的成绩，不久前，他开始攻读土耳其语。他还通晓拉丁文和法文。就历史语言系各门功课成就而言，他都是出类拔萃的。"*

二、《姑妄言》抄本的收藏与发现

（一） 抄本发现的过程

李福清院士继续从事他的古籍挖掘，上次是在列宁格勒，这次转移新地方，开始调查莫斯科图书馆所藏汉文古籍。1964 年的一天，他在列宁图书馆（苏联最大的国家图书馆）抄本部，又意外发现了康·安·斯卡奇科夫（1821—1883）收藏的《姑妄言》抄本。

斯卡奇科夫 1844 年由黑海边的敖德萨市黎赛留·(Richelieu) 学院的物理数学系毕业，1848 年由俄罗斯派往北京，任务是在北京东正教馆设天文台。

斯卡奇科夫对书籍的兴趣广泛，从天文、地理、水利著作，直至文学、宗教、历史、经济、语言、哲学、民族学等各种书都购买，特别注意购买历史地图，如宋代画的西夏图，或清代各种地图，如 18 世纪的湖北地图、嘉定府图、台湾图及较为详细的早期的台南图等。另外，他还购买了一些知名藏书家的书，如 1848 年去世的徐松藏的书及旧抄本（均有徐松的藏书章），也有姚文田的旧藏。

斯卡奇科夫的中国书籍，大部分是他 1848—1859 年在北京搜集的。回俄国后，外交部又派他到新疆当驻塔尔巴哈台的领事。到新疆时，他特别注意当地的历史资料，购买了不少旧书与抄本，他收藏有 34 种新疆历史抄本（其中多半从未刊行）和 11 种未刊行的新疆地图。

1863 年，斯卡奇科夫回国。斯卡奇科夫在中国一共搜集了 1 500 多种旧书与抄本。

1873 年，西伯利亚伊尔库次克大商人阿 · 罗季昂诺夫表示，如果政府授予他一枚勋章，他就同意付钱购买斯卡奇科夫的收藏，赠给莫斯科鲁缅采夫博物馆——该图书馆是列宁图书馆的前身，20 世纪 90 年代又改名为俄罗斯国立图书馆。

1873 年斯卡奇科夫的中文书正式入藏图书馆，之后好多年都没有人整编目录（只有斯卡奇科夫自己的一些卡片）；因此日本汉学家羽田亨博士、法国汉学家伯希和教授，先后于 1914 年、1925 年到莫斯科看过斯卡奇科夫的藏书，但似乎都不曾注意《姑妄言》这个抄本。他们都是历史学家，注意的是斯卡奇科夫所藏历史资料，如羽田亨教授研究元代史，利用了斯卡奇科夫从《永乐大典》抄的资料，伯希和教授在荷兰出版的汉学期刊 *Toung pao*（《通报》）1932 年 29 卷发表一文，专门介绍斯卡奇科夫收藏的某些历史抄本。

1937年，列宁图书馆邀请列宁格勒冬宫博物馆的汉学家卡津（В.Н.Казин）来莫斯科整理斯卡奇科夫的收藏。他改正了不少斯卡奇科夫自己写的目录，但因第二次世界大战爆发，整理工作被迫停止。又过了20多年，图书馆邀请老汉学家阿 · 伊 · 麦尔纳尔克尼斯（А.И.Мелналкнис）于业余之时到馆整理斯卡奇科夫收藏的旧抄本并编纂目录(麦在东方研究所多年，参加编纂四卷本的《华俄大辞典》)。

1964 年，李福清到列宁图书馆抄本部检视中文抄本，麦氏知道李系中国文学研究者，便从抄本书库中拿出来几部文学作品抄本，并说他自己不是研究文学的，不懂得是什么作品。李打开一个较大的纸盒，里面放的正是 24 册的《姑妄言》小说抄本。

斯卡奇科夫大量搜集各种文学作品，小说方面除了著名的四大奇书之外，还有一些较罕见的作品，有的版本在孙楷第《中国通俗小说书目》及大冢秀高《增补中国通俗小说书目》中未著录，如三槐堂本《绣像飞龙全传》、孔耕书屋本《增订精忠演义》等，或海外较少见的《三分梦全传》（道光十五年版）、《莲子瓶全传》（道光二十二年版）、《海公大红袍全传》（道光十三年版）、《娱乐醒目编》（咸丰二年刊）等。1848 年到北京的斯卡奇科夫大多买的是道光时期的小说版本，他也许是企图较全面地搜集各种小说，所以得到《姑妄言》抄本当也不是偶然的（其他小说都是刻本）。

（二）《姑妄言》介绍

《姑妄言》是章回小说，作者为三韩曹去晶，有1730年（雍正八年）自序，林纯翁总评，分24卷。李福清当时查孙揩第的《中国通俗小说书目》和其他书，均未见著录。他与孙揩第通信时，曾提到这本书，孙回答说从未见过，并疑为韩国人用中文写的作品。其实“三韩”是中国的一个县名，清代属热河省，《姑妄言》作者是三韩县的汉族人。李氏云他可惜多年都查不到关于曹去晶和《姑妄言》的材料。

1966年，李福清于《亚非民族》发表一篇长文《中国文学各种目录补遗》，补充孙揩第《中国通俗小说书目》及各种俗文学目录，第一次著录了在列宁图书馆发现的《姑妄言》手抄本。

1974年，莫斯科东方文学出版社出版麦尔纳尔克尼斯编的《斯卡奇科夫所藏汉籍写本和地图题录》一书（中译本见国家图书馆出版社，2010年），详细记录了斯卡奇科夫所藏的抄本及手绘的地图、风俗画333种。其中在对《姑妄言》的记录中，注意到抄本是几个人抄的，有人写楷书，有人写行书，第2卷、第21卷有中国收藏家之图章。每册都数有几页，也注意缺哪一页，如第8册缺17—18页，哪一页撕掉一块等。可惜麦氏编的目录很少有人注意，苏联用的人很少，中国学者大概完全没有注意到。

1984年，大冢秀高教授编印《中国通俗小说改订稿》，记录《姑妄言》卷回数不明，周越然旧藏。1987年增补时，著录的仍是周越然旧藏的“素纸精抄本，存第四十至四十二回”。这个残抄本不知去向，但1990年北京吴晓铃教授、法国陈庆浩教授都告诉李福清，上海学会有它的铅印本。陈庆浩则早已从李氏1966年发表的文章中，得知李氏在莫斯科发现了《姑妄言》较完整的旧抄本。1990年中国文联出版公司出版的《中国通俗小说总目提要》据周越然《孤本小说十种》著录了上海优生学会铅印残本《姑妄言》，但未见该书；1993年北京出版的《中国古代小说全书》才首度介绍该残本的内容和居士山人写的大意，疑是明末清初作品，并说：“清代禁书诸录及诸家藏书目均未著录，故无法确考其成书时代及作者。”他们也听说“苏联藏此书之全帙，抄本二十四册”，但因未见1966年李文，不知莫斯科所藏抄本有作者曹去晶的名字及1730年的作者自序。

1989年至1991年间，李氏在北京与刘世德、陈庆浩讨论过《姑妄言》的影印。1992年李氏在台湾任教，清华大学王秋桂教授也提到出版《姑妄言》的问题。1993年俄罗斯国家图书馆馆长菲律力波夫教授到台湾参加“中央图书馆”馆庆，王秋桂、李氏与馆长趁此谈定，在《思无邪汇宝》丛书中出版《姑妄言》的排印本。

在俄国斯卡奇科夫开始大量搜购中国古书及旧抄本150年后的现在，《姑妄言》小说抄本才第一次在中国问世，这也是台湾与俄罗斯第一次合作出版的一本书。[1]

1.〔俄〕李福清：《姑妄言小说抄本之发现》，见《思无邪汇宝》丛书第45册《姑妄言》，台北：台湾大英百科股份有限公司，1997年版。

第四节　瓦西里耶夫撰中国文学史

1837年，喀山大学东方系设立汉语教研室，此举在俄国汉学史上具有里程碑的意义。它标志着两个转移：一是汉学基地由北京的东正教宗教使团转移到俄国国内；二是汉学教育由个别汉学家（罗索欣、比丘林等）开办普通学校转移到高等学校，使汉学人才能够接受大学的科研训练。

俄国高校开设中国文学课和编成中国文学史均属于世界第一，杰出的代表则是瓦西里耶夫。

一、　瓦西里耶夫

1851年1月6日，瓦·瓦西里耶夫（В.П.Васильев，1818—1900）正式被聘任为喀山大学汉、满语教授，汉学教学和研究中心最终形成。

瓦西里耶夫像

瓦西里耶夫，中文名字王西里，1837年毕业于喀山大学历史语文系东方语言科，1840 年作为第 12 届教士使团学员到北京，居留 10 年，学通汉、满、蒙、藏语，此外还通晓日、朝、突厥语和梵文，学识渊博，兴趣广泛。从 1851 年起，他先后在喀山大学（5 年）和彼得堡大学（45 年）东方系任教授共 50 年，为俄国培养了大批汉学家。他的研究涉及历史、宗教、地理、文学，发表著译作几十种，还有大量手稿（存档可查的有 140 种）。主要著作为：《佛教教义、历史、文献》（3 卷，1857—1869）、《十至十三世纪中亚东部的历史和古迹》（附《契丹国志》和《蒙鞑备录》译文，1857）、《东方的宗教：儒、释、道》（1873）和《中国文学史纲要》（1880）。他成绩卓著，于 1866 年当选为俄国科学院通讯院士，1886 年升为院士，是俄国历史上第一位中国文学研究领域的院士。

他在北京留学时就开始接触中国文学，竭尽全力搜购各种图书，每购到一本必先仔细阅读。他回国时带去汉、满、藏、蒙文书籍 849 种共 2 737 册，回国后开设了中国文学史课。

二、《中国文学史纲要》

1880 年出版的《中国文学史纲要》（以下简称《纲要》）讲述的内容包括三部分：一、二部分为儒、释、道诸子百家的典籍，以及农书、兵书；第三部分是“诗歌、小说、戏曲”。从现代的概念来看，它更像是一部中国文化典籍史。

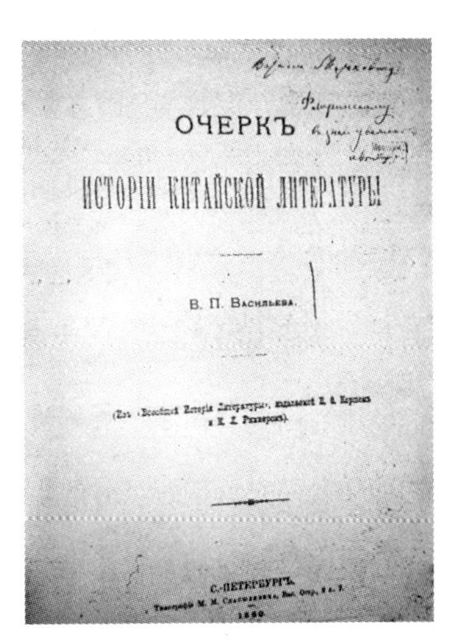

《中国文学史纲要》封面

《纲要》介绍文学的篇幅虽然不长，却能对“美文学”

做出全面、历史的评介，而且脉络清楚，有不少精辟的论断。

作者分类介绍中国的诗文。从《昭明文选》、《文苑英华》、诗、赋（《两都赋》、《盛京赋》等），直至“诗体小说”（《锦上花》、《再生缘》、《来生福》），还有“小型百科全书”《三字经》及《千字文》等，都一一谈到。他盛赞中国诗的繁荣：“如果我们（指俄国人）了解并且高度评价普希金、莱蒙托夫、科里左夫的一些短诗，那么中国人在绵绵两千年里出现的诗人，像那样的诗他们就有成千上万”，当然这里只需挑出“司马相如、杜甫、李太白、苏东坡等等”来做例子。

他通过译介《诗经》风、雅、颂的片段，阐释三类诗的内容及特点，提出毛享、欧阳修、孔颖达甚至朱子（熹）的注解值得商榷的意见。他认为《诗经》就是一部民间诗歌集，并且希望“如果有人对中国今日的民歌也加以注意，那将是很有意义的……在中国各个地区，必定存在着富有地方色彩的歌谣”。这种看法在当年实属远见。在中国，直到五四运动前后才有人提出来。

《纲要》在评述中国戏曲和小说时还追溯历史，提出“其源头可能也是外来的”，“但是无论在戏剧还是小说的领域里，中国人都不是单纯的模仿者，这是一个一贯保持着独立自主精神的民族。对一切异邦和外来的东西，她都以自己的眼光加以检验，以自己的方式加以改造；因此戏剧和小说总是呈露出中国的精神，表达着中国人自己的世界观”。他推崇《西厢记》，“如此完美的剧本，在欧洲也不多见”。他也注意到，“如同欧洲一样，中国也善于把历史和小说改编成戏剧，例如《三国志》、《红楼梦》就被改编过”。

评介中国小说是《纲要》的一个重点。作者分类论述，广泛涉及中篇小说诸如《列仙传》、《搜神记》、《太平广记》、《聊斋志异》，章回小说《水浒传》、《红楼梦》、《金瓶梅》甚至《品花宝鉴》、《好逑传》等，还有历史演义《开辟演义》、《列国》、《七国演义》、《战国》、《三国志》等。他特别重视《红楼梦》和《金瓶梅》，认为“只有章回小说……才能使我们充分了解当时的生活”，而《好逑传》“这类小说则很难反映中国的现实生活”。凡看重的作品，他都认真介绍原作，或大量译介原文引作实例，如《诗经》，或编写故事梗概插入书中以供了解，如《西厢记》、《红楼梦》、《金瓶梅》。这种办法更便于读者了解他们所不熟悉的外国文学，对后代学者也有借鉴的意义。总之，这是世界上第一部中国文学史，这也是它最宝贵的价值。

三、《中国文学史纲要》的历史意义

与西方和中国的同类史书相比，《纲要》无疑是世界上第一部中国文学史。英国翟理斯著《中国文学史》（1901）、德国顾威廉著《中国文学史》（1905）都比它出现得晚，而中国人写的本国文学史甚至晚了三十年，如黄人的《中国文学史》（1900—1914）和林传甲的《中国文学史》（1910）。

俄国汉学家中，也有人（费德林、李福清等）质疑他的写法，认为此书“有一些明显的不足。瓦西里耶夫不是一个文学理论家……他力图把中国各类文章都一一介绍给俄国读者”（李福清语）。但是瓦氏早就汼意到中国的“文”和欧洲的“文学”是宽窄不同的两个范畴，因而提出了“雅文学”的概念，认为它才相当于欧洲文学理论中所指的诗歌、小说、戏剧。[1]这样一来，此书的写法必然会划出两个层次。最先一层是从中国的“文”出发，在瓦氏眼中，“文”就是一切文章典籍的总汇，依照中国的实际情况，在此书中既要理所当然地写到儒家经典《诗经》、《春秋》、《论语》，也要写现代中国文学史著所不论的《孝经》，既要涉及儒、释、道的文献，也要谈社会律法、地理、农书和兵书；其次一层才是“雅文学”（即欧洲“文学”中的诗歌、小说、戏剧等）。

1.〔俄〕戈雷金娜：《中国古典文学在俄罗斯》，见季塔连科主编《中国精神文化大典》第3卷，莫斯科，2008年。

总之，瓦西里耶夫既谈到了世界“文学”（或欧洲文学概念中的“文学”）之共性，也注意到了中国古代“文”的特性。

第五节　列夫·托尔斯泰对中国的理解和关切

列夫·托尔斯泰（Л.Н.Толстой，1828—1910）在19世纪80年代初完成了世界观的转变，在世纪末最后的20年内写了许多札记、评论、书信和日记等，表述转变后的新观念。其中特别关注中国鸦片战争之后遭受列强侵略、欺凌的命运，寄希望于光明的未来。他后来发表的《给一个中国人的信》集中地反映了他的观念与心情。

托尔斯泰在致辜鸿铭的信[1]中表达了自己对中国的理解和关切，同时阐明了他对现实问题的见解。在此特将此信摘录几段，以窥见一斑。

1.[俄]托尔斯泰：《给一个中国人的信》，见《托尔斯泰文集》第15卷，第519—521页，北京：人民文学出版社，1989年版。

一、 同情被侵略者中国的命运

亲爱的先生：

我收到了您的书，并怀着极大的兴趣把它们读完了，特别是《尊王篇》。

中国人民的生活过去一直是我极感兴趣的，我也曾尽力去了解我所能了解的中国生活中的东西，尤其是中国的宗教智慧——孔子、孟子、老子的著作及其注疏。我也看过中国的佛经和欧洲人写的关于中国的书。近来，在欧洲人，其中在很大程度上是俄国人对中国施行了那些暴行之后，中国人民的一般情绪当时和现在都引起我特别强烈的兴趣。

中国人民虽遭受到欧洲民族这样多不道德的、极端自私的、贪得无厌的暴行，而直到最近都是用宽宏和明智的平静、宁可忍耐也不用暴力斗争的精神来回答加之于他们头上的一切暴行。我指的是中国人民，而不是政府。

伟大而强有力的中国人民的平静和忍耐只是引起了欧洲民族越来越多的蛮横行为。粗野的、自私的、只过着兽性生活的人总是这样，与中国发生关系的欧洲民族正是如此。

中国人民过去经历过，现在仍经历着的折磨是巨大的和艰难的。但正是现在，重要的是中国人民不要失去忍耐，不要改变对暴力的态度。

“唯有忍耐到底的，必然得救。”——基督教教义说。我也认为这是毋庸置疑的真理，虽然人们难以接受。不以恶报恶和不参与恶不但是得救，而且也是战胜作恶者最为妥善的手段。

中国人在把旅顺割让给俄国人之后，便能看到这教义正确的最突出的证明。极力

用武力从俄国和日本那里夺回旅顺，达不到那些对俄国和日本极为有害的后果，即把旅顺割让给俄国对俄国和日本所产生的那些极为有害的后果——物质的和道德的恶。割据了中国胶州湾和威海卫的英国和德国也必定如此。

一些强盗的得逞引起了别的强盗的垂涎，赃物成了纷争的对象，并将毁灭强盗自身。狗是这样，堕落到动物水准的人也是这样。

托尔斯泰庄园

二、 对中国的暴力反抗方式持异议

正因为如此，我现在怀着恐惧和忧虑的心情听到并从您的书中看到中国表现出战斗的精神、用武力抗击欧洲民族所施加的暴行的愿望。

如果真是这样，如果中国人民真是失去了忍耐，并且按照欧洲人的样子武装起来，能够用武力驱除一切欧洲强盗（中国人民以自己的智慧、坚忍、勤劳，而主要是人口众多，做到这一点是轻而易举的），那么这就可怕了。这不是像西欧最粗野和愚昧的一个代表——德国皇帝所理解的那个意义上的可怕，而是在这个意义上的可怕：中国不再是真正的、切合实际的、人民的智慧的支柱，这智慧的内容是过和平的、农耕的生活，这是一切有理智的人都应该过的、离弃了这种生活的民族迟早应该返回来的生活。

我认为，在我们的时代，人类的生活正发生着伟大的转变，在这个转变中，中国应该在领导东方民族中发挥伟大的作用。

我想，中国、波斯、土耳其、印度、俄国，可能的话还有日本（如果它还没有完全落入欧洲文明的腐化罗网之中）等东方民族的使命是给各民族指明那条通往自由的真正道路，如您在您的书中所写的，在汉语中用来说明它没有别的词，只有“道”，道路，也就是符合人类生活永恒基本规律的活动。

根据基督的学说，自由也是经过这条道路来实现的。基督说：“你们必晓得真理，真理必叫你们得以自由。”西方民族几乎不可挽回地失去了的就是这个自由，我想，东方民族的使命是实现自由。

三、 预言中国有光明的前途

人类和人类社会永远处在从一种年龄向另一种年龄过渡的状态中，但是常常有这样的时期，人和社会特别尖锐地感觉到和清楚地意识到这些过渡。就像一个人会突然感觉到他不能再继续过童年的生活一样，各民族的生活中同样也有这样的时期，社会不能继续照老样子生活下去，感到有必要改变自己的习惯、制度和活动。我想，一切过着国家生活的民族，无论是东方民族还是西方民族，现在所经历的正是这种从童年到成年的过渡时期。这过渡在于必须从变得不能容忍的人的权力下解放出来，并在与人的权力不同的基础上建立生活。

在我看来，这事业是历史性的，是命运为东方民族规定的。

就此而言，东方民族正处在特别幸运的条件下。他们尚未抛弃农耕，尚未被军事的、宪法的和工业的生活腐化，尚未失去必须遵循上天的或上帝的最高律法的信念，目前正处在一个十字路口。欧洲民族早已从那里走上了使摆脱人的权力变得特别困难的错误道路。

既然看到西方民族的一切祸害，东方民族自然不会企图用荒谬的、人为的、掩盖问题实质的手段（虚假地限制权力和实行西方民族企图借以获得解放的代议制）摆脱人的权力的恶，而是用别的、比较根本和简单的方式来解决问题，这方式在仍然相信必须遵循上天或上帝的最高律法，即“道”的律法的人们看来是自然而然的，这方式

只能是遵循这个排除服从人的权力的可能性的律法。

只要中国人继续过以前所过的和平的、勤劳的、农耕的生活，遵循自己的三大宗教教义（孔教、道教、佛教三者的教义一致，都是要摆脱一切人的权力，己所不欲，勿施于人，克己，忍让，爱一切人及一切生灵），他们现在所遭受的一切灾难便会自行消亡，任何力量都不能战胜他们。

依我看，现在不但在中国面前，而且在一切东方民族面前摆着的问题不仅仅是自己摆脱他们从自己的政府和别的民族那里遭受的那些恶，而且是要给一切民族指出摆脱他们全体所处的那种过渡状态的出路。

除了从人的权力下解放出来和服从上帝的权力以外，没有，也不可能有别的出路。

在俄国作家中，对中国问题发表过如此详细而深入见解的，唯有托尔斯泰，故而此份文件弥足珍贵。

第二章　20 世纪上半期中俄文学交流（一）

第一节 俄苏文学翻译的高潮

中国和俄苏的文字之交开始于三百多年前。文字之交的基础是两国各自社会发展的需要。

17世纪初叶，中俄两国有了外事接触。1618年（明万历四十六年）和1655年（清顺治十二年），中俄互表交往意向的文书就到了彼此的首都，但因为都不懂对方的文字，结果被搁置一旁近一个世纪。1689年（俄国彼得一世时期，清康熙二十八年），中俄双方签订了《尼布楚条约》，两国文字之交正式开始。

进入18世纪，两国交往的逐渐频繁促进了双方文字之交的发展。在中俄文字之交的发展和西欧“中国热”的影响下，18世纪的俄国兴起了“中国热”，它是以文化交流为先导的。当时宫廷内外效仿西欧，不少俄国人甚至想置身于这个地大物博、古老而文明的国度，亲身感受一下中国文化的魅力。大作家普希金由景仰“中国贤人孔夫子”到想来“万里长城边上”实地考察，曾于1830年提出申请，表达希望访问中国的心情。

两国之间的外交、贸易和文化的来往最终开创了中俄两国文学进行对话的时代。不过，两大邻国间的这种对话一开始却是间接对话。

从俄国一方看，在译介中国文学作品方面，俄国多从其他的欧洲文字转译。从中国一方看，中国对俄国文学的转译开始于20世纪初，晚于俄国对中国文学的译介。同文馆培养的一批批毕业生中不乏精通俄语的外交官和口笔译人才，但极少有人在翻译介绍文学方面留下实绩。据说只有一位同文馆的毕业生张叔严，1905年以前在彼得堡大学时，拜访过托尔斯泰，并用五言古体翻译了这位文学泰斗的诗作。有资料证明，最早的汉译俄国文学作品是克雷洛夫的三篇寓言——《狗友篇》、《鳆篇》和《狐鼠篇》，是从英文本转译的，发表于1899—1900年。从1911年到1919年的俄国文学译作主要是以英语为媒介转译的，翻译的规模很小。

中俄文字之交拉开了俄苏文学与中国文学相互交流与影响的序幕。这种交流与影响的趋势日渐浩大，成为中外文化交流史上独具风格的一大景观。在风从八方来的今天，我们熟悉俄苏文学似乎仍然超过其他国度的文学。

从20世纪初开始，五四以来，我国已翻译过普希金、莱蒙托夫、屠格涅夫、列夫·托尔斯泰、契诃夫、高尔基、迦尔洵、安特莫夫等十几位俄国名作家的作品约80种以上。其中列夫·托尔斯泰便占30种。这些译作多半据日文、英文转译，又用的是文言文，流传不是很广。但是，汉译俄国文学作品从此逐渐形成规模。

经过30—40年代大量翻译苏联抗击法西斯的战争文学，至50年代出现我国译介苏联文学的一个高潮。苏联文学，包括俄国古典文学如潮水般涌进中国。我国读者从中了解对方的现实社会和历史，效仿苏联投入到建设社会主义新中国的热潮中。

此次高潮表现在翻译俄苏作品和介绍俄苏作家两个方面，尤以普希金、果戈理、屠格涅夫、陀思妥耶夫斯基、托尔斯泰、契诃夫和高尔基等几位著名作家为重点。

第二节 普希金的中国之旅

俄罗斯民族诗人普希金(1799—1837)从童年时代起就知道遥远的东方有个中国，少年时代的他格外喜爱皇村夏宫里的中国式戏院、小桥和楼阁亭台。普希金关注着中国，并抓住每一次机会结识到过中国的俄国人，阅读有关中国的书籍：南俄流放期间，诗人与到过中国的外交官维格尔相识，同汉学家毕丘林神父建立起友谊；“普希金之家”的普希金私人藏书室收有《西藏现状概述》、《三字经》、《中华帝国概述》、《赵氏孤儿》等中国书籍和有关中国的著作。

中国形象甚至连续出现在诗人不同时期的作品中。如将其《给娜塔利娅》（Послание к Наталье，1813）、《皇村回忆》（Воспоминания в Царском Селе，1814—1829）、《园亭题记》（Надпись к беседке，1813—1817）、《鲁斯兰和柳德米拉》（Руслан и Людмила，1817—1820）、《叶甫盖尼·奥涅金》（Евгений Онегин，1823—1830）、《我们一同走吧，我准备好啦……》（Поедем，я готов；куда бы вы，друзья...1829）、《我为自己建立了一座非人工的纪念碑》（Я памятник воздвиг себе нерукотворный，1836）等连接起来，不难梳理出普氏“中国系列”的清晰脉络。从未离开过俄罗斯的普希金，他的“中国语境”从何而来？从大的时代背景来看，普希金对中国的描述、对中国的想象与认识同

17世纪至19世纪早期整个欧洲都痴迷于“汉风”的倾向密切相关。萨义德在其著作《东方学》中指出，大约从1765年至1850年之间，“欧洲除了有学识渊博的专家对东方事物做出了许多科学发现之外，实际上还盛行着仰慕东方器物的风尚，这一风尚影响了这一时期的每一位大诗人、散文家和哲学家”[1]。法语纯熟、精通西欧文学与文化的普希金自然也游弋于这样的语境之中。这一语境几乎同步地存在于俄罗斯，尤其是“从18世纪初开始，如同欧洲的情况一样，俄国人也收集瓷器、涂漆的饰物和一切中国艺术品，生活中充斥着中国的物产；在文学和哲学中也流行起‘想象中的中国’，把中国视为‘理想之邦’，书刊上充满中国的信息；宫廷和上层社会热衷于‘中国的情调’，按照中国风格来装饰、布置皇宫和官邸里的房间，仿造园林艺术和中国式的建筑，在皇家园林里设置中国景物。这种热潮持续到19世纪，甚至更晚；在地域上也由首都扩及外省”[2]。笼而统之地说，这种现象既是西欧“中国热”促动的结果，又是人类对“异”的向往的共同心理使然；具体而言，它则直接源于18世纪下半叶叶卡捷琳娜二世时代俄国对中国日渐增长的兴趣。迷恋于“中国风”的女皇尤其醉心于中国的物质文化。

“中国花园”是欧洲文学中的一个母题。笔者认为，除中国的亭、台、楼、阁、桥之外，中国的花瓶、瓷器、丝绸，乃至“万里长城”、“汉学家的图书馆”[3]均可以看成“中国花园”母题的延展。这一母题直接与18世纪中叶风靡于英、法、德等西欧国家的“中国花园热”有关。在时间上，俄国的“中国花园热”与欧洲基本一致。[4]皇村[5]这座皇家园林与普希金就读六年的皇村学校咫尺相隔，它是学子们徜徉、嬉戏的“后花园”。其中的中国花园印象较为集中地投射在诗人如下的诗篇里：《给娜塔利娅》、《皇村回忆》、《园亭题记》和《鲁斯兰和柳德米拉》。

诗中少年于梦里的凉亭内与意中人相会：

当夜色沉沉静寂无声……

我单独和她置身凉亭。

（*《给娜塔利娅》，谷羽译*）

中国凉亭是普希金“爱的寓所”——它不仅存在于诗人的梦境中，还存留在他的回忆里：

请怀着虔敬的心情

到这儿来吧，年轻的过客，

1. 〔美〕萨义德：《东方学》，王宇根译，第63—64页，上海：生活·读书·新知三联书店，1999年版。

2. 李明滨：《中国与俄苏文化交流志》，第29页，上海：上海人民出版社，1998年版。

3. 参见胡亚渝：《永恒的变体——从“中国瓷盘”到“汉学家的图书馆”》，见乐黛云主编《欲望与幻象——东方与西方》，南昌：江西人民出版社，1991年版。

4. 中国园林第一次（17—18世纪）西传时，受其影响最大的是英国和法国，其他还包括德国、瑞典和俄国。

5. 历代沙皇的行宫，始建于1708年，经彼得大帝、伊丽莎白女皇两代沙皇的建设，18世纪中期初具规模，1770年叶卡捷琳娜女皇实行改建，皇村最终成为一个规模宏大的宫殿建筑和公园的组合，其中有数处中国景色，像叶卡捷琳娜公园里湖畔的“中国亭”、亚历山大公园里的“中国桥”和“中国城”等。

到这荒僻的爱的寓所。

我一度在这儿幸福地爱过，

…………

（《园亭题记》，查良铮译）

史景迁认为，18 世纪，英国、法国、德国进入了园林时代，这些国家不惜重金建造园林，而这些园林的设计融汇了不少欧洲人所信奉的中国法则。顾彬在谈及“1773 年至 1890 年德国文学中的中国”时也发表过类似的见解。他指出，18 世纪的知识分子十分重视中国的花园，中国花园对他们来说代表着一种自然态度。实际上，俄国也是如此。《皇村回忆》最为全面地展现了中国花园的典型布局。该诗的开始便是对这座花园的描绘：

万籁俱寂，空谷和丛林都安睡了，

远方的树林笼罩着白雾；

小溪潺潺，流入丛林的浓荫，

微风徐徐，已在树梢上入梦。

…………

瀑布从嶙峋的山石上

像碎玉河直泻而下，

在平静的湖水里，神女们拨弄着

微微荡漾的浪花；

远处，宏伟的殿堂悄然无声，

凭借拱顶，直上云端。

（王士燮译）

皇村中国风格的花园留给诗人的记忆是这般刻骨铭心，以至于直到 1829 年，在与上首同名的诗中，进入中年的普希金还在遥想中把她忆起：

我总要想起你，想起这幸福的地方，

总要把这些花园怀想。

（顾蕴璞译）

“花园”这一概念通常与鸣唱的鸟儿联系在一起，成为一种意象的整体。《鲁斯兰和柳德米拉》中，鸣响着的是“中国花园”母题及其变奏，即妖巫花园与花园里的中国夜莺。诗人这样吟咏道：

这是个十分迷人的所在：

它比亚米达的花园还美，

比所罗门皇帝、塔夫利达公爵

拥有的花园还要美。

…………

五月的风给醉人的原野

吹来一阵又一阵的凉爽，

而在深邃昏暗的树林中

黄莺在晃动的枝头歌唱。

（余振译）

在戈宝权看来，普希金在此诗的第二歌中写下“黄莺在歌唱”[1]不是偶然的，皇村中的各种中国式的建筑与当时在俄国宫廷中风行的“中国热”有着割裂不断的联系。第二歌中这一段对中国花园一气呵成的描写、赞美同《皇村回忆》所描绘的皇村中国花园的景色——山谷、岗坡、流水、和风、树丛、草场、杨柳、瀑布、湖面、月光等遥相呼应，显示着套话的所指在能指隐退后仍然具有的生命力。

1. 原句为：И свищет соловей китайский во мраке трепетных ветвей。在现有的中译本中“соловей китайский”有两种译法，即“黄莺”和“中国夜莺”。

17—18 世纪，在欧洲大陆，几乎所有的哲学家都卷入了“中国热”的潮流，文学家们也不甘落后。18 世纪更是欧洲历史上最倾慕中国的时期，就是人们所说的“哲学时代”。这一切自然影响到自彼得大帝起主动向欧洲发达国家靠拢的俄国。19 世纪最初的十几年正值普希金的少年时代，18 世纪的影响依然清晰可寻。在 14 岁时写下的流传后世的第一首诗《给娜塔利娅》中，诗人对中国人的评价是在比较中进行的：

我并非是宫中的君主，

不是土耳其人或黑奴；

谦恭斯文的中国人，

粗暴无理的美国人，

也都不合乎我的身份，

别以为我是德国佬。

（谷羽译）

诗中提到土耳其人、中国人、美国人、德国人。中国人是“谦恭斯文的中国人”，美国人是“粗暴无理的”，德国人则是“德国佬”。“谦恭斯文的中国人”印象模式的来源应是将中国视作“礼仪之邦”这一“中国幻象”。这种认识依托的背景又是什么呢？如果说“自15世纪以来，西方人一直在寻找一种原始社会。他们想通过对原始社会的描绘，来批评自己的社会和文化”[1]的话，那么，在叶卡捷琳娜二世执政期间（1762—1796），以诺维科夫、冯维辛、杰尔查文、拉吉舍夫等为代表的俄国文学文化界的精英们终于将中国锁定为“原始社会”，正是他们在俄国掀起了介绍、翻译、出版中国传统文化成果的浪潮。当然，他们向往、审视和想象一个根本不同的“他者”社会的同时，也进行着自我审视和反思。在这些沐浴过启蒙之光的作家们的心目中，中国是一个理想国的典范——皇帝仁慈，政府清廉，百姓勤劳；而18世纪下半期，还有一个群体——汉学家们对于中国传统思想的兴趣也日趋浓厚，出现了俄国汉学史上译介中国传统思想文化典籍的一次高峰。所有这些形成并强化了俄国人头脑中的一个概念：在中国这个哲人的国度里，人们个个彬彬有礼。由此可见，“谦恭斯文的中国人”这个套话表明，俄罗斯接触中国文化迈出一步之后，俄国人中间萌生出了一种期望能在异域实现和满足的“乌托邦理想”，它具有质疑现实的特点和“社会的颠覆功能”。

1.〔德〕顾彬：《关于“异”的研究》，曹卫东编译，第2页，北京：北京大学出版社，1997年版。

自西欧各国“汉风”劲吹并一路吹进俄国以来，19世纪上半期，中国对俄国和西方来说仍然是一个充满智慧的哲学圣地。在欧洲文学中，“中国哲人”是与“中国公主”、“中国皇帝”并齐的三个基本的中国形象，俄罗斯文学的情形与之接近，只不过缺少了“中国公主”的形象。在18世纪，由于冯维辛、拉吉舍夫、杰尔查文等作家对孔子作品的翻译以及在自己的作品中对孔子的塑造[2]，中国的孔子成为了一个“圣人＋哲人”——这一成型的印象延伸到了19世纪。在普希金《叶甫盖尼·奥涅金》的诗行里，孔子就是“谦恭斯文的中国人”的化身：

2. 详见陈建华：《18世纪俄国作家与中国》，见汪介之、陈建华著《悠远的回响——俄罗斯作家与中国文化》，银川：宁夏人民出版社，2002年版。

［孔夫子］中国的圣贤，

教导我们要尊重青年——

为防止他们迷途，

不能急于加以责难。

只有他们肩负着希望，

使希望……

普希金眼中的孔子是圣贤，是导师。在普希金时代，“孔夫子”与“长城”一并成为俄国贵族知识分子“中国幻象”的核心。《我们一同走吧，我准备好啦……》一诗这样提到古老中国的长城：

我们一同走吧，我准备好啦；朋友们，无论你们去到哪儿。

凡是你们想去的地方，到处我都准备跟随着你们走，

只要躲避开我那傲慢的人儿。

哪怕是去到遥远的[1]中国万里长城边，

哪怕是去到喧腾的巴黎，或者最后就去到那些地方。

（戈宝权译）

1.“中国”一词前面的修饰语在最初的手稿上是“平静的”，首次发表用的是“停滞的”，再版时改为“遥远的”。

“朋友们”系指汉学家比丘林（1777—1853）、希林格（1786—1837）等参加中国考察团的成员们，他们拟于 1830 年 3 月前往中国。至此，诗人终于直白地表达了“要去中国”的愿望，可诗行传递给读者的却是无可奈何“逃离”的信号，其创作时的心态似乎与前面提及的描写中国的作品不大一样。为什么？就比较文学形象学的理论层面而言：“在文学作品中，遥远的异国往往作为一种与自我相对立的‘他’而存在。凡自我所渴求的、所构想的，以及在现实中无法满足的，都会幻化为一种‘他性’投射于对方。”[2]那么，在写作此诗时，现实中的什么令普希金的渴求与构想无法得到满足呢？主要是由于个人感情受挫，诗人从而萌生出了逃避主义的念头。在此诗写成的前一年，即 1828 年底，诗人与“莫斯科第一美女”冈察洛娃相识并爱上了她，不久便托人向她求婚，遭拒，阻力主要来自女方的母亲。1829 年 10 月，普希金从高加索返回后，冈察洛娃的态度仍然冷淡，其母也仍未应允这桩婚事。于是，郁闷的诗人写下了这首诗，两个星期后又致信沙皇政府，正式提出出国的申请：

2. 乐黛云：《世界文化总体对话中的中国形象》，见〔美〕史景迁讲演《文化类同与文化利用》，廖世奇、彭小樵译，第 6 页，北京：北京大学出版社，1990 年版。

目前我还没有结婚，也没有担任公职，我想去法国或意大利作一次旅行。如果我

的要求不能获准，则请准许我随使团访问中国。

（张铁夫译）

几日后普希金接到拒绝的复函。尽管逃离的目的地诗中首选的是中国长城，而信中则是法国和意大利，但是排序并不重要，重要的是，它让我们获知，中国的万里长城是诗人理想中既安全又宁静的避风港。另一方面，“要去中国”有着更深一层的原因。20年代前半期的南方流放阶段，由于与东方在地理空间上的拉近，普希金与居住在那里的东方民族及东方文化的心理距离也缩短了。而20年代后期与比丘林的交往进一步加深了诗人对中国的向往。

30年代，普希金还在关注着中国。在《普加乔夫史》（История Пугачёва，1833）中，他称来自中国的卡尔梅克人是“爱好和平的”，客观地评价他们“忠诚地为俄国效劳，守卫着俄国的南疆”的功绩；直到决斗身亡前一年，在《我为自己建立了一座非人工的纪念碑》里，又提及“草原上的朋友卡尔梅克人”。

普希金笔下的中国形象就是这样贯穿在其生命的各个时期。

巴柔认为：“在某一特定时期，某种特定文化中都或多或少存储了一批能够直接或间接传播他者形象的词汇。”[1] 照此说法，不难整理出普希金笔下中国形象的一组词汇——“谦恭斯文的中国人”、“中国的圣贤”、“中国夜莺”、“中国长城”。可以说，从18世纪下半期到19世纪上半期，这些词就是用于形容在俄国文学乃至俄国文化中俄国人对中国人的看法的。同时，还能发现两点：尽管我们只能在普希金的一些诗歌和其他作品的零散段落里找到他对中国和中国人的简短的隐射，但是诗人笔端的中国形象都是正面的，创作这些形象时的心态是仰慕。首先，这是因为普希金生活与创作的年代正逢浪漫主义文学兴盛于俄国之时，从欧洲蔓延而至的浪漫主义潮流也将它把东方视为异域奇境这一大的语境带了进来。因此，浪漫诗人诠释的中国形象不可避免地带上了乌托邦色彩。其次，普希金有关中国的知识与认识都是间接的，但他塑造的中国形象却并非只出自想象。诗人不懂中文，从未接触过中国人，从未到过中国，但其一生积累的“中国形象”库存丰富：不仅有家中82种有关中国的藏书，而且还有收藏的法国启蒙思想家们的著述，尤其是对传播中国文化有过重要功绩的伏尔泰的著作，普希金一生都在追随这位启蒙之子；[2] 不仅皇村学校就读期间皇家花园内的中国元素对诗人有过熏染，而且日后阅读皇村同窗从流放地和中俄接壤处寄至的书信拉近了他与中国的距离，推进了他对中

1.〔美〕 萨义德：《东方学》，王宇根译，第162页，上海：生活·读书·新知三联书店，1999年版。

2. 详见查晓燕《普希金——俄罗斯精神文化的象征》（北京大学出版社，2001年版）中的第四章“呈现理性的运思 揭示生命的真理——普希金的启蒙主义思想”。

国的亲近感；诗人头脑中中国形象的不断累积一方面得益于在他生活的 19 世纪早期俄国仍在风行东方学，另一方面又得益于与汉学家的直接接触。尽管诗人最终未能跟随比丘林等前往中国考察，但注视中国、描述中国的热情丝毫不减。[1]

1. 在使团出发三个月之后，普希金仍在阅读《中华帝国概览》等书，并且在其编辑的《文学报》上刊登比丘林一行人在中国考察的情况报道及他们写回的书信。

普希金只活了不到三十八岁。在他短暂的人生中，中国之行始终是个遥远而迷人的梦之旅。

1837 年，普希金离开人世，而就在这一年，喀山大学东方系设立汉语教研室，这是俄国汉学史上的大事，也是中俄文学开始交流的俄方基地。这不知是历史有意的安排，还是无意的巧合。

普希金注定要与中国结缘。

普希金的名字早已为中国人民熟悉，普希金的作品在中国不仅赢得了广泛的读者，而且影响到当代作家们的创作。上个世纪 80 年代初，苏联著名汉学家李福清曾前往天津，与中国当代作家冯骥才有过一次长谈。冯骥才与李福清见面初始，便谈起了普希金。谈话间，冯骥才告诉李福清，青年时代的他常常一个人在家朗读普希金的诗作《致大海》。

历史有时实在令人不可思议。在普希金的后代中居然有人还有华人血统！——普希金的第四世孙女伊丽莎白·亚历山大罗芙娜·杜尔诺娃，于 1958 年与美籍华人罗德尼·刘结婚。罗德尼·刘是在美国出生的第三代纯血统华人。现在他们定居美国，有五个子女。

普希金纪念碑（1937 年建于上海）

如今，上海市市区一个幽静之处默立着普希金的雕像。

普希金，你不是已经来到中国了吗？

第三节 果戈理的传播和鲁迅的开拓

1952 年春天，著名作家丁玲、曹禺等人前往莫斯科参加果戈理（1809—1852）逝世百年纪念。途经蒙古人民共和国首都乌兰巴托时，机场上一位蒙古乘客走近曹禺等人，微笑着想和他们交谈。无奈他不懂汉语，我们的作家们也不懂蒙语，大家一时不知该怎样表达彼此兄弟般的友好。过了半天，蒙古朋友忽然问：“果戈理？”曹禺立即答道：“果戈理！”随后，他们没讲一句话，却各自掏出中文、蒙文的果戈理译本相互交换翻阅。蒙古朋友一边浏览着《死魂灵》译本的插图，一边热情地介绍果戈理作品在蒙古传播的情况。曹禺、丁玲等人虽听不懂，但也听得出那些熟悉的人物的名字。原来，这位蒙古朋友也是位作家，中蒙两国的作家由于果戈理而成了朋友。

果戈理和他的作品不只是俄罗斯的国宝，也是全人类最宝贵的文化遗产之一。果戈理早已走向世界，走进中国。

在中国，俄苏文学爱好者都知道果戈理写的《狂人日记》，而对中国现代文学有所了解的读者也会知道鲁迅写过一篇叫作《狂人日记》的小说。仅从两部作品相同的题目，人们就会自然将两者联系起来。

鲁迅是将果戈理介绍到中国来的第一人，也是译介果戈理作品最多的一位。鲁迅一生重视果戈理，甚至直接以果戈理作品的题目为自己的小说命名，其中最根本的原因在于，这两位文化伟人在思想和艺术上有许多相通之处，而“为人生”又是两位现实主义大师创作的共同点。从鲁迅许多现实主义文学力作中，如《呐喊》、《彷徨》等，都可以看到果戈理作品的影子。

先来看看果戈理的《狂人日记》。

1835 年，在俄国农奴制危机四伏、人民潜藏的愤怒情绪日增的时候，果戈理以第一人称日记体形式写下了著名短篇小说《狂人日记》。主人公波普里希钦是一个地位卑微、收入菲薄的小职员，在社会上处处受到虐待和欺侮，连部长家的狗都称他为“装在麻袋里的乌龟”。他为上司的女儿而神魂颠倒，但渴望中的幸福却是如此遥不可及。他为失去了昔日的天堂和今日生活的权利而怨恨。求爱不成，波普里希钦就幻想当上校，做将军，想疯了的时候就自以为真的当上了西班牙皇帝，因为只有皇帝不必求人而被人求。这个以官阶、权势、金钱为生活目标的幻想狂最终成了疯子，并被投入监狱。他在日记中痛苦地悲鸣："妈妈呀！救救你可怜的孩子吧！"果戈理继承了普希金的传统，借狂人之口，对受侮辱、受损害的小人物的悲惨命运寄予深切的同情，对等级森严的沙皇官僚制度提出了强烈的抗议。

再来看看鲁迅的《狂人日记》。

时隔83年，1918年，在中国旧民主主义向新民主主义革命转变的时期，鲁迅同样以第一人称日记体的形式创作了他的第一篇白话小说《狂人日记》。这篇小说的内容对于中国读者是非常熟悉的，在此不再赘言。鲁迅的《狂人日记》成为我国统编中学语文课本的保留篇目。因踹了"古久先生的陈年流水簿子"而遭受迫害致狂的狂人，是个勇敢的反封建战士。他最后的呼叫"救救孩子"实际上是鲁迅在呼吁社会来推倒封建主义的"铁房子"，呼吁社会拯救下一代。这种控诉不只限于对当时黑暗的社会，而是扩展到中国整个"吃人"的封建文化和思想。

大概由于同名的缘故，中国的比较文学界特别喜欢将这两篇《狂人日记》做比较研究——把"果戈理和鲁迅的同名小说《狂人日记》"这一题目看作中外文学关系研究中最合适不过的个案。

在我国，将两部《狂人日记》进行比较的论文最早出现于1982年。1949—2012年共有数十篇论文专门比较研究这两部《狂人日记》。将这些论文的观点归纳起来不外乎：共同点——社会大背景的惊人相似。20世纪初叶的中国与十月革命前的俄国有很多近似的地方，两位作家的思想观念也息息相通。果戈理在他的《狂人日记》中深刻地描绘了俄国社会现实的黑暗，反映和表现出反封建的民主革命精神，这一点正与"我以我血荐轩辕"的新文化运动主将鲁迅的风骨，与鲁迅"为人生"、为社会、为祖国的文艺观不谋而合；鲁迅叹服果戈理的"写实"本领，从这里找到了自己小说创作的基本原则和最佳方法，便于从根本上揭露出社会黑暗的本质，"引起疗救的注意"。两者的不同点，或者说鲁迅的超越与创新在于：鲁迅的《狂人日记》在主题思想的表达、人物形象的刻画和艺术风格的体现上更胜一筹。果戈理的《狂人日记》对俄国官僚等级制度的揭露和鞭挞虽然有力，但不是针对整个专制农奴制度；鲁迅的《狂人日记》不仅暴露了中国封建家族制度和礼教的毒害，而且矛头直指整个"吃人"的黑暗社会，更深刻。俄国狂人是个卑微、猥琐、只关心“我”的小人物，最后只能无助地向妈妈发出祈求庇护的哀鸣；中国狂人是位“真的猛士”，他通过社会学家般的认真研究，发现这千年的历史是一场人肉筵席，发出了“将来容不得吃人的人活在世上”的救世主般的呐喊，更英明。果戈理的《狂人日记》以喜剧的形式表现悲剧的内容，作者在揭露讽刺官僚社会严格的等级制度时，对小人物也只是一般性的揶揄；鲁迅的《狂人日记》以悲剧贯穿始终，荡气回肠，类似“四千年来时时吃人的地方，今天才明白，我也在其中混了多年”的剖析直刺要害，更犀利。于是，这些研究大多得出这样的结论：鲁迅的俄国老师颇有局限性，果戈理的中国学生甚具思想高度。纵观这些观点，归根结底大都紧抓鲁迅自己的一句话不放：“后起的《狂人日记》意在暴露家族制度和礼教的弊害，却比果戈理忧愤深广。”

截至上世纪80年代末，我国对两篇《狂人日记》的比较研究还停留在非要比出谁高谁低的水平。从当代中国读者的知识结构、鉴赏能力、审美要求等方面衡量，这类评论恐怕真有点像“陈年流水薄子”。进入90年代后，出现了直吐新言的“真的猛士”。王志耕在《果戈理与中国》一文中就果戈理和鲁迅的《狂人日记》进行比较研究，指出：以往对作品的比较总是从先入的主题和表层形式的异同进行，而忽略了从文学艺术本体和制约着其表现形式的深层要素入手。该文认为，如果按旧的研究套路，“两篇《狂人日记》几乎没有相通之处”。作者在对这一观点作了详细阐述后强调：“叙事结构、文化意识和哲学观念的不同就是两篇《狂人日记》最主要的联系。”王志耕论文的新颖见解刷新了我们多年来就两部《狂人日记》做的老生常谈的比较研究。

在果戈理的所有佳作中，中国人对《狂人日记》始终有所偏爱，这真的要感谢鲁迅先生大胆的“拿来”。鲁迅的确非常重视果戈理，在长达三十多年的文学生涯中，鲁迅翻译介绍了众多外国作家的作品，果戈理的作品占有显著的位置。所以说鲁迅对果戈理情有独钟，绝不只反映在对《狂人日记》的借鉴、模仿上。

鲁迅慧眼识珠，将果戈理现实主义创作的顶峰之作摆到中国读者面前。《死魂灵》的翻译工作是鲁迅晚年在“冷汗不离身”、“像做苦工”一样的情况下完成的。它是鲁迅晚年花心血最多的一部译作。

鲁迅还搜集编印了俄国名画家的一百零五幅《死魂灵》插图，甚至在去世前一天还翻阅了自己的《死魂灵》译本的广告。据著名作家丁玲统计，截至 1952 年，《死魂灵》就已销行了十五版以上。

《死魂灵》的书名就给人一种震撼魂魄的感觉。它的情节结构简单而独特，由主人公乞乞科夫走访庄园地主购买死亡农奴名单的活动组成：乞乞科夫是个精明狡猾、唯利是图的掠夺者，他自称是六品文官，一次参与代书抵押农奴的事项，从中得到启发，决定做一次贩卖死魂灵的投机生意。于是他带着仆人来到某城，结识了该城的名流官员和周围的地主，廉价收买了已死去但尚未注销名册的农奴，以移民之由，向国家申请南俄无主的荒芜田地，再高价转卖，企图从中谋利。但就在乞乞科夫办理法定的过户手续，眼看就要变成百万富翁时，在省长家的一次宴会上，地主诺兹特莱夫揭穿了他的秘密，并散布流言，说他伪造钞票，企图诱骗知情者的女儿。事情败露后，乞乞科夫在流言的压力下，坐上马车仓皇出逃。

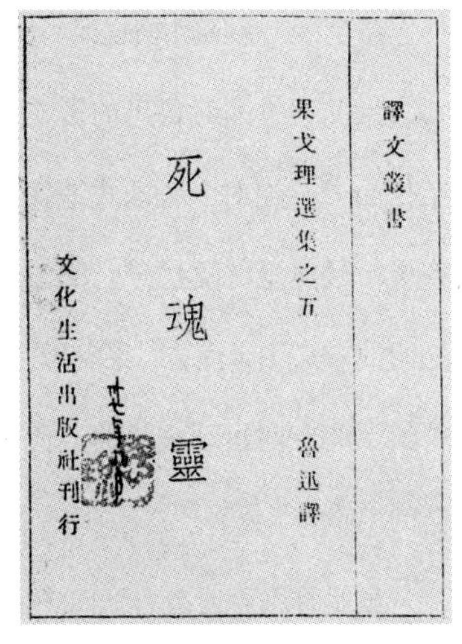

鲁迅译《死魂灵》封面

果戈理花费六年心血写作这部长篇小说的初衷就是：希望通过这部史诗般的小说，写出满目疮痍的俄罗斯，写出它全部的苦难和罪恶，像但丁的《神曲》一样，引导俄罗斯走出“地狱”、穿过“净界”、奔向“天堂”。果戈理这位俄国“文坛盟主”的强烈的社会责任感和历史的自觉，正是中国新文学伊始，以鲁迅为代表的一批现实主义作家们的共同志向。鲁迅敏锐地捕捉到果戈理“描绘社会人生之黑暗”的创作特色，并成功地在自己的作品中加以运用。比起果戈理的其他作品，《死魂灵》更充分地展示出作者善于通过人物的形态和心态写黑暗中的畸形人和畸形人生的艺术才能。鲁迅作品也多是这样。从《长明灯》中的疯子、

《孔乙己》中的孔乙己、《白光》中的陈士成等人物的身上，我们看到一种病态社会偏执狂的性格。这和我们已经提过的果戈理笔下的狂人、泼留希金和后面将要提及的赫列斯塔科夫、马什巴奇金等一系列性格怪僻者，有着异曲同工之妙。

果戈理作品对鲁迅的影响是整体气质上潜移默化的熏陶。如果硬拿《死魂灵》与鲁迅某某作品一一配对，考证式地找出几点师承的影响关系，可以但并不必要。中国读者对于《死魂灵》最熟悉的莫过于它的浪漫主义的抒情结尾：俄罗斯——总也追不着的三套马车，向着光明的未来飞奔而去。果戈理在此对“俄罗斯，你奔到哪里去？”的关注和对祖国未来的信心，曾给予随五四运动成长的一代中国青年知识分子以极大的精神力量，鼓舞他们去探求中国社会的出路。

虽然鲁迅不遗余力地向中国读者推出《死魂灵》这部果戈理呕心沥血的鸿篇巨著，但相对于《狂人日记》和《钦差大臣》，它太过宏大的结构和篇幅多少影响了其在中国读者中的传播。

仅从评论界来看，笔者曾对1949—1990年我国主要报刊中的中苏比较研究论文做过一个统计，其中专论《死魂灵》与中国的文章仅五篇，而有关《狂人日记》与中国的专文却有十三篇。数字不能代表一切，但数字也可从一方面说明问题。这五篇论文中的四篇是专谈《死魂灵》与吴敬梓《儒林外史》的，其观点大致如下：两部巨著的共同点是“含泪的笑”，即果戈理和吴敬梓都用饱含辛酸泪水的笔来写喜剧，对各自作品中的人物，既有辛辣的嘲讽，又寄予深切的同情，甚至在冷嘲热讽中有一定的赞颂成分，从而在审美性上呈现了悲剧和喜剧因素结合的特点；在讽刺手法的具体运用上，都重在人物外在特点的描绘，这在严监生与泼留希金这两个形象的塑造中尤为突出。不同点在于，身处官僚地主阶级之中的果戈理无意运用革命的手段变革现实，只寄希望于地主、官僚的道德自省，因此他的讽刺是善意的，他一方面对其笔下地主的庸俗空虚、浅薄无聊予以辛辣讽刺，另一方面又对其所属的地主阶级堕落到如此地步流露出痛惜之情；而吴敬梓则更多地为笔下人物的道德沦丧、精神沉沦而痛心。在艺术风格上，《死魂灵》反映了作者的参与性，读作品时，读者总能感受到作者就在身边帮你理解人物，而读《儒林外史》时，读者却感觉不到读者与作品间作者的存在。

五幕讽刺喜剧《钦差大臣》是果戈理在中国知名度最高的戏剧作品。它同奥斯特洛夫斯基的《大雷雨》、契诃夫的《樱桃园》和《三姊妹》、高尔基的《夜店》等一道，驰誉中国戏剧舞台。

《钦差大臣》在上海演出剧照1
（20世纪30年代）

1921年《钦差大臣》被翻译成中文（译名为《巡按》）之后，上海神州女校就排演了此剧。是年10月，天津南开新剧团第一次将其搬上舞台，获得好评。1935年11月，《巡按》正式在上海上演。30年代中期，此剧在上海、南京、西安、太原、济南等地多次巡演，深受中国观众欢迎。1936年，导演史东山又将《巡按》改编成电影《狂欢之夜》，为了更适合中国普通百姓的口味，故事改为发生在20年代中国江南的一座小城。从此，《钦差大臣》在中国普及的范围更广了。在新中国的戏剧舞台上，《钦差大臣》同样受到青睐。1952年，中国青年艺术剧院和北京人民艺术剧院联合上演了《钦差大臣》。1999年、2006年、2008年、2009年、2010年，京沪渝等地多次将此剧搬上舞台，掀起了一场21世纪前所未有的果戈理热。不仅如此，海峡彼岸的台湾1950年出版的《世界文学大系》收进了果戈理的《巡按》。俄国的《钦差大臣》完全被海峡两岸的中国人接受了。

《钦差大臣》同《死魂灵》一样，都是果戈理根据挚友普希金提供的素材，并在他的帮助和鼓励下写成的。故事大意是：在外省一个偏僻的小城里，市长及其官员们得到钦差大臣将微服私访的消息，惊慌失措，竟把路过此地住在小旅馆里的一个彼得堡十四等文官赫列斯塔科夫误认为钦差，争先恐后地巴结他，向他行贿。赫列斯塔科夫正好因赌博输光了钱，此时见市长亲自把他接到家中热情款待，实在有些得意忘形。于是他将错就错，饱吃饱喝，还逢场作戏，和市长的妻子、女儿调情。一向媚上欺下的市长巴不得跟这个能说会道的彼得堡大人物攀亲，答应将女儿许配给他。骗子赫列斯塔科夫将自己的"奇遇"写信告诉他在彼得堡的一个朋友，然后扬长离去。而这封信被当地的邮政局长偷拆。正当市长在家大宴亲朋、得意地庆贺佳婿入门、对自己步步高升寄予愿望时，邮政局长跑来拆穿了骗局。官员们如梦初醒，互相指责、抱怨。

就在他们吵闹不休的时候，卫兵通报真正的钦差大臣驾到，官员们顿时惊恐万状，呆若木鸡。

《钦差大臣》在上海演出剧照 2
（20 世纪 30 年代）

《钦差大臣》曾一炮打响俄国剧坛。1836 年在彼得堡公演时，万人空巷，争购戏票，印数有限的剧本也供不应求。连彼得堡宫廷的大臣们都纷纷前往观看。据说沙皇看了《钦差大臣》后说："在这儿所有的人都挨了一顿罚，尤其是我。"《钦差大臣》中的人物姓名第二天就成了众口相传的名词。"赫列斯塔科夫气质"已作为专有名词进入俄语常用词汇，它的意义远远超出了剧本的范围。

《钦差大臣》在中国的意义也不一般，它是中国人民认识历史、认识旧时代所遗留的各种恶习弊端的镜子，也是中国讽刺文学创作的优秀楷模。

对果戈理的作品一向怀有深厚感情的鲁迅对于果戈理戏剧的翻译演出，也一向予以特别的重视。翻译家丽尼曾回忆，1935 年鲁迅观看了《钦差大臣》的演出，并就剧中小旅馆门应该朝里开还是朝外开、市长妻子的扮相应该俊还是丑、仆人应是聪明还是傻而自作聪明等关键性的细节，提出了宝贵意见。由此可以看出鲁迅对俄国文学传统的透彻感悟、对俄罗斯民族性格的细致观察及对这部剧作的深刻理解。鲁迅的这些艺术见解，不仅推动了《钦差大臣》的演出，还帮助果戈理的爱好者进一步从整体上理解这部名剧。

《钦差大臣》驰名于中国，主要原因在于中国社会的需要和中国人对它的特殊领悟。剧中人物的脸谱，对于几代中国人来说，都有似曾相识之感，我们不由得从俄国官僚想到中国官僚。正如陈白尘所说："它帮助了中国人民，特别是青年知识分子认识了中国的官僚政治，认识了自己当前的敌人。"此外，在天性中，中国人是不善于喜剧性夸张的，因而这种适宜于喜剧性夸张的辐射形戏剧结构对中国读者和观众很有吸引力，进而波及中国现当代作家们的创作：张天翼的小说《欢迎会》正是《钦差大臣》式的结构模式，各种形象和行为围绕着一个大人物的视察展开；陈白尘的三幕讽刺喜剧《升官图》并不刻意描写事件，而只是为剧中人物的活动制造一个合适的契机，这恰是对果戈理辐射结构的妙悟；老舍取材于真人真事的《西望长安》采用的也是辐射形戏剧结构，但对这个结构的功能利用不够充分；沙叶新以一部《假如我是真的》为“文革”后的中国舞台重新唤回了对果戈理辐射形结构喜剧的记忆。该剧的夸张和谐感很是贴近《钦差大臣》，对骗子的处理与果戈理对骗子的塑造手法非常相似，同时作者注意挖掘人物的深层情感，获得了喜剧所特有的感染力。中华民族传统文化心理结构中的严肃性，有别于俄罗斯民族性格中粗犷豪放的随意性。中国人注意的是“善有善报，恶有恶报”，所以上述几部戏剧的结局处理都不同于《钦差大臣》。中国人不会让骗子像赫列斯塔科夫那样，阴谋得逞后还逍遥法外，必须予以理性的惩办。

《钦差大臣》在中国“巡行”近百年不衰。从未读过《钦差大臣》的中国读者，如果去阅读这部作品，也许会大吃一惊：怎么一个多世纪前，充盈于俄罗斯偏僻小城中的种种乌七八糟的东西——贪污受贿、敲诈勒索、媚上欺下和愚昧不化……在我们的生活中依然存在?! 正像巴金论及《假如我是真的》时说过的一句话，历史有时惊人地相似，“我不能不承认在我们这个社会里还有非现代的东西，甚至还有果戈理在一八三六年遗留的东西”。

第四节 屠格涅夫与郁达夫、瞿秋白、沈从文精神上的遇合

近百年前，一位“相貌柔和，眼睛有点忧郁，络腮胡长得满满的北国巨人”悄然走出“贵族之家”，穿过“树林和草原”，挟一股“春潮”跨入了中国的“门槛”。从此，他一直留在门内，与我们在一起。从那时起，中国和他的艺术间产生了一种奇特而持久的天然亲和力。他就是屠格涅夫(1818—1883)。

1915 年，五四运动前夜，中国散文诗的倡导者刘半农在《中华小说界》上发表了他翻译的屠格涅夫散文诗，中国读者又结识了一位俄国文坛巨星。俄国文学有计划地、大量地被引进中

国，是在五四文学革命之后。五四后十多年间，俄国主要作家及作品都翻译了过来，但译印最多的还是屠格涅夫的作品。他的《罗亭》、《贵族之家》、《前夜》、《父与子》、《新时代》、《烟》、《猎人笔记》、《初恋》、《春潮》、《村中之月》、《散文诗》等，均有了一种或几种译本。中国现代文学史上的一批名流组成了强大的屠格涅夫译者阵容：郭沫若、郁达夫、耿济之、郑振铎、沈颖、王统照、赵景深、梁遇春、刘大杰、巴金、丽尼、陆蠡、黄源、黄裳、李健吾、丰子恺等。这么多著名的诗人、小说家、散文家参与翻译，使得屠格涅夫作品的译文质量起点颇高。屠格涅夫的评论阵容与翻译阵容旗鼓相当，除上述译者中的一些外，鲁迅、瞿秋白、茅盾、许钦文、焦菊隐、夏衍、胡风、艾芜等名家都曾撰文评述屠格涅夫。而屠格涅夫对中国作家创作活动的影响，直接谈到的就有郭沫若、郁达夫、瞿秋白、丁玲、巴金、沙汀等人。阅读这些作家的作品和他们有关屠格涅夫的评论，突出的感觉是：中国知识界、文学界与屠洛涅夫有着一种广泛的神交。

郭沫若是较早接触屠格涅夫作品的中国作家之一。1921年，他翻译了屠格涅夫的五首早期诗作。同年东渡日本途中又读到了《处女地》。三年后，他向成仿吾要来这本书，并于当年译成中文发表。书中的主人公涅日达诺夫是个浪漫有余的理想主义者，对革命的浪漫幻想破灭后，革命及整个生活的理想也随之破灭。郭沫若喜爱这本书，认为涅日达诺夫“有点像我”。茅盾的长篇小说《蚀》、《虹》单从题目看，就与屠格涅夫的《前夜》一样，都是一种象征，使得人物在时代氛围中体现社会、情绪、心理、愿望、矛盾。茅盾在《虹》中着力塑造了一个热情似火的女子形象。她摆脱家庭束缚、从个性解放走上社会解放运动的成长历程，与《前夜》中的叶琳娜同出一辙。丁玲的《韦护》所体现的主题正是屠格涅夫作品中常见的主题——革命与恋爱。主人公韦护身上表现的处于革命大潮中的知识分子克制私欲、以革命工作为重、最终理智战胜情感的经历，明显透出屠格涅夫作品的影子。丁玲本人大致也是循着“新人”的足迹成长的。王西彦短篇小说《雨天》中的女主人公夏小兰正是从屠格涅夫笔下的坚强女性身上汲取到精神力量，最终离开小家庭，走上了为死去亲人复仇的道路。王西彦日后谈到他当年创作的知识分子题材的长篇小说《古屋》、《神的失落》等时，很吃惊于自己对屠格涅夫的模仿：努力想做到简练朴素，因而结构缺乏宏大的规模，情节缺乏曲折的变化。王西彦还写过有关屠格涅夫研究的论文。《活尸首》的译者王统照准确地抓住了屠格涅夫的艺术风格，他称屠格涅夫的小说是“诗的散文的叙述”。既是翻译家又是作家的陆蠡与丽尼，与巴金情况相似，都是屠格涅夫作品的出色译者。他们的散文又都接近屠格涅夫的风格，具有清丽委婉的抒情韵味，如《囚绿记》（陆蠡）、《黄昏之歌》（丽尼）等。丽尼对屠格涅夫作品的特色也有精辟的概括，即“抒情主义和忧郁”。30年代的何其芳、陆蠡、丽尼、巴金等青年都带有屠格涅夫在《幻影》、《当我独自一人……》、《我夜里起来……》中传达出的心态情绪：惆怅、寂寞、期待。端木蕻良虽后来转向追求巴尔扎克和托尔斯泰式的气势和广度，但他还是十分喜欢屠格涅夫在艺术手法上的精纯。这些作家在创作中，从各自的特点和需求出发，主动吸收、借鉴屠格涅夫，为屠格涅夫在中国的影响添光增彩。

提起屠格涅夫与中国作家相互间的精神联系，我们首先会想到“忧郁王子”郁达夫。郁达夫对屠格涅夫的钟爱流于言表：“在许许多多古今大小的外国作家里面，我觉得最可爱、最熟悉、同他的作品交往得最久而不令生厌的，便是屠格涅夫……因为我的开始读小说，开始写小说，受的完全是这一位相貌柔和，眼睛有点忧郁，络腮胡长得满满的北国巨人的影响。”为什么屠格涅夫对郁达夫有这么大的吸引力？

不同地域、不同种族、不同时代、不同文化造就的作家，在身世命运、内在气质上却往往有着惊人的相似之处：郁达夫和屠格涅夫一样，童年生活充满了郁郁寡欢的孤寂，缺少母爱和温情；两人天性中都富有“自然之子”那田园牧歌般的诗人风骨，每每会在近代文明生活中生出居无定所、活无位置的孤叶飘零之感。郁达夫和屠格涅夫一样，爱情无着、婚姻不幸的满怀愁绪一生无法释然，而对故国孱弱、社会黑暗的忧思又久难排遣。所有这一切，使我们看到各自文坛上的两位“忧郁王子”。他们身上弥漫出的浪漫主义情怀与天性的敏感，成为识别他们独具个性的艺术风格的鲜明标志。

带着这种个性被压抑、个人被社会排斥的感伤心态，郁达夫对这位俄国知音的理解极为独特。他将屠格涅夫的作品一概看作“自叙传”。而郁达夫本人的创作也可看作是他自传性心路历程的写照。郁达夫的作品会使读者不知不觉地融入一种特定的情绪氛围，从而淡忘了情节内容。屠格涅夫通过描写与人物心境相对应的景物来渲染情绪氛围，进而达到诗意境界的笔法，在郁达夫的不少作品中得到了进一步的发展，如《怀乡病者》、《蜃楼》、《十一月初三》、《春风沉醉的晚上》、《迟桂花》等。

郁达夫的作品主人公几乎都是潦倒失意、被社会排斥甚至遗弃的殉情青年——“零余者”，这与郁达夫对屠格涅夫《多余人日记》的偏爱不无关系。这些时代桎梏下的青年与“多余人”罗亭（《罗亭》）、拉夫列茨基（《贵族之家》）在精神气质上息息相通。

郁达夫与屠格涅夫气质上的这种接近和相似，为屠格涅夫进入中国现代文学打开了一条通路。

早在俄文专修馆求学期间，瞿秋白就曾阅读屠格涅夫的作品。他对屠格涅夫的创作思想作过深入的研究。瞿秋白在他的俄国文学史著作《十月革命前的俄罗斯文学》中，将屠格涅夫小说的基本特征概括为“单纯的结构和客观反映现实的态度”，并从社会意识的发展过程入手，独到地论述了屠格涅夫笔下“多余人”的形象——“多余人”和被屠格涅夫称为虚无主义者的巴扎罗夫（《父与子》）在历史上是一脉相承的，不能简单地认为他们是对社会无益的人。这些新颖精辟的见解，在屠格涅夫的研究中，至今仍很有分量。

瞿秋白不仅对屠格涅夫深有研究，而且公开承认他本人的思想与屠格涅夫创作的关系。他的《饿乡纪程》、《赤都心史》是中国现代文学史上独树一帜的散文佳作。它们不仅以对苏联——世界上第一个社会主义国家初期社会生活的忠实记录，成为中国现代文学史上著名的报告文学，而且坦率地叙述了作为早期共产主义知识分子的思想发展轨迹，具有突出的文献价值。瞿秋白在《赤都心史》中，以坦荡的胸怀作了严格的自我剖析，该书第32节“中国之‘多余人’”首先引用了《罗亭》中的话。瞿秋白的自我剖析精神，将自己与屠格涅夫的“多余人”相提并论的勇气，使他成为集作家、翻译家、党的杰出活动家、宣传家于一身的中国先进知识分子的优秀代表。

瞿秋白的一生恰似屠格涅夫笔下俄国贵族知识分子的命运：追随俄国“到民间去”的“忏悔贵族”的步履，抛弃安闲优裕的生活，投身于革命激流，逐渐成长为革命领导人，但在复杂残酷的政治斗争中身心疲惫，困惑不适，最终成为“脆弱的二元人物”（瞿秋白自语）。屠格涅夫等俄国作家笔下的俄国贵族知识分子的历史悲剧在瞿秋白身上重演了。

屠格涅夫的作品具有别致的魅力——其中鲜有催人奋进的激情，亦鲜有娓娓道来的道德教诲，而是充满了一种对未来的茫然困惑和无从释然的悲郁情怀，处处展示的是生命和美的诗意世界。

沈从文笔下的世界是现代中国文苑里与众不同的景致——在这个世界里，能够看到黑暗社会重压下的窒息和激愤，但能够更多触摸到的是色彩斑斓、声音美妙、芳香扑鼻的生命律动。崇尚行云流水般自然的沈从文，的确对擅长说教的托尔斯泰保持距离，对沉醉于苦难的陀思妥耶夫斯基敬而远之，而独独对屠格涅夫生出一份亲近之感。

屠格涅夫启迪了沈从文的浪漫心智，在这方面，《猎人笔记》的作用尤其突出。1847—1880年间先后诞生的25篇特写，组成了这部“笔记体”小说。它比屠格涅夫的其他作品更为自由和洒脱地展现了自然之美、生命之光。天才的农民歌手雅科夫（《歌手》），以他那销魂深沉、悠扬的歌声，展现出草原的亲切和广阔；淳朴、天真的农家孩子（《白净草原》），围坐于夏夜篝火旁，彼此讲述鬼怪故事，唤起我们对无邪童真的悠然回味；精明强干、善于经营的霍尔和憨厚殷勤的卡里内奇（《霍乐和卡里内奇》）让我们感到人类社会和自然万物给予生命的不同底蕴……《猎人笔记》中，大自然一反在屠格涅夫许多中长篇小说里的地位，不只是服务于烘托氛围、反映人物心绪的配角，还是与人并立存在的生命实体，是人的朋友。

屠格涅夫漫步在俄罗斯草原，采撷下一簇簇芳香四溢的野花，写成《猎人笔记》。沈从文穿行于故土湘西的清丽山水间，录下一路乡情民风，独创出散文长卷《湘行散记》。沈从文像屠格涅夫一样，怀着温爱，带着眷恋，用整个的心灵去书写那些土里土气的“乡下人”——纤夫、矿工、妓女、店老板、猎人等，以平和亲切的笔调描绘他们如同大自然一般顺和恬淡的生命状态和悲欢人生。沈从文曾经多次提及他所欣赏的《猎人笔记》，谈到它的精妙独到之处。的确，《猎人笔记》和《湘行散记》都是难得的艺术精品，它们的可贵之处在于不是理性地分析而是直观地把握艺术。它们都不执着于客观的人物、完整的事件，而倾心于这些事件、人物所唤起的感受和印象。沈从文推崇和欣赏的正是屠格涅夫将游记散文和小说故事糅为一体的创作手法。

“淡淡的哀愁”，即忧郁的抒情，是屠格涅夫艺术的最大特色，也是沈从文与屠格涅夫更深一层的联系所在。“美丽总是愁人的”（沈从文语），这足以表明沈从文与屠格涅夫的精神契合，他俩都醉心于生命内涵的美。在对带着神秘色彩的人生现象的速写中，潜含着一种永恒的忧郁：《猎人笔记》中屠格涅夫写一个县城医生在体验了与一位垂死女病人的爱情后对人间幸福的漠视，在他看来，那短暂爱情正如昙花，虽只一现，却是永恒；《边城》中沈从文写雷雨袭来，白塔倒掉，爷爷死去，这些都是创造一切又摧毁一切的自然力对人性法则的无情，然而真挚美好的感情却可穿透岁月与时空——美丽的翠翠依然在等待那位月下唱歌的人。从《萧萧》、《贵生》等作品中，分明也能感受出沈从文吟唱的田园牧歌背后的淡淡的忧思。

屠格涅夫和沈从文将他们对宇宙人生的沉郁的观照、对生命底蕴的探索，透过优美的文字展露出来。他们先后弹奏出“充满时代与历史感的生命协奏曲”，因此不能简单地断定这些抒情作品具有艺术性而缺乏思想高度。沈从文对屠格涅夫的深刻领会，不在于外部技巧的模仿，而在于内在美学的一致。

总上，我们不难看出，中国作家与屠格涅夫之间有一种无形的联系。这种自然的亲和力一直延续到中国当代文学中。

人民共和国诞生之初，充满新生的中国大地上，到处都活跃着高唱“青春万岁”的一代青年的身影。他们熟悉丽莎（《贵族之家》），熟悉叶琳娜（《前夜》），他们与屠格涅夫世界中的人物一起生活、恋爱、分享甘甜苦乐。当年的一部《青春万岁》展示给读者丽莎、叶琳娜似的中国新一代理想主义青年杨蔷云、郑波、张世群等。正像《青春万岁》的作者王蒙所描述的一样：“我们都沉醉在罗曼蒂克的初恋中……恋爱中你读屠格涅夫的《前夜》，你赞叹《前夜》对于爱情的描写是如何饱满……”杨沫以一曲《青春之歌》，继承了从茅盾《虹》以来的中国现代小说写进步知识分子的传统——一个小资产阶级知识分子如何从个性反抗走上自觉革命的道路。像屠格涅夫描写俄国知识分子精神生活的六部长篇小说一样，《青春之歌》发挥着“教育小说”的作用。1982 年，当苏联汉学家李福清与冯骥才会面，问起冯骥才是如何走上文学创作道路的，这位天津作家答道：文革期间，偶然弄到屠格涅夫《初恋》的中译本，读完之后产生一种“我应该写”的感觉。

这一切告诉我们，屠格涅夫在中国的影响不是一种局部性、暂时性的现象，比起普希金、果戈理、莱蒙托夫、托尔斯泰、陀思妥耶夫斯基等俄苏文学名家，屠格涅夫在中国读者中具有广泛性和代表性，尤其在中国知识分子中间，屠格涅夫享有很高的声誉。可以说，屠格涅夫在 20 世纪中国知识阶层精神生活中筑起了一道特殊的风景线。那些天性善良而软弱、情怀浪漫而忧郁的俄国贵族和平民知识分子，他们身上闪动着的是：忧国忧民的拳拳赤子之心，真挚厚重的乡土恋情，参与社会的强烈意识和极大热忱，自我反省的细腻敏感……这些都与中国知识分子的天性、气质、心态、历史责任感产生精神上的遇合。屠格涅夫对五四以来中国青年的精神启蒙、感召和引导，发挥过不可低估的作用。

历史环境和时代氛围在不断变化，屠格涅夫在当代中国还会像以前那样受欢迎吗？

中国人用更友善的目光注视着这位与中国有着多年神交的老朋友。1983年，在厦门召开了全国性的屠格涅夫逝世百年纪念学术研讨会，当时的《人民日报》、全国各主要文艺理论刊物和外国文学刊物，都开设有屠格涅夫纪念专栏。随着中国文学界的俄国文学翻译向古典文学的本位回归，文学作品的审美作用愈来愈受到重视。翻译家、作家、评论家们从屠格涅夫身上努力找回他的真正魅力。

从翻译界看，80年代以来，他的主要作品《贵族之家》、《散文诗》等都出现了两种以上新译本；从文坛创作情况看，屠格涅夫的重要作品《门槛》、《玛莎》、《工人与白手的人》等都是“微型小说”的极好典范。随着生活节奏的加快，在今天世界文学中愈加流行的“微型小说”，在中国也流行起来。从评论界看，屠格涅夫研究呈现出可喜的新气象，有对屠格涅夫的现实主义艺术进行系统深入探讨的，有对屠格涅夫的小说艺术进行多方位研究的，还有另辟蹊径从屠格涅夫对大自然和人性中许多永恒问题的思考入手的。这些研究一反孤立、静止、封闭的僵化模式，纠正了中国长期以来屠格涅夫评论研究中的偏颇，潜入屠格涅夫艺术的精神核心，着力于文学本体研究上的新开拓。

屠格涅夫最受中国读者欢迎的作品，是《贵族之家》、《猎人笔记》，以及《初恋》、《春潮》、《阿霞》等一系列幽婉迷人的悲剧性爱情中篇。读者的这种选择表明，在屠格涅夫的心理、气质、性格里具有某种东方化的东西，一种温柔哀婉、含蓄深沉的东方风格，这使他的抒情艺术得以最大限度地为中国吸收和认同。可见，屠格涅夫对中国的深刻影响，也有与中国传统文化结构不期遇合的一面。这是内外共同作用形成的文化现象。

作为宇宙的自然与人世沧桑是密切相连的，屠格涅夫的艺术世界向读者展示了这一法则。屠格涅夫最擅长描绘大自然——宇宙中与人并立的生命实体；屠格涅夫最擅长描写青年人——人类最富创造活力的一群；屠格涅夫最爱抒写爱情——人世间最深刻复杂的感情形态；屠格涅夫最擅于揣摩女性——最配代表世间一切美德的可爱精灵；屠格涅夫最能体味老年心绪、死亡境界——人生旅途最后驿站的心路历程。在屠格涅夫丰富多彩的艺术世界里，这些自然界和人生中的永恒主题受到他的独特观照，这正是屠格涅夫在世界范围内青春常在的主要原因。

第五节 陀思妥耶夫斯基的中国知音

俄国文学星空灿烂，陀思妥耶夫斯基（1821—1881）是一个星光独特的星座。无论是在故国的天空，还是在异国的苍穹，他都显现出时起时伏的运行轨迹。

论出身，他不同于大部分来自贵族之家的俄国作家——既没有普希金那莫斯科名门贵族的家庭声名，又没有果戈理乌克兰数代书香地主世家的自豪，也没有屠格涅夫那奥廖尔世袭贵族之家的荣耀；陀思妥耶夫斯基有的只是平民军医的家庭背景。论经历，平民出身注定他一生都要靠自己奋斗——写尽生命多彩之光的普希金，顶多是被发往风光旖旎的高加索；绘尽人生黑暗色谱的果戈理，从未品味流放远方的孤寂；最擅表达死境将临之感的屠格涅夫，何曾体验将死未死的况味？！唯有陀思妥耶夫斯基，历经刑场待毙的终极悲怆、独耐西伯利亚十年流放的煎熬、备受癫痫病的百般折磨……走出一个最厚重的人生。论个性，他给人的印象总是矛盾的——纵饮放歌的普希金，浪漫得令人艳羡；幽默犀利的果戈理，深刻得叫人折服；宁静致远的屠格涅夫，忧郁得让人心醉；而内向抑郁的陀思妥耶夫斯基，苦难得实在使人无法承受，他算得上是俄国 19 世纪作家中较少浪漫气质的一位。

和普希金相比，陀思妥耶夫斯基不如他激情充沛；和果戈理相比，陀思妥耶夫斯基不像他针砭性强；和屠格涅夫相比，陀思妥耶夫斯基没有他情怀悠然深远。陀思妥耶夫斯基也缺乏车尔尼雪夫斯基的鲜明战斗性、托尔斯泰的滔滔辩才、契诃夫的简约安详。他太醉心于人生的苦难，他太执着于人心的探索。

俄罗斯民族特别喜欢进行心灵探索。从普希金起，莱蒙托夫、果戈理、冈察洛夫、屠格涅夫无不善于在作品中表达自己对人的哲思。到了陀思妥耶夫斯基，他的最大嗜好也是研究人，特别是人在极端境地中的变异心态。他曾少年立志：“人是一个谜，需要解开它。如果你一辈子都在解这个谜，那你就别说浪费了时间。我在研究这个谜，因为我想成为一个人。”他的全部作品正是他这个誓言的最好例证。从《穷人》直至《卡拉马佐夫兄弟》，他一生的文学创作就是力图从生活在他周围的人和他本人身上发现人。纵观古今中外，陀思妥耶夫斯基称得上是个与众不同的“超人”。与他对话很难，能与他对话的人必须走入他的思维，习惯他的思路，懂得他的心理。除苏联的巴赫金外，德国的尼采和黑赛、法国的纪德、日本的夏目漱石都是陀思妥耶夫斯基难得的异国知音。而在中国，陀思妥耶夫斯基也有一些知音。

中国读者首次读到陀思妥耶夫斯基的中文作品是在1920年，它们是乔辛瑛译的短篇《贼》和铁樵译的短篇《冷眼》（即《圣诞树和婚礼》）。这两部作品在中国的影响并不大。1926年，陀氏的成名作《穷人》由韦丛芜翻译出版，在读者中产生广泛影响。

1928—1937年是我国俄国文学翻译较好的年份，陀氏作品出版数为14种，位于高尔基（44种）、屠格涅夫（30种）、契诃夫（20种）之后，与托尔斯泰（14种）平起平坐。继1929年社会科学“翻译年”之后，陀氏作品的译介开始增多。1930年至1931年，《未名丛刊》发表了韦丛芜译的陀氏长篇小说《罪与罚》。1934年，邵荃麟翻译出版了《被侮辱与被损害者》（即《被侮辱与被损害的》），在中国引起广泛反响。邵荃麟对这部作品有着特殊的爱好，翻译过程中常常激动得彻夜难眠。至今，一提起陀思妥耶夫斯基，中国读者除想到《罪与罚》之外，还有这部并非陀氏代表作的《被侮辱与被损害的》。

抗日战争期间，在艰苦的条件下，陀氏作品的翻译活动仍没有中止。耿济之直接从俄文翻译了陀氏的最后一部长篇小说《卡拉马助夫兄弟们》（即《卡拉马佐夫兄弟》，1940—1947）。抗战胜利后到新中国成立前，译自俄文的陀氏重要作品有耿济之译的《白痴》（1946）、《死屋手记》（1947）、《少年》（1948）等。在19世纪20—40年代，其他译者大多从英文转译陀氏作品。

从20年代开始，中国对陀氏作品的翻译不断增多，陀氏的主要作品几乎都有了中译本，不少作品还有两个以上的版本：《白痴》、《卡拉马佐夫兄弟》等有两种版本，《穷人》、《罪与罚》、《地下室手记》等有3种版本，《死屋手记》、《被侮辱与被损害的》等有4种版本。有的作品同一版本多次再版：韦丛芜译的《穷人》再版4次，韦丛芜译的《罪与罚》与邵荃麟的《被侮辱与被损害者》再版7次。有的作品以片段的形式出现，像《孤女聂丽的故事》（《罪与罚》）、《在阔人的寄宿学校里》（《少年》）、《在另一个世界里》（《死屋手记》）等。

从翻译中的这种选择不难发现，中国译者和读者更为看重陀氏作品的穷人主题，而另一类作品，像《二重人格》、《群魔》等所表现的二重人格、人性裂变、宗教忏悔等主题，一直受到多数中国人的冷落。直到 80 年代，它们才逐渐唤起中国译者、读者和研究者的重视。

1956 年起，俄国文学翻译开始走下坡路。陀氏作品的译本寥寥可数，1958 年出版了种觉译的《二重人格》。

1960—1979 年是俄国文学乃至整个外国文学翻译的低谷期，但海峡彼岸的台湾，俄国古典文学翻译出版却呈现出热气腾腾的景象：1967—1970 年，陀氏作品出了 8 种，仅次于托尔斯泰（20 种）、屠格涅夫（11 种），其中包括重印的 1949 年以前耿济之的旧译《卡拉马助夫兄弟们》、《死屋手记》，以及没有译者姓名无法辨别新旧译作的《罪与罚》、《穷人》等。

《卡拉马助夫兄弟们》中译本封面

70 年代末期，文学在中国复苏，俄国文学的译介研究重新得到恢复；但人们对陀氏还是谨小慎微，直到 80 年代以后中国人才大胆地靠近他。中国译者抛开苏联陀氏研究的干扰，以自己的眼光重订翻译的取舍标准。《群魔》第一次得以全部译出。上海译文出版社和北京人民文学出版社相继推出一套《陀思妥耶夫斯基选集》。新译、再版了陀氏的 6 部长篇小说。大部分重要的短篇小说都有了中译本。

到上世纪 90 年代初，经过 70 多年的努力，陀氏世界的基本风貌终于出现在中国读者面前。比起普希金、果戈理、屠格涅夫的中译者，陀氏译者的名字读者大多比较陌生。在这些陌生的名字中，应当专门提一下耿济之。这位我国著名的文学翻译家和俄国文学专家一生译著颇多，屠格涅夫的《猎人笔记》、陀思妥耶夫斯基的《白痴》等俄国古典名著都是他最早译介的。1982年3月，耿济之逝世35周年之际，人民文学出版社先后出版了他的遗译《卡拉马佐夫兄弟》等，以纪念他为译介陀思妥耶夫斯基和其他俄苏作家做出的突出贡献。

耿济之、邵荃麟等译坛前辈为中国人进入与陀思妥耶夫斯基的对话行列铺平了道路。

外国文学进入中国，通常是以翻译作品为先，评论介绍为后或同时。与众不同的是，在我国陀思妥耶夫斯基评论的译介早于其作品的译介。

1918年，周作人翻译的英国人写的论文《陀思妥耶夫斯基之小说》发表在《新青年》上。由此，我国读者第一次知道了陀思妥耶夫斯基的名字。20年代译成中文的陀氏评论寥寥无几，都是英国人写的。中国最初对陀氏及其评论的了解始于西方，所以西方人的观点对初次接触陀氏作品的中国读者产生了不小的影响。1920年《冷眼》的中译本出版，书中所附的“记者志”是第一篇中国人写的评论。它对陀氏做了简介：作家出身贫苦，作品人道主义色彩最突出，描写多是社会中的黑暗堕落面，擅长心理分析。

1921年，为纪念陀氏诞辰一百周年，我国报刊集中发表了近十篇中国作家、评论家撰写的陀氏评论。这些文章都对陀氏十分推崇，对他的作品和艺术给予充分的肯定。综观20年代中国陀氏评论文章，其特点是：注意交代生平和创作，多引外国读者的原话，或用自己的语言复述、解释、列举国外论者的不同观点，选出自己赞成的一种加以阐发。这些评论对陀氏以肯定为主，同时指出弱点，基本上是客观的。

在早期陀氏作品的介绍及评论者中，郑振铎是一位重要的代表。20年代中期，郑振铎在其编著的《俄国文学史略》中指出陀氏艺术上的缺陷——粗率、凌乱、无序等，同时认为陀氏的伟大不在艺术上，而在博大精深的人道精神上。在郑振铎眼中，陀氏作品的特色正符合他编译外国文学的一贯原则，即“必须带有社会问题的色彩与革命的精神”。

蒋光慈在根据瞿秋白原稿编著的俄国文学史著作《俄罗斯文学》中，也指出了陀氏的缺点——文字艰涩、长篇议论不少、人物见解相似，但同时也承认陀氏的伟大在于细腻深入的心理分析，在于真实地反映痛苦中奋争的俄国社会，展露病态的人们和社会问题。

郑振铎、蒋光慈的观点在当时很有代表性。主张“文学为人生”的中国评论者主要从文学反映人生的角度来认识、介绍、研究陀思妥耶夫斯基。

三四十年代，我国的陀氏研究在加强前一时期侧重点的同时，更加注重陀氏作品的社会性和阶级性。在没有排斥以往的研究方法和角度的情况下，评论界引进一些新方法、新理论，为陀氏研究注入了新的活力。

韦素园是陀氏的知音。他在为胞弟韦丛芜的《罪与罚》中译本写的《写在书后》一文中，读出了陀氏作品中人物的内心分裂、精神矛盾，读出了“地狱”的阴冷、广漠，读出了共鸣和安慰。在 30 年代我国学者撰写的评论《罪与罚》的文章中，这篇是出色之作。

40 年代，陀氏评论从 30 年代主要集中的《罪与罚》扩大到《被侮辱与被损害的》、《卡拉马佐夫兄弟》、《白痴》等其他几部长篇小说。何炳棣的文章《杜思退益夫斯基与俄国民族性》，运用广义的社会批评方法，从陀氏作品的人物入手，结合俄国人的种族、地理、气候、环境、时代等因素，归纳出俄罗斯的民族性——生命力雄厚，重视精神生活，宗教信仰浓厚，容易接受外来思想，好走极端等。

我国三四十年代的陀氏评论有以下几个特点：一是研究范围有所扩大，具体作品评论占重要地位，总的评论水平一般化；二是西方人的观点仍有影响，但评论的方法和角度不再单一；三是主要观点继承了 20 年代的审美侧重点，且有发展，更为注重陀氏作品的社会现实内容，但忽略了深刻的人性内容和艺术表现力。

20—40 年代，周作人、鲁迅、茅盾、郑振铎、耿济之、韦素园、王统照等中国现代文学史上的著名作家、翻译家、评论家，在陀氏的翻译介绍与研究中起了重要的作用。相比而言，茅盾、鲁迅更为突出。

在陀氏研究中，50 年代延续了三四十年代的路子，但由于社会条件的制约，特别是受苏联模式的影响，没能进一步丰富批评方法。

1956 年 2 月，陀思妥耶夫斯基逝世 75 周年之际，世界和平理事会将陀氏列入该年纪念的世界十大文化名人之一。我国报刊发表了一批陀氏评论文章，从俄文翻译过来的占了绝对优势。在紧跟苏联“老大哥”的年代，尽管中国人的评论文章仍然流露出我们对这位伟大作家的热爱和崇敬，但拘谨择言。在政治方向取代审美评判的束缚下，评论者们难以发表真实感想和个人观点。在这种情形下，我们读解出这样一个陀思妥耶夫斯基：世界观充满矛盾，流放前信仰革命，流放后回归宗教，宣扬忍从。于是，陀思妥耶夫斯基成了一个具有“二重人格”的作家——伟大的作家和反动的说教者。

这时期的评论只肯定《穷人》和《死屋手记》，对《罪与罚》、《被侮辱与被损害的》、《卡拉马佐夫兄弟》等采取批判地吸收的态度，而对《二重人格》、《地下室手记》、《群魔》等作品一刀切地加以否定。

视野的狭窄、思维的单一、意识形态的僵化导致对陀思妥耶夫斯基的片面理解，使陀氏研究误入歧途。这种片面社会学批评的方法同样运用于对其他俄苏作家的评论研究上。

70年代后期，新时期文学研究大胆冲破长期以来的思想禁闭，艰难地摆脱苏联批评方法的影响，阔步向前走去。陀氏研究恢复要比新时期文学研究慢，80年代以后才获得较大进展。

翻译界的举措前面提过，在此略过不谈。研究界在开过托尔斯泰、屠格涅夫、普希金等的学术研讨会后，1986年2月，召开了我国有史以来第一次陀思妥耶夫斯基学术讨论会，掀起我国陀氏研究的热潮。大会收到论文60多篇，议题空前广泛。

80年代还出现了中国人撰写的陀氏研究专著，像刁绍华的《陀思妥耶夫斯基》、刘翘的《陀思妥耶夫斯基创作论稿》。这时期的评论文章和专著，在充分运用社会学批评的同时，突破单一运用社会学批评的局限，将以往的社会历史评价的角度拓宽到艺术研究范围，对陀氏的艺术观、艺术创作风格、作品文本的结构、具体艺术手法等进行评论，呈现出百花齐放的活跃局面。评论文章中具体作品的分析研究占据主要位置。研究者们开始注意像《地下室手记》、《二重人格》、《群魔》等50年代以来被视为批判对象的“反动”作品。

人们的思想活跃了，鉴赏视野拓宽了，研究的广度和深度都不断提高。像刘虎、宋大图、钱中文等对巴赫金关于陀氏复调小说理论的研究、彭克巽对陀氏小说与20世纪及现代小说流派的关系的探讨，表明在中国陀思妥耶夫斯基的知音更多了，能与陀氏直接对话的人不再屈指可数。

重读陀思妥耶夫斯基，中国人突然发现：陀氏作品中深厚的人道主义思想和感情，是打动全世界读者的永恒魅力；陀氏作品中执着的宗教探寻，得益于俄罗斯民族宗教文化传统的哺育，更是直接来自家庭宗教气氛的熏陶；陀氏超越了人道主义，带着对人的极大兴趣，对人的本质穷追不舍地深探；现实中人的种种丑行尽管使作家每每失望，但他寻求人的奥秘的绝对真诚与投入还是感染了各国的读者。

重读陀思妥耶夫斯基，“我是谁”、“我从哪里来”、“我向那里去”——陀思妥耶夫斯基向世界提出并苦苦追寻的问题，至今仍困扰着社会变革中的当代中国人。

通观 90 余年来陀思妥耶夫斯基在中国的影响，我们无法否认一个事实：比起普希金、莱蒙托夫、果戈理、屠格涅夫、托尔斯泰、契诃夫等俄国作家，中国读者对陀思妥耶夫斯基的兴趣要小一些。历史的原因、社会的原因，笔者已在前面论及。

第六节 中国人称作“托翁”的列夫·托尔斯泰

“翁”是中国人对年长者的尊称。被中国人称作“翁”的外国作家中，只有俄国的列夫·托尔斯泰(1828—1910)和英国的莎士比亚(1564—1661)。“托翁”、“沙翁”，既尊敬又亲切的称呼。

托尔斯泰，这位跨世纪的俄国文坛泰斗，是几代中国读者的好师长、好朋友。

像普希金一样，托尔斯泰向往中国；像普希金一样，托尔斯泰终未实现中国梦。与普希金相比，托尔斯泰更为关注中国人民的现实生活。和普希金不一样，托尔斯泰直接“拿来”华夏文化的精华汇入自己的学说；和普希金大不一样，托尔斯泰曾经直接与中国人交往、对话……

要论与中国的密切程度，俄国作家中谁也比不上托尔斯泰。

从 19 世纪 50 年代起，托尔斯泰开始与中国结缘。

1856 年，有朋友建议 28 岁的炮兵军官托尔斯泰去中国担任教官。由于正在参加塞瓦斯托波尔的保卫战，更由于打算结束军旅生活、重回梦寐以求的文学世界，托尔斯泰谢绝了朋友的好意。托尔斯泰与中国失之交臂，但俄国文坛多了一颗光芒四射的天王巨星。

1857 年，得知英国舰队于 1856 年无理扫射广州居民的消息，托尔斯泰在日记中写道：“我读到英国人对中国的丑行。”这是托尔斯泰第一次以文字形式表达对外国侵略者铁蹄下的中国人民的同情。还是 1857 年，在第一次旅欧时写的短篇佳作《卢塞恩》(旧译《琉森》)中，托尔斯泰愤怒地声讨英、法侵略者，谴责英国人在第二次鸦片战争期间屠杀中国人的罪行。

1881年，托尔斯泰告诉彼得堡的一位出版家，在他成年之后，所有东西方哲学家中间，孔子和孟子对他影响“很大”，老子对他影响“巨大”。

1884年，迷上中国文化的托尔斯泰写下《孔子的著作》和《关于〈大学〉》（未完成）两篇文章，专门研究中国古代先哲的思想。

1886年，在著名的政论文《那么我们怎么办？》中，托尔斯泰再次谴责欧洲列强掠夺屠杀中国人的强盗行径。

1893年，痛感俄国读者对中国思想宝库一无所知的托尔斯泰，亲自上阵，同他的助手着手从法文和德文转译《道德经》，但因故未能发表，十分可惜。

1900年，获悉八国联军攻陷天津、北京，残酷镇压义和团的反帝斗争，托尔斯泰奋笔疾书，以一篇《不可杀人！》对八国联军的野蛮行为提出严正抗议。

1905年，不懂中文、一直无缘和中国人接触的托尔斯泰，终于获得一个直接与中国对话的机会。曾经留学俄国的张庆桐写一长信致这位俄国文坛泰斗。托尔斯泰欣然回以长信，信中谈及他对中国当时社会的思考，劝告中国不要效仿欧美资产阶级的国家制度，也不要走日本的道路。他还指出，改进自己的技术力量不是中国人民的当务之急，发挥自己的精神力量才是摆在中国人民面前最紧迫的任务。

1906年，在收到上海俄国总领事馆转交的辜鸿铭用英文撰写的两本著作后，托尔斯泰仔细阅读，写了回信——《给一个中国人的信》。这位文坛泰斗在信中流露出对勤劳、智慧、善良、温和、忍耐的中国人民的极大兴趣和赞赏，反映了他对帝国主义暴行的痛恨，表达出希望中国人民不要重蹈欧洲人覆辙的真诚心意，同时也提醒中国人民不要寄希望于军队、暴力，要保持宽容、明智。

1910年，托尔斯泰在生命的最后一年接到上海环球中国学生会出版的一份英文刊物，读后很喜欢，对秘书说：“如果我还年轻，我一定到中国去一趟。”可惜此时的托尔斯泰已是82岁高龄的老人，无法进行长途旅行，中国之行化作了永久的梦境。

托尔斯泰年轻时有机会来中国，可他兴趣未至；托尔斯泰垂暮之年，又有可能前来老子的故乡，可他却已力不从心。

从 19 世纪 50 年代中期开始，托尔斯泰在一系列的政论文章甚至艺术作品中，均拿欧洲人在中国的强盗行为作靶子，以此证明所谓“欧洲文明”的罪行。从 19 世纪后半期开始，在世界观的转型期，托尔斯泰对中国文化的兴趣日益增长，尤其迷恋起博大精深的中国古典哲学。

托尔斯泰，一个俄国伯爵，怎么会迷恋起深奥的中国古典哲学？托尔斯泰不懂中文，何以对华夏先哲们的领悟那么准确、深刻？

结合前面几章内容，我们不难发现这样一个规律：无论是普希金、果戈理，还是屠格涅夫、陀思妥耶夫斯基，他们对中国的影响都是基于双方的文化背景、民族心理积淀和现实需要等各方面的因素。这些因素同样也作用于托尔斯泰。

从文化背景看，俄罗斯文化有接受东方文化的可能性。

俄国，地跨欧亚大陆。这一得天独厚的地理环境决定它是一个东西方文化碰撞的场所。碰撞必然引发渗透、吸收，因而俄罗斯传统文化既有西方特征又具东方韵味。18 世纪彼得一世的改革为俄国打开了通向欧洲的大门。随着西方物质文明的侵入，西方精神文明撞醒了落后封闭的俄国。俄罗斯民族文化产生出强烈的自我意识，这个民族开始主动与西方文化对话、交流、融合。文学上的例子是最好的证明：俄国作家几乎都受益于西欧特别是法国先进文化。东方文化对俄罗斯文化的影响要比西方文化早几百年。13 世纪初，基辅罗斯分裂成一些大大小小的公国。这一时期，住在俄罗斯以东的蒙古草原上的游牧民族，已经建成了一个幅员广大的蒙古帝国。从 1240 年蒙古军队入侵俄罗斯，到 1480 年俄罗斯获得解放，俄罗斯人沦于蒙古人统治之下达 240 年之久。在这漫长的岁月中，伴随着一代天骄成吉思汗子孙的金戈铁马，东方民族的古老文化也融进俄罗斯。文学仍是最好的明证：在前苏联多民族的文学中，我们仍能从鞑靼文学作品中找到不少以中国为题材的小说、诗歌。

没有俄国有识之士，特别是代表俄罗斯民族文化精华的作家们广纳四方的胸怀，就没有普希金、果戈理、冈察洛夫、屠格涅夫、陀思妥耶夫斯基、托尔斯泰、契诃夫等几代文豪的令世人瞩目的成功。

从民族心理积淀来看，俄罗斯文化中的村社制、专制体制、群体主义、顺从、善、神秘主义、有神论等因子已经沉淀到俄罗斯人心灵深处，已形成这个民族特有的文化心理结构。俄罗斯人身上罪孽意识重，他们注重内心的自我反省、自我忏悔。这种原罪感与苦难意识融合，形成俄罗斯文化的深沉感、厚重感。自然环境、异族侵略和国内的政治体制对俄罗斯人的多年打磨，化为这个民族的心灵重负。

农耕自然经济的自给自足性、地理环境的相对封闭性和内向性、儒家思想几千年的传统等因素导致中国文化以“中庸之道”为主体，它反射到民族心理结构上就表现为中国人的集体主义——中国人在精神上的自我完成必须借助社群，中国人的含蓄内向、善于服从……另外，思维方式是民族特有的文化心理结构中的重要因素。就思维内容而言，俄国和中国都带有明显的政治伦理化倾向。

俄罗斯民族和中华民族在文化心态上的相近相融，文学是最好的体现之一，而托尔斯泰表现得格外突出——他的托尔泰学说、他的道德说教和道德力量充满浓重的东方色彩。

从现实需要看，世纪之末，社会、人生总是充满动荡与不安。

19世纪70年代末至80年代初的俄国，农奴制被废除，资本主义急速发展，阶级矛盾空前激化。历史进程改变着贵族的传统道德观念，动摇着俄国人思想观念的旧基础。这一切促使托尔斯泰的世界观发生巨变。他清楚地看到，资本主义的文明不是救世灵丹，贵族地主阶级的势力更不是使俄国起死回生的妙药；于是，他抛开上层贵族地主阶层的一切传统观念，转到宗法式农民的立场上来，成为农民利益的代言人。处于世界观转型期的托尔斯泰，一方面不同意“纯艺术”派的观点，曾与这一派的代表屠格涅夫进行激烈争论；另一方面又不接受激进的民主主义思想，他主张通过道德教育的途径改善现有社会秩序和人们之间不合理的关系。显而易见，托尔斯泰执意要走的是一条前人没有走过的路。

对西方文明日渐失望的托尔斯泰，在这时候开始把眼光转向东方。他发现，东方的千年古国中国的精神文明具有独到之处。他着手研究中国古典哲学和民间创作，尤为关注华夏先哲们的伦理思想。最终，托尔斯泰融合东西方文明的精华，形成自成一派的独家学说——托尔斯泰学说。

托尔斯泰思想体系的核心是托尔斯泰学说。托尔斯泰学说以三条伦理原则为主：“勿以暴力抗恶”，“道德的自我完善”和“全人类普遍的爱”。三者通常被认为是基督教教义的翻版；但近年来中国托尔斯泰研究成果表明，托尔斯泰在形成每一条原则时都从基督教出发，从中国古典哲学思想中汲取精华，最终背离了基督教的本意。

“勿以暴力抗恶”受启于老子。从1871年起，托尔斯泰大量阅读和研究中国的老子、庄子学说和孔孟之道，特别是老子的《道德经》。他与人合作转译过《道德经》，编选过《中国贤人老子语录》。他对老子学说中的“无为”和“道”的思想非常欣赏。老子以水比喻放弃暴力。水表面上看去“弱”、“不争”，但它“利万物”，这是水的特性。实际上，水的本质是“强”的，所以水是最重要、最有力的。对老子心领神会的托尔斯泰，在1884年3月的一篇日记中谈及应该像老子说的一样，以像水一样“最重要和最有力的”方式，即“不争”去抗恶。托尔斯泰十分憎恶西方列强的坚船利炮。

托尔斯泰还对老子的“无为”思想作了自己的解释，按自己的理解去解释什么是“道”。他极力赞同老子教导人要学会不为肉体和物欲而为精神生活的观点，将这一思想转变为一种要求超越肉体生活的“禁欲”思想，而达到这一要求要靠个人的内心修养，决不能用强制手段压抑人性中的基本要求。由此派生出托尔斯泰学说的第二个原则——“道德的自我完善”。

如果说，“勿以暴力抗恶”原则与老子思想有着密切的师承关系的话，那么，“道德的自我完善”原则则是主要从儒家的学说中找到支持的。

儒家的理想是“仁”，儒家的方法是“中庸之道”。在“格物”、“致知”、“诚意”、“正心”、“修身”、“齐家”、“治国”、“平天下”——儒学所讲的一系列行为中，“修身”为本。儒家信奉“性善论”，因为人的本性是善，所以仁者修身定能启发善性。托尔斯泰的“道德的自我完善”与儒家的“修身”，在精神内涵上是一致的。像孔子和孟子一样，托尔斯泰也是个“性善论者”。他时常向人的“良心”呼吁，要人们停止杀人和作恶。

“勿以暴力抗恶”和“道德的自我完善”合二为一，即实现“全人类普遍的爱”，这才是托尔斯泰学说的灵魂。它得益于墨子的“兼爱”思想。墨子“兼爱”思想的核心是“天爱人”。《圣经》指出，人无权审判他人，因此不能仇恨他人，一切裁决都要由上帝来进行——墨子和基督表达的“人类之爱”几乎一样。因而托尔斯泰要人们去“爱仇敌”，因为光爱妻子和孩子，动物也能做到，甚至胜人类一筹。人类爱，是人人相爱，是爱一切人。与墨子和基督教义所不同的是，托尔斯泰尽管将爱奉为至高的唯一法则，但他认为这一法则不是来自“天”，而是人心固有的，需要去激发。

托尔斯泰学说的三个主要原则表明，托尔斯泰的学说是基督教和中国古典哲学结合的产物。在托尔斯泰思想中，较少基督教文化的宗教成分而更富中国儒家文化的伦理色彩。

托尔斯泰与佛教的关系也很密切。在与个人欲望搏斗的岁月中，托尔斯泰的精神支柱一方面来自基督教教义的支持，另一方面来自佛教的力量。佛教“出世”的主张，在托尔斯泰看来有净化灵魂的功用。在他晚年编写的《儿童故事集》中，可以看到他读到的大量佛经故事及所受到的影响。

托尔斯泰还从我国的古典哲学中发现有代表中国农民的观点。他肯定劳动的意义，认为人只有勤于劳动（主要指耕地、割草等田间劳动），生活才有根，人的品质才可能崇高。世界观转变后的托尔斯泰生活的“平民化”正是这种主张的体现。他总是身着农民的布衣，种地，打猎，恢复农民子弟学校，为农民编写识字课本，经常拿着自己写的民间故事和“人民戏剧”征求农民意见。他还自己出钱，为灾民筹办饥民施食所。农忙季节，他像雇工一样帮助缺少劳力的农民耕种和收割。（他拥有很大一片庄园）世上只有农民为地主扛活的，哪里听说过地主主动为农民打工的？！

当然，不能否认托尔斯泰对中国古典哲学的爱好有他的消极面，如过分主张忍耐、顺从、不抵抗，但他的积极面还是主要的。我们必须看到，基于同样的文化心态，托尔斯泰学说与中国古典哲学有着千丝万缕的联系，托尔斯泰与中国古代哲人们对世界和人生有着基本相近的看法。

我们惊叹：托尔斯泰能够如此成功地克服语言障碍，深入到全然陌生的文化材料的实质中去。考察托尔斯泰学说形成的过程，我们感到，托尔斯泰热切希望通过东方文化来理解西方文化和通过西方文化来理解东方文化。在当时的俄国作家甚至整个欧洲的作家中，没有人能像托尔斯泰一样以这般真挚的感情对待中华智慧、中国人民。这一点在现在看来都是难能可贵的，中国人自然特别珍视他、厚爱他。

托尔斯泰在世时，中国人就知晓了他的大名。早在托尔斯泰作品有了中译本之前，我国知识界就已经接触到这位俄国文豪。当时的接触主要通过留日、留欧的中国留学生和外交人员。这批留学生后来成了五四文学大潮中的生力军。

1903年，曾到过俄国的外交官夫人单士厘女士写了三卷日记，后印成《癸卯旅行记》。该书对托尔斯泰热情赞扬，谴责俄国教会开除托尔斯泰教籍和沙皇政府禁止托尔斯泰著作发表的行为。

据现有资料，中国人自己撰写的最早介绍托尔斯泰的文章发表于1904年。现已无法考证《托尔斯泰略传及其思想》的作者寒泉子是何人。该文侧重介绍托尔斯泰的学说，而文学作品则一带而过。作者凭直觉，敏感地悟到托尔斯泰思想与中国传统思想的联系。直接与托尔斯泰打交道的第一个中国人是张庆桐。1905年，他与托尔斯泰通信，除了表示对作家的仰慕外，主要谈及中俄两国的关系，没有涉及文学作品。

1907年初，托尔斯泰的肖像出现在《民报》上，并有题词“俄罗斯哲人——托尔斯泰”，但没有与托尔斯泰有关的文章。

中国人真正接触到托尔斯泰的作品开始于1906年。1906年，德国传教士叶道胜（中文名）牧师和中国人麦梅生合作从英文转译了托尔斯泰晚年的一些以宗教为题材的短篇故事，最初发表在上海《万国公报》上。1907年由香港礼贤会结集出版单行本《托氏的宗教小说》，这是目前在中国发现的最早的托尔斯泰作品中译单行本。托尔斯泰作品一旦被介绍过来，它的影响就迅速扩大且日益深远。

1931年，中国出现了第一次翻译托尔斯泰作品的热潮。马君武等译了《心狱》（《复活》）。翻译数量最多的要数林纾和陈家麟。他们译出的多是托尔斯泰的早期小说和后期宗教性较强的作品，如《罗刹因果录》(1915)、《社会声影录》(1917)、《婀娜小史》(1917)、《人鬼关头》(1917)、《现身说法》(1918)和《恨缕情丝》(1919)等。这些翻译都用文言，篇名都是译者另拟的，而且为使译作容易被中国人接受，像普希金的《俄国情史》一样，不少译本抛开原作的表现手法、风格，根据译者的理解大加发挥，对原作大量删改。另外，从译者自定的篇名可以看出，当时中国人心目中的托尔斯泰是一位宗教家和道德家的形象。

1915—1921年，《新青年》杂志做了大量介绍俄罗斯文学的工作，其中关于托尔斯泰的文章及译著占了相当大的比例。其他当时较有影响的杂志也都有专论。1916年以后的几年内，托尔斯泰作品的译介日益活跃，相继发表的译作有《一个地主的早晨》、《伊凡·伊里奇之死》、《安娜·卡列尼娜》、《塞瓦斯托波尔的故事》、《童年·少年·青年》、《克莱采奏鸣曲》、《家庭幸福》、《高加索的囚徒》等。1921年，瞿秋白以记者身份访问苏联，成为托尔斯泰故居雅斯那亚·波良纳的第一位中国客人。瞿秋白翻译过托尔斯泰的作品和列宁论托尔斯泰的文章。

据统计，在五四以前，中国翻译了普希金、托尔斯泰、莱蒙托夫、屠格涅夫、契诃夫等十几位俄国文学名家的作品，总数在80种以上，其中托尔斯泰的作品占了30多种，几近总数的一半。

五四以后，中国知识界在文化心态上与欧美文学的隔阂日渐加大，人们对俄国文学的兴趣更浓，尤其是对托尔斯泰，于是开始了翻译托尔斯泰作品的第二个热潮。

五四以后直接从俄文翻译的译者群体出现。他们给托尔斯泰作品翻译和其他俄国作家的作品翻译带来了新气象。1919年，瞿秋白发表托尔斯泰《闲谈》的译文，1920年又发表《祈祷》。在直接从俄文翻译俄国文学作品的丰收年——1921年，耿济之译的《黑暗之势力》、沈颖译的《教育之果》、瞿秋白与耿济之合译的《托尔斯泰小说集》等托尔斯泰作品相继问世。1922年，耿济之重译了《复活》，杨明斋译了《假利券》。

抗日战争期间，尽管条件相当艰苦，文化上的压制十分残酷，但托尔斯泰作品的翻译介绍仍未中断。郭沫若从英文转译了《战争与和平》（未译完）。周扬也从英文转译了《安娜·卡列尼娜》，虽然是转译，但周扬基本上把原作的精神、风格传达了出来。

抗战胜利后到新中国成立前，译自俄文的托尔斯泰作品有刘辽逸的《哈泽·穆拉特》、蒋路的《少年时代》、高植（即高地）的《战争与和平》（继续郭沫若的工作）等。

新中国成立后，文学翻译事业获得了空前的发展。托尔斯泰的多卷本选集得以出版，各种译本不断重印。1903—1987年，在我国出版的俄国文学译作中，托尔斯泰的作品占17%，契诃夫、屠格涅夫、陀思妥耶夫斯基的作品各占13.6%、12%、6.6%。这四位文豪的作品几乎占译作总数一半。90年代，翻译界着手进行17卷本《托尔斯泰文集》的出版工作。

一个世纪以来托尔斯泰在中国的知名度与他半个多世纪（文学生涯达58年）在俄国的盛名不相上下。

自托尔斯泰传入中国，中国人对他的译介、研究远远超过对其他俄国作家的关注。

前面说过，托尔斯泰的一些思想和观点同我们民族的传统意识较一致，他的道德主义、“忏悔意识”与五四时代刚刚觉醒的现代知识分子的内在需求相契合，他对宗教正统思想、教会的伪善、沙皇统治下的俄国社会无情的批判正符合当时中国国情的需要……这一切说明托尔斯泰在昨日中国的影响是说得通的。

托尔斯泰不同于普希金、果戈理、屠格涅夫的思想体系。他的著作不仅早已跨越国界，跨越民族，成为全人类共有的精神财富，而且其影响已经远远超出了文学艺术的范畴，在世界产生过而且正在产生着非文学的影响。在这样一位世界级的伟大作家身上，肯定具有世界公认的某些恒定的东西。

托尔斯泰十分具有“超前意识”：一个多世纪前他就将目光从令他失望的西方移开，投向梦醒时分的东方。果然，20 世纪，他不迷信的西方文明开始放下架子，东进取经来了。托尔斯泰料到了——三十年河东，三十年河西，哪个文明都不能千秋万岁。重读托尔斯泰，我们猛然发现，原来他身上还有这么多的“全球意识”。他的作品无一不是以俄罗斯生活为素材，但在运用这些素材时，他始终围绕着“改善全人类生活”这一圆心。我们能从他的作品中随时抽取出带有人类普遍性的哲学、宗教、法律、道德、政治等多方面的问题。这种凌驾于社会与时代意识之上的气质与才能，正是成为一个世界级文化巨人的必备素质。也许我们的前辈早就发现了这一点，只不过由于斗争的需要，他们还来不及评点、论说更深一层的东西。

沿托尔斯泰这条大河逆流而上，我们发现俄罗斯文化中的“超越”因素原来就十分强大。没有它，19 世纪俄罗斯文学不可能在短短的一百年间，以令世人难以置信的速度造就出一颗接一颗的巨星，以令世人吃惊的速度创造出世界文学史上的奇迹。相比之下，中国文化缺少“超越”因素，中国人没有超越世界之上的上帝的观念，中国文学太拘泥于“改良社会”、“批判现实”、“宣传主义”。我们缺少的正是俄罗斯文学那种既平易近人又超然大气的浩荡气势——平民意识加沙皇气派制造出的强大魅力。

回望这位脚跨两个世纪的伟人——托尔斯泰，从中国人亲切地唤作“托翁”之日起，他就成为我们可亲可近的师长与朋友，他伴随我们度过“战争与和平”的风风雨雨，使许许多多的中国知音踏上“复活”、“新生”的旅程。

第七节 契诃夫和我们的世界更接近

像冈察洛夫一样，契诃夫（1860—1904）这位19世纪俄国文学的最后一位巨匠，也曾到过中国。

契诃夫对中国抱有极大的兴趣。1890年，在前往沙俄最大的苦役场萨哈林岛调查囚犯的监禁生活时，契诃夫路经我国黑龙江，记下了他当时对中国的印象。这也许就是一种预兆：在他身后一百多年间，他的作品长驱直入中国腹地，为大江南北的中国读者所熟悉并接受。

集短篇小说巨匠和戏剧革新大师于一身的契诃夫，对于我国小说和戏剧创作产生了深远的影响，这种影响既复杂又微妙。

契诃夫属于最早一批被介绍到中国的俄国作家。1907年，吴梼从日文翻译了契诃夫的小说《黑衣修士》。1910年，包天笑又将契诃夫的小说《六号室》（即《第六病室》）译介给中国读者，但包氏译文有许多夸张的引申，而这正是契诃夫故意不说、留有回味余地的一贯风格，也是他作品的思想价值和文学价值的独特体现。与此同时，契诃夫的两个短篇《戚施》和《塞外》被鲁迅与胞弟周作人收入他们合译的《域外小说集》。该集上下两册仅卖出20本，其影响可想而知。从晚清到民国初年，译成中文的契诃夫短篇作品还有《庄中》、《生计》、《写真帖》。这一时期，契诃夫作品的单行译本有两种，影响都很小。这与五四以前的俄国文学译介在翻译文学中地位较低是一致的。

五四以前，我国译者只对契诃夫作品中的短篇小说感兴趣，他的剧作被冷落一旁。这种现象普遍存在于当时的翻译界。

契诃夫的作品被大量翻译介绍过来是在20年代初。

1919年，沈颖发表了契诃夫《神学院学生》的译文。1920年，天津《新社会》连载了契诃夫《唉，众人》的译文，《解放与改造》发表了契诃夫戏剧《熊》的译文；同年，《小说月报》和《东方杂志》也发表了几部契诃夫的译作，它们是《戏言》、《犯罪》、《赌胜》和《阴雨》。

1921年，契诃夫的照片第一次在中国出现。《小说月报》的《俄国文学研究》号外不仅刊载了他的照片和传记，而且还有他的译作——王统照译的《异邦》和邓演存译的《一夕谈》（《静诺奇卡》)。在这直接从俄文翻译俄国文学作品的丰收年里，俄国戏剧翻译异军突起，打破了译坛小说一统天下的格局。郑振铎将耿济之译的《伊凡诺夫》、《万尼亚舅舅》、《樱桃园》和他本人译的《海鸥》一并收入他编的《俄国戏曲集》。至此，契诃夫五部多幕剧中的四部都译成了中文并出版。

1923 年，耿济之、耿勉之合译的《柴霍甫短篇小说集》出版，这是最早的一个契诃夫小说集，收入七篇短篇小说。1924 年，瞿秋白译自俄文的《好人》发表。

契诃夫小说最早中译本之一《柴霍甫短篇小说集》(1923 年)

1925—1927 年，北京出版了曹靖华译的契诃夫另一个多幕剧《三姊妹》和独幕剧《蠢货》、《求婚》、《婚礼》和《纪念日》。这样，契诃夫的五部著名多幕剧全被翻译了过来，而且很快进行了再版，并不止一次被搬上舞台。

契诃夫的作品介绍到中国之后，翻译数量和种类直线上升，越来越受到重视。在 1917 年至 1927 年的 10 年间，中国共出版单行本的俄国文学作品 65 种，其中契诃夫 10 种，仅次于托尔斯泰(12 种)。20 年代以后，契诃夫作品的发行愈发长盛不衰。

30 年代，赵景深从英文译出八集《柴霍甫短篇杰作集》。30 年代末 40 年代初，除小说和剧本外，契诃夫的传记、札记、日记及通信集也被大量译介到中国。他的一些重要作品往往有好几个译本，如《宝贝儿》、《万卡》、《第六病室》、《套中人》、《一个小公务员的死》、《草原》、《樱桃园》等。40 年代，托尔斯泰、屠格涅夫、陀思妥耶夫斯基、契诃夫都在中国名重一时。比较系统全面地译介俄国名家名作成为许多译者的心愿，普希金、莱蒙托夫、奥斯特洛夫斯基、冈察洛夫、契诃夫等作家的选集都被列入出版计划，但只有契诃夫的戏剧出齐了六种译作。这在兵荒马乱的年代是件很不容易的事。

伴随着这些译作，40年代涌现的一批文学、外语造诣均深的契诃夫译者逐渐为中国读者所熟悉，像汝龙、曹靖华、焦菊隐、丽尼、满涛等人。直到新中国成立前，契诃夫的中文译者阵容依然相当强大，其中不少人是当时文坛上的知名作家、评论家，如鲁迅、周作人、包天笑、徐志摩、傅斯年、王统照、瞿秋白、郑振铎等。

四五十年代是我国译介契诃夫的高峰时期。1950—1958年上海推出汝龙译自英文的27集《契诃夫小说集》，该集收入契诃夫中短篇小说220篇。

六七十年代，我国大陆的俄国文学翻译跌入低谷，契诃夫也像其他俄国作家一样被打入冷宫。

80年代，俄国文学翻译重新回到正轨上来。上海译文出版社以建国以来的最大规模，根据俄文12卷本《契诃夫文集》，推出12卷《契诃夫文集》中译本。这是自契诃夫作品进入中国之后，80多年来最有连续性、质量最精的契诃夫作品中译本。

契诃夫在中国版本较多的作品是《樱桃园》、《伊凡诺夫》、《三姊妹》、《万尼亚舅舅》、《万卡》、《套中人》、《第六病室》、《一个小公务员的死》、《变色龙》。其中，《一个小公务员的死》、《变色龙》这两篇被列入世界短篇名著行列的作品，更为中国读者熟知、喜爱。上述作品在中国读者中享有较高的知名度不是偶然的。它们最为突出地体现了契诃夫作品的“为人生”主题，中国译者及评论家总是有意识地偏向他这些暴露社会黑暗、反映“小人物”生活的作品，而他的一些思想较为复杂但表现内容十分深厚、艺术上颇为精巧的作品却很少为人所重视，评论很少提及，像《带狗的女人》、《带阁楼的房子》、《醋栗》等。

我国翻译契诃夫作品很多，对他的评论也相当多。

契诃夫作品最早引起中国读者注意的，不是他那种独特的语言艺术，而是他的题材、主题和人物。中国新文学工作者从认识契诃夫之日起就领悟到，契诃夫的现实主义有别于托尔斯泰的现实主义，也不同于屠格涅夫的现实主义，他的现实主义有自己的独到之处——紧贴生活是他创作的最大特色。俄国文学现实主义“为人生而艺术”的特点，正是中国新文学工作者对契诃夫和其他俄国作家情有独钟的原因。

1909年，周树人（鲁迅）、周作人兄弟指出，契诃夫与俄国“自然派”作家不同，他对现世悲观，对未来满怀希望。这种理解虽然不免带有社会历史的色彩，但清楚地表明，契诃夫作品中紧贴生活的东西会与开始关注人生问题的五四新文学发生契合。

20 年代前后，以徐志摩为代表的从文学的审美价值角度评价契诃夫作品的评论出现，但属少数；从“为人生”的意义角度来理解、论说契诃夫作品的评论仍占主导地位。张友松的观点代表了这时期契诃夫评论的主流观点。他认为，有人指出契诃夫的作品太琐碎，太灰色，但人生本身正是如此琐碎，如此灰色，所以契诃夫作品就是人生本来面目的写照。

二三十年代，中国文坛上的文学研究会、创造社等所有流派的文学主张都围绕着“为人生”的中心。即使是以施蛰存、穆时英、杜衡等人为代表的现代主义心理分析流派，也把贴紧生活当作必不可少的创作原则。

进入 40 年代，中国新文学“为人生”的潮流日渐浩荡，介绍俄国批判现实主义作品仍是重点。契诃夫作品的翻译、评介扶摇直上。与二三十年代所不同的是，许多评论家开始关注隐含在契诃夫作品灰暗忧郁氛围底下的亮色。许多作家也准确地品味出契诃夫小说的独特韵味：情节平淡无奇，但越是细嚼越能尝到其中苦辣相间的况味，它使人微笑，使人哀伤。这些作家向契诃夫学习，写自己身边熟悉的生活，写病态社会中沉浮于黑暗污流中的各种灰色的小人物，暴露他们庸俗、虚伪的灵魂，传达出自己对新生活的憧憬。这一倾向体现在这个时期的一大批小说里：叶紫的《丰收》、萧红的《生死场》、张天翼的《清明时节》、老舍的《我这一辈子》等。

我们在沙汀的名篇《在其香居茶馆里》能够看到作家成熟的写实本领。小说在描写地方乡绅时，始终避免直接触及人物的心理活动，甚至在高潮处也听不到人物滔滔不绝的表白，见不到一个夸张的词句，依然是冷静的描绘、客观的叙说。作品字里行间透出作者那平静而苦涩的微笑。从沙汀笔下那些麻木不仁的看客们身上，社会愚昧昏暗的死态一览无余。读者在契诃夫描写外省生活的小说里也能找出类似的感觉。

总之，中国现代作家、评论家们的目光大多投在契诃夫反映当时社会思潮的作品上，只有少数人能透过“无情地暴露旧社会”这一表层，悟到契诃夫世界的深层内涵。

在对外来作家影响的接受上，叶绍钧比较倾向于俄国的契诃夫和法国的莫泊桑。

叶绍钧很早就表述过与契诃夫相近的观点：纵然事实浅显平凡，我们若能观察得精密、透彻，就会发现它的深浓和非同一般。叶绍钧的小说，越到后来，朴实、冷峻、自然的风格越加显著。像短篇集《线下》、《城中》，它们没有刻意去追求情节的曲折新奇，而是着重再现生活本身，揭示出人物的内心世界及精神风貌，很少主观因素，客观写实色彩浓厚。

《潘先生在难中》是为人熟知的优秀短篇。它生动地塑造了军阀混战年代里的一个卑怯自私、苟且偷安的知识分子形象。潘先生为了躲避战乱和失业的危机，想方设法适应多变的环境。稍遇危难，他就六神无主，一旦暂获安宁，立刻又忘乎所以地高兴起来。这位永远在庸俗猥琐的生活中腾挪的潘先生，时而让读者忍俊不禁，时而让读者同情感叹，时而又让读者摇头生厌。读者的这种阅读感受，正是源于作者对一件件琐碎而真实的事实的客观描述。这些世俗画面太平凡，平凡得让人窒息。读者从头至尾捕捉不到任何作者对人物的主观评价。这样的作品很难引起我们对情节的好奇心，但是透过作者呈现的一个个实实在在、有血有肉、可悲可怜的凡人形象，我们会发现，市民阶层的庸俗习气构筑了生活的悲剧，在悲剧下面笼罩着人类常见的生存形态：人没有甘愿庸俗的。不合理的世态、生活的重压，很容易使人萎缩，使人变得庸俗和鄙陋。

契诃夫就是善于在平凡生活中提炼主题，让文学像生活本身那样自自然然、平平直直。在作品中，契诃夫把自己深深地埋藏起来。他只让事情本身拨动读者的思绪，而自己则像一个看客，同读者一道观望人生舞台上的万千景象。这种平平淡淡、从从容容的“冷处理”所达到的艺术效果相当强烈。比起颇具大河奔流气势的托尔斯泰，契诃夫更像地表下面的潜流。

在对平凡生活的择取上，叶绍钧没有像契诃夫那样，把自己的笔伸向更广泛的领域，而是专注和执着于特定的题材——表现小知识分子的灰色人生。这样做使叶绍钧达到了大部分同代作家难以达到的深度。

契诃夫晚期的作品显现出，作家将笔触伸向了农村生活和工厂生活的纠葛与矛盾，涉及重大的社会问题，社会内容更加丰富。《套中人》、《醋栗》、《姚尼奇》、《农民》、《我的一生》等就代表了这一倾向。

随着社会浪潮的推动和对生活理解的逐渐加深，叶绍钧在艺术风格上最明显的变化就是特别爱用讽刺手法。除上面提及的《潘先生在难中》之外，《校长》、《外国旗》、《搭班子》等都展示了作者出色的讽刺才能。小知识分子的空有理想而又顾虑重重、苟安心理、奴才性等又酸又臭的东西，被叶绍钧刻画得生动真切。这无疑也是得益于契诃夫的。

契诃夫有的作品集轻松诙谐和尖刻辛辣于一身，如《变色龙》、《普里希别叶夫中士》；有的作品融讽刺和同情于一体，让人含着泪微笑，如《一个小公务员的死》。同果戈理善用夸张来达到讽刺效果一样，契诃夫的讽刺中最常用的笔法之一也是夸张。在这种夸张中，讽刺对象的荒唐滑稽更为突显，讽刺的风趣和俏皮得到加强。中国读者十分熟悉的奥楚蔑洛夫(《变色龙》主角)，这一形象的成功塑造就是借助了夸张。

中国文学传统修养颇深的叶绍钧，他的讽刺带着中国文人的严谨风范，鲜有轻松的幽默感，极少使用夸张。他的讽刺是在貌似漫不经心中把现实生活包含的喜剧性表现出来，偶尔加上点滴的提示。《外国旗》典型地体现了叶绍钧那平直浅淡的讽刺艺术。

风格日趋成熟的叶绍钧，将他所喜爱的作家契诃夫身上的客观化，视作一种艺术法则而予以肯定。契诃夫一贯认为，主观态度是种可怕的东西，因为它会把作者连胳膊带腿地都露出来。从这个意义上看，叶圣陶与契诃夫同属朴素和节制型的作家。

在俄罗斯古典文学大家中，鲁迅翻译得更多的是果戈理和契诃夫。日本留学期间，鲁迅就曾打算翻译契诃夫的《决斗》。回国后，鲁迅大量翻译迦尔洵、阿尔志跋绥夫、安特莱夫、契诃夫和高尔基的作品，但不久，他的文学探索就集中在契诃夫和高尔基身上。鲁迅觉得“与其看薄凯契阿、雨果的书，宁可看契诃夫、高尔基的书，因为它们更新，和我们的世界更接近”。正是抱着这种思想，鲁迅不止一次地以契诃夫的警句作为与敌人斗争的武器。

1929 年，契诃夫逝世 25 周年之际，鲁迅翻译并发表了《契诃夫与新文艺》一文。文中某些看法后来成为鲁迅常用的战斗武器。

鲁迅对契诃夫的重视，不仅表现在他亲自翻译过契诃夫的八个短篇上，还体现在他大力支持别人译介契诃夫的作品。陈君涵翻译了契诃夫的剧作《熊》，尽管译本毛病不少，但鲁迅仍想方设法让它和读者见面，并且推荐该剧的曹靖华译本(译名为《蠢货》)，意在让读者和演员相互对照，各取所长。由此可见，鲁迅对介绍契诃夫的作品是如此热心，考虑是如此周到。

1935 年，鲁迅从德文翻译出契诃夫的“契洪特”(作家早期创作时用的笔名)时代的八篇短篇小说。鲁迅被公认为最能传达契诃夫精神的译者。更为可贵的是，鲁迅不只扼要而公允地介绍了它们的内容，而且对契诃夫前后期创作也做了简明而正确的评价。鲁迅指出，这八篇大半不能算是契诃夫较好的作品，但在它们短小的篇幅内“脚儿却都活画出来了”。

契诃夫在莫斯科大学读医学专业时，由于小商人家庭的经济破产，他必须考虑赚些钱帮助父母和兄弟姐妹，所以他写作时，往往是一挥而就，且一度迎合庸俗肤浅的时尚，写了大量无伤大雅的滑稽故事和诙谐小品。不过这只是契诃夫整个创作生涯中短暂的“契洪特”时期，这些作品也只是他作品中的一小部分。80年代后期开始，契诃夫短篇的格调有了急剧的转变。其短篇小说中的讽刺幽默的因素不再是直截了当，而是渗入到作品的深层，与抒情性、正剧性的因素融合成一个极富感染力的艺术整体。

鲁迅在《坏孩子和别的奇闻》的“前记”中，很恰当地指出了契诃夫的这一创作转变过程，同时又指出，若拿契诃夫早期的作品与中国某些讽刺作品相比，更能看出前者的深广。这些作家自称为“小笑话”的短篇，和中国所谓的“趣闻”截然不同。这八篇里面没有一篇只简单地招人一笑，而是总能剩下些东西——问题。鲁迅认为，这使人笑后剩下来的东西往往不是轻松愉快，而是沉重和悲哀。鲁迅准确、深刻地把握住了喜剧性和悲剧性有机结合于一体的“契诃夫式的幽默”。

鲁迅这样重视契诃夫，当然也会受到契诃夫的影响。鲁迅是受契诃夫影响较深的一位作家。评论家往往都喜欢拿鲁迅的小说与契诃夫的小说进行比较。鲁迅也是举世公认的短篇小说大师，他善于抓住最能突出而且最简约地表现人物性格和事件本质的典型素材，朴素、明了地把思想形象化。在鲁迅的创作中，特别是在他还没有摆脱外国作家影响的早中期创作中，记事的明快、生动、简洁，纯朴、抒情的忧郁风格，和契诃夫颇为相似。《一件小事》、《头发的故事》、《社戏》、《故乡》和《孔乙己》等短篇没有对人生真理的大声呼唤，有的只是极为冷淡的客观描绘。在平平淡淡的描述中，孔乙己——“站着喝酒而穿长衫的唯一的人”(《孔乙己》)，在嘲笑中走来，又在取笑的闹声中离去。平静、客观下面奔涌着的悲愤之情，不禁使人生出奥维德式的对生命的感慨：“如果你突然见到我，你是不会认得我的，岁月已把我摧残得不成样子了。”曾经浪迹天涯、而今重回故里找寻童年记忆的“我”(《故乡》)，与儿时的伙伴闰土不期而遇。昔日海边瓜地里手握钢叉的小英雄早已荡然无存，眼前站立的只是一位淳朴、勤劳、木讷的农民，过多的艰辛和痛苦刻满了他的脸。在悄无声息离岸远去的船影中，我们感到人生的无奈。生活不会使少年时代的伙伴常在一起，生活的苦难常常不是让往昔的朋友更加贴近，倒是会无形中横生出一堵不可逾越的厚墙，把他们从肉体和心灵上隔绝开来。

契诃夫一贯主张，态度越是客观，所产生的印象越是有力。他的创作规律是尽量把材料压缩。他的任何一部作品都力图在浓缩的篇幅里，让读者看到事物的真实面貌，给读者展示生活本身的阴暗面和光明面，以及可以捕捉到的生活的底蕴。在《仇敌》里，契诃夫以冷静客观的口吻叙述了一场发生在老爷和医生间的争吵，以及由争吵引起的相互的痛恨。透过貌似没有主题的表面现象，不难发觉，作品根本不想褒贬某个人物，它只是对人类生活中普遍存在的某些可悲的现象作些叹息：为什么有知识的人还会这么心胸狭窄、庸俗无聊？为什么人大多只想着自己的痛苦，对别人的痛苦却视而不见？为什么人的心灵会变得这样不健康？……人们不自觉地会顺着这些问题想下去。从《醋栗》中那个自私自利、心灵空虚的庸人身上，我们悟到：在现实生活中，铜臭不知已经侵蚀了多少人的灵魂；人们需要的远不只是个人"幸福"的蜗居，而是需要一片广阔天地尽展自由的精神，生活的意义在于争取"更伟大更合理的东西"。

执着于心灵的探索，进而对人的灵魂进行冷静无情的解析，同样是契诃夫孜孜以求的事业；但不同于陀思妥耶夫斯基和托尔斯泰的是，契诃夫不对人物的心理活动本身进行细致的描绘和刻画，而是让读者从人物的行为举止中领悟其内心的活动和精神状态。

鲁迅晚年说"我是散文式的人"，托尔斯泰曾称契诃夫是"散文中的普希金"。鲁迅与契诃夫的小说采用的都是富有诗意的散文化结构。这种结构反映在思维方式上，就是球面型而不是线型。在两位作家的作品中，时间并不是主干支架。鲁迅和契诃夫的小说很少把情节穿在一根线上，他们的成功之处不在于情节的起伏多变，而是散文式的叙述方式。构成这种结构的单元材料或是一次谈话，或是一个小故事，或是一个人的外形，或是作者某种瞬间的强烈感觉。这些材料像撒落在不同方向和位置上的点，彼此连缀而成为一个平面或多面的立体。

鲁迅的《祝福》由"我"的几次见闻缀合构成，情节不是点与点循序渐进的过渡衔接，而是跳跃推进。我国有的评论者认为，在小说结构方法上与契诃夫作品最为神似的鲁迅作品是《风波》和《在酒楼上》。这两部作品没有一个可以称作主线的中心情节，整篇都是些琐碎的叙说和零散的意象：六斤打了十八个铜钉的破碗、七斤嫂迁怒他人、赵老七的竹布长衫、九斤老太的絮絮叨叨……它们叠加在一起，呈现的往往是一种出乎意料的印象。

鲁迅和契诃夫小说情节的淡化与跳跃，使他们的作品乍看平淡无奇，甚至贫乏无味，然而仔细咀嚼，便会品出无穷的韵味。

在中国现当代作家中，与契诃夫的忧郁气质最接近的，莫过于鲁迅和沈从文。

鲁迅的忧郁气质突出地渗透在他的散文诗集《野草》中。《野草》中的不少篇目在曲折隐晦的笔端，流露出空虚寂寞的情绪。例如《影的告别》，影的命运孤独寂寞，黑暗终将吞并它，光明将使它消失，它只好“彷徨于明暗之间”。即使像《雪》、《好的故事》等格调清新明丽、寓意深远的作品，也让人感到孤独心灵孕育下的寂寥、冷漠。

仔细分析鲁迅的小说，我们便会发现，忧郁气质充盈在他的每一篇小说里。灰色的茶馆、单调的纺车、昏暗的油灯、阴冷的乌篷船、沉重的雪、阴郁的云、黎明前的黑夜……这一切使人想起契诃夫小说的场景：又酸又硬的醋栗、旧巴巴的雨伞、沉甸甸的套鞋、灰秃秃的街道、牢笼般的病房。

鲁迅的《孤独者》最突出地表现了契诃夫式的忧郁气质和孤独心态。魏连殳性格阴郁冷漠，不甘心与世俗同流合污，所以他对周围人态度近乎冷酷，亲自做了“独头茧”把自己裹住。但现实不允许他生活在与社会隔绝的真空环境中。流言诋毁他，失业打击他。最后，这个孤傲的人不得不向环境屈服，当上军阀部队里的一个顾问。他独自品尝着貌似胜利实则失败的悲哀。他在孤寂中绝望地挣扎；把目光转向孩子，但孩子们也抛弃了他。他最终背负着内心的创伤，寂寞地死去。

契诃夫的著名中篇《第六病室》里的主人公安德烈·叶菲梅奇（即拉京），在一个偏僻小城的一所医院里当医生。医院又脏又乱，偷盗成风，贪污盛行，病人得不到照顾。他曾试图改变这种状态，但处处碰壁。失望之余，他专心读书，心无旁骛，以求获得心灵上的安宁。后来，在第六病室他接触到一个名叫格罗莫夫的病人。交谈中，这位病人仍不改初衷，认为斗争是改变环境的唯一出路，从而驳斥了医生的“懒汉哲学”，一针见血地指出他不懂生活，只会鼓吹蔑视痛苦，而且靠别人的痛苦生活着。谈话使拉京感触颇多。于是，“健康人”医生与“疯子”病人接触频繁。不料，觊觎他的地位的助手乘机造谣，拉京也被当成疯子关进第六病室。这时他才幡然醒悟，便和格罗莫夫一道反抗，却遭到看门人一顿痛打，中风而死。最终打破孤独的一切努力未能挽救这位有理想、有才能的知识分子。

在契诃夫其他的作品中，无法抑制的孤独感，或称孤独意识，以明示或暗示的形式重复表现出来。外部环境与人的高贵天性水火不容，个人在社会上得不到关心与理解，人与人的灵魂隔绝不通——这些使得鲁迅与契诃夫接近，也使他俩的有些作品难为一般读者理解。

有一点值得注意，鲁迅在艺术观点、题材选择、表现手法甚至思维路线方面与契诃夫相当接近，这与他俩都是学医出身不无关系。

鲁迅早年东渡日本，曾在仙台医学专门学校接受了两年严格的科学训练；契诃夫曾在莫斯科大学医学系苦读五年，毕业后行医治病。关于医学知识对他们创作的影响，两位作家都有过表述。事实上，医学能够扩大人的观察视野，充实人的知识。医学所依仗的科学事实和科学方法能指导人们避免许多过失。医生有机会接触社会各种人物，进而拓宽观察范围，丰富生活见识。这些都是一个优秀作家必不可少的品格素质与生活积累。鲁迅和契诃夫都善于以严肃的科学态度，将医学上的解剖术迁移运用于剖析社会上的各种病态现象、人类精神上的多种病症。将热烈的情感与冷静的观察相结合，深刻地透视社会人生的共同点，正是两位作家创作中语无繁赘、字字千斤、精练缜密风格形成的一个重要因素。

沈从文可以说是在感情上受契诃夫影响最大的一位中国作家。

在谈及自己所受外国作家的影响时，沈从文很少像别的作家一样，明明确确地点出几位自认为从中获益颇深的作家名字，但他却曾专门提到契诃夫。他指出，契诃夫的叙事方法是不加个人议论，冷眼从旁观望。的确，沈从文和契诃夫都极善于将“道理”含在“现象”中，默默地勾勒出大时代中“小人物”的浮沉命运，静静地传递出他们对滔滔长河上的人生悲欢及生命奥秘的冥思。

“不加个人议论”的笔法始终贯穿在沈从文的创作中。《萧萧》（电影名为《湘女潇潇》）很具典型性。天真、纯朴的萧萧十二岁时作了童养媳。在婆家她要带不满三岁的丈夫，洗衣，推磨，摇纺车，还要受婆婆的折磨。在一种无知的自然冲动中萧萧与花狗相好，并身怀有孕。萧萧在逃脱了“沉潭”、“发卖”的命运后生下个儿子，被留在婆家，只能与比自己小九岁的丈夫厮守终生。萧萧终日打发着虽生犹死的漫漫时光，她的生命处在被动的自然状态。当萧萧同十年前抱丈夫一样，抱着二儿子微笑着看人家给她的大儿子娶童养媳时，她已不再有改变自己命运的任何想法。梦想和希望都已死去，生死祸福任由别人去安排。沈从文以一种极其冷静客观的口吻，叙述着湘西山乡一位少女身上发生的重大悲剧。字里行间没有一句关于人生的议论、关于命运的感怀，只有偏僻山乡那年复一年、日复一日的琐细和平常的生活。字字句句绝无华丽的修饰。从这深沉凝重的客观笔触流溢出来的是作家对社会人生富于历史感的思考，跃动着的是原始生命的活力以及与世浮沉的灵魂。这一切很容易让人想起契诃夫笔下漠然的姚尼奇（《姚尼奇》）。

沈从文用平铺直叙的词句来讲他的故事，看似随意，实是作家精心选择之后的重新组合。其作品情节极少曲折，跳跃而淡化，是点与点的组接；但深意却从自由、轻松、抒情、闲淡中一点一滴地折射出来。短篇小说《静》很能说明这一点。小说取材于自己家庭成员在战乱中逃难、被困于一个小城的一段经历，结构简单，几乎没有情节，文字传递出的氛围就是“静”。母亲生病卧床不起；大嫂、姐姐外出补课；小女孩在晒楼上四处张望，望见小尼姑，望见天上的风筝。小女孩回到房间，和妈妈说梦；小男孩告诉妈妈，河对面的桃花开了。透过这朦胧的意境，将零落、偶然的散点拼合起来，渐渐组成一幅整合划一、对照强烈的画面：死亡的肃穆，战争的威胁和静静流淌的生命之流。

一位老教授的家庭琐事；一个男子和一个女子海滨邂逅，继而产生无望无奈的爱情……契诃夫按照他心目中的想象，有选择地将“这一点”、“那一点”捏在一起，让读者在恍然间欣喜地意会到人人都会体验，但又难以准确表达的人类内心深处的东西。

在中国现当代作家中，与契诃夫的忧郁气质最相近的，除鲁迅外，就是沈从文。

沈从文是一个对人生怀有极大热情的人，但从内心深处看，他却是一个孤独者。他认为自己的生活和思想是“皆从孤独得来的”，所受的教育“也是从孤独来的”。即便拥有了名誉、友谊和爱情，他还是感到异常孤独。追根溯源，沈从文的孤独意识源自他对整个社会的观察、对生命的观照和对人生的忧思。这一点使沈从文与痛恨平庸、不愿人生毫无光彩的契诃夫成为知音。比起鲁迅的忧郁气质，一向谦和、宽厚的沈从文的忧郁更加内倾。

在中国文坛上经历过毁誉并存命运的《边城》，有意从中国湘西20世纪初叶普通人的平凡交往的视角，表现一种“人生形式”。小说弥漫在“美丽总是愁人的”幽幽气氛中。言犹未尽的人生忧虑与世事惆怅从碾坊和渡船伸向更深的地方——恋人的歌声里，老船工的静默中，渡口边翠翠的孤寂等待里。《边城》蕴蓄着这样一种情绪内涵：富于幻想而又敏感的少数民族祖祖辈辈生活在青山秀水间，但与山美、水美、人美反差极大的是长期压迫在他们心头的一股隐痛沉郁。作品是少数民族心声的表露，也是旧一代知识分子心迹的坦露，更是沈从文对人生独立与生命自由的追求的展示。沈从文在一种近于半迷狂的状态中去感受人事的美，挖掘颗颗渴望美好生活的灵魂，从而引出他一直思索着的大问题——人为什么而活下去。

契诃夫以医生般清醒的理性客观描绘人生，通过忧郁甚至凄婉的氛围传递出孤独、沉郁的美。这让人联想到他的著名中篇《草原》。草原散发着香味，飞鸟在歌唱，一个小男孩坐在一辆马车上穿越茫茫大草原。他看到的是孤单伫立的白杨、紧贴地面飞翔的鹞鹰……在这部作品中没有情节，连人物都始终漫没在一种氛围中——孤独的灵魂与生命力旺盛多姿的大自然两相对照下的忧郁中。正像高尔基形容的，这是一种纯粹俄罗斯味道的带沉思的忧郁。而这股说不清的忧郁挟带着的是契诃夫的思想探索——没有一个“中心思想”，人生就会成为可怕的负担，就等于一无所有；生活的意义在于争取“更伟大更合理的东西”。

由此可见，沈从文是从更深的层面上接受契诃夫影响的。

沈从文和契诃夫的作品不靠单纯赞美颂扬什么，或者单纯批评诅咒什么来争取读者；因此它们不会随着时代的变迁而被刷新，甚至落入被人遗忘的行列。深层原因在于，两位作家都“顽固”地坚持自己的道路，即以一个作家的身份独立思考、独立发言。

沈从文虽然充分肯定共产党认定目标、一往无前的献身精神，也认准国民党的独裁统治必将灭亡；但他始终厌恶派别，认为政治终究不可信，极力避开政治斗争的潮汐，谋求“单干”(当然是一厢情愿)，从一个“乡下人”的角度向实实在在的生活取证。

契诃夫是在不问政治的外省小城的环境里出生、长大的，他身上一直具有不问政治的特点。他生活在俄国历史的大裂变时期：旧的理想——民粹思想彻底失败，新的理想——马克思主义与工人阶级的革命斗争方兴未艾。契诃夫敏锐地捕捉到这一变化，力图用新的答案来解决一些社会问题，但他没有掌握最先进的思想武器。一些鱼龙混杂的政治流派充斥于当时的社会，对生活起着表面的影响。这种现象令契诃夫更加怀疑政治，对政治生活更为反感，他不问政治的情绪更强了(后期有所改变)。他认为最主要的不在于支持什么样的政治主张，而在于做人是正直还是虚伪。契诃夫反对把他归属于任何团体及流派，这就使他不以某一派的纲领来束缚自己和自己的创作。

尽管两位作家都有自身难以克服的偏颇，但他们求索不止、勇于孤独、与自己的良知进行探讨的毅力与精神，无论怎么看，都是作家身上不可多得的杰出品格。

1934年出现的曹禺的《雷雨》，标志着我国传统戏剧形式已攀上了顶峰。巅峰状态本身就隐含着危机。

曹禺等一批中国戏剧作家，以敏锐的目光在契诃夫的戏剧里找到了他们急需突破的东西。曹禺本人极为欣赏《三姊妹》，认为这部伟大的戏展现了一幅秋季的忧郁图。没有惊心动魄的故事，有的只是能抓住人们心灵的活生生的人。曹禺重新审视他的《雷雨》，指出它太像戏，技巧上过分了。他想从契诃夫深邃的艺术里老老实实学点东西。但是曹禺走向契诃夫的第一步并不成功。他没有在情感上真正领会契诃夫，而只注重某些方面的刻意模仿，犯了许多模仿者犯过的同样错误。契诃夫所特有的东西是他艺术中最难模仿的地方。

与曹禺第一个剧本风格截然不同的《日出》明显反映出契诃夫戏剧的痕迹。剧本没有中心情节，每个人物分量相当，且都能以各自鲜明的形象吸引人们。作者希望用角色们离乱、零碎的人生片段构成一种一致的印象，但缺少的恰恰是契诃夫戏剧抓人魂魄的本质东西——总处于痛苦与希望同在的思索与憧憬中。

继《日出》之后，《北京人》将寓深邃于平淡的契诃夫戏剧艺术风格引向成熟。剧本叙述了发生在抗战前夕北京一个没落的封建世家中的日常琐事与人物精神的苦闷、内心的冲突。情节与外部冲突由人物之间的表面性直接冲突转入隐蔽的内心，折射出人性美的潜质。但《北京人》的抒情氛围仍然显出人为的效果——出于理性思考，而不是情感的自然坦露，作者还是急于要表达主题。

在曹禺后来的创作中，上述缺憾仍然存在着。笔者认为主要原因有二：一是曹禺的个人气质与契诃夫相去较远，曹禺擅长"热处理"，而契诃夫是个"冷处理"型的作家。二是表现人，尤其是现代人复杂精妙的心态需要一些超脱、玄想。无论是小说还是戏剧，在真实地表现现实生活的基础上要有一定程度的虚化。中国人一贯注重务实，没有对号入座的感觉仿佛就不踏实。

我国另一位著名戏剧家夏衍，从个性气质上看与契诃夫较为接近。生于浙江水乡的夏衍，天性中具有南国细婉、灵慧的特点；来自亚速海滨的契诃夫，有着南俄细腻、敏感的性格气质。他们对美都有一种深刻入微的感悟力。

与曹禺不同的是，夏衍的个人生活一直与政治斗争紧密联系，其艺术观也就比较偏激。因此夏衍对契诃夫的选择更多是从社会活动家的角度，他注重的是戏剧的社会性。

契诃夫是个地地道道的艺术家，他着重从审美层次上叙说人生、思索生命。夏衍本人也曾指出他与契诃夫的距离：契诃夫看人看事很冷静，而他却很主观，很不平静。所以夏衍认为，热爱契诃夫的作品与受到影响之间没有必然的联系，他更多地是从狄更斯和高尔基那里受到启迪。尽管夏衍本人这么说，有意思的是，仍有不止一位评论家提到《上海屋檐下》中的契诃夫痕迹。评论者们看到的多是该剧外部结构上与契诃夫戏剧的相似之处：朴素自然，注重现实的真实性，淡化情节，弱化外部冲突。在情感让位于理智的夏衍剧作中，我们体会不出契诃夫那种对人的命运的悠长思虑。政治家的使命与艺术家的意识间的矛盾一直制约着夏衍的戏剧创作。

在中国五六十年代，契诃夫戏剧的“非戏剧化”倾向逐渐弱化，因为它不符合当时强调主题、强调典型环境和典型人物的文艺方针。但它的影响并未消失，而是成为80年代中国现代派话剧再度兴起的必要储备。尽管当今中国现代派话剧多是借鉴西方，但西方现代派戏剧也在契诃夫那里汲取过不少养分。

契诃夫被翻译介绍到中国已逾百年，他是我国介绍评论得最多的俄国作家之一，也是我们认识不足的外国作家之一。

世界上很难找到一个国家像中国这样，政治对于人们的生活起过而且继续起着非常重要的作用。它把我们对外国作家的认识和理解推入一条既定的轨道。积重难返，至今我们仍难免受它左右。反观历史，对于中国现当代文学，契诃夫更多地是以一位社会学家、历史学家或是哲学家的姿态出现。从鲁迅、叶绍钧、艾芜、沙汀、巴金、老舍、曹禺、夏衍、孙犁这些人们公认的现实主义作家身上，我们看到受益于契诃夫等俄国作家的“为人生”的现实主义文学主流是多么强大；即使是在徐志摩、沈从文等被视作“唯美派”的作家身上，我们也能从他们的审美笔端感到“为人生”基调的存在。

曾几何时，由于我们所处的历史文化背景和社会政治气候的制约，以及我们民族根深蒂固的文化心理定式的限制，中国人眼里的契诃夫是一位同情“小人物”、痛恨庸俗愚昧、反叛旧世界、向往新生活的民主主义作家。认识上的偏差导致我们忽略了这位伟大作家作品的普遍意义和深刻的审美价值，从而只停留在表面的接受上。

在欧美国家读者的视野中，契诃夫一开始的形象就与我们的不同。与在中国的情形相似，契诃夫作品刚刚进入欧美国家时，并未引起广泛的注意。直到20世纪20年代，由于世界大战与现代派文艺潮流的冲击，契诃夫的影响在这些国家呈上升的势头。在欧洲，英国人最为推崇契诃夫。在他们看来，契诃夫对心灵最有兴趣，他最善于分析人与人之间微妙精细的关系，这是位人类灵魂的深刻解剖者。美国是最早介绍契诃夫的国家。从未领略过封建专制滋味的美国人，与契诃夫的世界相距甚远，文化心理落差甚大。但他们从契诃夫的剧本中，一眼就看到了人类共有的情感体验——陌生感横亘在互不理解的人们之间，人们不愿去理解他人，大家都在等待，与等待相伴的是命运不可抗拒的悲凉和意识深处的孤独与忧郁。总在人与人心灵隔绝状态中寻找归宿的美国人，把契诃夫视为表现人类普遍心灵状态的戏剧大师。

一百多年里中国人视野中的契诃夫是这样的：契诃夫不是没有政治头脑、对社会漠不关心的纯艺术类型的作家，他的作品体现出对不合理的社会的反抗；契诃夫的艺术是客观的描叙，是写得简练的艺术；契诃夫本人是位冷静、清醒的现实主义者。但是我们不能把他简单归入传统的现实主义作家。契诃夫的小说和戏剧美学包含着大量的现代派美学观点和内容，传统美学和现代美学的质素在他的作品中兼而有之。

契诃夫小说的美学特征正与现代人对美的感觉方式的变化相吻合，这一点也契合了西方现代派文学所奉行的美学观。

第三章　20世纪上半期中俄文学交流（二）

第一节 世纪初苏俄汉学新貌和阿列克谢耶夫的中国文学研究

从20世纪初起，在苏联时代，中国文学的传播呈现着日益繁荣的趋势。

1917年十月革命以后，苏联文学界对中国给予极大的关注。1918年，高尔基向列宁提议成立专门研究东方问题的高等学校，列宁很快作了批示，同意在莫斯科设立东方学研究所，其任务之一就是首先研究中国语言文学。1919年，高尔基又提议设立世界文学出版社，译介世界各国的文学名著。其中，中国文学作品的选目由瓦·阿列克谢耶夫（В.М.Алексеев，1881—1951）负责，多名汉学家通力合作。据一本《中国书目》（斯卡奇科夫编，1960年）统计，在前期短短的三十多年里，苏联就出版了约百部书，大大超过了19世纪的汉学成果。当然，这是就整个汉学而言，不限于文学研究一项。

1949年开始，苏联汉学的研究力量有所增强，研究条件也明显改善。从世纪初，即十月革命后开始，苏联的中国文学研究便有了通盘的规划，研究领域从神话和民间文学、古诗和古代散文、诗词戏曲和章回小说，直至现代文学。其成果丰硕期延续至后半世纪。

阿列克谢耶夫像

曾被郭沫若先生尊称为“阿翰林”和“苏联首屈一指的汉学家”的瓦·阿列克谢耶夫，于1929年当选为苏联科学院院士。同年，他接到北平图书馆副馆长袁同礼（馆长为蔡元培）签署的公函，正式被聘为北平图书馆通讯员（这是给英、德、法、俄、美、日学者各一名的荣誉职衔，阿氏为该馆同期聘任的六位外籍学者之一）。这表明，阿氏的成就同时得到俄中两国的承认。

一、 阿列克谢耶夫作为俄国汉学学派领袖的重大贡献

（一）中西比较诗学研究的先驱

阿氏潜心研究中国古代诗学而完成的巨著《中国诗论·司空图〈诗品〉》，不但用花品、茶品、鱼品、书品、画品来对照，借以阐明《诗品》的成就和价值，确定它在中国文学史上的地位，而且从诗学的高度来与欧洲的诗论作对比，包括古罗马诗人贺拉斯、法国诗人布瓦洛等，进而确认“司空图的长诗在世界文学上应当占有一个极其荣耀的地位”。该书反对“东方就是东方，西方就是西方”的观点，开启了中西比较诗学的先河。

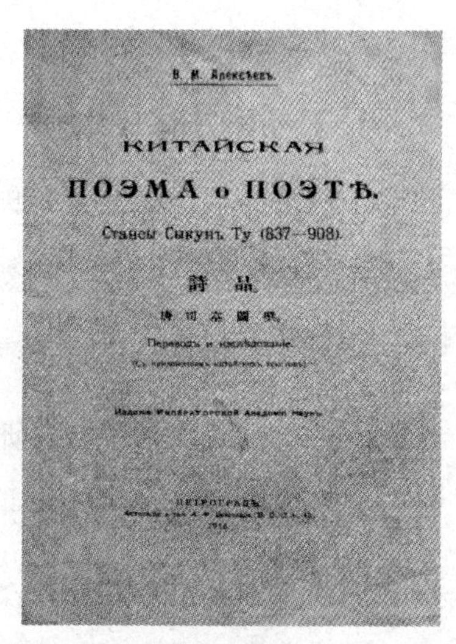

《中国诗论 · 司空图〈诗品〉》封面

该书分为两部分。第一部分是评论，设 4 篇 14 章。其中第一篇有 4 章，分别论述《诗品》的历史、内容、艺术技巧和它在中国文学史以及世界文学史上的地位。重点是系统阐释《诗品》的内容极其深刻含义，在分析长诗采用的语言手段和其他艺术手法时，也写得相当精彩。第二篇有 5 章，分别介绍《诗品》的版本、注家、仿作（即续《诗品》等）和它的英译本，文中贯穿着比较研究的观点和方法。第三篇评述司空图其人。从他生活的历史时代、经历及传记材料、作为诗人的品格以及他的其他诗作入手，也分为五章。这里面涉及司空图同陶渊明、李白、韩愈等作家的

相互关系及所受的影响。第四篇从方法论上论述如何对待这部长诗。第二部分是翻译和注释，共分两篇。第一篇是《诗品》的译和注。以二十四品为序，每一品都有综合分析（题解）、直译（照字面翻译）、意译（参照俄诗的音节和韵律修改润饰）和注释四部分。第二篇是三部《诗品》仿作的译和注，即《画品》（黄钺）、《书品》（杨景增）和《续诗品》（袁枚）的译和注。当然，这三部都只摘选若干片段。

书的最后一部分附有《诗品》原文和作者摘录的大量中文资料（用以注解原文的）。

（二）文化和文学研究多方面的成果

阿氏编选和翻译古典诗歌，并写成注释与论析，译介《聊斋志异》，搜集和研究民间年画，就中国古典文学、现代文学以及俄文译作写了一系列文章。其代表作《聊斋志异》(译作，1937)、《中国文学》(1978)、《中国民间年画——民间绘画中所反映的旧中国的精神生活》(1966)和《东方学》(1982)，反映了他在汉学各个领域的拓展——语文学、民族学、史学、诗学、民间文学、美文学，以及翻译理论和实践。

（三）毕生从事汉学教学

阿列克谢耶夫一生从事教育工作。1908年起即在中东铁路学院工作，1910—1951年在列宁格勒大学任教达40年，先后在地理学院和俄国艺术史学院（1919—1924）、东西方语言和文学比较学院（1924—1927）、列宁格勒东方学院（1928—1938）、列宁格勒历史语言研究所（后更名为列宁格勒文史哲研究所，1930—1938）、莫斯科东方学院（1937—1941）任教。其间，1933—1951年还担任亚洲博物馆（后为苏联科学院东方学研究所）中国部主任。除在中东铁路学院教授俄语外，在其他各院所均从事汉学教学。在40多年的教学生涯中，他提出和推行了一系列全新的汉语教学法，造就了一大批汉学家。

（四）造就俄国汉学学派

阿列克谢耶夫对俄国汉学的特殊贡献，在于对汉学学科提出了系统的理论，孜孜不倦地建设汉学学科和认真严格地培养汉学人才，形成了“阿列克谢耶夫学派”。

在阿列克谢耶夫身后，齐赫文院士（1918— ）成了这个学派的主导人物。据他的界定，该学派的主要成员有研究哲学的休茨基、阿·彼得罗夫，研究文学的鲍·瓦西里耶夫（王希礼）、什图金、费德林、艾德林、费什曼、齐别罗维奇、克立夫佐夫、瓦·彼得罗夫、孟列夫、谢列布里亚科夫，研究语言的龙果夫、鄂山荫、施普林钦、雅洪托夫，研究汉字的鲁多夫，中、日兼研的聂历山、康拉德、孟泽勒，研究图书资料的费卢格、布纳科夫，研究艺术的卡津、拉祖莫夫斯基，研究经济的施泰因，研究历史文化的杜曼、齐赫文、维尔古斯、李福清。[1]

1. 中译文参见李明滨：《俄国汉学史提纲》，见阎纯德主编《汉学研究》第 4 集，第 63 页，北京：中华书局，2000 年版。

这份名单实际上还应该包括推动 20 世纪下半叶汉学走向繁荣的一批骨干，他们已不是阿列克谢耶夫的嫡传，而是再传弟子了。

二、　旅行中国和应聘北京图书馆通讯员

阿列克谢耶夫在治学方面毕生奉行的信条有二：一是发奋读书，尽一切可能涉猎中文资料；二是实地考察，直观人生，尤其要到对象国去。二者的目的均为了解实情，掌握可靠的第一手材料。为此，他曾于 1904—1905、1906—1909、1910、1926 年来华进修，包括旅行。来到中国之后，在北京除了进学校、图书馆看书，还利用假日游览京郊名胜古迹，两次出远门旅行，几乎走遍大江南北。

第一次旅行在 1907 年，与法国汉学家沙畹同行。路线依次为：天津、德州、济南府（还顺道去了潍县）、泰安府、曲阜县、邹县、济宁州和嘉祥县郊区、开封府、巩县、登封县、河南府、华阴县、西安府、醴泉县、乾州、富平县、韩城县、芝州、绛州、太原府、北京。历时 4 个半月，搜集到大量民间年画、信纸和信封、庙宇和神像照片、宗教书籍、西安府的拓片和语音笔记（不用汉字）。

第二次在 1909 年，当时阿列克谢耶夫在中东铁路学院任教，他利用新年假期独自一人前往中国南方旅行。先后到了汉口、武昌、上海、苏州、杭州等地，历时 20 多天。此行任务同前一次，是考察民俗民情，收集碑铭和年画，以补充第一次旅行的收藏。

阿列克谢耶夫对第一次旅行做了详细的日记记载。该部分内容 1956 年由后人编成书出版，书名《旧中国纪行》，共 312 页。全书共分 6 章：北京郊区碧云寺的一天；在大运河泛舟；坐火车、

独轮手推车或步行游历山东；河南——黄土大地之邦；向考察之行的最远点西安进发；从山西回到北京。

阿氏受聘为北平图书馆通讯员的决议，见于国立北平图书馆委员会民国十八年（1929）9月2日关于聘任名誉编纂员、通讯员、名誉调查员的议案。同年10月25日，该馆向“通讯员”发出公函，内称：

敬启者：本馆改组成立，建设事业于焉发轫，深虑弗胜致贻讥诮，夙仰先生斗山望重，学识宏通，兹特聘为本馆通讯员。庶凿匡壁而增辉。祇承明教，望鸿篇之是锡，借照他山。谨肃芜笺，伏希惠允是幸。[1]

1.《北京图书馆馆史文献汇编》，第307—310页，北京：书目文献出版社，1994年版。

决议中所列的一项内容，就是祈请通讯员凡有“新刊图籍”即“以一部寄赠”。当年决议同批聘任的6名外籍人士为：长泽规矩也（日）、王光祈（德）、阿理克（俄，阿列克谢耶夫的中文名）、张凤举（法）、耶慈（英）、斯永高（美）。[2]

2.《北京图书馆馆史文献汇编》，第307—310页，北京：书目文献出版社，1994年版。

如今，北京图书馆的藏书中，收藏有阿列克谢耶夫的著作12部，其中有8部是作者在世时已入藏北平图书馆（北京图书馆的前身），其余4部则为阿氏的后人和门生续赠的。北京图书馆所收阿氏著作已包括成名作和代表作，以及所有主要论著。“这些图书既丰富了北京图书馆的馆藏，也为广大研究工作者提供了有关俄苏汉学和瓦·阿列克谢耶夫本人的宝贵资料。”[3]

3. 栗周熊：《毕生献给汉学的瓦·阿列克谢耶夫》，载《北京图书馆馆刊》，1995年第1、2期。

在阿氏生前入藏的8部书为：(1) Артист-каллиграф и поэт о тайнах в искусстве письма，中译名为《书法家和诗人谈书法艺术之奥秘》。这本书系莫斯科俄文杂志《苏联东方学》1947年第4卷所刊作者长篇论文的抽印本，另做装帧，有封面，系作者1947年所赠，扉页上有他亲笔题写的赠言。书主要分三部分：作者的论文《书法家和诗人谈书法艺术之奥秘》，杨景曾《书品》的俄译文，《书品》的原文。最后还附有“虎、龙（均为善庆书）、寿（马德诏书）”三字的书法示图。(2) Заметки об изучении Китая в Англии, Франции и Германии，1906年，中译名为《英、法、德中国研究概况》。(3) Описание китайских монет и монетовидных амулетов, находящихся в Нумизматическом отд. Императорского Эрмитажа，1907年，中译名为《帝国艾尔米塔什博物馆古钱币部收藏的中国钱币与钱币护身符著录》。(4) О разговорном обозначении китайских так называемых ключевых знаков，1910年，中译名为《论汉字若干所谓符号的口语表示》。(5) Китайская поэма о поэте. Стансы Сыкун Ту

(837—908). Пер. и исследование，1916 年，中译名为《中国论诗人的长诗——司空图（837—908）的诗品（翻译与研究）》。(6) Безсмертные двойники и даос с золотой жабой в свите бога богатства，1918 年，中译名为《和合二仙，刘海戏金蟾》。(7) Судьбы китайской археологии，1924 年，中译名为《中国考古学的命运》。(8) Китайская иероглифическая письменность и её латинизация，1932 年，中译名为《中国方块字及其拉丁化》。

在作者身后才入藏北京图书馆的 4 部书为：(1) В старом Китае. Дневники путешествия 1907 г.，1958 年，中译名为《旧中国纪行》。[1] (2) Китайская народная картина. Духовная жизнь старого Китая в народных изображениях，1966 年，中译名为《中国民间年画——民间绘画中所表现的旧中国精神生活》。本书有复本，其中一本为作者的女儿玛 · 班科夫斯卡娅所赠。(3) Китайская литература. Изобранные труды，1978 年，中译名为《中国文学（选集）》。本书为作者的门生李福清院士所赠。(4) Наука о Востоке. Статьи и документы，1982 年，中译名为《东方学（文章与文件）》。

1. 已有中译本。〔俄〕阿列克谢耶夫著，阎国栋译：《1907 年中国纪行》，昆明：云南人民出版社，2001 年版。

三、 阿氏学派推动中国文学研究趋向繁荣

苏联对中国文学的译介在 50 年代便出现了浩荡的“洪流”。这时大部头的新译本层出不穷，其中汉诗俄译数量较多，有总集也有专集。什图金的《诗经》俄译本 (1957) 和费德林主编、郭沫若审定篇目的《中国诗歌集》(1957—1958) 是诗歌总集。前者首次将《诗经》300 篇全部译成了俄文，填补了学术界的空白；后者为四卷本，所选诗歌上起古代下迄 20 世纪 50 年代，历代名家名篇多有遴选。这部由两国学者合作编选的集子，第一次向苏联读者展示了中国古今诗歌的全貌。其选择之精全，迄今仍为国外译苑所仅见，它也为后来汉学家编选专集提供了依据，因此它的出版是苏联汉学界乃至文学界的一大盛事。此外，还有一些诗人专集刊行于世，大多属于名家之作，如屈原、王维、李白、杜甫、白居易等。与此同时，几部中国古典小说名著，如《水浒传》、《三国演义》、《红楼梦》、《西游记》、《儒林外史》、《镜花缘》、《金瓶梅》，也都有了俄译本，甚至有人译介了清末章回小说《老残游记》和《孽海花》。至于现代作品的译介，同样不但有大家杰作，而且有鲜为人知的作品。这时苏联汉学界仍以翻译为主，

研究力量相对较弱，因此著作不多。

从60年代起，中苏关系日渐冷淡，中断交往20年。不过，在这以前培养出来的汉学家，已经到了学术成熟的年龄，而且他们阵容雄壮，因此译介中国文学的工作不但没有中断，反而有所发展。其发展的方向是扭转厚今薄古、重译轻研的倾向，以求得古今并重，译研并举。在翻译方面，这20年中逐步扩展到了各种体裁，可以说为50年代做了“填平补齐”的工作。诗歌、小说、戏曲、散文的译介范围，均有所扩大。诗人译诗，是个值得注意的现象，前有女诗人阿赫玛托娃译屈原《离骚》(1956)，后则有诗人吉托维奇译《杜甫抒情诗集》(1967)、巴德尔金译谢灵运和鲍照。这时，变文这一通俗文学形式也吸引了汉学家的注意，孟列夫就列宁格勒珍藏的敦煌文献资料，做了细心的整理和研究，并陆续出版了其整理译注的成果。

进入80年代，中国文学的传播热潮又有了新的内容。翻译对象已经从古代、近代，延伸到了现当代，从大师巨匠扩展到了中小作家，从书面文学扩大到了口头文学，译介方式也从零星而分散的摘选，走向了突出重点或系统全面。这样一来，就有必要重印或重译已有的译作，包括十月革命前的译作。而且，这时已开始出版包罗古今的《中国文学系列丛书》，计划出40种，工程浩大。在1991年苏联解体以前，已有26种陆续问世，目前此项工作还在进行之中。在这将近一个世纪的时间里，苏俄学者翻译和研究中国文学有如下几个重点：古代散文、唐宋诗词、元代戏曲、章回小说和现当代文学。

俄国汉学学派20世纪后半期在文学界的代表人物李福清，最为鲜明地继承和发扬了阿氏的学术传统。中文名李福清，已为中国学术界广为知晓。其原名为鲍·里弗京(Б. Л. Рифтин)，1932年生，1955年毕业于列宁格勒大学，是高尔基世界文学所研究员。在众多的研究中国文学的汉学名家中，其成就尤显杰出。他从民间文学开始，逐步扩展到俗文学、古典文学，遍及中国传统文化，领域宽广。主要著作《万里长城的传说与中国民间文学的体裁问题》(1961)、《中国讲史演义与民间文学传统——论三国故事的口头和书面异体》(1970)、《从神话到章回小说》(1979)业已全部或部分译成中文。还有直接以中文出版的《中国神话故事论集》(1988)、《李福清论中国古典小说》(1997)、《关公传说与三国演义》(1997)、《从神话到鬼话——台湾原住民神话故事比较研究》(1998)。2003年中华书局出版的《古典小说与传说》则是从论著中精选的代表作。

他的研究方法独具特色：运用俄罗斯文学、文化理论，乃至欧洲文学理论来研究中国文学，尤其是把俄国的历史诗学理论、系统研究和比较分析的方法，引进中国文学研究之中，寻找到一条适合于研究中国文学和文化的路子。他的敬业精神、注重调查以及谦逊治学的态度，都令人赞赏。

李福清以他杰出的成就于2003年获中国政府教育部颁授的“语言文化友谊奖”，成为首位获此殊荣的俄国人。他是俄国汉学学派“阿列克谢耶夫学派”的杰出代表。李福清于1987年当选为苏联科学院通讯院士，于2008年5月25日晋升为俄罗斯科学院院士。

第二节 中国民间文学研究和李福清的专论

一、 中国民间文学研究

俄国对中国神话研究开始得较早，19世纪就形成风气。不过，长时期后续乏人，只有少数几人持续工作，进展缓慢。直到苏联时代，中国神话等民间文学研究才出现了新局面。这同50年代的“解冻”文艺政策和减弱“无神论”的宣传有关。费德林率先发表论文《中国神话题材特点》（1967），李谢维奇连续几篇论文《中国神话中的世界模式与五行学说》（1964）、《文化英雄神话的时空周期》和《中国古代的宇宙起源观》（1998）论析了中国神话的构成。思乔夫为讨论中国神的宇宙象征和审美作用而写出论文《作为宇宙象征体系组成部分的中国神话》（1977）。叶甫秀科夫从考古学入手，发表《新石器时代的中国神话》。而杨申娜为莫斯科大学教科书《古代东方文学》（1971）写出《神话》部分之后，又出版《山海经》全译本（1972）和专著《古代中国神话的形成与发展》（1984）。此外，还有斯特拉丹诺维奇为《东方（学）专有名词》（1980）写的词条《伏羲》则从语言学角度考证了该词的词源。至于民间文学，则以斯佩什涅夫的专著《中国俗文学讲唱体裁》（1987）的论述最为深入细致。

二、 李福清的专论

俄罗斯科学院世界文学研究所研究员李福清院士成就卓越，其代表作有在中国出版的两本论集，即《中国神话故事论集》（1987）和《古典小说与传说》（2003）。它们分别集中了李福清在两个阶段内所达到的高峰，也分别代表了该时期俄国汉学在中国文学研究领域的最高水平。

李福清在中国俗文学和民间文学方面都有着多方面的成就。他1950年考入列宁格勒大学东方系中文科，1955年毕业后到科学院世界文学研究所工作，研究东方文学，特别是中国文学。他曾得到著名民间文艺学家、神话学家普罗普、契切罗夫等的指导。

他在50年代搜集到大量有关孟姜女故事的资料，做了深入细致的分析综合，写成长篇论文《万里长城的传说与中国民间文学的体裁问题》（1961），获得副博士学位。接着从民间文学转向中国通俗小说，探讨二者的关系。在认真分析大量有关“三国”的口头和书面异体的基础上，写出专著《中国的讲史演义与民间文学传统——论三国故事的各种口头和书面异体》（1970），获得博士学位。随后他对中国古代通俗小说进行历史溯源，以研究所得写成《从神话到章回小说——中国文学中人物形貌的演变》（1979）。至此，李福清已完成他的三部主要论著。

他还有《中国神话论》（1987）和为《世界各民族的神话》百科辞典（上下册，1980—1982）撰写的有关中国神话的词条二百余条。

除了上述专著，他还写了许多关于中国原始文学、民间文学、通俗文学、古典文学和现代文学的文章。中国文学之外，像蒙古、日本、朝鲜、越南等国文学，他也做了评论或介绍。从这点看，他不仅是汉学家，而且是东方学家。

（一）研究成果得到中国同行专家的认可

他在中国民间文学（包括神话方面）的学术成果，已由我国民间文学专家、中国社科院文学研究所研究员马昌仪编选成《中国神话故事论集》，并翻译出版。我国著名民间文艺学家钟敬文教授生前常受李福清的探访和请教，交往密切，对李赞赏有加。他在为该书写的序言中给李福清以高度的评价，认为他“知识博洽，有科学敏感性，论证的态度严肃与公允相结合，有科学的分析能力，特别是善于采用系统论观点和结构分析方法”。这位中国民间文艺学的老前辈赞赏李福清“对民间文学、通俗文学的探索和阐明”，说：“他理论所涉及的领域，有好些在我们也是颇感觉生疏的，如对于文学，特别是群众文学体裁间关系的研究，就是一个突出的例子。”还说，李福清“指出了许多民间文学上有意味的问题，有的是我们从来没有想到的，看了作者的论述，很佩服他的眼光和学力”。

李福清搜集研究资料之多和全，也极受我国专家的称赞。例如他所搜集的有关孟姜女的材料，有许多是我国孟姜女研究者从未提及的。我国郑振铎和顾颉刚这两位前辈学者为此对当时只有二十多岁的李福清大加赞扬。又如他为苏联《世界各民族的神话》百科辞典和《神话辞典》撰写的有关中国神话的词条达数百条之多，“有一些是袁珂《中国神话传说词典》中所没有的”。

马昌仪则断定李福清的研究有“其独特的个性”，那就是“把苏联历史诗学传统运用于中国文学的分析和研究”。其具体表现为：“一、以马克思主义为指导原则，坚持历史唯物主义的反映论，以马克思恩格斯的原始文化理论（特别是恩格斯的《家庭私有制国家的起源》）为依据。二、重视系统研究。内容与形式关系密切，根据不同的材料、不同的研究对象，采用不同的方法——结构论、符号学、统计学等等，但方法只是手段，不能成为指导原则而起主宰作用。三、遵循历史诗学原则，把在发展中研究（历时的）与在联系中研究（共时的）有机结合起来。四、从诗学的、审美的角度研究民间文学，强调民间文学的社会功能和认识功能。五、作风严谨，重视资料工作。”[1]

1. 李福清：《中国神话故事论集 · 编者序》，第 16 页，北京：中国民间文艺出版社，1988 年版。

同时，李福清有关中国文学的研究成果也得到我国专家学者的肯定。他的《论中国当代中短篇小说及其作者》[2]、《中国当代小说中的传统因素》[3]、《兰陵笑笑生和他的长篇小说〈金瓶梅〉》[4]等文，都已译成中文介绍给我国读者。他 1986 年应邀参加在上海举行的中国当代文学国际讨论会，在大会上作了《中国当代文学中的传统成分》报告，备受赞扬。著名作家王蒙认为他对中国文学的理解是创造性的，用比较的方式分析了中国小说，其手法与古典暗中契合。他的角度独特，提法新颖，很有内容。王蒙说，李福清“对于中国古典小说传统技巧在中国当代小说中的运用分析得细致精当，在有些方面甚至超过中国人”[5]。

2. 中译文载《文学自由谈》，1986 年第 2 期。

3. 中译文载《当代文艺探索》，1987 年第 2 期。

4. 中译文载《文艺理论研究》，1986 年第 4 期。

5. 晓蓉：《王蒙盛赞中国文学国际讨论会》，载《文艺报》第 3 版，1986 年 11 月 15 日。

（二） 中国神话专论

马昌仪选编的《中国神话故事论集》概括李氏的研究重点有三个方面。

1.《中国神话》和《中国神话论》的贡献

李福清对中国神话学的贡献，马昌仪在“编者序”中概括成三个方面：一是“向世界读者介绍中国神话，为中国神话进入世界神话之林，进入各国神话学家、民族学家、原始文化史家的视野做了大量的工作”。这体现在翻译、编撰和评介有关中国神话的辞书上。二是“对中国神话的理论建设进行了有益的探索”。专著《从神话到章回小说》就是这方面的重要成果。三是“为构建中国古神话做了努力”。按照他的主张，神话“要以整体的观点去研究，典籍神话，活神话，文献的，书面的，口头的，文学的（小说、讲史、演义、平话、说唱文学等），艺术的（墓雕、石刻、壁画、年画、插图等），大凡与古神话有关的，都是构建中国古神话的材料，不可偏废”。

《中国神话》（《世界各民族的神话》百科辞典，上册，1980年）是李福清论神话的重要作品之一。他把中国神话从总体上分成四大体系，即：一、中国远古神话。借几部古籍中的（片段）记载得以重构，其特征之一是“神话人物的历史化”，神话人物“被阐释成上古的历史人物。地位显赫者成帝王，次之为臣相，余则类推”。作者说：“神话英雄的人化是中国神话所特有的现象，而神话的历史化加速了这一人化的过程”。二、道教神话。公元初年“道教哲学家把古代民间崇拜与萨满信仰熔于一炉，演变为宗教”。他们按自己的需要吸收某些古神话形象（黄帝、西王母），认为蓬莱、方丈、瀛洲这三个神山的传说，“其观念是从中国远古神话中借用来的”，道教神话的主人公主要是“形形色色的驱鬼道士”“成千的仙人”以及“各路神祇”。他们受辖于三种抽象而神秘的象征：太初、太素、太易，后来逐渐人化，“变成老子、黄帝和盘古”。三、中国佛教神话。“公元初年佛教连同一整套发达的神话体系自印度经中亚传入中国”，它“适应中国条件的需要”，“利用了中国古神话的某些情节，逐渐出现了一批以中国人为主人公的佛教人物，如观音菩萨”等。还有，“在中国，对地狱及名目繁多的审判的细节描写，则是佛教影响的产物”。四、后世民间神话，即“形形色色古老的或再生的民间信仰”以及“儒家所信奉的圣人以及全国性或地方性的各路英豪”。与远古神话人物的历史化过程相反，“各式历史人物经历了神化的过程”。李福清认为，“10世纪末，中国原有的几个神话体系日趋融合”，“把道教、佛教、民间神话以及儒家所信奉的英雄联合成一个统一的体系”。

这种四大体系的分法，尽管还有待于学术界的检验，甚至不会都被接受；但作为国外的学者，能提出这样系统的看法，也显示了他的功力和研究的独特性。

《中国神话论》是为袁珂《中国古代神话》一书俄译本再版(1987)写的后记。这篇八万多字的长文，进一步发挥了李福清的中国神话理论，包括比较研究方法在神话研究中的具体运用。其中“中国古神话研究史试探”一节系统论述了各国神话学者中国神话研究的主要观点，并分析了其得失。虽然还有待于进一步开展，但已具有历史的轮廓，有着开创的意义。文后所附中国神话研究目录索引，据李福清说，它比正文的意义更大，因为这是迄今最全的目录，俄文、西文、中文的书(文)目已尽数囊括于其中。[1]

1. 袁珂：《中国古代神话》(俄译本)，莫斯科：科学出版社，1987 年版。

2.《万里长城的传说与中国民间文学的体裁问题》的贡献

李福清研究中国民间文学的特点，是占有资料力求详尽、处理材料的方法独特。这从《万里长城的传说与中国民间文学的体裁问题》一书中看得非常清楚。该书于 1961 年由东方文学出版社（莫斯科）出版，主要内容已由马昌仪在《中国神话故事论集》中做了译述。从书后附录的参考书目看，除了路工《孟姜女万里寻夫集》（中华书局上海编辑所，1955 年）所用资料外，还有我国的研究者未曾用过的许多材料。他共用四类材料：传说、民歌、说唱本和戏曲。他选择材料的方法是兼顾古今，不但书面的，而且口头流传的，凡与孟姜女有关的各种体裁的材料统统搜集起来，加以利用。有丰富的材料为基础，李福清就可以对研究课题进行深入探索，多方考察，穷追究竟。正如他的导师契切罗夫所指出的：“研究工作要从小题目开始，题不要大，但挖掘要深。”

李福清在做了这样细致的历史考察之后，就得出有根据的结论：“① 中国民间文学最富有生命力（孟姜女故事流传了十三个世纪，经久不衰）；② 人民所喜爱的故事情节往往有各式各样的表现形式和体裁。”

3.《中国的讲史演义与民间文学传统——论三国故事的口头和书面异体》的价值

《中国神话故事论集》概括了李福清的这部专著对三国故事各种口头的和书面的异体、异文所做的考察；分析了民间口头文学与书面文学之间的关系，证明不是只有前者影响后者，而是二者相互都有影响的。这种研究在民间口头文学领域也具有开拓的意义。此外，本书从方法论上来看也有特殊的意义。

他用结构分析的方法，把一个故事（段子）分成若干最基本的情节“成分”——包括时间、地点（或场面）、人物（多少）、动作、彼此发生的联系等，即马昌仪所译的“情节素”。同一个故事的其他异文、异体也划分成细小的情节素，然后放在一起对比。这样，内容相同的故事，其表现手段（艺术手法）的异同就看得很清楚。李福清的独具匠心，使人明显感到用结构分析的方法来研究艺术作品会更加切实。

试以诸葛亮看望病中的周瑜故事为例。[1]

1.〔俄〕李福清：《中国的讲史演义与民间文学传统——论三国故事的口头和书面异体》，第 405—421 页，莫斯科：科学出版社，1970 年版。

他把《三国演义》第 49 回的这一段子分成 26 个情节素，而在民间说书艺人的讲本中，这同一段子分成的情节素数目大不一样，扬州的康重华是 109 个，苏州的唐耿良是 60 个，苏州的陆耀良是 93 个。从对比中看出，说书人讲的基本动作均来自《三国演义》，但在讲的过程中，结构发生了变化，有的段落被捏合，有的被展开，加强了描写性，尤其是人物内心的描述，增加了间接引语、插叙等口头说书时所必需的艺术手段。

李福清用结构分析法不但说清了书面文学对口头文学的影响，而且具体探明了书面文学是如何利用民间文学中的情节、艺术手段以及语言的。

4.《从神话到章回小说》的特殊视角

此书的特色，正如马昌仪所概括，是从人物肖像描写入手追踪中国章回小说的缘起。“中国小说向以肖像描写见长，历代评家、注家（如胡应麟、冯梦龙、金圣叹等）对此有过许多精彩的评述。对于三皇五帝以及其他帝王的相貌特征，史书、纬书、历代笔记小说中也不乏记载。但是，专门从人物的肖像描写入手，对自远古神话开始，到 14—16 世纪讲史演义与章回小说中的人物形象进行历史的、全面的考察，提示二者的渊源关系，从逻辑概括的角度展示人物形象以及艺术思维的发展演变过程的，却自李福清始。《从神话到章回小说》把我们带进一个崭新的、过去极少有人涉足的领域”。

三、　季羡林的启发

有一件趣事值得一提：李福清几次谈到，他研究神话人物肖像是受了季羡林先生一篇文章的启发。季羡林在《三国两晋南北朝正史里的印度传说》（1949）一文中曾引用《春秋纬合诚图》对伏羲相貌的一段记载，认为“纬书时代所记大人物相貌奇异怪诞，事实绝不可能有的”，都是从印度传说中来的。李福清由此注意神话人物相貌，进而去查纬书，终于有两大收获。一是发现了纬书的妙用。他说在其他古籍里“没有找到古代中国人想象伏羲外貌的任何线索”，而纬书中“提到的神话未必是纬书作者们想出来的，极有可能是他们……采用了起源于古代神话和传说的传统观念”。这样，纬书“对于我们这个论题特别有意义”，因为“纬书提供了从伏羲开始的神话人物的更详细的形象描绘”。二是发现了伏羲这位“始祖的纯兽形形象”。他进而阐明，中国许多神话始祖在他们以人形或人兽共体出现以前，都经历过一个纯兽形阶段。这无疑是重大进展。

第三节　《诗经》的俄译与费德林的论著

一、　《诗经》的俄译

《诗经》传入俄国已有一百多年的历史，出过不少译本（全译或节译）和研究者，而写出专著者唯有老资格的汉学家、俄国科学院通讯院士费德林（Н.Т.Федренко，1912—2002)。

最早的翻译是 1852 年《莫斯科人》杂志第 1 卷所载的《诗经》选译，题为《孔夫子的诗》。单篇的译文还有米哈依洛夫、米勒尔等译的《诗经》五首，见《中国和日本及其诗歌》一书。此前五首诗已分别见于《国民教育部杂志》1861 年第 2 期（米勒尔译）和《诗集》（米哈依洛夫译，柏林版 1862 年，圣彼得堡版 1890 年）一书中。

20 世纪初，由叶戈里耶夫和马尔科夫编译的《中国之笛》（1914）一书中收有《诗经·淑女》。

十月革命后，零星的翻译时有所见，如：《中国诗人的诗经选·压迫》，奥列宁译（《银幕》1925年第45期）；《七月》和《硕鼠》，波兹涅耶娃译（《世界古代史文选》第1卷，1950）；《七月》等14首，波兹涅耶娃、斯特拉塔诺维奇译（《东方古代史文选》，1963）。

《诗经》全译本出现于1957年，由科学院出版社出版，共610页，包括译文和注解。译者是著名汉学家什图金（1904—1964），他毕业于列宁格勒大学东方学系，后到东方学院任教，长期从事中国古典文学的教学和研究工作。他的《诗经》译本很受欢迎，同年国家出版社又出版了他的译本节选，298页。

什图金像

二、 费德林的《诗经》研究专著

俄国的《诗经》研究者，除瓦西里耶夫外，还有阿列克谢耶夫院士、德鲁梅耶娃、李谢维奇和费德林，以费德林的研究最为系统。他于1958年出版专著《〈诗经〉及其在中国文学史上的地位》。除“前言”和“结束语”外，全书分成“《诗经》的起源”、“风”、“小雅”、“大雅”、“颂”和“《诗经》的诗学和中国诗歌传统”六章。

作者对中国历代的《诗经》研究著作做了系统的回顾，广泛使用他们的材料，并借鉴名家的论断，从汉毛亨，唐孔颖达，宋王应麟、朱熹、欧阳修、苏辙，直至清王夫之、段玉裁、王国维，以及现代的郑振铎、郭沫若、陆侃如、冯沅君、王瑶等，对《诗经》的来源、历代对它的理解、思想内容、艺术特点等逐一做了阐述。

专著写于50年代后期，已是“解冻文学”思潮流行多年之后，能够避免以往苏联评论界仅限于评论作品思想的偏颇，开始重视分析《诗经》的艺术成就。作者注意分析《诗经》的体裁和艺术风格，探索它同民间口头创作，诸如歌谣、故事、谚语、传说、格言、寓言等形式的关系。费德林表示赞同瓦西里耶夫院士的观点：“《诗经》，特别《国风》部分，基本上是中国古代民间口头创作的典籍。”

费德林像

不过，费德林也指出以往俄国汉学家对《诗经》的艺术成就估计不足。他说道：“这里仍然应当指出，从瓦西里耶夫的译文和注解来看，他对《诗经》的艺术价值还未能有充分的认识，未能对这部绝无仅有的艺术价值极高的诗歌作品给予应有的评价……瓦西里耶夫从‘中国文学不可能同以往的世界古代文学平起平坐’、‘它在创造精神的程度、形象的和科学的叙事方面都比希腊和罗马文学逊色’这种观点出发，当然不可能对《诗经》有足够的评价。”

费德林对《诗经》在中国以外的翻译和研究情况做了粗略的概括，并加以评论。在俄国，早期的翻译者，有的是革命民主主义者，如米哈依洛夫；有的是著名作家，如梅尔察洛夫和米勒尔、叶戈里耶夫和马尔科夫；有的是翻译家，如奥列宁。由他们来译介，影响和作用大，便于普及。然而他们都不懂中文，只能通过其他文字转译，结果在思想内容上和原著相去甚远，更难以作为谈论原著艺术性的根据。比较起来，什图金的全译本最理想。费德林赞扬它不但是第一部俄译本，而且是第一流的译本，并以它为例论述了译诗的技巧。

费德林认为，“在中国和在别国都有从不同观点和角度来研究《诗经》的人”。有的人把它当作历史典籍，因为它包含丰富珍贵的历史资料，可以看出中国古代的社会制度、社会关系、民情风俗以及西周时代的物质文明发展情况。有的人把它看作儒学经典，从它大量的注疏材料中可以看出儒学内部各派的斗争以及儒家思想的演变。还有的语文学家把它看作古老的汉语典籍，因为它有珍贵的材料以资揭示古代的语音，还可以研究古汉语的历史及其演变。

费德林指出，《诗经》也是一部中国古代文学的典籍，是世界文学的一部分。“《诗经》首先向我们无可辩驳地证明：从西周（前1046—前771）初年至春秋（前770—前476）中叶这段时期内，中国人民的民间口头文学创作，已经具备高度艺术的诗歌形式，而且充满正义和人道主义思想、尖锐的冲突和深刻的社会基调。”

三、 费德林的其他著述

费德林毕业于莫斯科东方学院，同年成为阿列克谢耶夫的研究生，副博士论文题目是《论鲁迅的创作》。1939年赴苏联驻华使馆任职，来到中国战时的陪都重庆。这使他得到从事中国文学研究的极好条件。抗日战争期间，中国的学者云集陪都，费德林得以同他们交流，眼界大开，受益匪浅，学术上也有长足的进步。1943年他以论文《屈原的生平与创作研究》获博士学位，该文于1944和1946年在中国的杂志《中原》和《中国学术》上发表，使这位年轻的博士在中国也享有名声。他在中国一直工作到1948年。解放以后，1950—1952年他又来驻华使馆任参赞，客观条件依然有利于他的研究工作，还能同中国作家合作，促进学术交流，如与诗人艾青合作为《苏联大百科全书》（第2版）撰写《中国文学》概述条目等。

最引人注意的是费德林1953年发表的《中国当代文学概观》。这是苏联第一部介绍抗日战争到新中国初年有关文学的书，评论界赞扬它是急于了解中国的广大苏联读者“急需的书”，因为它讲的是“新中国的文学”。接着1955年发表的《中国见闻录》又使读者更进一步了解了“中国大地”。书中所记同茅盾、老舍、郑振铎、梅兰芳、齐白石、郭沫若等文艺界人士的会晤或交往，如今已成为宝贵的历史资料。此外，还有1956年出版的《中国文学史纲要》。所有这些书，在50年代增进苏联人民了解中国、加强两国人民友谊的潮流中，恰好起到了很好的作用。

费德林长时期内没有专门时间研究中国文学，只能在外交工作之余从事翻译和研究。他甚至可以称为“业余的”汉学家，但却很有成就。这主要靠他的勤奋，善于利用时间。当年北大俄文系主任曹靖华教授曾赞许说：“你看费德林在重庆的时候，公务那么忙，公文包里还随时带着中国文学作品，一有机会遇到中国人，就请教和讨论起来。”

这也决定了他论著的特点是注意当代，联系当时的形势比较紧密。在这方面有许多论文，如《论鲁迅文艺创作的特点》(1946)、《论中国的新兴文学》(1949)、《高尔基的文学遗产和苏联文学在中国》(1951)、《郭沫若》(1952)、《伟大的中国作家鲁迅》(1953)、《论老舍的作品》(1954)等。

但是他也尽可能注意古典文学，陆续写出一批论文，主要的如《中国古典诗歌（唐朝）》(1956)、《屈原问题》(1958)、《〈诗经〉的风格和中国诗的传统》(1958)、《伟大的中国剧作家关汉卿》(1958)、《〈红楼梦〉俄译本前言》(1958)，特别是写出了专著《〈诗经〉及其在中国文学史上的地位》。

1958年，他以优异的成就当选为苏联科学院院士。

费德林在苏联外交界工作近三十年（1939—1968），除了到过中国，还担任过苏联驻日本大使（1958—1962)、常驻联合国及安理会代表(1963—1968)。他一直坚持汉学研究工作，发表不少论文，如《英雄史诗〈三国演义〉》(1960)、《中国旧文学中的自然哲学思想》(1960)、《象形文字的造型形象性》(1961)、《中国文学史的分期问题》(1962)、《中国神话的题材特点》(1967)、《〈诗经〉、〈书经〉、〈易经〉》(1969)、《传统与遗产》(1970)、《中国文学研究问题》(1974)、《中国的文学遗产与现时代》(1981)。后来，他的论文结成两卷的《费德林选集》，于1987年出版。

从论文看，他涉猎的范围相当广，包括历史、哲学、文化在内，但主要专业还是中国文学史。

第四节 古代散文俄译与《史记》新论

一、 古代散文的俄译

俄国汉学人员从东正教驻北京宗教使团开始，凡学习古文者，均注重以清代康熙年间我国学者编选的《古文观止》为教材。有的人以该书为据陆续选译了古代散文某些篇章，然后才逐渐扩大范围，直至翻译一些原著的全书。此处仅简略介绍先秦散文和秦汉散文的翻译情况。

（一）已有俄文全译本的散文典籍

俄苏对中国古代文化典籍的翻译相当重视，已有一批作品的全译本出版。例如：《管子》，施泰因译并注，东方文学出版社 1959 年出版；《孙子兵法》，康拉德译并注，科学出版社 1958 年出版；《易经》，休茨基译，东方文学出版社于 1960 和 1993 年两度出版；《战国策》，瓦西里耶夫译，科学出版社 1968 年出版；《商君书》，佩列洛莫夫译，科学出版社 1968 年出版。此外，还有以单行本出版的波兹涅耶娃于 1967 年编译的《中国古代的无神论者、唯物论者、辩证法家（列子、杨朱、庄子）》；《孔子的〈论语〉》，佩列洛莫夫译，东方文学出版社 1998 年出版；《孟子》，波波夫译，东方文学出版社 1998 年出版；《中国古代哲学家老子及其学说》，杨兴顺著（内含杨译《道德经》），科学出版社 1950 年出版。

（二）已有节译或选译的典籍

所有中国古代文化典籍均有俄文节译或片段选译，被收入各种文集或教学资料集中。

1. 先秦诸子的著作：甲骨卜辞和铜器铭文、《易经》、《春秋》、《左传》、《国语》、《论语》、《老子》、《墨子》、《孟子》、《庄子》、《荀子》、《商君书》、《韩非子》、《吕氏春秋》、《战国策》、《礼记》、《列子》、《管子》、《书经》（《尚书》）、《大学》、《中庸》、《孝经》、《吴子》等。主要的译者有波兹涅耶娃、康拉德、费奥克吉斯托夫、斯节普金娜、杨兴顺等人。

2. 秦汉散文：《史记》、《汉书》、《淮南子》、《盐铁论》及王充的《论衡》等理论文章。主要译者为阿列克谢耶夫、艾德林、费德林、吉托维奇、瓦赫金、波兹涅耶娃、波梅兰采娃、施泰因等人。

（三）有关古代文化的论著

研究中国古代文化的汉学家已写成论著的，有克罗尔著《历史学家司马迁》(1970)、杨兴顺著《中国古代哲学家老子及其学说》(1950)、李谢维奇著《古代和中世纪之交的中国文学思想》(1970)、李福清著《万里长城的传说与中国民间文学的体裁问题》(1961)。

二、《史记》新论

（一）《史记》的翻译与研究

苏联时期选译《史记》的有关篇章收入历史、哲学、文学等各种文集出版的有 11 种 47 篇次。其中，选译篇数最多的是阿列克谢耶夫院士编选并翻译的选本《中国古典散文》，计选译自《史记》14 篇：《报任少卿书》、《太史公自序》、《滑稽列传》、《酷吏列传序》、《屈原列传》、《伯夷列传》、《外戚世家》、《孔子世家赞》、《五帝本纪赞》、《项羽本纪赞》、《秦楚之际月表》、《高祖功臣侯者年表》、《管晏列传》、《游侠列传》等。

《史记》俄译文以单行本出版的有两种：一是帕纳秀克译的《史记选》，国家文学出版社 1956 年出版；另一种为维亚特金和塔斯金合译《史记》，由科学出版社分三卷分别于 1972、1975 和 1982 年出版，系首次俄文全译本。

评论司马迁的文章至 1980 年统计共发表 21 篇，论者有比丘林、阿列克谢耶夫、杜曼、康拉德、克留科夫、李谢维奇、波梅兰采娃等，以克罗尔 (8 篇) 为最多。论题广泛涉及司马迁的生平与活动，《史记》的史料、风格、笔法以及各具体篇章的分析，也有的从史学著作和文学作品等不同角度对《史记》进行分析。

（二）克罗尔的专著《历史学家司马迁》

尤里·利沃维奇·克罗尔（Ю.Л.Кроль，1931— ）出生于列宁格勒职员家庭，1954年毕业于列宁格勒大学东方学系，1957年起在科学院东方学研究所列宁格勒分所工作，现为该所研究员，主要研究中国古代史、两汉的古籍《史记》和《盐铁论》。1963年以《司马迁——秦亡后的历史学家》一文获历史学副博士学位。1970年出版专著《历史学家司马迁》，对《史记》及其作者做了全面系统的评述。

克罗尔译《盐铁论》封面

五六十年代苏联为“俄国形式主义学派”正名，于是流行起什克洛夫斯基、托马舍夫斯基等创立的俄国形式主义文学批评方法和巴赫金创立的“复调小说”理论。

克罗尔在其专著中运用什克洛夫斯基和托马舍夫斯基的方法，从文学批评的角度来分析《史记》。在“《史记》的文艺学分析”和“司马迁的文学理论和文学实践”[1]章节中，阐明了《史记》是一部“无情节”的作品。他认为司马迁写史传的方法是“题材上的串联”，即把史料汇集起来，按照某些题材分门别类，并依据某一题材把有关的史料串联在一起，或以它为中心布局谋篇，当然其中也含有一定的原则，如时间的原则、官阶等级的原则、逻辑和主题连贯性原则和两极对比原则。

1. 克罗尔：《历史学家司马迁》，第40—75页，莫斯科：国家文学出版社，1970年版。

同时，克罗尔依据巴赫金的文学批评理论，发现《史记》也有类似“复调小说”的特点。巴赫金分析陀思妥耶夫斯基作品时说过：“有着众多的各自独立而不相融合的声音和意识，由具有充分价值的不同声音组成真正的复调——这确实是陀思妥耶夫斯基长篇小说的基本特点。在他的作品里，不是众多性格和命运构成一个统一的客观世界，而是在作者统一的意识支配下层层展开；这里恰恰是众多的地位平等的意识连同它们各自的世界，结合在某个统一的事件中，而互相不发生融合。”[1] 克罗尔认为，这段话也适用于说明《史记》。它里面就有“作者的声音”和“书中人物的声音”，司马迁就用了两种不同的、独立的声调对读者说，“太史公”的音调充满激情，而“据传说”的声调则平淡中和。此外，书中各种人物的声调是依据其各自的身份，甚至依照所摘引史料出处的叙事者之声调。

1. 巴赫金：《陀思妥耶夫斯基诗学问题》，第 29 页，北京：三联书店，1988 年版。

克罗尔又从文化概念的角度来考察《史记》，他力图弄清司马迁在作品中所袭用的文化范畴，并具体地研究了对司马迁作品有影响的两个文化概念——“意”和“类”，即公羊家们所特有的“意志”范畴和“类”以及“同类相招”范畴。克罗尔经过研究得出结论，公羊学派所提出的“意”是司马迁写史时所奉行的重要原则，这位史家选择史料都是为了表现这个传主或那个传主的意志和愿望，因而对传主的评价也是首先依据该传主在多大程度上表达了其意志和愿望。从作传者方面来看，司马迁的文学理论也足以说明，他写史是出于一种传诸后代的愿望，让后代了解他有什么样的意志，并寄希望于后代给他以死后的哀荣。克罗尔从《史记》中的许多传记判断：司马迁构思作品时遵循古代中国人固有的文化概念“类”和“同类相招”——史家作传时既注重表现同一“意”如何体现在人物的言论与行动中，更注意表现同一“类”人的意志，而不是仅仅表现孤立的个人，这样他就把个人放在“类”别中，并依照“同类相招”的原则来为某一类人选择史料，串联题材直至构思作品的结构。

克罗尔还从史家的情趣出发来研究《史记》，认为司马迁的世界观中有一种“追求奇异”的因素，或曰“爱奇”、“猎奇”。这是非儒家的观点，而更接近于道家。然而，这种观点却直接影响到司马迁对一系列“世家’和“列传”的传主人物之选择。

克罗尔对于《史记》的翻译本也做了一番考察，他对比了俄文和英文两种译本，并提出若干改进的意见。除了专著，他还有其他文章论及《史记》，如《论司马迁〈史记〉中利用文献资料方法的若干特点》(1961)、《论联想思维对〈史记〉一书的影响》(1974)、《论汉代文学中对待史料的两种传统态度》(1975)、《司马迁关于“六家”的考证》(1977)等。

此外，克罗尔还写过《桓宽〈盐铁论〉中争论的空间概念》(1978)、《北京歇后语分析和转写经验》(1964)等，其研究的领域是比较广阔的。

第五节 王希礼和曹靖华开启中国现代文学入俄序幕

一、 王希礼翻译《阿Q正传》

1925年，北伐战争前夕，第三国际派来了顾问团，其中有一位年轻的苏联汉学人员瓦西里耶夫（Б.А.Васильев，1899—1937），中文名王希礼。

中国当时的革命据点有三个——广州、开封、包头，分别驻有国民军第一、二、三军。三个据点中都有第三国际派的顾问团。顾问均为俄国人。当时，曹靖华在开封第二军任翻译，王希礼恰好在第二军顾问团中工作。

他们在共同的劳作之余，常交流共同的喜好。王希礼希望了解中国现代文学，却不得其门而入。他问："你们的新文学，首先应该看谁的作品？"曹靖华立即答道："最好先看看《阿Q正传》。"并将一本《呐喊》送给他。

这本书使王希礼立刻激动起来："了不起！了不起！鲁迅，我看这是同我们的果戈理、契诃夫、高尔基一样的世界大作家……"

他便利用休息时间，把《阿Q正传》译成俄文，并请曹靖华解答某些疑难。曹靖华还把王希礼译书的经过、提出的疑难，写信给鲁迅先生，并请他为俄译本写一篇序和自传。这些，鲁迅先生都照办了。

王希礼当时写信给曹靖华，称赞鲁迅是中国的"一位伟大的真诚的'国民作家'！他是社会心灵的照相师，是民众生活的记录者！……他不只是一位中国的作家，他是一位世界的作家！"这封信发表在当年的《京报副刊》上。

王希礼的《阿Q正传》于1929年由列宁格勒激浪出版社出版。同年，莫斯科"青年近卫军"出版社也出了另一种《阿Q正传》的俄译本，经戈宝权查证，系苏联汉学家科金（М. Д. Кокин）与中国人高世华合译的，被收在《当代中国中短篇小说集》一书中。同书收录的还有《孔乙己》以及郁达夫、腾固、骞先艾等人的作品。

二、 俄译《阿Q正传》是否最早的外文译本?

王希礼翻译《阿Q正传》在苏中两国学术界闻名遐迩。我国学者戈宝权专题系统考察“鲁迅在世界文学上占有的地位”时，曾经提出《阿Q正传》外文译本出现的次序问题。1977年至1979年，他在《南开大学学报》连续发表五篇文章，题目分别为《谈〈阿Q正传〉的英文译本》、《谈〈阿Q正传〉的法文译本》、《谈〈阿Q正传〉的俄文译本》、《谈〈阿Q正传〉的日文译本》和《谈〈阿Q正传〉的世界语译本》。他的结论为：俄译本不是最早的译本。其要点转述如下：

王希礼像

现在世界各国差不多都有了《阿Q正传》的译本。至于《阿Q正传》最先被翻译成哪种欧洲文字，至今还是一个值得研究的问题。也许由于鲁迅在1925年5月为俄文译者瓦西里耶夫（中文名王希礼）写了《俄文译本〈阿Q正传〉序》，因此一向都以为俄文译本是翻译成欧洲文字最早的译本，苏联的一些鲁迅研究者和翻译者也提出这种说法。但根据我的研究，无论从翻译还是从出版的时间上，梁社乾（George Kin Leung）的英文译本和敬隐渔（J.B.Kyn Yn yu）的法文译本，都应比俄文译本要早。

王希礼译《阿Q正传》封面

梁社乾很早就翻译了《阿Q正传》。他在1925年4月和鲁迅通信，鲁迅还亲自校阅了他的译稿，并指出译文中两处可以商榷的地方。英文译本《阿Q正传》（*The True Story of Ah Q*）于1926年由上海商务印书馆出版。同年，敬隐渔用法文翻译的《阿Q正传》（*La Vie de Ah Qui*），经罗曼·罗兰的审阅和介绍，刊登在《欧罗巴》杂志的五月号和六月号（鲁迅在《〈阿Q正传〉的成因》一文中误为八月号）上，而且得到罗曼·罗兰的高度评价。

戈宝权并且进一步查证了俄译本出版的情况："在俄文译本方面，1929年出了两种《阿Q正传》：一种是王希礼翻译的，由列宁格勒激浪出版社出版；另一种是鲁迅称为'无译者名'的，由莫斯科'青年近卫军'出版社出版。现经研究，这种'无译者名'的译本，是苏联的汉学家科金和中国人高世华合译的。至于传闻卢那察尔斯基曾经译过《阿Q正传》和为俄文译本写过序文，又俄译本第一版10万部一个月内售完，现经反复查考，并无其事，都是以讹传讹的。"

不过30多年后，曹靖华之子曹彭龄对此问题做出不同的结论："王希礼的《阿Q正传》俄译本于1925年完成，早于梁社乾的英译本和敬隐渔的法译本。"曹彭龄在《伏牛山的儿子——曹靖华传》（彭龄、章谊著，人民文学出版社，2007年）中重叙了王、曹与鲁迅的友谊。随后应《三门峡文史资料》（2010年，第12辑）之约稿，又写了《曹靖华与〈阿Q正传〉的俄译者王希礼》一文，再次谈到了这一问题。

细读其考证的资料，有三方面证据。

一是王希礼的两封信。

第一封，王希礼致曹靖华转鲁迅的信（1925年4月17日）。

靖华老友：

前信想已收到。我近来有一个很新的发现，使我的精神上感到无限地愉快，使我对于现在中国的新文学发生一种十分热烈的爱恋！这个新的发现，就是我由上海到汉口以后，无意中读了鲁迅先生的《呐喊》。我从前在俄国大学所研究的中国文学，与民众没有一点关系；我读了以后，对于中国的国民生活及社会的心灵，还是一点不知道！我现在在中国的新的作品里边，读了鲁迅先生的《呐喊》以后，我很佩服你们中国的这一位伟大的真诚的"国民作家"！他是社会心灵的照相师，是民众生活的记录者！

他的取材——事实都很平常，都是从前的作家所不注意的，待到他描写出来，却十分地生动，一个个人物的个性都活跃在纸上了！他写得又非常诙谐，可是那股痛的热泪，已经在那纸的背后透过来了！他不只是一位中国的作家，他是一位世界

的作家！

我现在已经着手翻译《阿Q正传》，打算在莫斯科出单行本；但是我不认识这位先生，并不知他现在在何处。

请你写信给我介绍一下，并请他准我译他的书。并且还要请他为《阿Q正传》的俄文译本作一篇序，介绍给俄国读者；再请他为我寄一张相片及他的传略，为的是印在一块。《阿Q正传》译完以后，我还想译他别的作品，如《故乡》等。

希望你费神将我这样佩服的诚意，介绍于鲁迅先生面前。

我也希望你快些给我一封回信。

你的老友：王希礼

一九二五年四月十七日，汉口

据《鲁迅日记》，鲁迅于5月8日"午后……得曹靖华信"。随后，有《京报》编辑索稿，他便交去，于6月9日《京报副刊》24期以《一个俄国的中国文学研究者对于〈呐喊〉的观察》为题刊出。

第二封，王希礼直接致鲁迅的信（1925年7月4日）。他在信中向鲁迅报告，小说全文已经译好即将出版的消息。全文如下：

鲁迅先生：

你的传略、序文和相片，已经由友人曹靖华转给我了，我抱着真诚的至意，谢谢你！

传略和序文，都已译就，和相片与《阿Q正传》全文，付邮寄到莫斯科去付印，书出版之后，即送一本译文。

我倘使将来到北京去，那是一定要去拜会你。现送上我的一张相片，请收下留为纪念。别的话以后再谈吧！

祝你平安！

王希礼上

1925年7月4日

王希礼的信和照片，现存于北京鲁迅博物馆。

此外，现存该博物馆的俄译本《阿Q正传》扉页上有王的题字："鲁迅留念，王希礼赠，一九二八年八月。”

二是鲁迅为俄译本写的序文（1925年5月29日作）。

序文中写道：

这里我是很应该感谢，也很觉得欣喜的事，就是：我的一篇短小的作品，仗着精通中国文学的王希礼（B.A.Vassiliev）先生的翻译，竟得展开在俄国读者的面前了……

……看人生是因作者而不同，看作品又因读者而不同，那么，这一篇在毫无“我们的传统思想”的俄国读者的眼中，也许会照见别样的情景的吧，这实在是我觉得很有意味的。

据曹彭龄查阅《鲁迅日记》的记述：鲁迅1925年5月8日收到王希礼的第一封信，5月28日午后往容光照相。6月8日下午以《〈阿Q正传〉序》、《自序传略》及照片一张寄曹靖华。其中在5月28日日记后面，有一条注释：“《阿Q正传》俄文译者王希礼向鲁迅索序、自传和照片，鲁迅是日往容光照相馆照相，次日作《俄文译本〈阿Q正传〉序及著作者自序传略》，后收入《集外集》。”

三是曹靖华的一段回忆录（1980年）。

1980年曹靖华在广州接受花城出版社钟子硕、李联海两位的访问时说：

至今我还记得，我和王希礼拆开信时的急切心情和看到鲁迅先生详尽解答所有疑难的高兴神色。不久，《阿Q正传序》、《自序传略》和鲁迅先生照片都寄来了。我们要求的，鲁迅先生全照办了。从这里我们也可以看到，鲁迅先生对《阿Q正传》俄译本是多么重视啊！鲁迅先生在信中不仅解答了疑难，还特意为赌博绘了一张图，说明“天门”、“角回”的位置和赌法。这第一手的图解，恐怕是《阿Q正传》所有外文译本都不曾得到的最翔实的材料了。鲁迅先生那种恳切、认真的严肃态度，实在令我和王希礼异常敬佩，值得我们永远怀念和效法。[1]

1. 钟子硕、李联海：《飞华之路——访曹靖华》，第52—53页，西安：陕西人民出版社，1988年版。

看来前后两代研究鲁迅的学者戈宝权和曹彭龄，在这个问题上的“对话”，侧重点各有不同。前者强调的是译本出版面世的时间，认为英译和法译本优先，均在1926年，而俄译本稍后，是在1929年。后者看重的是完成时间，即俄译本《阿Q正传》已在1925年完成，故可视为首次译本。

曹彭龄说："王希礼的《阿Q正传》俄译本于1925年完成，早于梁社乾的英译本和敬隐渔的法译本。后两种译本都是1926年先后由上海商务印书馆和法国《欧罗巴》杂志推出的。"

概而言之，完成时间不同。此其一。

其二，译本的权威性不同。曹彭龄认为："法译本（不如俄译本）未付鲁迅先生的序文及《自叙传略》等第一手资料，而且更由于没有鲁迅先生亲自释疑解惑，翻译时，大约由于第一章'序'难度太大，而整个略去未译，并非全本。"

其三，译本的影响范围大小不同。曹彭龄认为："由于《阿Q正传》俄译本远优于英法译本，英译本是（在中国）国内出版的，海外影响不大，而俄译本的影响广布欧洲，从而也奠定了鲁迅在世界文学史上的地位。"

曹彭龄进一步论析了俄译本的意义和在俄苏的影响，说："《阿Q正传》俄译本的出版，是中俄文化交流史上的大事，它打破了苏俄汉学界只知翻译、研究中国古典文学的沉闷局面，将鲁迅及鲁迅为代表的中国现代文学展示在苏联广大读者面前。《新世界》、《文学报》、《东方》等主要文学报刊都发表文章，给予积极评价。1956年苏联著名作家波列沃依访华时，曾对父亲（曹靖华）说，30年代他最初读到《阿Q正传》俄译本时，发现书中描写的不是帝王与妃子们的逸事，也不是神话传说，而是苏联人民迫切关心的中国被损害、被侮辱的普通百姓的悲惨命运。他既同情'阿Q'的悲惨遭遇，又不甘'阿Q'就这样被无辜杀害，便将《阿Q正传》改编成剧本，并在他的故乡特维尔市演出。结尾处让'阿Q'在共产党员的引领下，走上了革命道路，参加了广州起义……他说，他当时还是共青团员，不清楚《阿Q正传》作者鲁迅是什么人，否则不会那样'胆大又无知地随意改变他的作品了……'"[1] 这至少也印证了苏联读者对《阿Q正传》和中国现代文学的关注。

1. 曹彭龄、章谊：《曹靖华与〈阿Q正传〉俄译者王希礼》，见三门峡市政协编《三门峡文史资料》第20辑，第393—409页，2010年版。

不过，曹彭龄最后也在出版时间的问题上退让，说："至于王希礼当年将《阿Q正传》寄往莫斯科，却迟迟未能出单行本，其原因已无从知晓。《阿Q正传》俄译本实际上是1929年由列宁格勒'激浪'出版社出版的。其中除《阿Q正传》外，还收入什图金、卡扎克维奇等翻译的鲁迅先生的《孔乙己》、《风波》、《故乡》等七篇小说。"[2]

2. 曹彭龄、章谊：《曹靖华与〈阿Q正传〉俄译者王希礼》，见三门峡市政协编《三门峡文史资料》第20辑，第393—409页，2010年版。

三、 曹靖华与王希礼共同执教列宁格勒大学

1925年，国民军第二军失利，王希礼随顾问团回国。1927年，曹靖华为躲避反动势力的白色恐怖，也到了苏联。两位好友在列宁格勒相逢。嗣后，王希礼又翻译出版了《中国小说集》。曹靖华也在教学之余，利用假期，埋头于苏联进步文学作品的介绍。1928年初，他将爱伦堡的《共产党员的烟斗》连同其他十个苏联短篇译成中文，编成一集，易名《烟斗》，交未名社出版。当年的形势不允许出现“共产党员”等字。

他们两人都在列宁格勒大学的东方语言学院授课。曹靖华的家就在东方语言学院里，王希礼授课之后，常来曹家小坐。两人的友谊，就在这共同的工作中加深。曹也帮助王增开了介绍中国现代文学的新课程。

1933年曹靖华回国。岂料列宁格勒一别，竟成他和王希礼的永别。1937年，由于斯大林肃反扩大化的错误，这位卓有才干的汉学家，以及派往中国的军事顾问加仑将军，都未能幸免。

新中国成立后，两国间的交往扩大，中国许多著名的现代文学作品被译成俄文。就此曹靖华回想起王希礼的贡献，写道：

> ……*在大革命前夕，好像第一只春燕似的，衔着友谊的花蕾，在风雪交加中，冲破了封建军阀的天罗地网，横跨浩瀚的蒙古沙漠，飞到苏联去的，却是“阿Q”。*

苏联政府颁授曹靖华的“人民友谊勋章”

四、 阿列克谢耶夫初评胡适新诗

据李福清考证，阿列克谢耶夫院士比王希礼更早或者大体同时介绍中国现代文学。阿氏在

1925年第五辑《东方》(列宁格勒从1922年起出版的不定期杂志)上发表短文《你研究新诗否？》，文中介绍“东亚出版社”出的康白情、俞平伯、汪静之等人的白话诗，并提到“著名改革派胡适、刘延陵等为新诗集写的序文”。他是“欧洲第一个介绍胡适新诗的汉学家”。

1926年阿氏应邀去巴黎讲学，介绍和分析了胡适的《尝试集》。此次讲稿于1937年在法国出版，题为《中国文学》。他对胡适的学术研究方法，一方面加以赞扬，肯定其对传统方法的批判，另一方面指出胡适的观点有矛盾和缺陷。后来阿氏又几次评介胡适的白话诗集。不过，李福清也断定，“阿列克谢耶夫院士介绍胡适白话诗主要在国外，在国内介绍中国现代文学的是王希礼”[1]。

1.〔俄〕李福清：《中国现代文学在俄国（翻译与研究）》，见《汉学研究》第1集，第345页，北京：中国和平出版社，1997年版。

第六节 高尔基为文学杂志向孙中山约稿

享有盛名的苏联作家高尔基（М. Горький，1868—1936）一向关注20世纪初中国的局势，尤其是中国人民的革命斗争。辛亥革命后他在编辑文学杂志《现代人》时，曾直接写信向孙中山先生约稿。

一、 高尔基阅读和描写中国

据前辈学者戈宝权考证[2]，高尔基在自传体小说《童年》中写到，他10岁阅读安徒生童话时知道有“中国”这个地方；在《在人间》中写到他读过作家冈察洛夫的游记《三桅战舰巴拉达号》，游记中写到1835年的上海和香港的情况。

2. 戈宝权：《中国人民的伟大朋友——高尔基》，载《人民日报》1958年3月28日第7版。

此后，1896年全俄工业与艺术博览会在下诺夫戈罗德开幕，这是高尔基撰写有关中国文字最多的一年。博览会期间，高尔基经常为《尼日戈罗德小报》和《敖德萨新闻》写稿，计有100多篇。6月4日的《敖德萨新闻》发表他所写的博览会开幕和李鸿章参观博览会的情况；6月19日的《尼日戈罗德小报》发表他所写有关中国馆的介绍。李鸿章当年到俄国，是为参加沙皇尼古拉二世的加冕典礼，缔结中俄条约，并参观博览会。高尔基后来在创作长篇小说《克里姆·萨姆金的一生》第一卷时，以博览会时发表的文字为素材，写成了该卷的最后描写李鸿章参观博览会的场景。

1900年，中国义和团的反帝运动，也令高尔基关心。他在俄历7月9日（公历22日）写信给契诃夫说：

> *亲爱的安东·巴甫洛维奇：*
>
> *一同到中国去吗？有一次，在雅尔达，你说你很想去。一同去吧！我非常想到那去，并且我打算向某家报纸自荐担任通讯记者的工作。*

同月给契诃夫的另一封信中，高尔基又写道：

> *中国的念头在折磨着我。非常想到中国去！很久以来，我从没有这样强烈地想望过什么事。你不是也想到远地去旅行——一同去吗？真去吗？那就好极了！……*

从高尔基在当年8月26—30日之间写给医生斯列金的信中可以看出，他非常重视中国义和团的反帝斗争：

> *假如真正宣战——那我就去。一定去！我认为这次战争具有巨大的意义。假如它要延长到30年，变成为全欧洲的大混战，那我一点也不会吃惊！唉，为什么我不是一个中国人！我要让你们看看什么是文明！我要从你们身上剥下文化的假面具！我要……*

高尔基在他的长篇小说《克里姆·萨姆金的一生》中，也谈到义和团的反帝斗争，并且描写沙皇军官开枪射击俄国士兵，因为这些士兵拒绝去屠杀起义的中国人。

高尔基像

高尔基在1911年写的短篇小说《诉苦》中，描写一个参加过日俄战争的诺夫戈罗德的农民什维佐夫，因奉命去枪决一个中国农民而感到非常痛苦。他这样讲道：“我们都是庄稼人。我们彼此了解……可是他们，我们的士兵，却毫无必要的、毫无意义的，而且怀着莫名其妙的仇恨破坏了满族人的产业。当只需要一根树枝儿时，就砍掉几十棵大树，他们焚烧房子，践踏了禾苗，毁坏了家具……”从这段文字，不难看出高尔基对于日俄战争的态度和他对于中国劳动人民的同情。

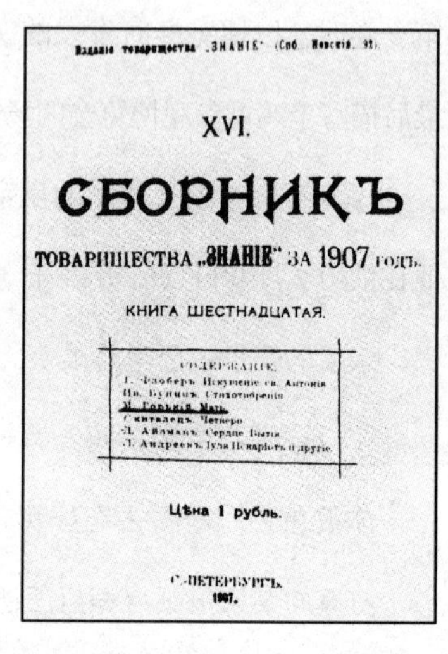
Изданіе товарищества „ЗНАНІЕ" (Спб. Невскій, 92).
XVI.
СБОРНИКЪ
ТОВАРИЩЕСТВА „ЗНАНІЕ" ЗА 1907 ГОДЪ.
КНИГА ШЕСТНАДЦАТАЯ.
СОДЕРЖАНІЕ.
Г. Флоберъ. Искушеніе св. Антонія
Ив. Бунинъ. Стихотворенія
М. Горькій. Мать
Скиталецъ. Четверо
Л. Андреевъ. Іуда Искаріотъ и другіе.
Цѣна 1 рубль.
С.-ПЕТЕРБУРГЪ.
1907.

高尔基《文集》封面

二、 高尔基竭诚致函孙中山

1911年中国辛亥革命成功，1912年1月1日孙中山先生就任临时大总统，宣布中华民国临时政府成立。

高尔基非常钦佩孙中山先生。此前他已经从俄国民粹派刊物《俄国财富》上读到孙中山写的《伦敦蒙难记》以及《中国的现在和将来》等文章。此外，他又从1912年7—8月份合刊的法文的《社会主义运动》杂志上，读到孙中山写的《中国革命与社会问题》一文。当然他也读过1912年7月15日《涅瓦明星报》上发表的孙中山的文章《中国革命的社会意义》和列宁为同一期报纸写的评论《中国的民主主义与民粹主义》。于是他就在1912年的10月12日，从他在意大利养病的地方——卡普里岛，写了一封信给孙中山，表示祝贺与钦佩，并恳请孙中山为《现代人》杂志撰写一篇文章。信的全文翻译如下：

尊敬的孙逸仙：

我是一个俄国人，也正为着您所奋斗的那些同一思想的胜利而斗争；不管这些思想在什么地方取得胜利——我和您都为它们的胜利而感到幸福。我祝贺您的工作美满成功，世界上一切正直的人士，都怀着关切、高兴和对您这位中国的赫尔古里斯（古希腊神话中的一位大力士）的钦佩的心情，注视着这个工作。

我们，俄国人，希望争取到你们已经取得的成就；我们，在精神上是弟兄，在志向上是同志！可是俄国的政府和它的奴才们，却迫使俄国人民站在仇视中国人民的立场上。

我们，社会主义者，是真诚相信全世界可以而且一定能够过着友爱与和平的生活的人们——难道我们应该允许那些贪婪和昏庸的人们助长种族仇恨的发展，使它成为一座横亘在社会主义道路上的阴暗而又牢固的墙壁？

相反地，我们要竭尽一切努力，去粉碎我们的敌人——全世界一切美好事物的敌人，所有恶毒的企图——这些敌人想把太阳熄灭，以便更加顺利地去干自己的黑暗贪婪的勾当——在世界上散播仇恨，压迫人民。

我们，社会主义者，必须尽可能经常指出：在世界上存在着政府与政府之间的仇恨，但不应该有由于统治阶级的贪心而引起的民族之间的仇恨。

尊敬的孙逸仙，我请求您写一篇文章，叙述

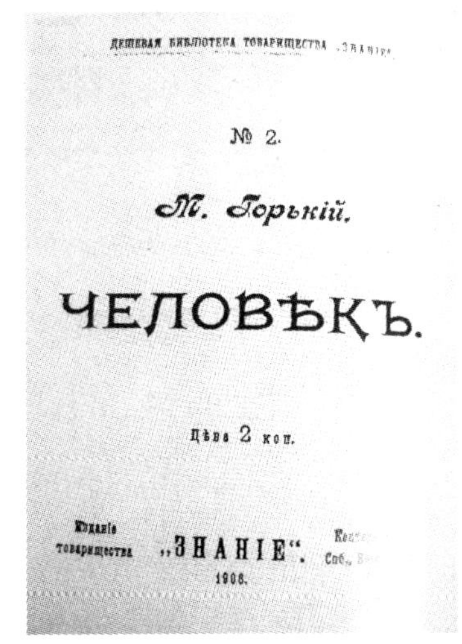

高尔基文集《人》封面

中国人民一般地对欧洲资本家的掠夺野心抱持什么态度，特别是对俄国资本家及俄国行政当局的行动抱持什么态度，中国人认为这是些什么行动，它们从你们的人民那里碰到了什么样的反击。

假如时间不允许您亲自写这篇文章，那就请您委托您的任何一位朋友起草，然后经您亲自审阅。请您用任何一种欧洲文字来写这篇文章，并按我的地址寄下。

恳请您务必办到这件事，因为我们必须让俄国人民从正直的中国人的叙述中，而不是从那些为资本利益效忠的欧洲新闻记者的报道中来认识中国的复兴。

我知道您在 Le Mouvement Socialiste(《社会主义运动》)杂志上发表的文章，读过您的札记，深深地对您表示尊敬，并且相信您会乐于答应我的请求。

M. 高尔基

一九一二年十月十二日于卡普里岛

上述引文见于戈宝权发表在《文学研究》1958 年第 2 期上的长文《高尔基与中国》。该文随即被译成俄文，刊于莫斯科《外国文学》1959 年第 2 期上，成为研究高尔基的重要史料。

发现此信并译成中文的戈宝权先生说：

高尔基写给孙中山先生的这封信，是否还保存在什么地方，孙中山先生曾否复信给高尔基，现俱无法查考；但我们从莫斯科高尔基博物馆的文献保管库所藏的这封信的打字原稿当中，可以看出高尔基远在四十多年以前，就已经预言了在中苏两大国人民之间所建立起来的深厚的友谊："我们，在精神上是弟兄，在志向上是同志！"正因为这样，高尔基写给孙中山先生的这封信，对于我们中国人民是无限珍贵的。

高尔基当时正负责编辑《现代人》杂志的《国外生活纪事》栏目。他每期都写几篇时评，但不署名。就在 1912 年 10 月号的《现代人》杂志上，发表了他所写的一篇论中国革命发展道路的文字，其中并引用孙中山先生为《社会主义运动》杂志所写的那篇文章。列宁曾在同一期的杂志上刊出了评论，其中说："中华民国临时总统孙逸仙的一篇论文，是我们从布鲁塞尔社会党报纸《人民报》上转载过来的；这篇论文对于我们俄国人具有着完全特别的兴趣……这位先进的中国民主主义者，简直是像俄国民主主义者一样议论的。他和俄国民粹派是那样地相似，以至于达到了基本思想和许多个别言论之完全一样。"而高尔基也说出同样的看法。

从高尔基给孙中山的信中，可以看出他对中国人民的热爱与关切。

此外，高尔基渴望了解中国，他在1913年的5月6日，从意大利的卡普里岛写信给他在西伯利亚的通讯者阿努钦，询问孔夫子的问题：

承你把孔夫子的社会计划告诉我，谨向你表示无限的感激，但是我渴望知道所有详细的情形——我在什么地方能读这些东西？假如在欧洲的文字里面没有这类材料，那么务必请你帮助和告诉我：按照孔夫子的意见，将如何组织“世界大同的国家”？他所想象的“全世界会议”又是怎样的情形？还有在中国曾经什么时候实行过土地和工业国有化？是谁实行的？……

三、 孙中山的间接回应

人们非常关心孙中山对高尔基的信持什么态度，但许久未见分晓。直到10年之后，从他给别人的信中才知道，他“还没有收到过一封信”。那是指孙中山给苏联外交部长齐契林的一封信中所说的话。况且，严格地说那只能算是间接的回应。

1921年8月28日，他在给苏联外交人民委员齐契林的回信即《致俄罗斯苏维埃社会主义共和国外交部信》[1]中写道：

1.《孙中山选集》上卷，第434页，北京：人民出版社，1966年版。

亲爱的齐契林：

我收到了您一九二〇年十月三十一日从莫斯科寄来的信。这封信是一九二一年六月十四日到达的。我之所以迟迟未作复，是因为想见见为您送信的使者，他本来应当是将信从哈尔滨寄给我的。因为他至今还未能来广州看我，我就决定先回答您兄弟般的敬礼和关于恢复中俄商业关系的建议。

首先，我应当告诉您：这是我从您或苏俄某一位那里所收到的第一封信而且是唯一的一封信。最近两年来，在资本主义的报纸上曾经有几次报道，断言好像莫斯科向我作过一些正式的建议。其实任何这样的建议都没有用信件或其他方式通知过我。万一从您的同僚中有谁以往曾寄信给我或现在正寄信给我，那么让我告诉您，我还没有收到过一封信。

信中，孙中山曾说明，有的报纸云，“好像莫斯科向我作过一些正式的建议”。不过，此闻已不可考。倒是有今人王家淼发现在高尔基逝世后一年，中国的报纸确曾报道过此信，那是据苏联报纸公布的高尔基原信（非全文）的翻译，载于 1937 年 7 月 5 日上海《大晚报》上，兹照录于下：

高尔基上中山先生书

本年六月十八日为苏联著名文人高尔基逝世一周年忌辰，是日苏联各报均满载纪念文字，其中最宝贵者乃高尔基上中山先生一书。该书系高尔基一九一二年任《现代》杂志编辑时上中山先生者，除当时登载《现代》之国外生活录外，苏联出版物之刊载该书者要以此次苏联政府机关报《新闻报》（即《消息报》）为首。

敬仰之孙逸仙先生：

予俄人也，现所争取之思想胜利与足下同。无论此种思想于何地获胜，予都以此种胜利为幸，亦与足下相同。予庆祝足下之工作美满成功，对于足下，对于中国格尔古列士（希腊神话中之英雄——译者注）凡属忠诚之人均以至意欢欣及惊异而注视足下之工作。我俄人所愿望者，即足下所曾获得者也。吾人在精神上为弟兄，在志愿上为同志，而俄国政府及其奴仆则使俄人华人处于敌对地位，吾人均系社会主义者，精诚信奉全世界将能成其兄弟也。吾人能任贪婪鲁钝之徒推动人种仇视之发展而为社会主义途中一黑暗壁垒乎？反之，吾人现竭全力以破灭我之敌人，破灭全世界人种之敌，此种敌人欲吞没太阳以便更顺利从事其黑暗事业，布仇恨于世界、压迫他人，我社会主义者必须随时说明，当有政府间之仇恨，不应有统治阶级之贪婪所引起之民族仇恨。

敬仰之孙逸仙，予请足下撰文一篇，论华人一般于欧洲资本家掠夺之心态度如何，此种行动为何及华人予何种回击。倘足下无暇撰此文，请嘱足下任何友人为之。然希足下亲为校阅，请用一种欧洲文字写成，并希递交。此事为之须使俄人能按忠实华人所言悉知中国之复兴，而不听为资本家利益服务之欧洲记者撰述也。予知足下发表过《社会主义运动》一文，曾读足下之笔，予深敬足下并信任足下能慨然赐稿。

玛克西姆 · 高尔基

一九一二年十月十二日

于意大利卡普

第七节 两国名家最早的文字之交

在两国的文化名人中，最早有书信交往而且具有中俄文学交流史意义的为俄国作家托尔斯泰和中国教授辜鸿铭。他们的书信亦为学术研究的重要文献。

一、 俄国作家托尔斯泰研读和翻译孔子、老子著作

中国传统文化引起俄国著名作家托尔斯泰的关注。他从19世纪80年代初开始接触孔孟著作，时常阅读。他在1884年3月27日的日记中提到："我认为我的道德状况是因为读孔子，主要是读老子的结果。"不但如此，他还写过《论孔子的著作》和《论〈大学〉》等文。在前一篇文章中说："中国人是世界上最古老的民族，中国人民是世界上最大的民族……他们不想占有别人的东西，他们也不好战……因此，中国人是世界上最爱好和平的民族。"

1904年布朗热整理托尔斯泰编辑的文稿出版了《孔子：生平及其学说》一书，其中《列夫·托尔斯泰阐释的孔子学说》一文是据托翁的文章写成的。

从托尔斯泰的书信、日记和别的文章中还可以看出他也读过孟子、墨子等人的著述，从1884年到1910年将近20年中托翁共写过和编辑过将近10种有关中国哲学思想的著作或论文。在其编选的《每日贤人语录》和《阅读园地》中，曾引用了大量中国的格言、谚语以及诸子百家的言论。

托尔斯泰曾亲自动手翻译了老子的言论，此事已传为文坛佳话。他从1884年起就动手摘选和翻译《道德经》，主要从法译本并参照德译本转译。他边读边译边研究，断断续续经过10年完成。译作于1910年由媒介出版社印行，书名为《列·尼·托尔斯泰编选，中国圣人老子语录》，主要部分是老子言论摘选（共选入64段语录），附有两篇论文，一为托尔斯泰写的前言《论老子学说的本质》，一是伊·戈尔布诺夫－波萨多夫写的短文《关于圣人老子》。后来，托翁去世后，1913年又出版一个经别人整理的译本，书名是《老子〈道德经〉或道德之书》，列·尼·托尔斯泰编，京都大学教授丹·彼·科尼西译自中文，谢·尼·杜雷林增

补注释。鉴于当年许多汉学家的译稿未及发表，仅仅作为手稿保存下来，而托翁的译本则能早早问世，因而可以说《道德经》在俄国的流传，早期主要得力于托尔斯泰的编（译）本。

从托翁本身来看，他主张“不以暴力抗恶”、“道德上的自我完善”和“博爱”，同他推崇孔老学说中的“仁”、“省身”、“道”和“无为”等思想恰好同时进行，或者完全一致。这自然可以说作家已经接受中国圣贤的影响。

他在《论老子学说的本质》一文里就提到：“‘道’的获得要通过节制一切个人的、肉体的东西”，“老子学说与基督学说，其实质是相同的，二者的实质在于通过节制一切肉体的东西而显示构成人的生活之基础的灵和神的本质”。显然，他已经赞同老子学说，主张道德修养中必须节制和克服肉体的、物质的贪欲，以攀登灵的、精神的崇高境界。

二、 北大教授辜鸿铭向海外推介中国文化

托尔斯泰对中国传统文化做了长时间的研究，但直到晚年还是慨叹未曾接触过中国人：“在我漫长的一生中，曾经好几次见过日本人，但从未有一次同中国人见面，也没有直接的交往，然而这一点却是我一向非常想望的。因为许久以来，我就相当熟悉中国的宗教学说和哲学，更不用说孔子、孟子、老子和他们著作的注疏了（被孟子所驳斥的墨子学说尤为令我折服）。”

辜鸿铭像

幸好，当他 77 和 78 岁高龄时，有两位中国人帮助他

实现了部分宿愿，主动向他赠书，虽然未能谋面，仅是通信联系。据戈宝权先生考证，一个是当年被派往圣彼得堡法政大学留学的上海人张庆桐(1872—?)，一个是福建同安人辜鸿铭(1856—1928)。[1]

1. 戈宝权：《中外文学因缘》，第109页，上海：华东师范大学出版社，2013年版。

有缘同托尔斯泰发生文字之交的辜鸿铭，名汤生，自号汉滨读易者，系福建省同安县新圩人。出生于马来西亚，父亲是华侨，从11岁到西方留学，先后游学英、法、德、意等国达11年，通10国语言，留学英国时获爱丁堡哲学博士学位。24岁回国后被两广总督张之洞招为幕僚，清末官至外务部左丞，辛亥革命后受聘就任北京大学教授，讲授英文、英国文学。辜鸿铭知识渊博，学贯中西。他精通多种外语，深谙西方文化，却信守儒家道德，坚守中国传统文化；身为近代大学教授，却在民国以后仍拖着稀疏小辫子，穿长袍马褂。世称“京城一景”，或称之为“文化怪杰”。

辜氏对中西文化交流是有贡献的。他不但在中国讲述西方文化，而且由于亲身经历西方列强混战的社会，看出了西方文化的弊病，更感受了中国文化的伟大，因而极力向西方推荐中国文化。游学西方时，就以多种外文写作，在海外出版多种著作，认真捍卫并大力弘扬了中国文化。其著述早为世界所推崇。

正是在这种社会和思想的背景下，辜氏想到了具有深刻人道主义思想的托尔斯泰，便把自己用英文写的《当今，皇上们，请深思！论俄日战争道义上的原因》和《尊王篇》两本书，通过俄国驻上海的总领事勃罗江斯基转递赠送托尔斯泰。如今这两本书仍珍藏在托尔斯泰庄园的藏书室里。其内容恰好是宣传中国传统文化的优越和批判西方文化的弊端。在前一本书中，辜氏从中国古代的伦理道德观念出发，从东西方两种生活方式、两种文化的冲突来解释战争的起因，进而谴责了欧洲列强对中国的侵略政策。后一本书则介绍中国传统的政权观念和改良派的新思想，宣扬君主主义。

三、 托尔斯泰与辜鸿铭之间的书信往来

赠书在1906年3月送出（是年托翁78岁），托翁很快做出反应，先是请秘书复信致谢，并让好友切尔特科夫把在国外出版的托翁被禁之著作寄赠辜氏，后又于同年九十月间亲自写了一

封公开信，题为《给一个中国人的信》。该信先后用德文和法文发表在德国的《新自由报》和法国的《欧罗巴邮报》上，在欧亚两洲引起反响，同时也单独印出俄文版，后来收入《托尔斯泰全集》(百年纪念版)。该信在 1911 年译成中文，登在我国的《东方杂志》（1 月号）上。

对于帝国主义列强侵略中国的强烈愤慨，使得辜氏和托翁有了共同的感情基础，并很快亲近起来，以至于初次文字之交竟像是知友之间诚挚地通信谈心。

托尔斯泰晚年坚决放弃贵族特权，反对不义的战争，尤其同情中国遭受列强凌辱的命运。如此高尚的人格，为辜鸿铭所敬重。我们在莫斯科托尔斯泰故居博物馆里，看到一份有辜鸿铭签名的贺词，是个很好的证明。贺词里这样说：

> *今日我同人会集，恭祝笃斯堆(托尔斯泰的早期中文译名)先生八秩寿辰。窃维先生当代文章泰斗，以一片丹忱，维持世道人心，欲使天下同归于正道。钦佩曷深……此真千载一时之会也，同人不敏，有厚望焉，是为祝。*

这是 1908 年 9 月 9 日(俄历 8 月 28 日)托翁 80 岁诞辰时，包括辜氏在内的一些中外人士在上海集会，向托翁致送的祝词，用中、英、法三种文字写成。从中可以看出，辜氏敬重于托翁的，首先是作为“当代文章泰斗”，同时还有那“维持世道人心，欲使天下同归于正道”的“一片丹忱”，也即维护正义和人道主义的赤诚之心。

从托翁给辜氏的回信中，也可以看出他看重后者的，正是其反对列强侵略、批评西方文化的大无畏精神。不仅如此，托翁还赞同辜氏维护君主主义的思想，反对中国走西方化的道路。

不过，两人对于中国今后的走向却持有相反的观点。托翁向辜氏以及中国人说教云：

> *只要中国人继续过以前所过的和平的、勤劳的、农耕的生活，遵循自己的三大宗教教义：儒教、道教、佛教的教义(三者是一致的，都是要摆脱一切人的权力，己所不欲，勿施于人，克己，忍让，爱一切人及一切生灵)，他们现在所遭受的一切灾难便会自行消亡，任何力量都不能战胜他们。*

辜氏则摈弃托翁“不抗恶”和“忍让”的说教，坚持要用中国传统文化的美德，主张发扬“国粹”以战胜西方列强的邪恶。即如托翁所说的：“从您的信中看到了中国表现出战斗的精神、用武力抗击欧洲民族所施加于它的暴行的愿望。”

无论如何，辜鸿铭也是从一个侧面实行了中俄之间的文化交流，并从他与托翁的各自主张中，反映了两国之间两种文化传统的异同。

然而，当代汉学家佩列洛莫夫在所著《孔子与儒学》一书中指出，托翁“迷恋中国精神文化，有时直接运用道家和儒家学说的部分原理来证明自己的理论”，这使得孔子学说和托翁本人“道德上自我完善”的理论相通了。[1]

1.〔俄〕佩列洛莫夫：《中国传统文化中的人性价值标准》，载《远东问题》，1986年第2期。

佩列洛莫夫著《孔子与儒学》封面

第四章　20世纪下半期中俄文学交流（一）

第一节 50年代开始两国文学交往的洪流

20世纪50年代初期中苏两国关系密切，交往频繁。文学交流一改40年代之前被压制的处境，进入了新阶段。为方便计，20世纪的下半期即从50年代算起。

资深汉学家、苏联科学院通讯院士费德林，在畅谈他的文学研究生涯时，深有体会地说："我一辈子从事中国古典文学研究"，"我认为，中国的传统文化几千年来始终没有中断过，为人类文化宝库作出了巨大贡献。中国在文学和文化方面是值得自豪的国家。中国的《诗经》、《楚辞》、唐诗、元曲等等优秀著作是任何一个国家所望尘莫及的"。[1]

1.《费德林答记者问》，载《文艺报》，1989年7月8日第4版。

这种观点在世界各国有成就的汉学家中，也是具有代表性的。

新中国成立以来，中国古籍在国外广泛传播，以苏联为最多。迄今已译成俄文出版单行本的有：《管子》(施泰因译并注，1959)、《周易》(休茨基译，1960)、《孙子兵法》(康拉德译并注，1958)、《战国策》(瓦西里耶夫译，1968)、《商君书》(佩列洛莫夫译，1968)、《中国古代的无神论者，唯物论者，辩证法家(列子、杨朱、庄子)》(波兹涅耶娃编译，1967)、《论语》(西门年科选译，1989)等。另外，佩列洛莫夫还有研究儒学的专著《孔子：生平、学说、命运》(1993)，对儒学著作做了多方面的评介。

此外，由司徒卢威和列德尔编选的《古代东方史文选》(1963)中还收录了由波兹涅耶娃所译的《春秋》、《左传》、《国语》、《论语》、《孙子》、《老子》、《孟子》、《墨子》、《庄子》、《荀子》、《吕氏春秋》、《战国策》、《列子》等书；虽然都是摘选片段，但却是在俄国第一次全面地介绍了中国古代诸子百家，让那里的读者初次了解到中国古代传统文化的博大精深。后来东欧国家的汉学家中有人甚至间接从俄文译本来阅读这些中国文化典籍。

波兹涅耶娃教授(1908—1974)，出身汉学世家，本人精通古汉文，在中国文化方面造诣很深，1944年起长期在莫斯科大学任教，对于传播中国文化，贡献极大。

苏联时期翻译的诸子百家作品中，还有一种大型的选集，系科学院研究员李谢继奇（1932—2000）编选、注释的《圣贤著作选·中国古代散文》，1987年版。该书把古代诸子的学说分为三编：第一编是"儒学圣贤的著作"，选有《论语》、《孟子》、《礼记》；第二编是"道学圣贤的著作”，选有《道德经》、《庄子》、《列子》、《淮南子》、《抱朴子》、《申子》；第三编是“各派思想家著作”，选有《墨子》、《孙子》、《韩非子》、《吕氏春秋》、《国语》、《战国策》、《朱子》等。译者为苏霍鲁科夫、波梅兰采娃、托尔钦诺夫、季塔连科、特卡琴科、康拉德和克留科夫等。

苏联译介中国古籍的另一个重点是《史记》。迄今已出过两种单行本：一是《史记选》，帕纳秀克译，1956 年出版；一是《史记》三卷本，维亚特金和塔斯金合译，先后于 1972 年、1975 年和 1982 年出版。列宁格勒的汉学家克罗尔还写出论《史记》及其作者的专著《历史学家司马迁》(1970)。

一、 20 世纪中后期俄苏对中国文学的翻译

（一）50 年代译介中国文学的热潮

随着中国大陆的解放、客观条件的改善和主观研究力量的剧增，苏联对中国文学的引进便在 50 年代出现了浩荡的“洪流”。在这十年里出版的译作品种繁多，包括从古代至现当代的作品，每一种印数均达 5 万或 10 万册。有什图金的《诗经》首次全译本 (1957)，费德林主编的四卷本《中国诗集》(1957—1958）所选诗歌上起古代下至 20 世纪 50 年代。第一卷收入《诗经》的有“风”、“雅”、“颂”(选)，楚辞，曹操、曹丕、曹植五言诗，陶渊明诗和汉乐府。第二卷为唐诗，有李白、杜甫、白居易、元稹、王维、孟浩然、韩愈等名诗人的作品。第三卷包括宋、明、清三个朝代，有苏东坡、欧阳修、柳永、陆游、李清照、辛弃疾直至近代林则徐、黄遵宪的名诗。第四卷为 1949—1957 年的新诗，入选的是郭沫若、萧三、田间、臧克家等人数众多的诗作。这部诗选，第一次向苏联读者展示了中国诗歌全貌。其选择之精和全，迄今仍为国外所仅见，也为后来苏联编辑中国诗选和单个诗人的选本提供依据，并为研究者确定研究对象提供根据。它的出版成为苏联汉学界乃至文学界在 50 年代的一大盛事。

此外，还出版了一些大诗人的单行本，如艾德林译《白居易诗集》(1958)，吉托维奇译《杜甫诗集》(1955)、《李白抒情诗集》(1956) 和《王维诗集》(1959)，阿列克谢耶夫等译《屈原诗集》(1954) 等。

此时，中国的几部重要古典小说也有了俄译本：帕纳秀克译《三国演义》(1954)和《红楼梦》(1958)，罗加乔夫（罗高寿）译《水浒传》(1955)，以及他同科洛科洛夫合译《西游记》(1959)，沃斯克列辛斯基（华克生）译《儒林外史》(1959)，费什曼等译《镜花缘》(1959)。有些还是西方较少译介的清末章回小说，如谢曼诺夫译《老残游记》(1958)和《孽海花》(1960)。

现当代的大作家如鲁迅、郭沫若、巴金、茅盾、老舍、叶圣陶、丁玲等都有了俄译本：四卷本的《鲁迅选集》(1954—1955)，两卷本的《老舍选集》(1957)，一卷本的《郭沫若选集》(1955)，三卷本的《茅盾选集》(1956)以及丁玲的《太阳照在桑干河上》(1949)等。一些在西方还很少介绍的作家如马烽、李准、周立波、杨朔、艾芜、陈登科、秦兆阳、冯德英等在苏联也都得到了译介。

（二）六七十年代扩大翻译的范围

进入60年代中期，由于中苏关系变冷，两国的文化交流深受影响，不过，由于有中年汉学家一代人的努力，中国文学的翻译和研究仍然坚持下来，而且有所发展，这20多年，似乎可以说是在50年代的基础上做了“填平补齐”的工作。

《搜神记》俄译本封面

古典诗词仍然是重点。陆续出版的作品有：艾德林译《白居易抒情诗集》(1965)、《白居易诗集》(1978)、《陶渊明抒情诗集》(1964)和《陶渊明诗集》(1975)，切尔卡斯基译曹植《七哀诗集》(1973)，戈鲁别夫译《陆游诗集》(1960)、《苏东坡诗词集》(1975)，巴斯曼诺夫译《辛弃疾诗词集》

(1961) 和《李清照〈漱玉词〉》(1974) 等。也有多人合集的诗选，如艾德林译《中国古典诗歌集》(1975) 和巴斯曼诺夫译《梅花开——中国历代词选》(1979)。

在小说方面，既有旧小说和笔记，如吉什科夫译六朝小说干宝的《搜神记》(1977)，费什曼、吉什科夫译《唐代传奇》(1960)，索科洛娃译《浪子与术士》(又名《枕中记》)(1970)，戈雷金娜译沈复的《浮生六记》(1979) 和瞿佑的《剪灯新话》(1979)，费什曼译纪昀的《阅微草堂笔记》(1974)；也有通俗小说，如帕纳秀克译钱采的《说岳全传》(1963) 和石玉昆的《三侠五义》(1974)，维尔古斯和齐别罗维奇合译《今古奇观》(1962)，左格拉芙译《十五贯 (中国中世纪短篇小说集)》，(1962)，罗加乔夫译《碾玉观音》(1972) 等。还有 80 年代出版的帕纳秀克译罗贯中、冯梦龙的《平妖传》(1983)。此外，在 1977 年出版了马努辛译的删节本《金瓶梅》。有趣的是苏联也如同我国一样，为了在少年儿童中推广文学名著，在七八十年代出版了几种小说名著的节译本或缩写本，如《水浒传》(1978)、《西游记》(1982)、《三国演义》(1984) 等，均系以 50 年代已出版的全译本为基础做的缩改。

在散文作品方面，有杨希娜译《山海经》(1977)，维亚特金和塔斯金合译司马迁的《史记》(1972、1975)，索科洛娃译《韩愈、柳宗元文选》(1979)，谢列布里亚科夫译陆游的《入蜀记》(1968) 等。在《中国古代诗歌与散文集》译本 (1979) 中，除收录《诗经》、《楚辞》、《古诗十九首》、汉乐府的诗歌外，还有司马迁、贾谊等人的散文作品。

戏曲和民间文学方面，重要的有孟列夫译王实甫的《西厢记》(1960)，彼得罗夫等译《元曲》(1966) 收录关汉卿、马致远等 8 位作家的 11 部剧作。索罗金等译《东方古典戏剧》(1976) 中收录洪昇、孔尚任、汤显祖等 6 位作家的 6 部剧作，均系摘译。民间文学有李福清辑译的《中国民间故事》(1972) 和《东干族民间故事与传说》(1977)，鲁波－列斯尼琴科和普济斯基合译的袁珂《中国古代神话》(1965) 等。

现当代文学的翻译要比古典文学少，重要的有切尔卡斯基译的中国诗集系列 (含近六七十年代的诗选)：《雨巷》(1969)、《五更天》(1975)、《四十位诗人》(1978) 和《蜀道难》(1987)，共选有 100 多位诗人的诗作。另一个重点是小说，新译出的有：伊万科译茅盾的《幻灭》(1972)，谢曼诺夫译老舍的《猫城记》(1969) 和《赵子曰》(1979)，切尔卡斯基译张天翼的《鬼土日记》(1972)，罗果夫和克里夫佐夫译赵树理的《李有才板话》和《小二黑结婚》(1974)，索罗金译钱钟书的《围城》(1980)以及几本短篇小说集，分别选有鲁迅、茅盾、巴金、叶圣陶、丁玲、王鲁彦、王统照、谢冰心、吴组缃、许地山、老舍等人的小说。此外，还有施奈德译《瞿秋白选集》(1975)和热洛霍夫采夫译邓拓的《燕山夜话》(1974)。

70多年来苏联翻译的中国文学作品已为数不少，80年代初即着手编辑规模宏大包括古今的四十卷本《中国文学丛书》，已陆续出版。

（三）80年代以来的中国当代文学热

我国改革开放以来，文学创作的迅猛发展立即引起汉学家们的注意。从70年代末起苏联各种报刊就陆续译载反映我国改革之后社会巨变的作品，至80年代中期已形成热潮。其翻译数量越来越多，仅以汇集成书的来说，至1987年已翻译出版的中国古代小说，中短篇集有7部（收有小说60篇），长篇小说3部，诗集1部（收有22位诗人的30余首诗）。至于散见于各地报刊的则种类和篇数繁多，不计其数。不但有俄文，而且有乌克兰文等苏联其他民族文字的翻译。这种中国当代文学热一直持续到20世纪末。

二、 中国对俄国文学的翻译

中国从19世纪末开始翻译俄国文学，鲁迅形容当时的心态：“那时就知道了俄国文学是我们的导师和朋友。因为从那里面，看见了被压迫者的善良的灵魂，的酸辛，的挣扎……从文学里明白了一件大事，是世界上有两种人：压迫者和被压迫者。从现在看来，这是谁都明白、不足道的，但是那时，却是一个大发现，正不亚于古人发现了火可以照暗夜，煮东西。”[1]

1. 鲁迅：《祝中俄文字之交》，见《鲁迅全集》第4卷，第460页，北京：人民文学出版社，1981年版。

（一）早期中译的俄国文学作品

最早的汉译俄国文学作品是克雷洛夫的三则寓言，见于美国传教士林乐知与他的中国合作者任廷旭翻译的《俄国政俗通考》。此书系据印度广学会英文本转译，于1899—1900年先在上海《万国公报》上连载，随后又出排印本。

至于俄国文学翻译总的情况和数量，据统计，“从我国晚清民初直到1919年五四运动之前介绍俄国文学的情况来看，当时我国已翻译过普希金、莱蒙托夫、屠格涅夫、列夫·托尔斯泰、契诃夫、高尔基、迦尔洵、安特莱夫等十几位俄国名作家的作品约 80 种以上。这些作品虽然多半是根据日文和英文转译的，而且又用的是文言文，但无论就总的数量还是就作家和作品的代表性来说，在五四运动以前翻译介绍外国文学作品的工作方面，不能不说是一个非常突出的现象”[1]。涉及的作家作品数量有：克雷洛夫 3 种、普希金 4 种、莱蒙托夫 1 种、屠格涅夫 8 种、阿·康·托尔斯泰 1 种、列夫·托尔斯泰 31 种、契诃夫 31 种、涅米罗维奇—丹琴科 2 种、索洛古勃 5 种、高尔基 5 种、斯捷谱尼亚克—克拉夫钦斯基 2 种、安德列耶夫 4 种、迦尔洵 2 种、库普林 1 种等。

1. 戈宝权：《谈中俄文字之交》，载《外国文学欣赏》，1985 年第 1 期。

（二）十月革命后中国引进的俄苏文学

十月革命后，中国人对俄苏产生极大的兴趣，把译介俄苏文学当作“盗天火给人类”的神圣事业。俄罗斯文学翻译的数量激增，在外国文学翻译中的比重急剧上升，并占居首位。据《中国新文学大系·史料索引（1919—1927 年）》中“翻译总目”的统计，五四运动以后八年内翻译的外国文学作品共有 187 部，其中俄国为 65 部，占三分之一强，其他依次为法国 31 部、德国 24 部、英国 21 部、印度 14 部、日本 12 部……均大大低于俄国。这里仅统计了单行本，发表于报刊上的还未计在内。这个阶段的翻译家，主要有鲁迅、瞿秋白、郭沫若、沈雁冰（茅盾）、郑振铎、耿济之等。“苏联文学作品翻译数量也扶摇直上……高尔基成了最受欢迎的外国作家，他的作品初版数达到四十四种”，在高尔基逝世的 1936 年，其作品在“中国共出了三十四个版次”。[2]

2. 戈宝权：《中外文学因缘》，第 359 页，北京：北京出版社，1992 年版。

从 20 年代末到 30 年代中期，形成了“红色的十年”的世界性高潮，从中国来看，则从此时起“苏联文学作品和文艺理论著作冲破重重的封锁和禁令，源源不断地被介绍进来”。其作用和影响，一是苏联文学作品以先进的世界观和革命精神，以感人的英雄形象激励着中国的读者，推动了一批又一批人走向革命，二是马克思主义的文艺理论，一旦为文艺界的先进分子所接受，就一直指导着中国的文学运动。苏联的文艺政策和革命文学运动对中国的文学运动也起过很大的影响。

在当年起过这种作用的苏联优秀作品有绥拉菲摩维奇的《铁流》（曹靖华译）、高尔基的《母亲》（夏衍译）、法捷耶夫的《毁灭》（鲁迅译）和《青年近卫军》（叶水夫译）、奥斯特洛夫斯基的《钢铁是怎样炼成的》(梅益译)、肖洛霍夫的《被开垦的处女地》(周立波译)等。据统计，人民文学出版社出版的梅益译《钢铁是怎样炼成的》一书迄今印数已接近一千万册。

梅益译《钢铁是怎样炼成的》封面

抗日战争期间，继续坚持翻译苏联文学，尤其是抗战文学。在延安有柯涅楚克的剧本《前线》（萧三译），别克的《恐惧与无畏》（愚卿译）。在大后方重庆等地，有《苏联文学丛书》：卡达耶夫的《我是劳动人民的儿子》、瓦西列夫斯卡娅的《虹》、列昂诺夫的《侵略》等（均曹靖华译），格罗斯曼的《人民是不朽的》（茅盾译），爱伦堡的《不是战争的战争》、《六月在顿河》、《英雄的斯大林城》等报告文学集（均戈宝权译），《中苏文化》发表包戈廷的《带枪的人》（葛一虹译）等。在沦陷区上海，有以苏商名义出版的译作，如葛罗斯曼的《人民不死》（林陵译）、西蒙诺夫的《日日夜夜》（磊然译）、法捷耶夫的《青年近卫军》（水夫译），还有苏尔科夫、伊萨科夫斯基等人的诗。

在40年代俄罗斯古典作家的名著都出了中译本，如普希金的《欧根·奥涅金》（1944，吕荧译）及罗果夫、戈宝权编《普希金文集》（1947），莱蒙托夫的《波尔塔瓦》（1946）和《抒情诗选》（1948，均余振译），果戈理的《巡按使及其他》（1941，耿济之译）和《结婚》（1945，魏荒弩译），奥斯特洛夫斯基的《没有陪嫁的女人》（1946，梁香译）、《智者千虑　必有一失》（1949，林陵译），陀思妥耶夫斯基的《卡拉马佐夫兄弟》（1940—1947）、《白痴》（1946）、《死屋手记》（1947）、《少年》（1948）

（均耿济之译），托尔斯泰的《战争与和平》（1942）、《安娜·卡列尼娜》（1948）和《复活》（1944）（均高植译）及《少年时代》（1948，蒋路译），契诃夫的《草原》（1942，彭慧译；1944，金人译）和《樱桃园》（1940，满涛译）等。

1949年以前，翻译作品出单行本的总量相当可观，包括苏联文学和俄罗斯古典文学。从1919年6月至1949年10月所译俄苏文学有1045种，其中俄罗斯古典文学401种，约占十分之四，苏联文学530种，占十分之五，而跨于俄苏两个时代的高尔基的作品有114种，占十分之一。

（三）50年代和80年代译介俄国文学作品的热潮

中国这两次翻译俄苏文学的高潮，特点是译介的文学作品数量大、范围广。两次高潮的结果是几乎译遍了俄苏全部文学名家名作，甚至扩及一些不知名作家的作品。在50年代，人民怀着崇敬的心情看待苏联的文学作品，翻译和发表的热情极高，影响极大。中国青年以保尔·柯察金为榜样，树立起坚定的为人民服务的思想。《卓娅和舒拉的故事》以及许多苏联文学作品都对中国青年发生了巨大的教育作用。《铁流》、《毁灭》、《青年近卫军》等更成了鼓舞中国人民志愿军战士赴朝作战的有力武器。从50年代起，俄苏文学是我国译介外国文学的重点。以俄国文学为例，1949年到1959年这10年中，除1952年初版译作为12种外，其余年份均在20种以上，1950年甚至高达38种。前6年年均26种，后4年年均也有12种。进入80年代，从1980年至1987年，新译作达160种，年均20种。小说《钢铁是怎样炼成的》在1952年一次就印了50万册。

俄国文学从古代的《伊戈尔远征记》，18世纪到19世纪初的《苦命的丽莎》、《纨绔少年》、《克雷洛夫寓言》、《聪明误》等，到19世纪所有名家的代表作，都有了译本。如普希金的诗、小说、剧本几乎全部翻译，有的有多种译本，戈宝权的编选本《普希金文集》1949—1957年再版了十几次，平均每年一次以上，莱蒙托夫的诗选和小说《当代英雄》，果戈理的剧本《钦差大臣》和小说《死魂灵》，别林斯基的论文集，赫尔岑的《谁之罪》，屠格涅夫的《猎人笔记》和《贵族之家》等六部长篇小说，冈察洛夫的《奥勃洛摩夫》，涅克拉索夫的长诗《在俄罗斯谁能快乐而自由》，奥斯特洛夫斯基的《大雷雨》等十几部名剧本，车尔尼雪夫斯基的《怎么办？》和论文集，杜勃罗留波夫的评论集，陀思妥耶夫斯基的《穷人》和《罪与罚》等近十部长篇，托尔斯泰的三部长篇《战争与和平》、《安娜·卡列尼娜》和《复活》，谢德林的《一个城市的历史》和《戈罗夫略夫老爷们》，契诃夫的大部分短篇小说和全部剧本。

苏联文学从高尔基的名著到当代名篇都有翻译出版，如《高尔基选集》十四卷（1956—1964），《马雅可夫斯基选集》五卷（1957—1961），绥拉菲莫维奇的《铁流》，别德内依的诗集，阿·托尔斯泰的《苦难的历程》三部曲，法捷耶夫的《毁灭》、《青年近卫军》，伊凡诺夫的《铁甲列车》，富尔曼诺夫的《恰巴耶夫》，费定的《城与年》，肖洛霍夫的《静静的顿河》和《被开垦的处女地》，革拉特科夫的《水泥》，潘菲罗夫的《磨刀石农庄》，卡达耶夫的《时间啊，前进！》，列昂诺夫的《索溪》，马雷什金的《来自穷乡僻壤的人们》，马卡连科的《教育诗》，西蒙诺夫的《日日夜夜》，波列伏依的《真正的人》，爱伦堡的《暴风雨》，特瓦尔多夫斯基的长诗《瓦西里·焦尔金》，伊萨可夫斯基和吉洪诺夫的诗集，包戈廷的剧本《带枪的人》和《克里姆林宫的钟声》，直至柯切托夫的《叶尔绍夫兄弟》和《州委书记》等。

苏联文学中还有一类作品虽然未被列入文学史名著，但对青少年思想道德教育具有重要意义，并能发生重大的影响，也及时翻译出版，立刻在青少年学生中成为畅销书，或推荐为群众性读书活动的必读书。如科斯莫捷米扬斯卡娅著《卓娅与舒拉的故事》，班捷列耶夫著《普通一兵马特洛索夫》，柯歇伐娅著《我的儿子》，德拉伯金娜著《黑面包干》，沙特罗夫著《以革命的名义》等。

80年代起，随着我国对外交往的扩大，翻译外国文学作品的园地也增加了。发表译作的期刊已由主要的《译文》（后改为《世界文学》）一家增加到《苏联文学》、《苏联文艺》、《俄苏文学》、《外国文艺》、《译林》等多家。还有一些地方的综合性文艺刊物也兼登俄苏文学的译作。至于出版社，除了人民文学出版社、上海译文出版社外，许多地方出版社也兼出俄苏文学作品的译作。从中央到地方许多出版社曾大量翻译出版俄国和苏联的文学作品。据资料统计，“从1949年到1985年，被译成中文的俄文作品，其作者总数已超过五千人，包括几百名俄国古典作家和数千名苏联现代作家。不少作品出过多种译本，译本一再更新，质量不断提高”[1]。

1. 中华人民共和国文化部对外文化联络局编：《中国对外文化交流概览（1949—1991）》，第394页，北京：光明日报出版社，1993年版。

以人民文学出版社为例，已经出版了许多俄苏作家的文集、选集和合集或单行本的中译本。该社聚合了俄苏文学包括资深翻译家在内的一批当代名家。

大型的文集、选集有：《普希金选集》七卷、《陀思妥耶夫斯基选集》九卷、《列夫·托尔斯泰文集》十七卷、《高尔基文集》二十卷、《马雅可夫斯基选集》五卷。

选集和合集如：俄国的《果戈理戏剧小说集》、《别林斯基选集》、《屠格涅夫中短篇小说选》、《屠格涅夫戏剧集》、《丘特切夫诗选》、《阿·奥斯特洛夫斯基戏剧选》、《契诃夫小说选》、《契诃夫戏剧选》、《库普林中短篇小说选》、《魏列萨耶夫中短篇小说选》、《布宁中短篇小说选》、《迦尔洵小说集》、《波缅洛夫斯基小说选》、《斯列普佐夫小说选》、《柯罗连科文学回忆录》、《安德列耶夫小说戏剧选》、《俄国短篇小说选》、《俄国民粹派小说特写选》等，苏联的《巴乌斯托夫斯基选集》、《阿·托尔斯泰小说选集》、《安东诺夫短篇小说选》、《吉洪诺夫诗集》、《苏尔科夫诗集》、《纳吉宾短篇小说选》、《奥维奇金特写集》、《特罗叶波尔斯基短篇小说选》、《贝科夫小说选》、《艾特玛托夫小说集》、《拉斯普京小说选》、《舒克申短篇小说选》、《苏联当代小说选》、《苏联当代诗选》、《70 年代苏联青年作家小说选》等。

我国俄苏文学部分老一代名译家（左起：孙绳武，王之梁，刘辽逸，卢永福，孟昌，磊然，姚民有，水夫，张福生，斯庸，蒋路）

加上下列一些作家的单行本，几乎把俄苏名家包揽无遗：俄国的冯维辛的《纨绔少年》、格里鲍耶多夫的《聪明误》、莱蒙托夫的《当代英雄》、车尔尼雪夫斯基的《怎么办？》、涅克拉索夫的《在俄罗斯谁能快乐而自由》、谢德林的《一个城市的历史》、冈察洛夫的《奥勃洛摩夫》，苏联的绥拉菲莫维奇的《铁流》、革拉特科夫的《水泥》、富尔曼诺夫的《恰巴耶夫》、法捷耶夫的《青年近卫军》、费定的《早年的欢乐》、尼·奥斯特洛斯基的《钢铁是怎样炼成的》、肖洛霍夫的《静静的顿河》、特瓦尔托夫斯基的《瓦西里·焦尔金》、马卡连科的《教育诗》、柯切托夫的《茹尔宾一家》、西蒙诺夫的《生者与死者》、阿扎耶夫的《远离莫斯科的地方》、拉齐斯的《走向新岸》、帕斯捷尔纳克的《日瓦戈医生》、波列沃依的《真正的人》、格拉宁的《探索者》、布尔加科夫的《大师和玛格丽特》、卡维林的《一本打开的书》、邦达列夫的《人生舞台》等。

人民文学版俄苏文学作品中译本

80 年代也是俄苏文学研究取得重大进展的阶段，其标志是同时创办了四家专业杂志，即由北京外国语学院主办的《苏联当代文学》，山东大学主办的《俄苏文学》，由武汉大学、南开大学、吉林大学等十所大学联手创办的《俄苏文学》，以及北京师范大学苏联文学研究所主办的《苏联文学》。

《苏联文学》创办于 1979 年。当时正值中苏两国刚开始探索恢复接触，它在文化交流上得风气之先，对苏联文学实事求是地加以分析，为创建我国改革开放新时期的文化而提供有益的借鉴。这一刊物的兴办引起我国现代文学巨匠茅盾的重视，他为之写下了指导性的题词：

西江月

——为《苏联文学》创刊号作

形象思维谁好
典型塑造孰优
黄钟瓦釜待搜求
不宜强分先后

泰岱兼容抔土
海洋不择细流

而今借鉴不避修

安得划牢自囿

这一题词所表达的深刻思想，不但对办文学杂志，而且对文学界都具有指导作用。《苏联文学》杂志就是这样实践的。1994 年，为庆祝《苏联文学》创刊十五周年，主编张廷桦曾总结成绩：出刊二百期，共介绍过上千位俄苏作家的作品,发表过近千篇理论和评论俄罗斯文学的文章，在促进俄苏文学译介，推进俄苏文学研究、教学等方面起了应有的作用。该杂志长期以来坚持不断出版，已成为我国唯一的俄苏文学专门期刊，现名《俄罗斯文艺》。

《俄罗斯文艺》封面

另一个表现，是改变了文学论著多出自翻译的局面，由中国学者撰写的文学史、专著等开始成批出现。以文学史为例，目前既有自古至今的通史，俄罗斯和苏联分段的断代史，也有小说、诗歌、戏剧、文学批评、儿童文学和民族文学的类别史。以作家、作品或某一种文学现象为主题写出的专著或编成的论文集，也为数不少。由曹靖华教授主编、九所教育部直属高校的教师参加撰稿的《俄苏文学史》三卷（1989—1992），就是第一部由我国学者撰写、贯穿古今的俄苏文学通史，曾获中国国务院颁发的“国家级优秀教材特等奖”。

第二节 诗词的翻译和研究与谢列布里亚科夫的论述

阿列克谢耶夫一直倡导研究中国诗歌，特别是难度较大的中国古典诗歌。1920年，他提出一个翻译中国文学名著的宏大规划，包括“全中国都敬重的伟大杜甫的诗”。相对而言，唐诗译研比较充分。最流行的诗人合译作品有两种：一种是《中国古典诗歌集（唐代）》(1956)，选诗人58位，选诗181首，由费德林编选并写长序，亚历山大罗夫、马尔科娃、巴斯曼诺夫等15人进行翻译；另一种是《中国诗歌集》（唐诗卷，1957)，可视为前一种的增补本（但也有所删减），选诗人61位，选诗202首，由郭沫若和费德林编选。两书均由国家文学出版社在莫斯科出版，印数均为35000册，在苏联流传很广。

一、 唐诗宋词的翻译和研究

在七八十年代，有几种唐诗合译出版，包括艾德林译《中国古典诗歌集》(1975)、斯米尔诺夫编《中国8至14世纪抒情诗歌集》(1975)、《中国3至14世纪写景诗集》(1984)和艾德林译《中国古典诗歌集》(1984)。这时出版的唐朝大诗人的专译也有十数种，如苏霍鲁科夫译《王维诗集》(1979)，艾德林多种白诗俄译——《白居易诗集》两种(1958和1979)、《白居易抒情诗集》(1965)等。

诗词研究也取得了丰硕的成果，并涌现了一批专研一家的学者，如费德林研究《诗经》、唐诗和诗史，达格丹诺夫研究王维，费什曼研究李白，谢列布里亚科夫研究杜甫，艾德林研究白居易。费德林是唐诗翻译的组织者，也是著名的翻译家和研究家，从《诗经》到当代文学他都有研究。其研究视野不仅注重宏观上的概括，而且注重对具体诗人的细致入微的剖析。他说，“我一辈子从事中国古典文学研究”，“我认为，中国的传统文化几千年来始终没有中断过，为人类文化宝库做出了巨大贡献。中国在文学和文化方面是值得自豪的国家。中国的《诗经》、楚辞、唐诗、元曲等等优秀文学著作是任何一个国家所望尘莫及的”。[1]在1972年纪念白居易诞生1200周年的文章中，他对中国诗史做了如下概览：继陶渊明之后，“唐代诗人陈子昂也反

1.《费德林答记者问》，载《文艺报》，1989年7月8日第4版。

对旧的形式和题材，克服矫揉造作、晦涩难懂的诗风，主张恢复三国时期曹植、阮籍的诗风和韵律规则。随着诗歌题材的进一步扩大，诗歌的形式也更加丰富。8 世纪便出现了当时最杰出的风景诗巨匠、诗人和画家王维”，这个时期“最大的诗人李白在绝句和七律上已达到尽善尽美的境地……并对以后数百年的诗歌发展产生了巨大的影响”。安禄山之乱导致唐朝衰落以后，“旧的优秀诗歌传统的继承人和新诗歌的创始人杜甫……表现了对祖国命运的忧虑，对老百姓利益的深切关怀和对孤苦无靠者遭遇的同情”这种“人道主义的倾向”。而“白居易的创作则经常从取之不竭的民间诗歌，从伟大的前辈屈原、陶渊明、李白、杜甫等人身上汲取养分”，这使得白诗妇孺皆知，争相传诵。他认为，如同其他诗人，白居易的诗已经超越时代和国界，成为无数国家和人民的精神财富了。艾德林也肯定白诗的本质特点是“朴实通俗和深刻的人道主义”（《白居易绝句集》），白氏继承了陶渊明开创的自然和朴实之风，擅长表现人民丰富而崇高的精神境界（《陶渊明和他的诗》）。在勾勒唐朝诗歌发展的脉络时，他则把李白和普希金相提并论，认为两人的创作均有多面性（与人合著的《中国文学》）。

艾德林著《陶渊明和他的诗》俄译本封面

不过，在苏联时代最受重视的还是被视为现实主义诗人的杜甫，他同情人民、歌咏民瘼的诗歌，经久流传而不衰。几所高等学府如莫斯科大学、圣彼得堡（列宁格勒）大学、远东大学，在课堂上也一定要讲授杜甫诗。迄今为止，他的个人译本、单篇散译以及入选合集，已经不可计数；而杜甫评传和杜诗研究专著专文，也不胜枚举。其中谢列布里亚科夫的《杜甫评传》(1958) 和别仁的《杜甫传》(1987)

比较重要。谢氏在评传中指出，杜甫“继承屈原、陶渊明，包括初唐诗人的传统”并加以发扬，“在中国诗歌史上打开了新的光辉灿烂的一页”，他在长安的十年失意生活，“并不是一个失意者的遭遇，而是一个具有高尚理想的人在封建时代的典型命运，他的理想同现存制度势必发生不可避免的冲突”，他的诗要暴露社会，必然具有人民性、爱国性的倾向。谢氏认为杜甫善于向传统学习，他的诗歌是众多诗人经验的荟萃，其艺术手法多种多样，并具有较大的社会价值和社会功能。别仁所著的《杜甫传》另有特点，是苏联《名人传记》丛书里的一种。作者兼为诗人，体验细腻而深入，他既写诗人的言行，又揭示诗人的内心世界，甚至去捕捉诗人的外貌细节，如瘦削的脸形、稀疏而斑白的头发和胡须等。写作中，他还参考了中国学者（如冯至、萧涤非、陈贻焮）的多种杜甫研究，写得深入浅出，生动感人，很适合青年读者阅读。

艾德林像

宋词译介不如唐诗为多，但仍然有不少译作问世，如巴斯曼诺夫的《辛弃疾诗词集》(1959，两年后出增订版)、《漱玉词》(1970，后亦增订)、《梅花开（中国历代词选）》(1979)，戈鲁别夫的《苏东坡诗词集》(1975)。巴斯曼诺夫编译的《梅花开》，选词人19家，出版后有较大反响。谢列布里亚科夫撰有《中国十至十一世纪的诗和词》(1979)一书，系统介绍诗词不同的韵律，词的形成与发展，并评介宋代苏舜钦、梅尧臣、欧阳修等词家。

二、 谢列布里亚科夫的学术研究

谢列布里亚科夫像

拥有300多年历史的俄国汉学，曾经出现过瓦西里耶夫时期和阿列克谢耶夫时期。谢列布里亚科夫两个时期都源自圣彼得堡大学（曾易名列宁格勒大学）。从这里培养出来的人才，有许多人已经是俄国的当代汉学名家。如研究李白和杜甫和古典诗词的费什曼、谢列布里亚科夫，研究鲁迅和现代文学的彼得罗夫、波兹涅耶娃和谢曼诺夫，研究神话和民间文学的李福清、斯佩什涅夫，研究敦煌学和西夏学的孟列夫、克平、克恰诺夫，研究汉语史的雅洪托夫、斯皮林，翻译《今古奇观》的维利古斯和齐别罗维奇，翻译《普明宝卷》的斯图洛娃和《百喻经》的古列维奇，研究古币的伊沃奇金娜，研究《史记》的克罗尔，还有历史学家斯莫林和多罗宁，尤其有德高望重的齐赫文院士等等，不胜枚举。他们与全苏的汉学精英一起，构成了20世纪下半叶俄国汉学的繁荣局面。

今天圣彼得堡大学东方系依然是俄国汉学的一个重镇。中国文学的教育家、翻译家和研究者谢列布里亚科夫（Е. А.Серебояков，1928—2013）教授的杰出成就，足以作为突出的事例。谢列布里亚科夫从1950年起从事中国汉语文学教学，培养了大批汉学人才。他的学术研究也有卓越的成绩，表现在唐诗、宋词和现代文学研究三个方面。

（一）唐诗研究

苏联时代对唐诗的翻译和研究都比较系统。唐诗的翻译，包括合集和李白、杜甫、王维、白居易等个人的专集，总计在25种以上。其中谢列布里亚科夫著《杜甫评传》（1958）占有特殊的地位。这是俄国首次出现的杜甫专论，此前只有过杜诗的翻译、简短的文字介绍和评述杜甫的论文，而谢列布里亚科夫此书是俄国汉学研究的新开拓。

杜甫的译介，如果不算零散的译品，比较集中的有1955年出版的《杜甫诗集》（吉托维奇译）和稍后出版的《唐朝三诗人：李白、王维、杜甫》（蒙泽勒编选、译注，1960），1967年又出版了由著名女诗人阿赫玛托娃译的《杜甫抒情诗集》。

谢列布里亚科夫研究的一个重点在宋代诗词，有许多译作，如陆游的《入蜀记》（1968），并写了专著《陆游的生平与创作》（1973）和《中国十至十一世纪的诗和词》（1979）。但是他早期的研究工作却是以杜甫为起点的。他1950年于列宁格勒大学毕业，1954年即以论文《八世纪伟大的中国诗人杜甫的爱国主义与人民性》获副博士学位。1958年又以论文为基础扩展成专著《杜甫评传》（文学出版社，163页）。他发挥学位论文的观点，继续论述杜诗的思想内容和艺术性。不过，带有50年代的共同倾向，着重点仍然在作品的思想性。他在评传的前言里说道："诗人有娴熟的各种艺术手法，创造了准确、鲜明的形象，达到诗歌叙事的极大容量和集中概括"，但是"西方和旧中国的资产阶级文艺家力图把杜甫说成仅仅是形式上的大师，绝口不谈他首先是爱国主义诗人，是中国最早的真正人民诗人之一。他热爱普通的人，为他们贡献了最优秀的作品"。

专著分"在家乡"、"长安十年"、"哀伤和愤懑的诗作"和"流浪的岁月"四章，依次叙述诗人早期的生活、在首都十年的活动、在安禄山之乱后的见闻与感受以及晚年漂泊南方的情况。这是第一部向俄文读者全面介绍我国大诗人杜甫的论著，其特点是简明扼要，又有一定的深度。

作者告诉俄文读者，唐诗是中国诗歌的"黄金时代"。唐朝诗人知名的就有两千多人，流传下来的诗有四万九千首左右。因此，为了评价杜甫，就需要简要介绍杜甫年轻时必须在诸种互相对立的诗歌流派和传统中做出选择的情景。这里一方面有模仿前人单一的格调，有盲目追求形式、"无病呻吟"的颓废诗作，有寻求短暂的欢娱而力图摆脱当代复杂社会问题的贵族诗歌（尤其在安禄山之乱时期）……但是另一方面却有来自民间创作首先是《诗经》的，还有乐府的优良传统，其特点是能广泛概括现实、反映阶级压迫时代人民的苦难，包括农民的贫困和士兵不堪征战之苦，也能反映人民的爱、勇敢和士兵的英勇。作者认为，杜甫选择的恰巧是后者，即由屈原、陶渊明，包括初唐优秀诗人所继承下来的传统，杜甫加以发扬，“在中国诗歌上打开了新的光辉灿烂的一页”。

作者介绍杜甫在长安奔走十年仕途上毫无进展的情况时说：“杜甫的命运并不是一个失意者的遭遇，而是一个具有高尚理想的人在封建时代的典型命运，他的理想同现实制度不可避免要发生冲突。”所以他的诗便开始表现出暴露社会的基调。

作者分析和评述了《自京赴奉先县咏怀五百字》、《兵车行》、《石壕吏》、《闻官军收河南河北》及《茅屋为秋风所破歌》等一大批代表诗作，认为“杜甫希望看到祖国的土地从侵略者手中解放出来，因而他的诗中便大大加强了爱国主义基调”。同时，由于杜甫接近了人民，便“在诗歌中歌颂普通人的精神美并鞭挞官吏的残暴”，这使得他的诗具有人民性。

谢列布里亚科夫把诗人的艺术成就归结起来说：“在杜甫的抒情诗中塑造的是诗人自身的形象——这是一个能深切体会他人的苦乐、关心祖国人民的命运，在当时堪称进步人士的形象。”

作者还指出，杜甫也擅长于山水抒情诗，特别是在漂泊西南时期，当诗人安居于郊外草堂的时候，写了不少吟颂自然的诗。他说：“杜甫写村居生活的诗，比陶渊明还要质朴和鲜明”，“他绝少采取书卷气的形式和文绉绉的词语。他能从容不迫地表达自己内心的感受。《江亭》一诗恰似在同挚友谈心”，因而“杜甫的诗大大丰富了中国的山水诗”。不过，在杜甫的山水诗中，“歌颂祖国大地之美、歌颂普通农夫的生活等基调同诗人对自身命运和国家大事的思考结合在一起”。

谢列布里亚科夫说：“杜甫是唐代‘社会派’诗歌的创始人，这一派诗人深化了杜甫的创作原则，创作了许多社会题材的诗歌。”他认为，“杜诗对中国文学的影响很大”，后代诗人向杜甫学习的东西是爱祖国、爱人民和高超的诗艺。

作者指出，“杜甫的声誉已经超越中国国界”，“这位古代优秀作家的诗句至今还能激励读者，在他们心中激起高尚的思想和情操”。

苏联研究杜诗的主要成就，按谢列布里亚科夫的归纳，是在于“确定了杜甫创作的主要思想倾向和高度评价诗人在发展文化中的作用”。

（二）宋词研究

苏联时代汉学界对宋代词歌的研究，比起对唐代文学的研究要少得多。虽然也出过不少译作，诗歌方面如戈鲁别夫译《陆游诗集》（1960）和《苏东坡诗词集》（1975），巴斯曼诺夫译《李清照〈漱玉词〉》（两种，1970和1974版）和《辛弃疾诗词集》（1961），还有多人合译的《宋代诗歌》（1959）和《梅花开（中国历代词选）》（1979）等，但研究者则为数不多。始终倾注于这个领域者惟有谢列布里亚科夫，是他填补了汉学研究的这项空白。

1．译作《陆游〈入蜀记〉·翻译、述评和跋》

谢列布里亚科夫把重点由唐诗转向宋代文学，是从翻译陆游《入蜀记》（1968）开始的，他把陆游这本用文言文写的游记译成俄文，同时加了详尽的历史和语言文学方面知识的注解，在述评和跋中着重介绍了中国中世纪文学中游记这种体裁的特点。译者认为，《入蜀记》是游记的早期作品，它兼有记述科学知识和反映作者内心世界的功能。从记实角度来说，它记述了宋代的政治现实，包括官吏和农民的日常生活风貌，这在史学和民族学上都有重要价值。从反映诗人的主观世界来说，谢列布里亚科夫注意从那个时期流传下来的诗歌，特别是诗人的诗和有关的日记，找出材料相对照，用以探讨诗人据以加工成诗的素材，以及其创作的规律。他发现，中国古典作品也是反映作者心境，把作者丰富的内心感受体现于文学形象之中的，因而不能说中国古典散文仅具有强烈的纯理性主义的性质。

2．专著《陆游的生平与创作》

谢列布里亚科夫在这部专著上加了一个中文书名《陆游传论》（1973），这部216页的著作是他认真研读了中国有关的评论资料，又搜集中国中世纪大量诗歌材料进行分析归纳之后写成的。这部专著的要点是：（1）全面叙述陆游的生平和创作，分阶段阐释了诗人的生活和创作的发展，包括政治观、美学观以及思想发展的过程，着重分析了陆游世界观中驳杂的思想因素。谢列布里亚科夫认为陆游思想和创作都受到儒家学说、道家“自然”学说和佛教的影响，而陆游参与王安石变法的主张，以及对待理学的态度也都体现了儒、释、道几种思想在他身上的影响。（2）专著认真做了艺术方面的研究，分析中国中世纪诗歌创作的一般经验和陆游创作的个性特点，进而说明传统的创作方法和个人创作方法之间的关系。（3）专著在分析陆游创作的基础上提出了诗歌创作的理论、抒情诗歌中的形象特点及中国古典文学的传统及美学特点等问题并加以阐发，这在中国文学研究中具有方法论的意义，这使得这部书成为苏联汉学界重视的专著。

3．论宋词的专著《中国十至十一世纪的诗和词》

这部书出版于 1979 年，是苏联汉学界研究宋词的一部力作。在苏联它首次运用丰富的材料阐释了中国诗歌的主要体裁之一词的形成和发展，及其同诗相区别的特点。作者着重解释了词和诗的韵律问题，这是书中第一章的内容。其余六章则分别论析了个别作品或作家的创作，并以这些作品为例，进一步说明词的特点、诗与词的相互联系，以及它们在形象地反映现实中各有什么特点。这六章既可以各自单独成文，又是统一著作中的有机部分。

其中，"《花间集》词"一章评介了晚唐五代的著名词人，从温庭筠、韦庄到李珣等数十人，举重点人的词为例，阐释词这种体裁的特点和变化。"南唐诗人写的诗"一章介绍了李璟、李煜等作者所写词及其特点。"王禹偁及其诗歌遗产"、"诗人苏舜钦"、"梅尧臣的词"、"欧阳修在发展诗词中的作用"这四章则涉及宋代几位著名的词作者。此外，在每一个标明具体作家的章节里也旁及其同代诗人的创作，或用以说明一派作家，或对比几个诗人的异同。这样，书中涉及的作家就更多。这本书对于俄国读者来说，无疑也是一部中国晚唐到北宋的词史。因而费德林肯定它是在苏联对"中国文学史上未经充分研究的一个时期和古典诗歌创作的两种主要体裁（诗和词）进行研究"，说它"揭示了词这种诗歌体裁产生和形成的过程，以及词同传统体裁诗的相互联系"，而谢列布里亚科夫研究工作的贡献是"在相当大的程度上填补了苏联在中国中世纪文学知识的一个很大的空白，使人们对中国古典诗歌发展中的某些极为重要的趋势和现象有了了解"。

（三）现代文学研究

现代文学研究的主要论著有《曹靖华的生活及创作道路》，这是一部评传，占了《欧亚文学的相互影响和翻译问题》（圣彼得堡，1999 年，254 页）的主要篇幅。此书的价值在于精要而细致地分析评论了中国的苏联文学翻译的先驱、俄苏文学学科开拓者曹靖华的创作生涯，为中苏早期文学交流史提供了宝贵的史料。曹教授已去世 20 多年，中国有过不少回忆录、纪念文章和文集，甚至有生活传记。但从文学研究的角度写出评传者，迄今还是谢列布里亚科夫为第一人。评传从传主出发，研究工作旁及中国许多现代的作家如茅盾、蒋光慈、叶紫、洪灵菲等等，并运用曹译作品的苏联同时代作家做比较分析，如涅维罗夫、绥拉菲摹维奇、拉夫涅略夫、安德烈耶夫、法捷耶夫等，既是文学的比较研究，又可阐明曹靖华的文学贡献。

第三节 唐诗翻译和研究与司空图、李白、杜甫、王维四专论

俄国对唐诗的译介始于19世纪。王勃的《滕王阁序》的俄译本（共10页，交通部印刷厂）于1874年在圣彼得堡问世。1880年瓦·巴·瓦西里耶夫在其所著《中国文学史纲要》中盛赞中国古诗的繁荣，首先向俄国读者介绍中国唐代诸多大诗人的名字。他写道："倘若我们懂得并高度评介普希金、莱蒙托夫、科里佐夫的短诗，那么中国在绵绵两千年里出现的诗人，像普希金等人写的那样的短诗就有成千上万……这里仅举司马相如、杜甫、李白、苏东坡等为例就够了。"此后，俄国和苏联时代对唐诗的译介持续不断，其中在20世纪初和1950—1960年代还出现过两次成果丰硕的时期，使唐诗研究和鲁迅研究一起成为苏联汉学成果最丰富的两个领域。

《唐诗》俄译本

一、 唐诗翻译

苏联时代对唐诗的翻译是比较系统的，尤其是杜诗。首先是 1916 年阿列克谢耶夫全文译出司空图《二十四诗品》。十月革命后他又倡议开展中国诗歌研究，特别是难度较大的中国古典诗歌研究。1920 年他提出了一个翻译中国文学名著的宏大规划，包括“全中国都敬重的伟大的杜甫的诗”。1920 年代起他陆续翻译李白、杜甫、白居易、王维、孟浩然等大诗人的诗，分别刊载于各种报刊和诗集中。以后又逐步扩大译介的范围，其中包括一般的诗人。

唐诗俄译本最流行的有 1950 年代出版的两种。一种是 1956 年出版的《中国古典诗歌集（唐代）》，系费德林编选并作序，由亚历山大罗夫、马尔科娃、巴斯曼诺夫等 15 人翻译，共 430 页。另一种是 1957 年出版的《中国诗歌集》第 2 卷（唐诗），由郭沫若和费德林编选，共 376 页。这两本书均由国家文学出版社在莫斯科出版，第一次印刷均为 35 000 册，在苏联流传很广。

这两本诗集中入选的诗人最多，所选均为脍炙人口的名篇。前一本选有 58 位诗人的 181 首诗，其中最著名的诗人入选的诗最多，如李白 18 首、杜甫 20 首、白居易 18 首、王维 17 首。其他重要的诗人也有 3—4 首或 7—8 首不等，如孟浩然、刘长卿、岑参、韦应物、刘禹锡、柳宗元、元稹、杜牧、李商隐、温庭筠和南唐词人李煜等。别的入选的诗人也都有 1 首或 2 首名诗，从初唐到晚唐依次有王绩、卢照邻、骆宾王、王勃、杨炯、沈佺期、贺知章、王翰、崔国辅、李颀、王湾、王之焕、王昌龄、高适、常建、李嘉祐、钱起、张继、顾况、戴叔伦、张志和、孟郊、韩愈、王建、李贺、李绅、曹邺、皇甫松、聂夷中、杜荀鹤、牛希济等。

后一本和前一本入选诗人大同小异。后一本仅未收李煜的诗，增加了张若虚、陈子昂、张九龄、皮日休等，总入选诗人扩大为 61 位，诗作共 202 首。

在 20 世纪七八十年代又出版过几种有关唐诗的选集：1975 年艾德林译的《中国古典诗歌集》（文艺出版社，352 页），1975 年斯米尔诺夫编选的《中国 8 至 14 世纪抒情诗歌集》（科学出版社，共 286 页），其中有王维、苏轼、关汉卿、高启等人的作品，1984 年出版的《中国 3 至 14 世纪写景诗集》（莫斯科大学出版社，共 320 页）和艾德林译的《中国古典诗歌集》（文艺出版社，共 373 页）。此外，1977 年出版的《世界文学丛书 · 中国古典诗集》（文艺出版社）也收有一部分唐诗。除了诗，在 1979 年由巴斯曼诺夫译的《梅花开——中国历代词选》（共 425 页）中也选有李白、白居易、李煜、温庭筠填的词。

同时，为下列几位唐代大诗人都出了专集。

(1) 李白。李白诗单首的俄译最早出现于1896年，诗集有《李白抒情诗集》（吉托维奇译，国家文学出版社，1956年和1957年各出一版，均174页）。

(2) 杜甫。杜甫诗单首的俄译最早出现于1896年，诗集有《杜甫诗集》（吉托维奇译，国家文学出版社，1955年和1962年各出1种，分别为222页和276页）、《杜甫抒情诗集》（吉托维奇译，文艺出版社，1967年，共174页）。

(3) 王维。王维诗单首的俄译最早出现于1922年，诗集为《王维诗集》，有两种版本，一种为吉托维奇译（国家文学出版社1959年出版，144页），另一种为苏霍鲁科夫译（文艺出版社1979年出版，237页）。

另有《唐诗三人集——李白、王维、杜甫诗三百首》（东方文献出版社1960年出版，494页）。

(4) 白居易。白居易诗的单首俄译最早出现于1910年。白居易作品集的俄译本最多，共有六种版本，均由艾德林译，计有《白居易绝句集》三种版本（国家文学出版社出版，于1946年、1949年和1951年各出1版，分别为144页、223页和240页），《白居易诗集》两种版本（国家文学出版社于1958年和1978年各出1种，分别为262页和303页）和《白居易抒情诗集》（文艺出版社1965年出版，共211页）。

苏联时代有计划地大量译介唐诗，结果也造就了一批唐诗及中国古典诗歌的翻译家，并且出现了几种不同的翻译方法。汉学家中从事诗译的人多数采用直译法，虽忠实于原文，但在修辞和表达方面有时未能符合俄文读者的习惯。少数人是结合研究进行翻译，既忠实原文，又注意传达诗情韵味，如阿列克谢耶夫、艾德林、费德林等。阿氏在翻译司空图《诗品》时特意提出直译和意译（有诗韵）两种译文，并附录中文原文，以供比较和鉴赏。艾德林1937年于莫斯科东方学院毕业后就从事中国古典文学研究，1942年即以论文《白居易的绝句》获副博士学位。他长期从事研究与翻译工作，不但有多种译作和论陶渊明、白居易的专著，而且就汉诗的俄译问题发表过许多文章，论述如何译得忠实又传神。他的翻译经验也为苏联汉学家们所肯定，被视为翻译中国古典诗歌的权威。还有一种译法是由作家与汉学家合作，但以前者为主，其译本大多符合俄诗的规范，很受读者欢迎，流传也最广，如著名作家阿赫马托娃、巴斯曼诺夫等。

他们本身就会写诗，借助于汉学家译述的素材进行翻译，实际上是一种再创作，但又不脱离原意。这种译本也为汉学界所赞许。例如诗人吉托维奇多年与汉学翻译者合作，对中国古典诗歌的俄译文进行诗的加工，出版了李白、杜甫、王维等诗集的译本。

二、 唐诗评论

迄今已出版研究李白、杜甫、白居易、王维和司空图的 5 部专著，发表评介唐诗的论文和资料性文章 138 篇，并有一批著名的研究家，如阿列克谢耶夫、艾德林、费德林、费什曼、达革丹诺夫、蒙泽勒等。

汉学家对唐诗成就的论述，以科学院通讯院士费德林最具代表性。费德林曾著文历数了李白、杜甫、白居易等大诗人对唐诗的贡献，概括地描述了唐诗的发展脉络，肯定这几位唐代诗人的诗“已经超越时代和国界”，成为无数国家和人民的精神财富。

关于唐诗的成就，除费德林之外还有艾德林也做过精辟的论述。他在专著《陶渊明和他的诗》（1967）中曾论述唐诗繁荣的源泉。他认为，唐诗一方面汲取了古老传统诗歌的营养，另一方面继承了晋朝陶渊明首创的自然和朴实之风。唐诗的特色则是“善于表现人民丰富而崇高的精神境界”。艾德林与索罗金合著的《中国文学》(1962) 和长文《唐诗》中，一再勾勒唐诗发展的历史脉络。他们指出，唐朝“诗歌获得了空前的自由，它无所不在”，“论多面性，李白就如我国的普希金”，“李白以至整个唐诗的细腻抒情、朴实和人道主义，特别强烈地表现在当时已发展到极致的体裁‘绝句’中”。他们说：“唐诗由于有了杜甫，就可以说它已经为农民的贫苦而大声疾呼了。在杜甫之后，白居易才可能发出唐诗中揭露性最强的话语。”

三、 唐诗研究四专著

（一）《中国诗论・司空图〈诗品〉》

汉学家研究唐诗成绩最突出的是阿列克谢耶夫院士。他早年潜心研究唐诗 10 年，完成著作《中国诗论・司空图〈诗品〉》(1916)，于 1916 年出版。这是一部融评、译、注于一炉的专著。

它不但在俄国是第一部研究中国古典诗歌和诗论的巨著，而且在世界上也是空前的。该书使作者获得硕士学位，出版后三年内又使他提升为圣彼得堡大学教授和博士，到1920年代末就成为科学院院士。

这部著作的特色有两个：

第一，把《诗品》与中国早期的文学思想、前辈诗人的创作和司空图本人的其他作品联系起来考察，对《诗品》做出全面与科学的分析。作者具有文学史家的眼光，把司空图的《诗品》放在中国文学发展史的长河中来研究，从南朝梁钟嵘的《诗品》、唐代李嗣真的《画后品》到司空图以后的各种仿作，理出纵向的历史脉络，借以阐明司空图《诗品》的地位和价值；又从横向来对照花品、茶品、鱼品、书品、画品，以指明“诗品”这类作品的特点。由此得出结论：“不能把《诗品》和司空图的其他诗作等量齐观，而应看作独特的专著。”阿列克谢耶夫认为这部长诗无论“从欧洲和从中国的观点来看，都堪称一部杰作”。这部专著第一次阐明文学活动与社会发展及与整个文化的关系。

第二，从诗学的高度来评价《诗品》，并与欧洲文学中的诗论做对比，开了中西比较诗学的先河。阿列克谢耶夫从文艺理论的角度来看待《诗品》，指出它既然是一部诗论，就不能像对待一般诗歌那样去挖掘诗人的内心和分析形象，而应看作是一部理论著作；接着便阐明《诗品》可以同古罗马诗人贺拉斯(前65—前8)的《诗艺》和法国诗人布瓦洛(1636—1711)的《诗的艺术》相媲美。阿列克谢耶夫赞扬《诗品》说：“司空图的长诗在世界文学上占有一个极其荣耀的席位。”

此后，阿列克谢耶夫不断深化比较研究的观点，在1940年代重译了司空图的《诗品》，新译了陆机的《文赋》，写出重要论文《罗马人贺拉斯和中国人陆机论诗艺》、《法国人布瓦洛和同时代中国人论诗艺》等，形成了系统的中西比较诗学的观点。概括地说，有以下几个方面：

其一，倡导开展中西比较文学研究，最早从理论上阐明这种比较研究的意义。他指出，比较研究不应该有任何限制，所谓“东方就是东方，西方就是西方，二者任何时候也不能混淆”、“中国很特殊，比较研究往往不能见成效”等看法是错误的。他认为“如同其他国家的文学一样，对于中国文学来说，比较研究是一项重要工作”。他提出比较研究工作的意义：从比较对象的相异处可以说明诗人们各自的特色，从比较对象的相同处可以理解整个世界、人类和文学。

其二，把司空图、陆机和贺拉斯、布瓦洛放在一起对比，尤其具体地对比了《文赋》和《诗艺》：一方面对比出不同点，从他们如何对待文学前辈，创作过程中的用词习惯，对诗剧的认识，对音韵的看法，以及诗人的气质、文章的述说语气等方面分析两位诗人的差异，从而说明这些差异正好构成他们各自的艺术风格。另一方面注重寻找中西诗人的共性。他分析了陆机和贺拉斯的共同点：① 相同的理想。把古代理想化，以古诗人为楷模。② 相同的诗学原则。主张诗要朴实、和谐、能打动读者心弦，诗应高尚、雅致、质朴、明快、色彩调配相宜，诗应有大胆的幻想、出奇的比喻，应以形象感人，诗人应是一位超人，而不是平庸之辈，反对诗人以诗取宠于帝王。③ 相同的创作观点。重视继承优秀传统，诗人既要有天才又要能刻苦实践，应放弃盲目模仿而崇尚独创。诗应以"美"取胜，并以"娱乐人和教益人"为原则。通过对比，他得出结论："被全部历史条件所隔绝的两位诗人，用同一题材各自写下了非常相似而又无疑是互相补充的诗论。"他说："在中国诗学里，当我抹去了使东西方为之隔绝的异国色彩时，便看到了具有全人类性的手法。"

其三，尤为可贵的是，阿列克谢耶夫作为欧洲人，并没有简单地套用西方诗学的原则来分析东方诗人，而是从中国诗歌的实际出发，切实地论述中国诗艺。他从论析陆机入手，高度赞扬陆机这位中国诗人和诗论家，分析陆机那非凡的艺术想象力和艺术灵感、超俗的眼光。他认为诗人"处于如痴如狂的艺术灵感之中"，"似乎置身于世界的中枢，从那里用独特的、非尘世的、永恒的像宇宙一般混沌的眼光看事物。他的想象张开翅膀，在广阔的天空遨游，志趣高尚。这种艺术想象，片刻之间，可以纵观古今，也可历览四境"。又说陆机是一位超人，"他的文思不受疆域的限制，涉过亿万年的桥梁……它随天机而运动，来自激荡胸中的风暴，泉水似的涌现生活"。他甚至夸赞陆机是"宇宙的预言家，能把宇宙的一切概括在形象之内，把美的事物表现在自己的笔端"，也夸赞陆机作为诗人的高尚修养、情操和气质。

接着，阿列克谢耶夫指出司空图以及一大批中国后世的诗人及诗评家都和陆机同属一类，他们的"全部文学作品都充满了陆机的思想，乃至他们的用语"。这样，阿列克谢耶夫的评论就有概论中国诗学艺术的性质。

从阿列克谢耶夫精辟的论述和最先实行的比较研究工作看，可以说他是中西比较诗学的先驱。

（二）《李白的生平与创作》

1958年出版的女汉学家费什曼（О.Л.Фишман，1919—1986）的专著《李白的生平与创作》也具有同样倾向。这本仅有50页篇幅的读物系统地介绍了李白的一生，从他读百家、好剑术、喜爱隐居山林到醉心于道家思想，从他漫游黄河、长江一带直至仕途波折等经历，都一一做了介绍，多方面论述了李白的诗歌创作，对其吟咏自然山水、表达爱情友谊、描述历史变迁、反映现实人生等题材的诗做出分析，注意引用诗句为例，写得生动具体。最后归结的赞语是“李白的爱国主义和人民性”，她论述的要点也是侧重于作品的思想性。

（三）《杜甫评传》

苏联20世纪五六十年代的专著多从社会学批评的观点出发，虽然兼论思想内容和艺术特色，但重点在思想性，尤其强调诗中的爱国主义思想和人民性。谢列布里亚科夫的《杜甫评传》（1958）是个突出的例子。该书的序言指斥以往评论者的通病，他写道：“西方和旧中国的资产阶级文艺家力图把杜甫说成形式上的大师，而绝口不谈他首先是爱国主义诗人，是中国最早的真正人民诗人之一。他热爱普通人，为他们贡献了最优秀的作品。”

谢列布里亚科夫在评传中指出，杜甫“继承屈原、陶渊明，包括初唐诗人的传统”，并加以发扬，“在中国诗歌史上打开了新的、光辉的一页”。在对诗人做了这样全面的总评价之后，作者联系时代背景来谈诗人高大形象的社会作用。他说杜甫在长安的10年失意，“其命运并不是一个失意者的遭遇，而是一个具有高尚理想的人在封建时代的典型命运，他的理想同现存制度势必发生不可避免的冲突”，他的诗作暴露出社会的一个侧面。

作者着重分析了《自京赴奉先县咏怀五百字》、《兵车行》、《石壕吏》和《闻官军收河南河北》等一批诗作的思想内容，指出“杜甫希望看到祖国的土地从侵略者手中解放出来，因而他的诗中便大大加强了爱国主义基调”。同时，诗人接近人民，“他的诗具有人民性”，他“在诗中歌颂普通人的精神美并鞭挞官吏的残暴”。作者把诗人的艺术成就归结为：“杜甫的抒情诗中塑造的是诗人自身的形象——这是一个能深切体会他人的苦乐、关心祖国人民的命运，在当时堪称进步人士的形象。”

我们发现，作者也用相当大的篇幅来分析杜诗的艺术性，肯定杜甫作为诗人“有娴熟的多种多样的艺术手法，创造了准确、鲜明的形象，达到了诗歌叙事的最大容量和集中概括”。不过作者注意从时代背景和历史条件角度进行分析，认为这样高的艺术成就仍然跟时代有关。一方面唐诗是中国诗歌史上的黄金时代，著名的诗人就有两千多位，流传下来的诗也有五万首，杜诗正是这股诗流中的突出代表，是众多诗人经验的荟萃。另一方面杜甫个人的成就也是当年诗坛各种条件促成的。当时情况复杂，流派纷呈。有人单纯模仿前人，格调单一；有人盲目追求形式而无思想内容；有人无病呻吟，消极颓废；有人苟且偷安，力图摆脱安禄山之乱后出现的复杂局面，不敢面对现实；当然也有人继承《诗经》和乐府的传统，能够广泛地概括现实，反映阶级社会的不平等和人民的苦难。杜甫恰好是在这许多互相对立的诗歌流派和传统中做出了正确的抉择，才取得如此巨大的成就。

谢列布里亚科夫在肯定杜诗的艺术成就的同时，强调指出了杜诗的社会价值或社会功能，探讨了杜诗对后代的影响。

（四）**《王维创作中的禅佛思想》**

从文学与文化的关系，尤其是从民族文化传统的背景来考察文学，这是学术界多年以来出现的新现象。1984 年在新西伯利亚市科学出版社分社出版的一本论唐代诗人的专著《王维创作中的禅佛思想》(共 134 页) 正是这种新现象的反映。作者是新起的汉学家达革丹诺夫（Г. Б. Дагданов，1948—2002)，曾于 1980 年以论文《大乘佛教对唐代诗人创作的影响——以王维和白居易为例》获副博士学位。此后，他继续研究佛教对唐代文学的影响，注意到王维的作品《画学秘诀》早在 1923 年就有了俄译本 (如今王维诗已有俄、日、英等多种外文译本)。各国汉学界也颇重视对王维的研究，虽然已有论者指出王维的诗同佛教学说有密切关系，但无人以此为专题进行研究。因此他写这部专著恰巧是为了填补空白，只想抓住这个侧面去探究王维的创作，也可避免面面俱到，重复老调。

达革丹诺夫的专著分成三章。第一章“中国佛教史上的若干情况”，叙述了佛教在中国的传播、佛教文学的形成、中国传统文化中的佛教思想。第二章是“王维是诗歌中禅派的长老”。第三章“王维文学创作中对禅佛的赞颂”，从诗人生平阶段的划分、世界观中的“空灵”根源、创作中的意境、隐居诗人的情趣、诗人同和尚们的交往以及王维写佛教的诗等方面深入探讨，既由作品所表现的禅佛思想入手，又归结到王维同佛教的相互关系。这种论述角度新，是以前汉学家未曾使用过的，书问世后很快就引起人们的注意。

作者指出，王维为人正直，有理想和抱负，但未能实现，为官屡遭贬谪。他本来就信佛，后半生长期过着半官半隐的生活，便以诗来表达这种感受，寻求内心的安宁。诗中尽力超越现实，表现空灵，直至陶醉于佛教禅说那种空寂的境界。随着思想日趋消极，其佛教信仰也日益发展。然而王维毕竟是一位杰出的诗人，艺术造诣高超，尤其是其山水诗表现了闲逸潇洒的情趣和静谧恬淡的境界，还是能给人以美的享受。这里作者所涉及的问题，虽然是以往论者所谈到的王维的思想感情，即他的山水田园诗中的闲逸情趣、恬淡境界和禅学寂灭遁世的思想，但因是从新的角度来论述的，故能给人以新鲜感。

这本专著不仅从唐诗研究来看显得新颖，而且就俄国整个中国古典文学研究而论也是独具特色的。

第四节 《聊斋》流传——阿列克谢耶夫与曹靖华的译和校

自1878年《聊斋志异》中的《水莽草》首次译成俄文发表以来，蒲松龄的作品在俄国传播已有130多年的历史。已出蒲氏作品俄译29种，论蒲文章22篇。有三代蒲松龄研究学人的代表出现。第一代瓦西里耶夫院士首创蒲松龄研究，第二代阿列克谢耶夫院士促成蒲松龄研究规模展开，第三代莫斯科大学教授乌斯京博士（1925— ）集翻译、研究和教学于一身。由此证明，俄国的蒲松龄研究已是学人成群，业绩显著。

一、 阿列克谢耶夫的《聊斋志异》翻译

阿列克谢耶夫1922年出版了他选译自《聊斋》的一本集子《狐媚集》，共158页，作为《世界文学丛书》之一，由国家文学出版社出版。在前言中，他概括了聊斋故事人物中的几种基本

类型，如狐仙、书生等，并评述了作品的文学风格。

1923 年，他的第二个译本（选集）《僧术集》出版，也为《世界文学丛书》之一种，由国家文学出版社出版。在前言里他又论析了另一种类型的人物，即和尚与道士。译者提出了一个问题：蒲松龄是否相信自己笔下描写的奇迹呢？接着从作者的儒家世界观出发来作答，其结论是否定的。他同时指出作品的艺术风格和文学手法：用根本听不懂的文言来表现民间故事、日常生活题材以及人物之间的对话，“把幻想与现实的冲突激化到异常尖锐的程度”，“把民间的迷信传说改写成典型清新的文章”，展示了人物的“情欲同戒律、理智发生冲突时的心理状态”，还有“对懦夫的谴责和对英雄的赞美”。

阿列克谢耶夫译《聊斋》之一

后来，阿氏谈到作者对僧道这类人物形象的态度，认为蒲氏写出有身怀异术的僧人和道士存在，恰巧是为了解答“世上有无公道”的问题。僧道的法术使现实生活中人们的种种幻想都变成了实际行动，否则，岂不让这些人们都湮没在暗无天日、是非不分的尘世生活里了。

1928 年，列宁格勒的思想出版社出版了阿氏所译的另一种选本，曰《怪异故事集》，共 256 页，除有前言外，还加了详细的注解。

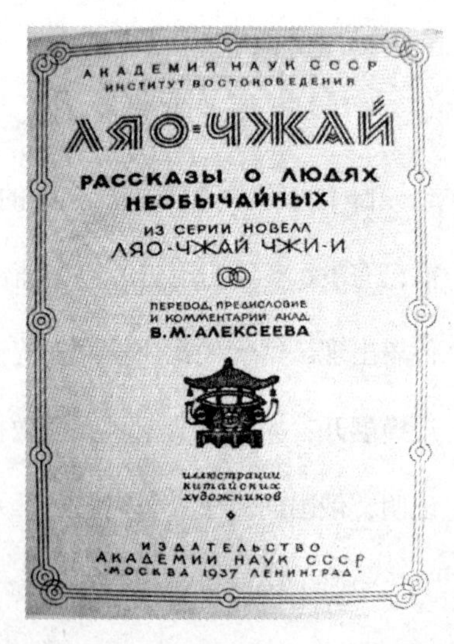

阿列克谢耶夫译《聊斋》之二

1937 年出版的《异人集》已是阿氏翻译的《聊斋》的第四个集子了，共 494 页，除有前言外，也加了注解，由苏联科学院出版社在莫斯科和列宁格勒两地同时印制。

阿列克谢耶夫翻译的《聊斋》故事一共有 150 篇。他对译文总是反复推敲，一丝不苟，精益求精。这是他的一个突出特点。当代俄国汉学家李福清曾满怀激情地说：“俄国读者能够欣赏到短篇巨匠蒲松龄的作品，主要应当感谢阿列克谢耶夫的精彩译文。”

二、 俄译文的审校

阿氏对译作精益求精的态度，曹靖华先生曾经有过很好的见证。他说，当年在列宁格勒任教的时候，曾应阿列克谢耶夫之约请，为后者及其同仁的译作校阅，任务是“专门挑错”（不必改正，只要挑出错来，让译者自己去改。据阿氏说这样做才有益于译者的学业上进）。曹先生仔细审校阿氏的译文，结果非常满意。有他当年写给后者的信[1]做证明：

1.《曹靖华书信集》，第297页，河南教育出版社，1991年版。

阿先生有道：

奉上《归去来辞》等三文及卡片200页。望查收。

关于校《聊斋》事，已将《画壁》一篇校完，只校出一个小错，实际上说来，与其说是错，毋宁说是对的。在译本第十四页第三段第三行第二字，先生将“有人暗牵其裾”的“裾”字，译作“Рукав”（“衣袖”之意）。“裾”即“襟”意，是上衣的一部分，有前襟后襟之分，前襟又分大襟小襟，或左襟右襟。旧时在重男轻女之际，男左女右，在衣襟上也有分别。其两襟在胸前正对者，如马褂等，谓之对襟。

先生将“襟”译作“袖”者，想系“襟”之一字在俄文字习惯中不常用，故译为“袖”，使读者印象更加深刻。若果如此，则先生之主张不但不错，而且是十分对的！

先生对原文之忠实，译文之风雅，实令人不胜钦佩！

译书是似易而实难的一件事，第一要“信”，第二要“达”，第三要“雅”。平常能做到第一、二种功夫已属难能可贵，而在先生译文中这三层难关均迎刃而破，更是在翻译界仅见的了。

余面叙。此请

教安！并祝新年！

曹靖华敬上

一九三〇年元月三日

从信中可以看到中俄两位前辈学者都有极其严谨的学风，令人感佩。而阿氏那种请人“专门挑错”的做法，也是世界译坛少见的美事，使人折服。

阿氏的《聊斋》译本在俄文界已奉为圭臬。身后由其门生一再主持重版，在不同年代出过许多版本：(1) 费德林编辑、写跋的《异人集》，莫斯科，国家文学出版社，1954 年版；(2) 费德林编辑、写跋的《狐媚 · 怪异故事》，莫斯科，国家文学出版社，1955 年版；(3) 费德林编辑、写跋的《僧术 · 异人集》，莫斯科，国家文学出版社，1957 年版；(4) 艾德林编辑整理的《孤媚 · 聊斋趣谭故事》，莫斯科，文学出版社，1970 年版；(5) 艾德林编辑、整理并作序的《聊斋趣谭故事》，莫斯科，文学出版社，1973 年版；(6) 艾德林编辑、整理并作序的《聊斋怪异谭》，莫斯科，文学出版社，1983 年版。

以上六种版本均冠有“阿列克谢耶夫译”，后三种除注明阿氏译之外，并注明系阿氏“译、注并序”。而费德林 (1912—2002) 和艾德林 (1909—1985) 不但是阿氏的门生，而且二人也已是当代的俄苏汉学名家了。

三、 阿、曹二人在列宁格勒汉学家协作小组的合作

曹靖华从 1928 年至 1933 年在列宁格勒大学任教六年，曾应邀加入阿列克谢耶夫组织的“汉学家协作小组”。小组成员除阿、曹二人外，还有鲍 · 瓦西里耶夫、休茨基、什图金、费卢格、卡津、斯卡奇科夫等人。小组成员的任务，一是对照原文订正自己译文中的错误，二是互相校订，三是校订以往汉学家（包括比丘林、瓦 · 瓦西里耶夫等名家）的译文；摘引出误译的字句、段落，分析原因，以及如何纠正，填入统一格式的卡片中。卡片正面有“简短评语”、“详细说明”、“译者的责任”（注明误译可否避免）等项。卡片背面设“译文全文”、“误译”、“正确译文”、“书名”、“本资料提供人签名”等栏目。

阿氏为了开展协作小组的工作，除特别为项目申请到一笔款项外，另加有经费（1929—1939 年度为 15 万卢布），例如对摘录“误译”的卡片每一千张付酬 100 卢布（即每张卡片付酬 10 戈比）。

查阅当年小组成员的分工，规定内容相当具体。如鲍 · 瓦西里耶夫的任务是“摘录科洛科洛夫翻译中的错误和他自己在《东方》杂志发表译作中的错误，以及曹靖华译《第四十一》中

的误译”。而曹靖华的任务是“摘出阿氏译《聊斋》中的误译和错译，用卡片一一摘录”。

阿氏为指导小组工作的开展专门制定一份摘录误译的《提纲》[1]，全文引述如下：

1. 转引自张德美、冷柯编：《曹靖华纪念文集》，第360—362页，长沙：湖南教育出版社，1992年版。

一、翻译通病：废话；昏话；文字堆砌；费解；语意不明，不准确；漏译；主观臆断；疏忽大意；未发现的打字错误。

二、汉译文：字迹潦草，难以辨认；易读错。

三、知识准备不足：百科知识不足；对儒家学说无知或不理解；对道家学说无知或不理解；对佛教学说无知或不理解；对生活习俗不了解；特别是对官僚体制不了解；对专有名词不甚了解；缺乏基本历史知识；缺乏文学史的基本知识；不了解文学特点；缺乏专题书目、索引或术语知识；不了解某一学科术语；对原文一无所知；洋腔洋调；揣测或生搬硬套。

四、技能准备不足：没有达到作者水平；不了解作者的特点；曲解原文；虚构；没有诗意；失去双关语义。

五、字典的运用：查字典粗心大意；抽签式地选择词义；轻信字典；照字面直译——照搬字典；语汇贫乏；不理解富于诗意的风格；选词不当。

六、词语的划分：不辨节律；不理解对比法；不理解对称法；标点符号处理不当。

七、结构：缺乏基本语法知识；结构完全被破坏；修辞不当；不讲究修辞；望文生义；不理解插入句。

八、上下文关系：上下文不衔接；句中主语不明；生造词尾；生造从属关系。

九、语言混淆：口语与书面语混淆；名词混淆。

十、未充分查阅资料：对需要参考哪些资料，对引文出处等，一无所知。

十一、不科学：不符合现代科学水平；违反历史的解释；译本出版质量很差；许多条目表面上重复，但是有意这样做的。

阿列克谢耶夫

一九二九年十一月

协作小组的工作卓有成效，小组成员所摘抄的卡片资料后来成了阿氏创作《汉学翻译理论》一书的重要依据。小组成员则成为何氏铸造俄罗斯汉学学派的基础。而阿、曹两人也是各自国家文学翻译的领先人物。

四、蒲松龄研究

阿氏学术工作的另一个特点是翻译与研究并重，两者紧密结合。他生前出版的四本《聊斋》选译集均有学术性强的序言，每篇序言着重讨论一两个学术问题，而且都谈到作品的风格和文体特点。此外，阿氏还在 1934 年发表过两篇专门的文章：《小说〈聊斋〉中儒生个性与士大夫意识的悲剧》（载《苏联科学院学报》社会科学版，1934 年第 6 期）和《中国汉文学通俗化史谈（论小说〈聊斋〉）》（载《纪念鄂登堡学术与社会活动 50 年文集》，列宁格勒：苏联科学院出版社，1934 年）。

这两篇文章的论点，俄国汉学家李福清曾进行如下转述：[1]

1. 李福清著，田大畏译：《中国古典文学研究在苏联（小说、戏曲）》，第 52—53 页，北京：书目文献出版社，1987 年版。

第一篇论文介绍蒲松龄从事创作的时代背景。作者强调说："蒲松龄写小说的时候，处于这样的环境：自由思想横遭压制，怀有民族感情的不平之士任何一句影射时政的言论，都可以定为死罪。"（第 301 页）他认为蒲氏的幻想作品立意都在宣扬德行，抨击邪恶。这些短篇小说也反映出蒲松龄本人儒生个性的悲剧。他缺乏"以儒家的不调和的语言谈论现实的勇气（不过孔夫子本人也难免如此），而只能违背儒家的观念和信仰，借助于一些荒诞不经的事物来维护自己的权利和信念"（第 307 页）。

第二篇文章中，阿氏"讨论为使语言深奥的《聊斋》小说能被不懂文言的中国读者接受而采取的各种办法：加注释，译成白话，改编成曲艺。他认为最后一法是文化水平较低的听众需要的，是把蒲松龄作品通俗化的最好途径（阿列克谢耶夫当时手头没有评书的本子，他依据的是 1918 年上海印制的《聊斋志异说唱鼓词》）"。

第五节 中国古典戏剧选译和索罗金的元曲专论

关于中国古典戏剧之传俄，远在1829年《雅典娜神庙》杂志已有短文一篇，介绍《窦娥冤》剧情和《元夜留鞋记》故事梗概，标题为《学者之女雪恨记》。据查，二者均由英译转述过来。

不久，1839年《读书丛刊》杂志（1839年底35卷）发表译作郑光祖的《㑳梅香骗翰林风月》，译者署名"十级通事拉祖母尼克阿尔塔莫夫（之子）巴伊依巴科夫直接译自中文恰克图"，刊出时剧名改为《樊素，或善骗的使女》。

虽然有如此早期的译作，但此后未见续篇。1958年为纪念关汉卿，才开展系列活动，除了一批古典剧作的俄译，还相继出现几位有名的杂剧译家和学者，如孟列夫、索罗金、彼得罗夫、谢列布里亚科夫、马利诺夫斯卡娅等。

一、 元杂剧翻译

元杂剧的翻译总的来说数量不多，较为集中的成果出现在20世纪50年代。1958年，为响应世界和平理事会的号召，苏联举行"世界文化名人关汉卿戏剧创作七百周年纪念"活动，出版费德林所著《关汉卿——伟大的中国剧作家》一书。书中除对元杂剧做一般介绍外，对关汉卿两部最有名的作品《窦娥冤》和《救风尘》做了述评。两剧的译文同时发表。《窦娥冤》由索罗金译，载《外国文学》1958年第9期。《救风尘》也是节译，由谢曼诺夫与雅罗斯拉夫采夫合译，收入《东方文选》第2辑，莫斯科1958年版。

接着，于1960年译出王实甫的名著《西厢记》，首次全译者为孟列夫（Л. Н. Меньшиков，1926—2005），是据王季思的1954年校注本译出，以《崔莺莺待月西厢记》为书名，于1960年在莫斯科由国家文学出版社出版，书中附有扫叶山房本的插图。这也是元曲中第一个完整的俄译本。孟列夫用诗体翻译了剧中的曲词，译文也经过认真地推敲，质量上乘，被苏联汉学界视为精品。译者在长篇序文《〈西厢记〉及其在中国戏曲史上的地位》中叙述了元杂剧的发展史，着重指出王实甫把元稹和董解元写过的题材改造到尽善尽美的地步：善于用元曲的抒情手段描写主人公的内心感情，塑造了一系列成功的妇女形象。至于该剧的作者和版本，孟列夫曾在《关于〈西厢记〉的作者问题》（《东方学问题》1961 年第 1 期）和《谈〈西厢记〉的最新版本》（《亚非人民》1961 年第 1 期）两文中加以论证，指出中国学术界的五种看法的正和误（主要针对周妙中和杨晦的两篇文章，并与他们商榷），认为应该肯定《西厢记》是王实甫的作品。

孟列夫毕业于列宁格勒大学东方系，后为科学院东方学研究所比得堡分所高级研究员，系俄罗斯著名的中国古典文学研究家和敦煌学家。

《元曲选集》由列宁格勒大学东方系副教授维 · 彼得罗夫（В.В.Петров，1929—1987）选编并作序，孟列夫校注，1966 年在莫斯科由艺术出版社出版。这是苏联第一个元曲俄文选译本，选择的内容如下：关汉卿的《窦娥冤》、《望江亭》、《单刀会》，白朴的《梧桐雨》、《墙头马上》，马致远的《汉宫秋》，康进之的《李逵负荆》，李好古的《张生煮海》，石君宝的《秋胡戏妻》，张国宾的《合汗衫》，郑光祖的《倩女离魂》；计有 8 位作者的 11 个著名的元杂剧剧本。彼得罗夫的序文介绍了元杂剧的内容、主要形象、结构、角色行当和诸宫调等比较完整的知识。译者是一批列宁格勒的汉学家，他们对中国古典戏剧都有研究，并发表过论文或出版过专著，如孟列夫、谢列布里亚科夫、马里诺夫卡娅、司格林、马斯金斯卡娅。

二、 明清戏剧译介

70 年代苏联对中国古典戏曲的翻译由元代扩展至明清。当时出于编辑出版二百卷的《世界文学大系》的需要，便在 1976 年由文艺出版社出版的《东方古典戏剧：印度 · 中国 · 日本》分册中，选了元、明、清杂剧六种。其中，元代杂剧：关汉卿《窦娥冤》，索罗金重译；郑廷玉《忍字记》，索罗金译；《杀狗劝夫》（作者不详），雅罗斯拉夫采夫和戈鲁别夫合译。明代杂剧：汤显祖《牡丹亭》（节译），孟列夫译。清代杂剧：洪昇《长生殿》（节译），马里诺夫卡娅与维特科夫斯基合译；孔尚任《桃花扇》（节译），马里诺夫卡娅与维特科夫斯基合译。

此外，还有其他的俄译本：《十五贯》（吉什科夫译，艺术出版社，1957）、《梁山伯与祝英台》（十三折戏曲剧本，艺术出版社，1958），以及《空城计》（瓦西里耶夫译，1929）。

三、 索罗金的元杂剧专论

索罗金（В.Ф.Сорокин，1927— ），著《13—14世纪中国古典戏曲：起源·结构·形象·情节》（科学出版社，1979）一书。该书不但是作者的博士学位论著，为作者赢得了声誉，而且是俄国汉学界第一部专论元杂剧的著作。

除前言和结束语外，全书设四篇。

第一篇“体裁的起源”（第17—76页），分为“戏剧艺术形成的早期（10世纪以前）”、“11至12世纪的歌舞表演和说唱”、“10至12世纪的戏剧表演”和“诸宫调演唱与‘南剧’”四章。其内容是阐述元杂居在形成过程中，吸收诗词、小说、古代散文、民间传说以及戏剧的哪些成分，并论析这些成分在元杂剧中起了多大的作用。

第二篇“杂剧的结构”（第77—128页）也分为四章，为“唱段”、“杂剧的曲”、“调，曲的音乐抒情形式”和“杂剧的散文部分”。这一篇主要是论述杂剧唱段的结构和语言特点，通过各时期流传下来的剧本、残本对比，鉴定基本内容和主题思想有多大变化。

第三篇“元剧的形象世界”不分章（第129—185页），集中分析元杂剧中出现的主要角色：帝王、文臣、武将、判官与罪犯、逆民与隐士、青年书生、妇女、商人、农民及其他。通过分类和详细的分析，探索杂剧作者的创作意图、美学观念以及杂剧反映时代的程度。

第四篇“13、14世纪杂剧的关目”（第186—296页），分别按每一折戏详细叙述迄今为止保存的162部元代杂剧的剧作内容，并列出剧中人物表和角色说明。

通观全书，可以发现其资料异常丰富。作者使用过的参考书目达五百多条，他不但仔细研读现存的每一折戏，而且参阅中外历代论述杂剧的书、文。关于戏曲的体裁问题，尽管中国学者王国维、周贻白、赵景深等人已有论述，俄国的另一位戏曲研究者盖达（И.Тайда）也有对中国戏曲史的若干阐述，索罗金仍然有自己的见解，因而显得与众不同。他综合各家之言，提出中国戏曲的产生是一系列因素相互作用的结果，即它不但有说唱艺术，而且有歌舞、滑稽、古典诗歌和小说等多种体裁的创作经验。

索罗金采用对照分析的方法分析元代杂剧的结构，以其四折结构同诗歌结构相对照。他认为李白、白居易等诗人常写的绝句，四句是按起、承、转、合安排的，而杂剧的四折结构正好与之相似。即第一折故事开端，第二折趋于复杂化，第三折剧中冲突达到高潮并发生转折，第四折以团圆作结。作者解说其分析的依据，认为大多数杂剧的结构都是如此安排的，只有少数例外。即使有例外的情况，也只是在其中的某一折有若干变化，但总体上遵循这一剧情发展的规律。

作者指出把这种方法运用到中外戏曲的对比分析上，尤其在论述杂剧的特征、作者的创作思想和任务形象时，更显得鲜明，能给人以启发。他指出，中国和欧洲戏剧的不同点之一是，欧洲的古典戏剧常常表现义务与感情之间的冲突，从而揭示这种冲突的悲剧性和主人公的矛盾心情及其悲剧结果，而元杂剧中则没有这种矛盾冲突，剧中人物都明确自己该如何行动，特别是正面人物总是毫不动摇地按照义务的要求行事。

不过，索罗金又提到，即使是义务的概念，中国与欧洲的作家也绝不相同。欧洲作家的义务观是指上帝，即个人对上帝负责，而中国元杂剧的作家则认为是效忠于君主和国家。虽然从总体上看元杂剧绝不相同，但从个别的、局部的特征上，又有不少共同点。例如元杂剧很接近于欧洲中世纪的奇迹剧、滑稽剧、劝世剧等。就某些方面的特点来看，它类似文艺复兴时期的戏剧，或近似稍后时期的市民戏剧。

索罗金在专著中特别说明：鉴于“大部分元杂剧事实上尚未受到非专门研究元曲的文学评论家，尤其是只关心一般的意识形态和文化问题的汉学家的注意”，他特地把现存的 162 部元杂剧的剧作，详细编写出情节和内容提要，包括剧中角色的说明等。这样，不但可以为不能看到元杂剧原作的人提供一个概貌，即对它的“题材、人物性格、思想以及剧情的时间和地点”等有概括的了解，而且大大扩展汉学家们对“中世纪中国和中国文化”的认识。在我们看来，它的意义还在于将元杂剧首次全面系统地介绍给俄文读者。

索罗金生于萨马拉市，1950 年从莫斯科东方学院毕业。1958 年以研究鲁迅早期创作的论文获语文学副博士学位，1979 年晋升博士。1950—1957 年任教于莫斯科东方学院、莫斯科大学历史系、莫斯科国际关系学院。1957—1967 年在科学院东方研究所、1967 年在科学院远东研究所中国文化组从事研究，研究鲁迅、茅盾、中国古典戏曲。专著有：《鲁迅世界观的形成、早期政论与〈呐喊〉》（1958）、《茅盾的创作道路》（1962）、《13—14 世纪的中国古典戏曲》、《中国文学》，并翻译有《围城》和王蒙、刘心武等人的小说。

第六节　明清文学在苏联与章回小说三专论

明清文学在俄国汉学界被关注的程度，仅次于唐代文学和先秦两汉文学。举凡诗词、戏曲、章回小说、明传奇及拟话本、清代笔记等繁多的种类都有人涉猎。本节仅介绍小说的翻译与研究情况，侧重章回小说和若干笔记短篇。

一、明清小说翻译与研究

明代章回小说中的主要作品如《三国演义》、《水浒传》、《西游记》、《金瓶梅》以及《平妖传》，拟话本中冯梦龙的《三言二拍》（选）及《今古奇观》等，已译成俄文出版，而且译文都是经过认真推敲，译本是有质量的。但研究这些作品的专论性著作尚未出现。目前大多是这些作品的俄译者结合翻译写的一些前言、后记或评介文字，其中虽然含有他们的研究心得，但仍以评介性为主。

这些小说不但篇幅长，内容广，而且有文有诗，翻译起来难度相当大。译者要具备广泛的知识、高度的文字修养，兼通诗与文的翻译技巧，往往需要长时间的钻研才能出成果，有几位长期在这个领域耕耘的汉学家便是例子。

译者当中突出的一位是帕纳秀克。弗拉基米尔·安德烈耶维奇·帕纳秀克（В.А.Панасюк，1924—1990）自1951年大学毕业以来，长期在军事外语学院任教，他从事汉语教学，结合教学工作翻译文学作品。其译作不断出版，有明代的《三国演义》、《平妖传》，清代的《红楼梦》、《说岳全传》、《三侠五义》，等等。另一位突出的译者莫斯科大学教授阿历克谢·彼得罗维奇·罗高寿（А.П.Рогачёв，1900—1981），他翻译了《水浒传》、《西游记》以及今人用章回体写的小说《吕梁英雄传》。此外，翻译《金瓶梅》的莫斯科大学副教授维克多·谢尔盖耶维奇·马努欣（В.С.Манухин，1926—1974）则翻译与研究并重，写出了论《金瓶梅》的副博士论文，因为过早去世，未能留下更多的译作。还有一位杰出的译者，莫斯科大学副教授季米特里·尼古拉耶维奇·华克生（Д.Н.Воскресенский，1926—　），他翻译了许多话本作品选以及清代的《儒林外史》、《十二楼》，并且写了大量文章。同罗高寿合作翻译《西游记》的符谢沃洛德·谢尔盖耶维奇·科洛科洛夫则是老资格的翻译家，有许多译作。同帕纳秀克合译《红楼梦》的孟列夫也有深厚的古文修养，他负责翻译小说的诗词部分。

在评论明代章回小说的著述中，比较有特色的，除了李福清用结构分析的方法论《三国演义》的著作外，就是罗高寿的遗著《吴承恩及其〈西游记〉》（1984）。这本 118 页的概论和评介性的著作，在谈论作品的艺术特色方面很有可取之处。

清代小说以长篇为主要形式。已翻译成俄文出版的除了《红楼梦》、《说岳全传》、《三侠五义》外，还有《镜花缘》、《儒林外史》、《老残游记》、《孽海花》。清代其他的多数作品则尚未有俄译本。但是俄国汉学家写的论文所涉及的作品，比已翻译的范围要广得多。

《隔帘花影》和《儒林外史》有华克生的两篇文章论及。前者为《中国文艺散文作品中的佛教思想——长篇小说〈隔帘花影〉的宗教思想问题》（载《中国：历史、文化和史学》，1977），后者是《吴敬梓和他的小说〈儒林外史〉》（小说俄译本前言，1959）。《说岳全传》除有艾德林写的一篇俄译本前言，还有汉学家苏哈尔丘克写的一篇副博士学位论文《岳飞故事在 13 至 18 世纪初文学中的反映》以及她在 1980—1982 年发表的三篇论《说岳全传》的文章。《镜花缘》的文章比较多，除了译者费什曼的后记，就是斯科罗包加托娃写的论文《李汝珍长篇小说〈镜花缘〉中对若干儒家教条的批判》（载《中国的文学和文化》，1972）和《李汝珍长篇小说中的中国和其他民族》（载《远东文学研究理论问题》，1974）。论《红楼梦》的文章最多。在俄译本 1958 年出版以前，波兹涅耶娃为王力《汉语文法》一书俄译本写的前言里，已经详细论及《红楼梦》的内容和思想倾向，因为王力的语法例句多出自这部长篇小说。后来有林林写的副博士学位论文《曹雪芹小说〈红楼梦〉中的新人》（1972）以及她论小说中的正面人物、妇女形象和小说的象征意义等系列论文六篇（均发表于 20 世纪 70 年代）。李福清、孟列夫、庞英写过《石头记》版本的考证文章，分别发表于 60 年代和 70 年代。从林林的诘辩文章《梦与〈红楼梦〉的象征意义问题》（《莫斯科大学学报·东方学版》1972 年第 1 期）中得知，原来思乔夫写过一篇别出心裁的论文，专谈小说中人名和物名的象征意义。思乔夫的论文《曹雪芹小说〈红楼梦〉中物名和人名的传统象征意义》（《世界文学的启蒙主义时期问题》，1970）详细分析了小说里的服饰，并做了统计和对比。在曹雪芹的前 80 回中，提到服饰的地方有160处，在高鹗续写的后40回中，提到服饰的地方仅49处。曹写明衣服料子的有64次，高只有13次。曹形容衣料的颜色用了28种，高只用17种。如此看来，曹出身于江南织造监督之家，绝非偶然。思乔夫是从事中国服装史研究的，他的谈论当然有根有据，还解说服装颜色的象征意义，如说红色不但代表欢乐，也象征凄惨，因为曹雪芹用了“血红”。

二、 明清小说俄译本一览（20世纪90年代以前）

明清小说的俄译在20世纪50—70年代基本形成高潮，至80年代已完成了主要作品的翻译与出版工作，现将俄译本书目分列如下：

《三国演义》（两卷本），帕纳秀克译，国家文学出版社，1954年版。

《三国演义》（缩写本），帕纳秀克译，文艺出版社，1984年版。

《水浒传》（两卷本），罗高寿译，国家文学出版社，1955年初版，1959年再版。

《水浒传》（儿童读者缩改本），李西查、谢列布里亚科夫译，儿童文学出版社，1968年版。

《西游记》（四卷本），罗高寿、科洛科洛夫译，国家文学出版社，1959年版。

《猴王孙悟空》（《西游记》节略本），罗高寿译，华克生节略，文艺出版社，1982年版。

《镜花缘》，费什曼、蒙泽列尔、齐别罗维奇译，科学院出版社，1959年版。

《儒林外史》，华克生译注，国家文学出版社，1927年版。

《侠义风月传》（《好逑传》），列文转译自法文，思想出版社，1972年版。

《十二楼》，华克生译注，文艺出版社，1985年版。

《孤媚》（蒲松龄《聊斋志异》选译），阿列克谢耶夫译，国家出版社，1922年版。

《狐媚》（蒲松龄《聊斋志异》选译），阿列克谢耶夫译，国家文学出版社，1955年版。

《狐媚》（蒲松龄《聊斋志异》选译），阿列克谢耶夫译，文艺出版社，1970年版。

《僧术》（蒲松龄《聊斋志异》选译），阿列克谢耶夫译，国家出版社，1923年版。

《僧术》（蒲松龄《聊斋志异》选译），阿列克谢耶夫译，国家文学出版社，1957年版。

《异怪故事》（蒲松龄《聊斋志异》选译），阿列克谢耶夫译，科学院出版社，1937年版。

《异人故事》（蒲松龄《聊斋志异》选译），阿列克谢耶夫译，国家文学出版社，1954年版。

《聊斋志异》，阿列克谢耶夫译，文艺出版社，1973 年版。

《聊斋志异》，阿列克谢耶夫译，文学出版社，1983 年版。

《蒲松龄小说集》，乌斯京、范加尔译，国家文学出版社，1961 年版。

《新齐谐（子不语）》，费什曼译，科学出版社，1977 年版。

《阅微草堂笔记》，费什曼译，科学出版社，1974 年版。

《红楼梦》（两卷本），帕纳秀克译，国家文学出版社，1958 年版。

《说岳全传》（两卷本），帕纳秀克译，国家文学出版社，1963 年版。

《三侠五义》，帕纳秀克译，文艺出版社，1974 年版。

《浮生六记》，戈雷金娜译，科学出版社，1979 年版。

《老残游记》，谢曼诺夫译，国家文学出版社，1958 年版。

《孽海花》，谢曼诺夫译，国家文学出版社，1960 年版。

《金瓶梅》（两卷本），马努辛译，文艺出版社，1977 年版。

《平妖传》，帕纳秀克译，文艺出版社，1983 年版。

三、 阿历克赛·罗高寿的论著《吴承恩及其〈西游记〉》

《西游记》的俄译者为著名汉学家阿历克赛·罗高寿（А.П. Рогачёв，1900—1981），系俄国驻华大使、汉学家伊戈尔·罗高寿之父。为了区别，我们不妨称前者为老罗高寿。老罗高寿的主要成就在翻译和教学，尤其是翻译古典名著《水浒》（1955）和《西游记》（1959）为他带来了很高的声誉。他从 1928 年于莫斯科东方学院毕业之后，曾三次来华进修或在苏联驻华的机构工作，前后居留中国 13 年。随后又先后在莫斯科东方学院、莫斯科大学任教，直至 1981 年 4 月去世，教学生涯长达 41 年。他长期担任汉语语言文学教授、东方语言教研室主任等职，培养了大批汉学人才。

尽管他的中国语言文化素养很高，又经过长时间的准备，但在翻译小说时还是遇到了不少困难。俄国人对章回小说这种体裁是很不习惯的。在他们看来，诗必须是有韵的，而小说则是无韵的散文，二者不可混用。章回小说把它们糅在一起，叙事中不断地出现“有诗为证”，似乎显得不伦不类。对于汉学家来说，翻译古典诗词更加困难。何况《西游记》中有天、地、人三界和大量的人名、地名以及各路神仙、妖魔鬼怪，其译介的难度可想而知。译者只好用翻译加详注的办法来应对这一困难。即便如此，翻译工作也得旷日持久地延长下去。为了加快进度，他不得不请另一位老汉学家，当年曾以协助瞿秋白率先采访报道新俄社会而闻名的科洛科洛夫（郭质生）来完成第三、四卷，他自己则翻译第一、二卷，并为小说写出长篇序文和详细注释。

小说出版以后，他又年复一年、锲而不舍地坚持研究工作，终于在晚年完成了一部117页的论著《吴承恩及其〈西游记〉》，于1984年出版。这是俄国论析章回小说的著作中颇具特色的一部，尤其在评论艺术特点方面很有见地。

作者分析《西游记》的结构有三层：一是叙事，即叙写唐三藏到西天取经，经历的一个个惊险离奇、艰难曲折和饶有兴味的故事；二是说理，说明唐僧师徒四人遭遇到八十一难的缘由；三是作神秘主义的解说，交代整个西游取经故事和其中当事人命运的总根源，给予神秘主义的宿命论的解释。他认为，检阅主人公的历险和遭遇劫难的每一个故事，就可以概括出“障碍—克服”这样的一个模式，每个故事情节都是按这个模式安排的。不过，吴承恩以他娴熟的写作技巧使得它曲折多样、引人入胜罢了。老罗高寿用分析欧洲小说常用的结构分析法来考察《西游记》，非常新颖。

此外，他也按分析世界文学习用的类型来看待这部小说，认为《西游记》属于“长篇小说—史诗”类型，说它兼具两者的特点。

多亏有了译者的翻译和评介，小说《西游记》才得以在苏联长期流行，并广受欢迎。到1982年又有莫斯科大学教授、老汉学家华克生根据罗译本加以摘选，出版了一本《西游记》的节略本，书名为《猴王孙悟空》，并且移用了老罗高寿为四卷全译本所写的长篇序文。这样做就更加大了该小说在俄国传播的力度。

四、 费什曼的专著《启蒙时期的中国讽刺章回小说》

曾任列宁格勒大学教授、后为科学院东方学研究院列宁格勒分院的研究员奥·列·费什曼

（О.Л.Фишиман，1919—1986）博士在 1966 年出版了专著《启蒙时期的中国讽刺章回小说》。

费什曼在书的开头提出了两方面的问题：（1） 中国 18 世纪至 19 世纪初的讽刺小说作家和他们的前辈相比有什么特点，中国讽刺小说批判现实的思想根源何在，它同 17 至 18 世纪的思潮有什么联系。（2） 中国在 17 至 18 世纪是否也存在欧洲历史上的“启蒙时期”，中国的启蒙时期和欧洲是否相似，有什么特点，可否把中国 18 世纪的文学也看作是启蒙文学。

为了解答这两方面的问题，她把全书的构架放在宽阔的历史背景和广泛的文学资料基础上，把这部专著写成了中国讽刺小说的发展史（17 世纪至 20 世纪初）。专著特别安排了头两章即“17 至 19 世纪初中国启蒙思想的发展”和“中国讽刺章回小说的前身和同时代的作品”来论述历史与现状。在第二章中，费什曼广泛地评析了《西游记》（吴承恩）和《西游补》（董说）、《钟馗捉鬼传》、《金瓶梅》、《红楼梦》、《聊斋志异》和《阅微草堂笔记》（纪昀）等。她认为，中国小说体裁的演变过程是有规律可循的，先出现幻想小说（《西游记》），接着是生活爱情小说（《金瓶梅》），最后才是讽刺小说（《儒林外史》）。而这个过程同作家的观念变化过程正好密切相关。当人把周围世界看作是有某种神秘力量在支配时，只能创作幻想小说。稍晚时期，作家表现出对于人本身、对于人的生活和感受的关注，自然就出现写生活和爱情的小说。最后，不满现实和力图改变现实的愿望促使作家去写讽刺小说。而这一切正说明，文学作品深受社会思潮特别是启蒙运动思潮的影响。

第三、四章是专著的重点，分别分析了讽刺小说《儒林外史》和《镜花缘》。费什曼用比较的方法论述这些小说，认为唐宋话本可以归入世界“人道主义文学”的组成部分，唐传奇、宋话本、元杂剧都是歌颂人的幸福，关心个性的和谐发展或要求个性解放的，其思想要求与拉伯雷、薄伽丘、莎士比亚相近。到了启蒙时期，人道主义思想已经具有新的特性，它提出的已经不是单个人的幸福，而是全社会的安宁。这样，只有在合理的社会政治制度下，人们才能普遍得到幸福。而吴敬梓、李汝珍同伏尔泰、卢梭的理想一样，正是追求这种“文明的国度”或“理想的共和国”。本书作者结合这两部小说分析了小说作家的理想及世界观，并说明小说所批判的社会弊病恰恰是作家们力图加以改变的不合理现实。

专著第五章“中国和欧洲的启蒙运动”，也是本书立论的归结。作者全面肯定地回答了她在前言里提出的问题。也就是说，费什曼同意中国史学家侯外庐的观点，认为中国在 17 至 18

世纪也出现了启蒙运动。她就从这个角度分析和论述了上述从《西游记》到《儒林外史》、《镜花缘》等一系列明清章回小说。这部专著在苏联引起了持续多年的热烈争论。也有不少赞同的，如谢曼诺夫也谈到东方，特别是中国有启蒙运动。后来，费什曼经过讨论改变了观点，放弃了原来的主张。

1980年，费什曼出版她的论著《17至18世纪的三位中国短篇小说作家：蒲松龄、纪昀、袁枚》，把苏联研究清代笔记和短篇小说的工作推向新的阶段。

蒲松龄的《聊斋志异》有不少研究者，阿列克谢耶夫院士早就翻译与研究并举，对该书做了许多认真的工作。接着有乌斯京写了副博士论文《蒲松龄及其短篇小说》（1966）。费什曼与他们不同，不仅是把小说家作为单独研究的对象，而且是放到清代笔记小说的总背景或共同的历史潮流中来研究，作为三个著名短篇小说家之一来考察。

五、 谢曼诺夫的专著《中国章回小说的演变》

莫斯科大学教授谢曼诺夫（В.И.Семанов，1933— ）于1970年发表博士论文《论18世纪末至20世纪初中国章回小说的演变》，对章回小说做了综合的分析与概括。

谢曼诺夫从研究鲁迅开始，为了对比鲁迅和前辈作家的异同，以找出鲁迅的继承和创新之处，便把研究对象逐步扩大到清末谴责小说，后来又致力于从18世纪至20世纪近两个世纪内的章回小说研究。作者多年努力，又到北京大学进修过，得到我国晚清文学专家阿英这样的前辈指导，终于在这个不但苏联人未曾触及，而且中国研究者也很少触及的领域里，做出了可观的成就。

作者经过长期的积累和搜集材料的过程，先是结合研究从事翻译，把清末小说中的重要作品——刘鹗的《老残游记》和曾朴的《孽海花》译成俄文，分别于1958和1960年出版；又在阿英的《晚清戏曲小说目》的基础上，广泛涉猎包括大量中文、日文和欧洲各种文字的参考文献和资料，补充注明了阿英书目中未经查明的若干俄国和西方文学著作的原作品名，写出介绍这类研究的书目文章和论文《19、20世纪之交外国文学在中国》，为写专著做了充分的准备。

他在 1970 年出版的专著《中国章回小说的演变》具有开阔的视野，头两章"18、19 世纪之交的中国章回小说"和"整个 19 世纪所特有的几种体裁以及政治小说的产生"，对章回小说这种体裁的发展做了全面的叙述。首先谈到的是当时章回小说发展的特殊条件：客观方面是文字狱对著作的禁毁；主观方面是文学批评的发展，出现了报刊，章回小说得以在报章连载。小说的种类或数量日增，夏敬渠的《野叟曝言》、屠绅的《蟫史》这类"才藻小说"，李百川的《绿野仙踪》这样的讽刺幻想小说接踵而至。

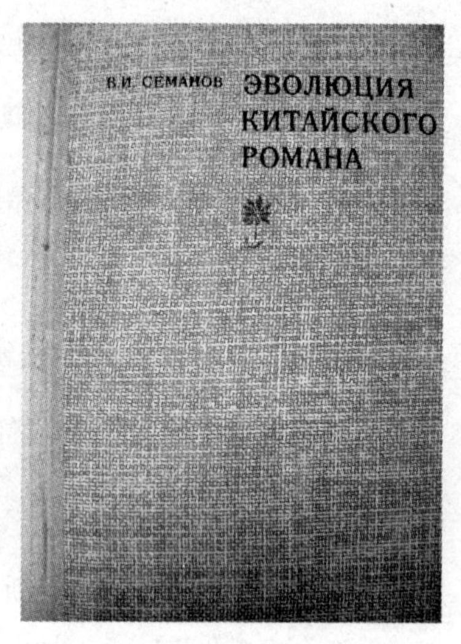

《中国章回小说的演变》封面

作者分类评述了各种章回小说的演变。讽刺幻想小说如李汝珍的《镜花缘》、张南中的《何典》，惊险小说如《施公案》、《荡寇志》、《儿女英雄传》、《三侠五义》，言情小说如《红楼梦》和陈森的《品花宝鉴》、韩子云的《海上花列传》，暴露小说如《官场现形记》、《二十年目睹之怪现状》，甚至政治小说如竹溪一士的《雅观楼》（第一次写鸦片烟馆的小说）等，作者都做了评述。这种分类有所依据，也有所改变，例如把约定俗成的侠义小说和公案小说合并，称之为惊险小说。

暴露小说是本书论述的重点。谢曼诺夫用了整整两章分别论析了当时最重要的作家吴沃尧和李宝嘉。在"'暴露小说'的创造者李宝嘉"一章中系统分析了作家的全部创作：《庚子国变弹词》、《官场现形记》、杂志《绣像小说》和小说《文明小史》、《活地狱》以及其他同类作品。他认为，《庚子国变弹词》的主要价值不在于艺术性，而在于用通俗易懂的形式表达了作家对社会政治现实大胆的看法。其中显示了作家的政治立场：同情义和团，对袁世凯和清廷持保留态度。《官场现形记》则集中表达了作家对现实的愤慨，它的结构、人物形象和艺术手法都用来表达作家的这种感情。特别是土话、洋话、古语和官场语言混杂使用，这也是小说用语的一大特点。关于《文明小史》和《活地狱》的深刻揭露和尖锐批判的作用，本专著也做了论述。

谢曼诺夫的结论是："李宝嘉不仅是暴露小说最杰出的作家之一，而且是中国的大作家之一。"他的讽刺力量在某些方面超过了吴敬梓，也是鲁迅和老舍未能达到的。《文明小史》中的一个主题在鲁迅的创作中就从未反映过，而老舍则在《赵子曰》、《二马》和《猫城记》中加以展开。此外，《活地狱》在中国文学史上的地位，未必有别的作品可以取代。不过谢曼诺夫也反对把李宝嘉称为"批判现实主义者"（北京大学《中国文学史》第4卷第295页，1959年版），他认为李宝嘉这些19世纪末的作家只是为形成更为先进的浪漫主义和现实主义文学思潮准备了基础。

在"吴沃尧的中、长篇小说"一章中，谢曼诺夫分析了吴的代表作《二十年目睹之怪现状》及其续篇、暴露小说《瞎骗奇闻》、历史小说《痛史》、言情小说《恨海》和《新石头记》、惊险小说《九命奇冤》。他认为作家一方面揭露了帝国主义者及其帮凶，暴露社会不公正、官吏贪赃枉法等弊端，另一方面也表达了中国人应该自强的看法，同时塑造了正面人物形象。

谢曼诺夫认为："就讽刺的犀利、提出问题之重要而言，李宝嘉的成就较高；但就细腻的心理刻画和体裁的多样化来说，则吴沃尧更强。"如果同欧洲启蒙运动文学对比，"李宝嘉和吴沃尧在艺术上还没有欧洲的同行们成熟，不过总可以纳入'伏尔泰—果戈理'和'卢梭—屠格涅夫'这条线的"。谢曼诺夫的结论是：李宝嘉和吴沃尧"这两位作家相互补充，并一起同欧洲西方文学中的共同倾向相呼应"。这里的"共同倾向"即指启蒙文学，因为谢曼诺夫的观点是主张中国也同欧洲一样存在过启蒙运动时期和启蒙文学的。

第五章　20世纪下半期中俄文学交流（二）

第一节 译介与研究并重建起中国的“普希金学”

根据戈宝权多年的研究，我国在1900年出版的《俄国政俗通考》一书中，提到了普希金、克雷洛夫、托尔斯泰等俄国作家的名字。到了1903年，普希金小说《俄国情史》（即《上尉的女儿》）的中译本在上海出版。这是第一本被完整地介绍到中国来的俄国文学作品。小说以贵族军官格里涅夫老年时的自述回忆形式写成。青年格里涅夫在普加乔夫起义高潮时，奉命到边防要塞就职，中途为暴风雪所困，偶遇普加乔夫。普加乔夫三次救格里涅夫于危难之际，为答谢救助之恩，格里涅夫送给普加乔夫一件兔皮袄。到任后，格里涅夫与要塞司令长官米朗诺夫的女儿玛丽娅相爱。不久，普加乔夫率领农民起义军攻占要塞，杀死了米朗诺夫夫妇，格里涅夫被俘。普加乔夫念及旧情，不仅释放了格里涅夫，而且成全了他与玛丽娅的爱情。普加乔夫起义失败后，沙皇政府以通敌的罪名逮捕了格里涅夫，将他放逐西伯利亚。玛丽娅为此只身前往彼得堡谒见叶卡捷琳娜女皇，讲明实情，格里涅夫得以赦免。原作有十多万字，译作仅存三万字，相当于原作的三分之一。除保留故事的基本情节外，译作对人名、地名、人物关系和故事的发展等，都作了较大改动，特别是叙述人称的转换。原作是以第一人称的自述口吻写成，译作改由第三人称重述。因为当时的中国读者还不能马上接受第一人称叙述这一新的手法。经过大改后的译作，更像当时我国流行的章回体才子佳人式的言情小说，丧失了原有的风格和完整性。

晚清和民国初年，继《俄国情史》之后，报刊发表的普希金译作还有《俄帝彼得》、《神枪手》、《棺材匠》，均为短篇小说。

五四运动是中国的俄国文学翻译史上的一座里程碑。五四运动以后中国的俄国文学翻译出现了一个直接从俄文翻译的译者群。同其他俄苏文学作品一样，普希金的一批作品被直接从俄文译成中文。沈颖，中国第一代直接从俄文翻译文学作品的译者之一，于1919年发表了普希金的《别尔金小说集》中的四篇。20世纪30年代中期，随着第二代俄语译者队伍的壮大，普希金这位诗人兼小说家的作品翻译，打破了只译小说的局面。成绩突出的是孟十还。除1937年翻译的九篇普希金小说以《普式庚短篇小说集》为名成集出版外，孟十还还译有普希金的《高加索的俘虏》等十四首诗，收入《普式庚逝世百周年纪念集》。同时期，俄国文学翻译家耿济之翻译了普希金的诗剧《石客》。

普希金恐怕不会想到，在他决斗身亡后的一百年，中国文学界给予他极高的礼遇。

1937 年是俄苏文学翻译中的“普希金年”。在《普式庚逝世百周年纪念集》中，除了孟十还的译作，还有王季愚译的《致西伯利亚囚徒》等十首诗、张西曼译的《酒神祭歌》、秦涤清译的《杜布洛夫斯基》；《普式庚创作集》中包括克夫译的《渔夫与鱼的故事》、《牧师及其工役巴尔达的故事》；在《中苏文化》杂志《普希金逝世百年纪念号》上，登载有张君川的译诗五十九首、张西曼的译诗四首、宗群的译诗《囚徒》等。这些均直接译自俄文。此外，中国人还亲身感受到普希金祖国人民对他的热爱与景仰。1937 年 2 月，戈宝权前往苏联参加俄国伟大诗人普希金逝世一百周年纪念活动。除在莫斯科参加各种活动外，他还到列宁格勒访问了与普希金有关的地方，并到过诗人家乡米哈伊洛夫斯克村。戈宝权将所到之处的见闻感受写成通讯，寄回国内发表。“普希金年”的各项活动与成果引发和激励了更多的译者致力于系统全面地译介包括普希金在内的俄国名家名作。

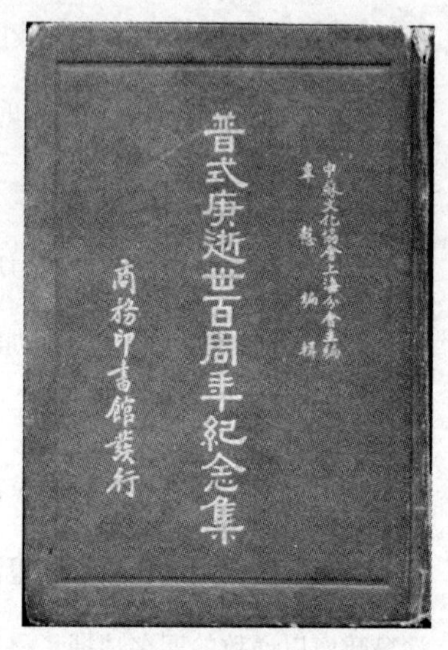

《普式庚逝世百周年纪念集》封面

抗战胜利后到新中国成立以前，出现了大量译自俄文的普希金作品，它们是：吕荧译的诗体小说《欧根 · 奥涅金》（1944 年）、余振译的长诗《波尔塔瓦》（1946 年）、磊然译的小说《村姑小姐》（1947 年）、水夫译的小说《驿站长》（1947 年）、梁香译的小说《暴风雪》（1947 年）、余振译的《普式庚诗选》（1948 年）等。1947 年，《普希金文集》与中国读者见面，该文集包括戈宝权译的四十首短诗和叙事诗《渔夫和金鱼的故事》、《牧师和他的工人巴尔达的故事》以及林陵译的剧作《波里斯·戈都诺夫》。

新中国成立后，许多普希金的译作得以再版。1970 年重版了刘辽逸翻译的《杜布罗夫斯基》和梦海翻译的《普希金童话诗》。大规模地重印 50 年代翻译的普希金作品是在 80 年代初。查良铮翻译的《叶甫盖尼·奥涅金》继 1954 年、1955 年、1956 年、1957 年、1958 年之后，于 80 年代第六次重印。进入 80 年代，为使普希金的作品在中国得到普及，中国文学界没有满足于已有的译作质量，特别是二三十年代的译作，在译文质量上不尽如人意之处很多，数量更多、文学性更高的新译作开始出现。1983—1984 年，我国出版了几部普希金作品集：冯春翻译的《普希金小说集》，收入该书的许多作品是重译，如《上尉的女儿》（在冯春之前已有四种译本）、戴启篁翻译的《普希金戏剧集》（该书中的七部剧作有五部是首次翻译）、汤毓强和陈浣萍新译的《普希金爱情诗选》、余振重译的《普希金长诗选》、刘湛秋新译的《普希金爱情诗选》和王智量重译的《叶甫盖尼·奥涅金》(第六次译本)。

普希金也许更不会想到，为他圆梦的中国人并不满足于积极翻译他的作品，他们一方面不断地向中国读者介绍苏联的普希金研究文献，另一方面努力建立中国自己的普希金学。

1983 年，我国翻译出版了伊万·诺维科夫的长篇小说《普希金在南方》和阿格尼娅·库兹涅佐娃的中篇小说《普希金娜传》(中译本书名)。同年，张铁夫和黄弗编译的《普希金论文学》问世，书中除普希金本人的文章外，还收有同时代人的回忆。对中国读者来说，普希金这位伟大的俄罗斯作家长期以来在中国产生了广泛而深刻的影响，但由中国人自己写出的研究普希金的著作，却还很少。1983 年出版了易瀨泉和王远泽编辑的《普希金创作评论集》，该书的论文均由中国人撰写。王智量的专著《论普希金、屠格涅夫和托尔斯泰》(1985 年)是俄国文学研究的新收获。书中论《叶甫盖尼·奥涅金》的三篇文章对这部“俄国生活的百科全书”(别林斯基语)做了深入中肯的评析，得到评论界的高度评价。

在我国俄罗斯语言文学工作者一代代的努力下，中国读者从普希金作品中饱览了高加索的优美景色，领略到茨冈人的万般风情，体察出俄国文学中第一个“小人物”驿站长维林的内心痛楚，结识了俄国文学中一系列“多余人”形象的老大——奥涅金，感受到俄罗斯文学中又一个美丽女性——达吉雅娜身上俄罗斯性格的动人魅力。更为可喜的是，近年来，在世界文学的背景下，中国普希金研究者们将比较文学方法引入普希金研究，使普希金作品中的人物与中国文学名著中的著名人物相遇。于是，中国读者以新的眼光打量中国文学中的“多余人”侯方域(《桃花扇》)，从新的视角审度与奥涅金灵犀相近的贾宝玉。新的思维方式提供给我们从事实联系和相互影响的角度，着重探讨普希金与中国的关系。建国前和建国初期，就有人做过这方面的工作，但成就最大、贡献最多的当首推外国文学翻译家、普希金研究专家戈宝权。

据戈宝权先生回忆，1932年他开始学习俄语，读过普希金的童话诗《渔夫和金鱼的故事》。正是普希金的作品把他引上了翻译和研究俄国文学的道路。1949年新中国成立后，戈宝权作为中国驻苏联大使馆的临时代办和参赞，在苏联生活过五年。这期间，他有机会广泛接触苏联的文艺界人士和汉学家，并开始专门研究俄国作家与中国的关系。

从50年代后期起，戈宝权开始系统研究普希金与中国的关系，曾在《人民日报》、《文学评论》和《光明日报》等报刊上发表《普希金和中国》(1959年)、《谈普希金的〈俄国情史〉》(1962年)等多篇论文。通过这些文章，对普希金与中国的关系作了最初的梳理和研究。半个多世纪中，戈宝权阅读和翻译了普希金的许多作品，观看了许多根据普希金作品改编的戏剧，走访了苏联普希金生活过的许多地方和纪念馆，参加过苏联和中国的许多普希金纪念活动。继1937年参加苏联纪念普希金逝世一百周年活动，戈宝权又于1987年在莫斯科大剧院参加普希金逝世150周年的纪念活动。活动期间，戈宝权应苏联科学院高尔基世界文学研究所的邀请，在普希金与世界文学的研讨会上作了《普希金和中国》的发言；又应列宁格勒苏联科学院俄罗斯文学研究所(普希金之家)之邀，为纪念会撰写了题为《我的普希金》的专文；还为苏联图书爱好者协会的文集《献给普希金的花环》写下《普希金在中国》的文章。同年，戈宝权接受苏联文学基金会奖给的普希金文学奖金和奖状。1988年，75岁的戈宝权先生再次应邀前往苏联接受“苏联各国人民友谊勋章”，并参加了在普希金的故乡米哈伊洛夫斯科耶村举行的第22次全苏普希金诗歌节。

戈宝权先生所做的这一切增强了中国读者对普希金的了解和热爱，推动了普希金作品在中国的普及，为建立中国自己的普希金学打下了坚实的基础。

110年前，普希金的作品以一部《俄国情史》率先传入中国。五四运动以后，他的作品在中国越来越广为流传。1937年、1947年、1949年、1979年、1987年北京、上海等地的社会团体都曾举行这位伟大诗人诞辰和逝世的纪念活动。迄今为止，中国有了普希金全部小说和剧作的中译本。

第二节　从果戈理《外套》中走出来的中国人物形象

果戈理《彼得堡故事》中最著名的一篇《外套》被公认是继普希金的《驿站长》之后，直接描写小人物的又一佳作。诞生于1842年的《外套》与《钦差大臣》同时期被介绍到中国。到1927年，《外套》已经有两个以上的中译本。

和果戈理的其他小说一样，《外套》的情节十分简单：九品小文官巴什马奇金为人老实，忠于职守。职位低微、生活穷困的他，因老穿着一件补丁摞补丁的外套到部里上班，时时受到大人物的奚落。他省吃俭用，好不容易做了一件过冬的新外套，可第二天晚上赴宴回家途中被人剥走。去告状，他的不幸遭遇不但没得到同情，反受到大人物一顿斥责。这个一贯逆来顺受、受尽欺辱的可怜虫从此一病不起，最终悄无声息地死去。

《外套》忠实地再现了当时俄国生活中小人物的本来面目，没有偏见蔑视，也没有美化拔高。它同《狂人日记》有着异曲同工之妙，体现着俄国现实主义文学中的民主性和人道精神。《外套》对俄国后来出现的“自然派”作家产生过深刻的影响。因此十九世纪下半期杰出的批判现实主义作家陀思妥耶夫斯基说：“我们所有的人都是从果戈理的《外套》中孕育出来的。”这种塑造小人物的方法确实具有强烈的感染力。

鲁迅、张天翼、沙汀等一批中国现代文学作家们正是在较深地理解了果戈理，尤其是《彼得堡故事》中的果戈理之后，才把目光转移到中国社会的“小人物”身上。《外套》一进入中国，便成功地调动了以鲁迅为首的中国讽刺文学写凡间小人物的积极性和创造性。于是，中国文坛出现了巴什马奇金式的“小人物”。如沙汀笔下的范老老师（《范老老师》）、张天翼笔下的陆宝田（《陆宝田》）、叶圣陶笔下的吴先生（《饭》），甚至连巴金这样激情四溢的作家也不免写出了又一个中国的巴什马奇金——唯唯诺诺、忍辱苟安的悲剧人物汪文宣（《寒夜》）。从其他一些中国作家写小人物的作品中也可以找到果戈理《外套》的烙印。

果戈理的作品魅力四射。他笔下那些活生生的艺术形象，仍能帮助我们认识今天的中国社会——唯利是图、荒淫无耻、卑鄙奸诈、阿谀奉承等人类的劣根性时有表现，乞乞科夫、赫列斯塔科夫、巴什马奇金式的人物不时出现。

1852 年，43 岁的果戈理拖着病体，将《死魂灵》第二部的手稿扔进火里。随着多年的心血化成灰烬，这位从乌克兰乡间走来的一代大师孤独地离开了人世。55 年后，他那不死的魂灵走入中国。

从 1907 年中国现代文学奠基人鲁迅最初介绍果戈理至今，中国读者所知的这位文坛巨人的作品已远不止《狂人日记》、《死魂灵》、《钦差大臣》、《外套》这几部，他的《狄康卡近乡夜话》、《密尔格拉得》、《肖像》、《鼻子》、《塔拉斯 · 布尔巴》、《婚事》等佳作在鲁迅、瞿秋白、耿济之、姜椿芳、韦素园、鲁彦、孟十还、魏荒弩等几代翻译家的共同努力下，为更多的中国读者熟悉、接受。

在众多的译介者里，鲁迅不仅是最初结识和最早介绍果戈理给中国读者的人，而且也是研究和翻译果戈理作品最有力的一位。鲁迅一生先后译介过 21 个国家的 166 位作家和他们的作品，其中最多的是俄罗斯作家，共 47 位，几占总数的三分之一。而果戈理，又是鲁迅评论最多、翻译其作品最多、见解最精的一位。从 1907 年写《摩罗诗力说》到逝世前翻译《死魂灵》，鲁迅曾在 19 篇文章和通信中谈到果戈理。鲁迅一生如此重视研究果戈理，不仅身体力行，而且还鼓励别人评介果戈理。果戈理对鲁迅影响之深，更从鲁迅本人的创作中体现出来。前文已详细介绍，这里不再重复。

果戈理的文学遗产，对中国现代文学的诞生和成长产生了巨大而深刻的影响。除鲁迅之外，张天翼、沙汀、鲁彦、叶圣陶、陈白尘、老舍等人，在不同程度上都学习借鉴过果戈理的创作。在当代中国文学界，当东西方文学交流空前频繁时，果戈理的位置已失去了往日的醒目，但在当代中国讽刺文学中，我们还是不难从蒋子龙的《找“冒子”》、高晓声的《李顺大造屋》、张贤亮的《黑炮事件》等作品中听到果戈理的声音，尽管中国的讽刺文学至今没有获得长足的发展。

果戈理当初是以“进步人类所珍贵的文化巨人”（丁玲语）的姿态步入中国新文学的。几十年来，我们对果戈理的研究一直是沿袭社会批判的思维模式进行的，这给果戈理研究蒙上了极深的社会政治色彩。这样做实际是降低了果戈理应有的档次。好在新一代文学研究者已经开始扭转固有的思维轨迹，转换视角，从创作本体去重新全面审视果戈理——这位列入世界文化名人行列的俄国作家。顺着这样的导向，中国读者定会发现一个更加丰富多彩的果戈理世界。

第三节　巴金——中国的屠格涅夫

国内外都有人把巴金称为“中国的屠格涅夫”。

巴金喜爱屠格涅夫，他与夫人肖珊翻译了不少屠格涅夫的作品。巴金是翻译家，更是作家，他把翻译与创作融为一体。屠格涅夫被西方评论界称为“小说家之中的小说家”，“诗意的写实主义”，从他文笔委婉抒情的小说里，我们亦可感受到鲜明时代气息中所饱含的浓浓诗意和薄薄哀愁。

和茅盾不同，巴金首先向屠格涅夫学习的不是如何把性格的刻画与对这些性格的社会历史命运的阐发更好地结合起来，而是考虑如何从自己特有的角度，将一群风华正茂的时代青年写进作品里。屠格涅夫笔下的贵族知识青年罗亭、拉夫列茨基、英莎罗夫、叶琳娜（《前夜》）、巴扎罗夫、阿尔卡狄（《父与子》）等在生活、恋爱、思考、议论乃至争辩，他们集中地反映出 19 世纪 40—70 年代俄国处于历史转折期的时代特征；巴金笔下的青年知识分子吴仁民（爱情三部曲：《雨》）、周如水（爱情三部曲：《雾》）、李佩珠（爱情三部曲：《电》）、觉慧、觉民、觉新、琴、淑英、淑华（激流三部曲《家》、《春》、《秋》）等为人生、为爱情、为前途而思索、苦闷、徬徨、前行，他们命运的沉浮从一个侧面概括了 20 世纪五四时代至 40 年代动荡变幻中的中国社会。

巴金等译《屠格涅夫中短篇小说集》

屠格涅夫擅长写两类青年——“多余人”和“新人”。

继普希金和莱蒙托夫之后，屠格涅夫写出了俄国新一代“多余人”的新特征，也正是屠格涅夫首先提出俄国文学中“多余人”这个名称，还是屠格涅夫看出农奴制必然崩溃的趋势，第一个站出来为贵族阶级唱一曲哀婉动人的挽歌。

巴金创造出中国知识分子的一种典型——“多余人”。屠格涅夫的“多余人”对巴金作品的影响，最明显地表现在《爱情三部曲》中的《雾》里：主人公周如水留学归来，徘徊于深爱的情人与不爱的妻子之间，踟蹰于恪尽孝道和著书立业之间，最终爱情舍他而去，事业也终成泡影，他只有自杀来求得解脱。在周如水的身上我们似乎可以看到罗亭的影子。巴金曾谈到《家》的创作受到《贵族之家》的启发：高觉新这一旧社会分崩离析的牺牲品与“贵族之巢”走向衰败时的拉夫列茨基命运相似，他俩无力与世俗抗争，最后只有和贵族旧巢一起走向灭亡，为自己唱上一曲挽歌。

当19世纪五六十年代俄国生活中平民革命者的身影刚刚出现时，是屠格涅夫第一个塑造出这一代“新人”的真实形象。在巴金笔下，觉慧这一追求自由、不惜自我牺牲的热血青年，尽管有时还耽于幻想，缺少明确的目标，但仍随着时代勇敢地前行。在《家》中，觉慧多次引用《前夜》中的一句话：“我们是青年，不是畸人，不是愚人，应当给自己把幸福争过来！”

巴金作品的规模、方式、技巧、手法与屠格涅夫的作品极其相近。从《春天里的秋天》我们看到屠格涅夫式的抒情细腻的心理描写；巴金的小说好用第一人称，常从爱情关系上观察人物性格，继而表现这种性格，看来也是受了屠格涅夫的影响。巴金后期小说《憩园》以“我”(黎先生)这个外来旁观者贯穿始终、客观含蓄地叙述这一僻静角落里，人们的命运变迁和这种变化带给“我”的淡淡哀愁和默默悲伤。

巴金的散文笔调与屠格涅夫也是接近的，这一点在散文诗中表现得尤为突出。巴金是屠格涅夫散文诗的中译者，他自己在进行散文诗创作时，不知不觉地受到屠格涅夫风格的感染。巴金最爱读的屠格涅夫散文诗是《门槛》和《俄罗斯语言》。巴金笔下多次出现和《门槛》中的女郎相似的形象。《撇弃》无论从主题思想还是表现手法上，更是和《门槛》极为相似。《撇弃》也是用象征手法塑造了一个孤独中顽强前行的革命者形象，通过“我”和黑暗中的影子的一段对话，热情歌颂了革命者的大无畏的献身精神。

这里要特别提一下《门槛》。它不仅在中国文学中的影响是公认的，而且在中国社会中的地位也不同一般。《门槛》曾多次在新中国成立前的学生运动中，由进步学生在各种文艺集会上朗诵，用以鼓舞斗志。时至今日中国读者对它仍是一片厚爱。1982 年，胡乔木在全国三好学生和优秀青年集体代表大会上朗诵《门槛》，号召大家发扬勇跨“门槛”精神，献身四化。如今，《门槛》已被选入大学语文教材，成为我国大学生的精读范文。中央人民广播电台、中央电视台的许多播音员和节目主持人都曾用中文和俄文分别朗诵过《门槛》。

通观巴金和屠格涅夫的创作，两位作家的风格基调确实有不少相似之处：抒情、细腻、酣畅、深邃。特别应当一提的是，在气质上巴金与天生忧郁的郁达夫、屠格涅夫不同。巴金是位激情型作家，素以热情、真诚著称。在他的早期作品中，感情往往自由抒发，一泻千里，这与屠格涅夫既热情又冷静、注重含蓄内在的抒情风格不尽相同。只是在巴金的后期作品中，那种含而不露、抒写深沉内在情感的笔法才更表明巴金对屠格涅夫作品深刻的领会。巴金是真正读懂了屠格涅夫。

郁达夫由于在气质上与屠格涅夫接近，进而受到屠格涅夫的熏染，为屠格涅夫的写作风格进入中国现代文学打开了一条独特的通道。个性与郁达夫迥异的巴金也从自己特有的角度出发，在屠格涅夫作品中找到许多与自己相近的东西进而受到屠格涅夫的深刻影响，为屠格涅夫的写作风格进入中国现代文学开辟了另一条道路。

第四节　茅盾、鲁迅论陀思妥耶夫斯基

在中国现代作家中，茅盾是对陀思妥耶夫斯基评论最多的一位，也是对陀氏介绍最详尽的一位，但有意思的是，他最倾心的却是托尔斯泰和契诃夫。

1922 年，茅盾的《陀斯妥以夫斯基的思想》一文发表，这是新中国成立前对陀氏的评论中篇幅最长、分量最重的文章。因为中国最初对陀氏评论的了解主要来自西方，所以该文引用、介绍了西方评论者和俄国评论界的观点，结合作品论述陀氏思想的几个方面：政治思想、性善论、宗教信仰等。茅盾基于自己的理解，紧紧抓住人道主义来全面评价陀氏，这在当时很有代表性。该文不仅介绍了国外广泛流行的观点，即流放西伯利亚前后的两个陀氏，而且还介绍了极少数

评论家在当时的新观点，即只有一个陀氏。后一观点在今天都鲜为人知。这篇从宏观上介绍陀氏的文章代表着当时国内的较高水平，至今也没有失去它的参考价值。

茅盾的一些陀氏研究文章涉及面较广，共同特点是最终都归到陀氏的人道主义思想上。这与俄国文学强烈的人道主义色彩对中国新文学“为人生”的影响密切相关。作为文学研究会一员，茅盾的文学观表明，中国新文学主流的文学观是评价陀氏创作的尺度。

1935 年，茅盾又撰写了评论陀氏《罪与罚》的文章。论文既肯定陀氏是爱“被侮辱与被损害者”的，又指出《罪与罚》中陀氏对现实的二重性态度，带有批判的意味。与茅盾以前的评论相比，这篇文章失去了广阔自如的视野和灵气四溢的思想。30 年代，茅盾提醒中国的文学创作者，要注意社会问题，同情“被侮辱与被损害的”人，并一针见血地指出当时小说创作界的不足之处：我们国内创作小说的人大都是做学问的，缺少类似高尔基、陀思妥耶夫斯基这样来自社会底层的创作者，所以反映痛苦、真实的社会背景的小说出不来。这也可以看作是茅盾对中国现代小说的要求。

从茅盾对陀氏的评论中可以看出，引起茅盾关注的是陀氏对社会问题的关心，反映社会的真切，对被侮辱与被损害的人们的同情，还有出身平民的陀氏对社会底层生活的切身体验。

从创作上看，茅盾前期作品《蚀》、《虹》中有借鉴陀氏作品的痕迹，即人物幻象、直接心理剖析、两种自我意识的搏斗及一些心理变态的表现。茅盾创作这些作品时正值 20 年代后期，由于大革命失败，社会笼罩在黑暗的阴影中，知识分子中间普遍存在着怀疑感、颓唐感和幻灭感。对茅盾创作产生较大影响的是托尔斯泰，在其 30 年代创作的作品中有明显反映。关于托尔斯泰对茅盾的影响，我们将在其他地方介绍。

鲁迅在晚年回忆他年轻时“总不能爱”的两个作家，一个是但丁，另一个就是陀思妥耶夫斯基。尽管如此，鲁迅仍是中国第一个对陀氏的卓越评论者。

1926 年，我国第一部陀氏作品的完整译本《穷人》出版，鲁迅为它校对并作小引。与 20 年代中国对陀氏的大部分评论不同，鲁迅没有停留在一般性的作家生平创作介绍，没有简单重复许多评论者提到的陀氏的人道主义感情、博爱思想、平民意识、社会现实等显要因素，而是抓住陀氏艺术的主要特点——显示灵魂的深，客观辩证地剖析了作为人类灵魂深刻探索者的陀氏，如何在人的灵魂中展示善恶。较之以往的评论，鲁迅的见解更准确、精到。从民族审美心理的内省入手，鲁迅找到了与陀氏对话的最佳路线，成为中国现代文坛上能与陀氏做深层沟通与交流的少数几位作家中的佼佼者。

小说《穷人》最早的中译本

鲁迅在30年代曾经说过：俄国的文学主流，从尼古拉二世时候以来，就是一个——为人生。这种思想在20世纪初叶第一个十年中，与中国一部分的文艺介绍者不谋而合，于是“陀思妥耶夫斯基、都介涅夫、契诃夫、托尔斯泰，渐渐出现于文字上。并且陆续翻译了他们的一些作品”。陀氏的作品代表了俄国文学的这一共性。当大多数人只停留在这层理解上时，鲁迅已经向陀氏世界的深层开掘。

30年代，鲁迅评论陀氏的文章出现了新变化。1935年，他在所写的《陀思妥耶夫斯基的事》一文中，运用社会学和阶级论的观点，发挥20年代其评论的独到之处，对中国人读陀氏作品的审美心理做了进一步探究，十分精辟地评述了充满矛盾对立的陀氏小说，批判了陀氏的“忍从”主张，批驳了一些医学者以病态心理来总括陀氏创作的片面倾向。这在今天的陀氏研究中仍具有非同寻常的意义。

鲁迅盛赞陀氏是“人的灵魂的伟大的审问者”，而他本人正是以剖析国民灵魂深刻、全面而著称。仔细阅读两位作家的作品，我们会发现，在反映人类的普遍心理，塑造“精神胜利”的典型方面，鲁迅和陀氏都深具功力，而这一点以往的研究者没予以注意，直到80年代才被发现。李春林运用比较的方法，就两位作家在解剖人的灵魂的功力方面，做了具体探讨。

李春林的论文《两位“人的灵魂的伟大的审问者”——鲁迅和陀思妥耶夫斯基的比较研究》在这方面做了较为细

致的工作。

该文分三部分。第一部分就鲁迅的《阿Q正传》和陀氏的《二重人格》(即《同貌人》),做了一番比较。继中篇小说《穷人》之后,1846年,陀氏的又一中篇小说《二重人格》发表。小说主人公高略德金生性怯弱,感情贫乏。他的经济条件与社会地位比《穷人》的主人公杰弗什金略胜一筹:副股长,有自己的住所、佣人,还有一些积蓄。他曾因官场之事丢掉一份在外省法院的工作。到了彼得堡后,高略德金一心想跻身上流社会。他看上了上司的女儿,想利用与上司攀亲改善处境,结果大受嘲弄,以失败告终。想向上爬又没有不择手段的本领的高略德金,无论如何也忍受不了现实中总遭屈辱和失败,于是继续在幻想中追求,将自己一分为二:一个是现实中的大高略德金,一个是想象中的小高略德金,即"同貌人"。小高略德金胆大精明,具有干无耻勾当的本领。他做了高略德金在现实中可望而不可即的事,成了高略德金理想的化身,同时也成为投机取巧、阿谀奉承、卑鄙无耻的典型。现实中的高略德金虽在想象中取得胜利的满足,但无法摆脱对待"同貌人"的矛盾心理,彻底绝望后陷入精神分裂。高略德金在病态自尊心的驱使下,以编造自己嘲笑大人物为快。阿Q把赵太爷当作自己的儿子,在幻象中发泄对上层人物的愤恨。他们一方面都以病态心理来保持尊严,作为在大人物面前失败的心理补偿;另一方面在"我得不到,你也不要得到"的铲平主义扭曲心态的支配下,又都瞧不起甚至欺凌比自己低或与自己相同的人,以此来取得奋斗失败而又企望心安理得的心理平衡。

一分为二的高略德金最后进了疯人院,而阿Q的"一分为二"也是异曲同工。他自打嘴巴,显示出一个有力的阿Q惩罚着那个窝囊的阿Q,由此,不甘失败、摆脱失败的心境达到了平衡。阿Q的这一"精神胜利法"表面上是对现实无能为力的体现,其实是内心不满和抗议的流露,但阿Q的变态还未达到疯狂程度。阿Q的精神胜利法和高略德金的二重人格脱离不了历史和社会的影响,也离不开人类共同的心理基础,即渴望充分发挥主观能动性,使生命感到满足和充实。

李春林认为,陀氏在高略德金身上概括的精神胜利法不如鲁迅概括得充分、全面。陀氏只描写高略德金维护病态的自尊心,以及由此造成的内心分裂,没能充分说明这一形象产生的社会因素;而阿Q具有的是变态的自我意识和由此产生的被侮辱与被损害后的恼怒,他的精神胜利法是时刻准备把变态的反抗变成常态的反抗。李春林的文章还在两位作家对于自我分裂、自打嘴巴的具体写法上做了比较，从而得出结论。阿Q形象具有更大的真实性，阶级内涵和历史内涵更丰富，而高略德金形象在一定程度上离开了现实主义。

鲁迅重视《阿Q正传》，陀氏本人也高度评价《二重人格》。陀氏认为，高略德金高于《穷人》十倍以上，并声明，《二重人格》的思想是要贯彻到“今后文学活动中的全部思想当中最严肃的思想之一”。陀氏在日后的创作中，继续解剖病态的灵魂，塑造了一系列高略德金式的人物，但较成功的只有《地下室手记》中的主人公。

文章第二部分指出，两位作家不仅善于反映人类的普遍心理，而且擅长刻绘人物的特异心态。该文将魏连殳（《孤独者》）和拉斯柯尼科夫（《罪与罚》）杀人复仇都失败的不同结局加以比较，从而对文学史上类似两位主人公的复仇主义心理的来源、鲁迅作品（还有小说《铸剑》、杂文《女吊》等）的复仇主题和陀氏作品（又如《白痴》、《被侮辱与被损害的》）的复仇精神的联系与区别进行探讨。

文章第三部分认为，两位作家还都善于揭示人的灵魂中善恶相间的复杂性。日常生活中，类似阿Q和高略德金将精神胜利法溶于行为方式的人并不多见，而魏连殳和拉斯柯尼科夫处于特异心态中的复仇更为少见。大多数人往往表现出善恶同体、善恶相同的复杂性。为了说明这一观点，李春林将鲁迅的《伤逝》和陀氏的《淑女》拿来比较。

陀氏的晚年作品《淑女》中的女主人公不满丈夫将她据为私有，为逃避他的爱而跳楼自杀。男主人公（丈夫）性格卑微怯弱却又刚愎自用。他时而严厉之极，时而又温情之至。他的外表冰冷，内心却炽热。这种矛盾的性格使女主人公无法忍受。妻子死后，他认识到自己的恶，审问着自己。陀氏对男主人公的复杂性格挖掘充分。

鲁迅在《伤逝》中，细致入微地揭示出涓生灵魂深处的善恶。涓生与子君在个性解放的大潮中结合。但婚后涓生很快就与子君产生隔膜，进而厌恶，最终抛弃子君。他觉得“新的希望就只在我们的分离”，而且突然想到她去死，以求自己摆脱束缚，重获自由。潜意识中隐藏极深的恶突然之间暴露得一览无余。

两位作家对他们恶的一面严厉逼问，使他们终于说出全部真实。当当铺主人和涓生敢于说出自己的恶时，就已经是在向善了。两位作家还挖掘出他们的恶产生的性格因素和社会因素。

李春林认为，《伤逝》和《淑女》在审问善恶相间的灵魂上极为相似。不同之处则表现在：

主人公的身份不同，悲剧过程不同，成因不同。该文还认为，由于陀氏时代的俄国资产阶级势力比鲁迅时代的中国资产阶级势力强大许多，《淑女》比《伤逝》更具有震撼灵魂的独特魅力。前者的女主人公使读者感佩多于同情，后者的子君则令人同情多于感佩。前者通过富有戏剧性的爱情悲剧，赞扬了个性解放；后者通过平常事件中描绘的悲剧性人物，批判了个性解放使人误入歧途的苍白无力。

李春林的文章通过三组相对应的人物形象的剖析，意在说明鲁迅与陀氏不仅写出了灵魂的“深”——复杂性，而且展示了灵魂的“全”——丰富性。

在中国现代文学中，能在创作上与陀思妥耶夫斯基沟通的最突出的代表是鲁迅，其次是郁达夫。这里有必要提提郁达夫。他作品中灵与肉的冲突往往以变态的心理方式加以坦率展露，这一点显然受了陀思妥耶夫斯基、卢梭等自然主义作家的影响。他的《沉沦》所表现的青春骚动不安、异国饱受冷遇、内心欲求受到压抑，正是一代有着病态心理的知识青年的共同特征。基于本人浓郁的东方气质和东方式的心理结构，郁达夫在描写人的变态心理层次上与陀氏遥相呼应。前者凄婉真挚，后者力度十足。

鲁迅在谈到自己“总不能爱”的两个作家时，对中国读者的阅读心态做了深刻揭示，归纳出中国人难读懂陀氏作品的民族文化心理原因：一、人类不能忍受太多的真实，人类不敢正视自身诸多的心理现象。人的灵魂深处本来就不安分，敢于正视自己，并向别人承认的人就更少，何况写出来曝光。这是人类心理的共同特征。二、把人放在万难忍受的境地，反复磨炼，极力使他们在痛苦的极限中活得长久，这是常人无法接受的心理耐久力和承受力的考验。三、陀氏的“快要破裂的忍从”，是太伟大的忍从，中国读者不熟悉、不理解。俄国人是笃信宗教的民族，基督教义深入俄国百姓。在中国，君临一切的是“礼”，而不是“神”。四、对于千百年来以儒家中庸之道为处世哲学的中国人，对人对己都讲求既不过分又无不及。中国人世代承袭的人生追求的最高境界是“采菊东篱下，悠然见南山”般的平和泰然，不习惯让心灵总是处于激烈的震荡和受难般的超越中。

鲁迅的见解实在精辟。即使在当代，很多中国读者仍对陀思妥耶夫斯基敬而远之，认为他太无情，太残酷，读他太累。的确，读陀氏作品要有良好的心理承受力和较大的耐心。对人深入肌髓的思考怎么可能像读轻喜剧那样轻快呢？不读，永远不懂；读进去，“前面是个天”！

第五节 效法列夫·托尔斯泰的中国名家

托尔斯泰对中国新文学的发展起过很大的、有益的影响。

“为人生”是五四新文学的一个主要原则，它渊源于托尔斯泰《艺术论》中的创作原则。“为人生而艺术”成为五四时期及以后相当一批作家，尤其是文学研究会作家的重要的艺术标准。有趣的是，“为人生”的艺术在俄国文学中并非托尔斯泰首创，其他俄国作家及评论家，如别林斯基等都做过系统的理论探讨；而且其他外国作家、评论家对我国五四新文学也颇有影响，像易卜生的“问题剧”。但我们的作家却一致把它归功于托尔斯泰，个中原因笔者已在第一部分做过分析。

值得重视的是，托尔斯泰的作品传入中国，一开始便是和传统文化联系在一起的。他的思想体系、基本心态和思维模式始终直接或间接影响着中国现代作家。所以，在考察托尔斯泰与中国作家的关系时，我们不必非要找出这些作家、作品与托尔斯泰一一对应的影响。因为许多作家都不自觉地从托尔斯泰的观察角度和创作心理模式出发，无意识地使自己的作品落入托尔斯泰的基本框架。

在中国现代文学史上，托尔斯泰的名字几乎与所有著名现代作家的名字联系在一起：鲁迅、瞿秋白、郭沫若、茅盾、郁达夫、巴金、冰心、沙汀、庐隐、王统照、叶绍钧、许地山、蒋光慈、田汉、夏衍……

提起冰心，少年朋友们最熟悉她那些文笔隽丽、充满爱心的散文。人们也都熟知冰心作品浸透着的母爱和博爱，是明显受到印度作家泰戈尔的影响，而少有人注意到冰心也曾从托尔斯泰那里汲取营养。托尔斯泰小说关注的是人的哲学，这给以“问题小说”走上文坛的冰心以莫大的启示。

在短篇小说《一个忧郁的青年》里，忧郁思考型的主人公彬君发出一连串的自问：“为什么有我？”“我为什么活着？”“为什么念书？”彬君使人想起托尔斯泰《少年》中的主人公伊尔倩耶夫，他同样忧郁，同样在思考“我是什么”、“生活是什么”等问题。彬君和伊尔倩耶夫都对自身的生活做着理性的质疑。这种对生活的质疑在短篇小说《超人》里得到进一步探寻。

主人公何彬原先信奉尼采，是个孤独恨世的“冷心肠”的青年，由于对母亲的眷恋，相信“世界是虚空的”何彬终于融化了“冷心肠”，萌生出爱心，认识到人们应该互相牵连、帮助，而不是互相疏远、遗弃，并悟到宇宙的伟大、人生的意义。小说中的母亲形象就是托尔斯泰和泰戈尔的爱的哲学的代言人。

庐隐在撰写自传体中篇小说《海滨故人》之前，阅读了大量的林译小说，而林译小说中包括大量的托尔斯泰作品。在这种熏陶下，托尔斯泰不可能不对庐隐的创作产生影响。《海滨故人》也像上述两篇冰心的小说一样，带有托尔斯泰式的思辨色彩。女主人公露莎及其他几个主要人物一方面不能安于现状，另一方面又不得不存在于污浊的社会，这与托尔斯泰笔下的主人公们的处境极其相似。《海滨故人》的人物们都以悲剧结束自己“一场游戏一场梦”的人生，而托尔斯泰的主人公们是以“道德的自我完善”和基督教自我牺牲，作为生命的终极。但在对现存社会秩序的质疑和对个人生存意义的反省上，庐隐的小说体现出托尔斯泰的影响。

以上我们选出文学研究会作家的作品，对托尔斯泰在当时的影响做了粗浅的介绍，此外，另一派作家也不可忽视，即创造社成员们。按一般的观点，创造社作家与托尔斯泰乃至俄国文学的关系较为疏远。但正像笔者之前所说的，托尔斯泰的观察视角和创作心理模式已经成为当时的一般社会意识。再有，从整个世界文学的大氛围来看，创造社诸人不可能游离于俄国文学甚至托尔斯泰对当时中国的影响之外。

创造社作家，由于几乎全是留日生，深受日本“私小说”的影响，因此他们的作品多表现自我，暴露自我。但要看到，日本文坛“私小说”走红之时，也正是俄国文学盛行日本之际，因而托尔斯泰等许多俄国作家明显的自我解剖意识和自我暴露倾向，必然加剧日本文学中自我暴露风气的流行。俄国文学影响到日本“私小说”，也就间接影响到以“私小说”为样板的中国创造社作家们。这里仅以郁达夫为例。

郁达夫早期创作受“私小说”影响最大。从他的中篇小说《沉沦》可以看出与托尔斯泰有着联系的两个特征：对肉——源于对现存生活迷惘的性的苦闷，对灵——希望祖国尽快富强起来的心情，这两者构成小说的内在动力；较多的自传成分，使小说更具真实性。郁达夫越到后期越与托尔斯泰接近。托尔斯泰认为艺术的功能就是交流情感，艺术应有道德感，这两点深得郁达夫的赞同。

中国现代作家中的许多人都对托尔斯泰的作品有所借鉴与创新。

郭沫若很少写文评论托尔斯泰的社会政治思想，但他在创作中直接塑造了托尔斯泰的形象。这是中国人接受外来文学影响的一种很特殊的形式。

1920年，留学日本的郭沫若在其政治诗《巨炮之教训》中，刻画了托尔斯泰和列宁的形象，以此表达诗人在选择爱的呼唤与战斗的号角之间摇摆难定的心情。

诗人看到两尊俄罗斯巨炮，顿生感慨，进入梦境后梦见"涨着无限的悲哀"的托尔斯泰和"凝着坚毅的决心"的列宁前来会面。诗人请托尔斯泰指教，托尔斯泰说：

年轻的朋友呀，你可好？
我爱你是中国人，
我爱你们中国的墨与老。
我主张朴素、慈爱的生涯，
我主张克己、无抗的信条。
一切的人能如农民一样最好！

托尔斯泰的这番指教正是他在1906年《致一个中国人的信》中的内容。诗人听后认为"你的意见真是好"，列宁却在一旁高喊：

同胞，同胞，同胞！
为阶级消灭而战哟！
为民族解放而战哟！
为社会改造而战哟！
他这霹雳的几声，
把我从梦中惊醒了。

这首诗以特殊的形式对托尔斯泰主义予以批判，同时表露出，五四运动以后，一方面托尔斯泰的思想已为中国知识分子熟悉，另一方面马克思列宁主义随着十月革命一声炮响，也同样为中国知识分子尤其是他们的先进代表所欢迎、接受。

鲁迅虽然没有翻译托尔斯泰的任何作品，但他一直十分重视有关托尔斯泰的评论，对托尔斯泰一直抱以尊敬的态度，称托尔斯泰是"19世纪的俄国的巨人"。鲁迅早年留学日本，当时日本文坛正盛行俄国文学。也许那时鲁迅就大量阅读了托尔斯泰作品的日译本，否则怎么会有日后写于日本的《破恶声论》？

1908 年，当托尔斯泰还健在之际，鲁迅在《破恶声论》中就对托尔斯泰的思想做了辩证的分析。他从当时中国社会需要反帝反封建斗争的角度，赞扬托尔斯泰的忏悔录，同时也批评托尔斯泰的反战思想是一种空想。

五四时期，鲁迅主要强调的则是托尔斯泰像达尔文、易卜生、尼采一样，具有破坏偶像的精神。鲁迅赞赏托尔斯泰，还由于托尔斯泰作品中饱含着人性善良、前程有指望的思想。鲁迅曾说，读几页托尔斯泰的书，就会觉得自己周围充满着人类的希望。鲁迅对托尔斯泰人道主义加以适度的肯定。鲁迅还对托尔斯泰思想的消极面做过辩证的分析与批评，譬如，鲁迅实事求是地分析“勿以暴力抗恶”怎么都行不通。30 年代初，鲁迅又从阶级根源上，科学地分析了托尔斯泰的局限性，认为托尔斯泰由于贵族的出身，始终摆脱不掉贵族的旧性，所以他只同情农民，却不主张暴力斗争。

曾经有形形色色的反动文人以托尔斯泰为盾牌，来攻击鲁迅。他们讥讽鲁迅是“杂文家”，认为杂文既不是诗歌、小说，又不是戏剧，不能算作文艺，杂文是堕落的表现；托尔斯泰没写过“骂人文选”，所以是伟大的作家。他们要鲁迅效法托尔斯泰，放弃批判的武器，去写《战争与和平》那样的作品。鲁迅针锋相对地指出，托尔斯泰也写过“骂人文选”，他在欧战时期曾经写信骂沙皇。

鲁迅不仅对托尔斯泰有独到的见解，而且在创作中也借鉴托尔斯泰，尽管这种仿效不像茅盾、叶绍钧等作家那样明显。

鲁迅最早的文言小说《怀旧》(1913) 和第一篇白话小说《狂人日记》(1918) 都建构了两个世界：前者将以“我”为代表的孩提生活与以耀宗和秃先生为代表的成人世界相对比，后者将以孩子为代表的孩童世界与以“吃人”的赵太爷、大哥为代表的成人世界相对照，形成纯真无瑕和丑恶可憎的鲜明反差。解构这种对立结构的方式是：要么旧服从新，要么新战胜旧。《狂人日记》最后来“救救孩子”的还是旧——“吃人”的成人。

这种“我”与“他”的对立结构在托尔斯泰的作品中极为常见。如《哥萨克》中，道德主体的代表奥列宁（“我”）与自然的代表哥萨克人（“他”）的对立；《安娜 · 卡列尼娜》中，先进贵族的代表列文（“我”）与农民（“他”）的对立等。在托尔斯泰作品的这种对立结构模式中，“我”与“他”的对立最后都要以非对立结束：“我”服从“他”，即“我”因“他”而变。

鲁迅的另两篇小说《一件小事》和《祝福》也运用了这种对立结构。前者中穿皮袍的“我”与人力车夫（“他”）构成对立体，最后以“我”的自惭和自省来转化这一对立；后者中“我”的意识、记忆与祥林嫂（“他”）的种种不幸相关，小说通篇隐含着“我”因祥林嫂而生出的种种内疚与悲愤。

可见，鲁迅对托尔斯泰所抱有的复杂感情，一方面反映在他对托尔斯泰的评论中，另一方面体现在他自己的创作活动中。

文学研究会成员叶绍钧（圣陶）的长篇小说《倪焕之》(1929)是20世纪30年代中国现代文学走上中长篇小说创作兴盛期的三部代表作之一，另两部是茅盾的《子夜》(1932)、巴金的《家》(1932)。这三部佳作是中国现代作家借鉴托尔斯泰的最好例证。

如果说茅盾的《子夜》主要受的是《战争与和平》的影响，那么《倪焕之》则是在其基本框架上模仿了《安娜·卡列尼娜》。

《安娜·卡列尼娜》(1877)详尽地描写了列文在他的庄园里进行的农事改革。对于这一改革，列文曾寄予厚望，认为它能解决当时十分严重的土地问题，进而解决农民问题。然而，由于地主和农民之间存在着天生的屏障，所以这种改革是无效的。列文不断反省，并得到《圣经》的启示，认识到不打破这种屏障，任何努力都是白费。最终他悟出，他必须最大限度地牺牲自我，放弃自己所有的一切地主阶级的特权，完全归属于农民，农事改革才有一线希望。

《倪焕之》的主人公倪焕之是个热切追求新事物的青年。辛亥革命失败后，他像不少进步知识分子一样，醉心于教育，以为教育能救国。然而，像列文的农事改革一样，他的理想与平民百姓的处境相距太遥远。严酷的现实生活证明他的不切实际的理想只是一种空想，于是他经过内心反复的痛苦斗争，并在革命者王乐山的启发下，领悟到应该把视线从一个学校解脱出来，要投身社会，有组织地干。他的思想由最初的改良主义的“教育救国”转变到投身革命上来。但此时的倪焕之还未放弃自身的一切，仍十分软弱。“四一二”事变后，他悲观失望，纵酒痛哭。临死时，倪焕之，这个小资产阶级知识分子的代表也没能与群众真正结合，但他意识到，要有一个完全的“转变”，要放弃自身的一切归化于大众。倪焕之未完成的转变，在小说最后由他的夫人金佩璋来继续。妻子成为丈夫的"复活"形象。

托尔斯泰的作品惯以转变型正面主人公搭构作品的框架，这一点不仅被叶绍钧借鉴，而且被我国30年代不少重要的小说家掌握并且熟练运用。

茅盾在介绍托尔斯泰的生平与创作方面做出了无可比拟的贡献。茅盾大概是我国革命文学界最早高度评价托尔斯泰的人。他在五四时期前后写出了《托尔斯泰与今日之俄罗斯》、《托尔斯泰的文学》、《活尸》等评论托尔斯泰的文章。这些文章虽然今天看来有不少不足之处，但在当时是很有分量的，有些见解至今仍对我们有启发。

茅盾对托尔斯泰的社会政治思想介绍得较多，而介绍中有自己的分析。1919年，茅盾在分析托尔斯泰的人道主义、"勿以暴力抗恶"时明确指出，托尔斯泰之所以主张不抵抗、非战，是因为他看清了抵抗和运用武力的战争不是谋求幸福的出路。1920年，茅盾进一步指出，托尔斯泰的后期作品充满着托尔斯泰的人道主义、不抵抗主义；托尔斯泰特别相信人生是善的，在他眼里，恶都是外界的恶环境诱惑所致，他晚年的《复活》就贯穿着这个观点。

茅盾是从介绍托尔斯泰开始文学创作的。在自己的创作实践中，茅盾一直有意追随托尔斯泰。他曾多次公开承认他是"接近托尔斯泰"的。茅盾本人十分喜欢规模宏大、文笔恣肆绚烂的作品，因而他喜爱托尔斯泰的作品，主要是喜欢他的史诗性的长篇小说。茅盾的长篇作品，一般都规模宏大、场面壮阔、人物众多、线索交织，很有托尔斯泰的气势。

茅盾认为，他的长篇小说《子夜》(1932)的创作受到托尔斯泰《战争与和平》的影响和启发。《战争与和平》(1863—1869)描写了一系列重大的历史事件，像申格拉本和奥斯特里茨战役、拿破仑入侵、斯摩棱斯克大火、波罗金诺会战、法军攻入莫斯科以及法军大溃败等等。书中出现了一些历史人物，像沙皇亚历山大一世、俄军统帅库图佐夫、法国皇帝拿破仑等，作品还描写了社会各阶层的人物，形成一幅19世纪初期俄国社会生活的广阔画卷，展示出各种人物的道德精神面貌。托尔斯泰的这部巨著是一部歌颂人民与人民战争的巨型史诗。《子夜》以上海为中心，通过揭示民族工业资本家吴荪甫和买办金融资本家赵伯韬之间的矛盾和斗争，反映了1930年前后革命深入发展、中国社会星火燎原的全貌。

两部作品都是在复杂的层次、繁多的人物和齐头并进的情节线索中，广泛而自如地反映纷繁错综的生活的本质和人物极其丰富的生活。像托尔斯泰一样，茅盾对大场面做了细致的描绘，线索虽多，但不庞杂，都集中在一个焦点上。《战争与和平》的开头，在贵族沙龙里，作者在描写当时欧洲紧张的政局和俄国上层对拿破仑的仇视情绪的同时，引出几个主要人物亮相；《子夜》的开头与之颇为相似：在民族工业资本家吴荪甫家的门厅里，前来参加吴老太爷丧事的人聚集了很多，小说里的主要人物都在这里登场。

茅盾还经常在创作经验谈中引用《战争与和平》中的某些章节，说明它给作家留下深刻印象和深远影响。值得一提的是，东方各国的小说，长篇史诗在许多方面都受到《战争与和平》的影响。竭力描写自己国家的历史进程，自己人民在民族存亡关头的作用，对于追随托尔斯泰的现实主义精神的东方各国的作家来说，《战争与和平》就是标杆。

从茅盾的另一部作品——中篇小说《三人行》中，很容易看到托尔斯泰作品的人物格局。《三人行》塑造了三个大学生——许、惠和云。许正派而敏感，在经历了人生的坎坷后，先与命运游戏，后又愤然去做个人复仇，最后惨死。惠是个罗亭式的理想家，对革命抱有幻想，但当革命真的来临，他又退避三舍。云是个实际的青年，经过风风雨雨之后猛然觉悟，怀着改造这个世界的执著信念，投身革命，加入共产党人的行列。这三个人在生活的大潮中，因各自信念的不同而得到不同的归宿。

《战争与和平》里也有三个不同的主要人物——安德烈·包尔康斯基公爵、尼古拉·罗斯托夫伯爵和彼埃尔·别祖霍夫伯爵。他们三人也是因不同的信念，走上不同的道路，得到不同的归宿。在《安娜·卡列尼娜》里又有三个不同的贵族——卡列宁、奥波浪斯基和列文。卡列宁失败的婚姻、奥波浪斯基苟合的婚姻都是列文美满婚姻的衬托。像托尔斯泰的理想主人公一样，茅盾的正面主人公总是处在灵与肉的冲突中。

巴金经常深情地谈到《复活》，而很少谈到《战争与和平》和《安娜·卡列尼娜》，主要是因为，巴金颇为欣赏托尔斯泰的“忏悔意识”，而这在《复活》里表现得最为突出。

下面我们通过巴金的《家》和《新生》，来看看巴金小说中的《复活》的痕迹。

“激流三部曲”中的《家》深受《复活》的启示。在总序中，巴金一开始就讲到最初他读《复活》，悟出“生活本身就是一个悲剧”的道理。《复活》里男主人公对垂死旧制度的彻底批判态度、为本阶级赎罪的精神，打动了巴金的心。《家》中的觉慧是个聂赫留道夫式的人物，他像聂赫留道夫一样经历了灵肉冲突，萌生出悔罪和赎罪意识，但他是“为上辈人赎罪”，这点不同于《复活》的男主人公。像聂赫留道夫远走西伯利亚一样，最终觉慧战胜了丑恶的“肉”——罪恶社会的缩影，即自己的家庭，离家出走，在崇高的“灵”——革命的感召下，放弃一切，汇入时代的激流。这种灵肉冲撞导致的赎罪意识，在巴金的其他作品中也占据着主导地位。

《新生》(1932) 的主人公李冷有着和当时知识青年一样的内心矛盾与苦闷，爱与恨、生与死的心灵探讨时时困扰着他。最终是爱使李冷抛开个人主义，毅然献身革命，甚至临牺牲前，虽想到自己的躯体将要消灭，但坚信自己不会灭亡，坚信死会给自己带来新生。仅就与《复活》十分相像的书名《新生》，就不难看出巴金对托尔斯泰的倾心。巴金甚至在小说结尾处，也像《复活》一样，直接引用《约翰福音书》里的话：“一粒麦子不落在地里死了，仍旧是一粒。若是死了，就结出许多子粒来。”这也正是托尔斯泰最爱引用的话。

以往一般认为，巴金与俄国作家中的屠格涅夫和赫尔岑最为亲近，而与托尔斯泰没什么关联。但近年来有研究者发现，巴金受过托尔斯泰的不少影响，只不过这种影响是更为内在、深刻的。巴金晚年越来越接近托尔斯泰。他一谈到外国作家的影响，总要提到托尔斯泰给罗曼·罗兰的信，认为艺术的目的是要对人类进步有所帮助——托尔斯泰这一思想对他影响很大。在艺术的本质、艺术家的使命等方面，巴金确实与托尔斯泰观点一致。

抗日战争爆发后，中国知识分子由思考如何改革社会转向积极投身救亡图存的人民战争。由于时代的需要，这个时期的文学创作政治化和革命化的倾向十分明显，但托尔斯泰仍受到作家们的喜爱和效仿。原因在于，托尔斯泰的作品，尤其是《复活》，对下层民众的苦难寄予深切同情，这能激发中国人民的情绪；托尔斯泰作品中的一系列忏悔主人公——伊尔倩耶夫、奥列宁、彼埃尔、别祖霍夫、安德烈·包尔康斯基和聂赫留道夫，成为知识分子走向革命化历程中非常及时的参照系。在这种需要下，田汉和夏衍分别将《复活》改编成剧本，搬上中国的话剧舞台，效果极佳。

1936 年，由田汉改编的话剧《复活》在南京首演，大受欢迎，因为这一作品已经彻底中国化、抗战化了。玛丝洛娃替代了第一主人公聂赫留道夫。剧本重点突出她从被侮辱与被损害的境遇中觉醒，在她同狱的革命者的启发和感召下加入反抗者的队伍；而在原作中，玛丝洛娃受到的是上帝的启示和诱导。从田汉的《复活》中，人们读到的是国难和反抗，而不是基督教义中的“道德的自我完善”。话剧《复活》大大鼓舞了当时人民的抗日斗志和反抗黑暗的信心。

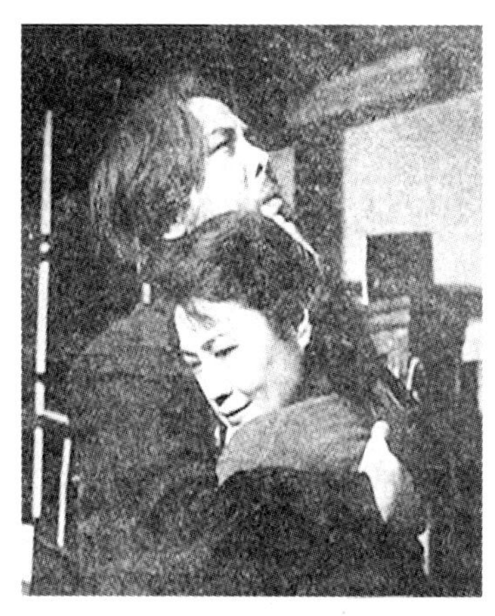

田汉改编的《复活》的一个演出场景

1943年，夏衍的改编本《复活》问世。与田汉不同的是，夏衍重点突出了主人公聂赫留道夫及其他一些人物对本阶级的逆动。这样改动的旨意在于说明知识分子自身改造，走与工农相结合道路的重要性，也就是知识分子要脱胎换骨，彻底“工农化”。

这两部具有中国特色的《复活》充分表明，包括作者在内的许多知识分子，当时以“复活”自我、走向新生为目标，做出了巨大努力，付出了巨大代价。

托尔斯泰一生关注的是“人生究竟是什么”、“支配人生的是爱还是憎”这类问题，并在作品中锲而不舍地苦苦追寻答案。五四时期中国知识界普遍讨论的也正是这些问题。这一点也正说明，托尔斯泰作品在中国的普及性和影响力。

今天，当回望近一个世纪来托尔斯泰与中国的关系时，我们发现，若论托尔斯泰作品在中国各个时期的传播广度及其受欢迎和重视的程度，《复活》、《安娜·卡列尼娜》、《家庭幸福》和《克莱采奏鸣曲》等道德题材的小说最能引起中国读者的兴趣，这些作品饱含的道德力量对中国读者影响最大，其中的原因笔者已在前面几部分做过详细分析，不再赘言。

托尔斯泰善于吸收东方古老文化精华，他的学说带有大量的东方成分、中国色彩。他的作品，作为他的思想学说的载体，反弹回中国，就难怪中国读者大有“似曾相识燕归来”的惊奇感和亲切感了。

中国读者被托尔斯泰感动——他们从一个俄国高等贵族实现平民化的历程中，看到追求自我完善的神奇力量；中国的知识分子赞赏托尔斯泰“为人生”的艺术——他们像托尔斯泰一样，身体力行，苦苦探索人生意义；中国的现代作家感受到托尔斯泰艺术世界中强烈的道德感——他们在五四运动之后努力向传统的“文以载道”回归；中国的当代作家们仍重视托尔斯泰的道德主义——中国当代文学中大量出现的“正面主人公”，恐怕就来源于托尔斯泰的道德主义。

道德主义是中国传统文化的核心。几千年来“士”或“士大夫”继承和维护的这一传统，在五四时期仍被中国现代知识分子延续，只不过在“民主与科学”的旌旗摇荡、大反传统文化的四面喊声中，这一传统潜伏在人们的深层意识里。从五四时代起，中国现代知识分子们一面将中国传统道德加以“托尔斯泰化”，一面将托尔斯泰道德主义加以政治化。从此，托尔斯泰更像东方人了，而中国现代知识分子的历史使命也就摆脱不掉道德与政治的制约。

不管怎么看，托尔斯泰的影响在中国已经成为一种社会意识。

第六节　契诃夫戏剧在中国的传播

百余年来，外国作家在中国被读者接受的过程中，俄国作家契诃夫是一个成功的范例。特别是近几十年来由此积淀下来的“契诃夫经验”值得我们好好地梳理与总结。笔者认为，中国当代文化语境中的“契诃夫经验”主要体现在两大方面：一、对其戏剧的译介、研究与话剧舞台上的呈现，二、高等院校的外国文学教学。由于篇幅的关系，本节仅就第一个问题进行探讨。

契诃夫不仅是一位享誉世界的短篇小说大师，同时也是一位杰出的剧作家、戏剧革新家。他在戏剧领域的大胆创新，不仅开辟了俄国戏剧史上的新时代，而且对世界许多国家的戏剧发展也产生了长远的影响，这一影响持续至今。

五四运动以前，我国译者只对契诃夫作品中的短篇小说感兴趣，却冷落了他的剧作。20年代初，随着契诃夫作品被大量译介到中国，契诃夫的戏剧也进入了中国读者的视域。

1920 年，《解放与改造》刊载了契诃夫剧作《熊》的译文。1921 年，郑振铎翻译了《海鸥》，并且将耿济之译的《伊凡诺夫》、《万尼亚舅舅》、《樱桃园》和他自己译的《海鸥》这四部多幕剧一并收入他独立编辑的《俄国戏曲集》（十种）。[1]1925—1927 年间，商务印书馆和未名社出版了曹靖华翻译的《三姊妹》。至此，契诃夫著名的五部多幕剧全部被译成了中文。与《三姊妹》一同出版的曹译契诃夫剧作还有四部独幕剧：《蠢货》、《求婚》、《婚礼》和《纪念日》。

30 年代末 40 年代初，契诃夫的几个多幕剧都有了好几个中译本。出版规模较大的是 1936 年由上海文化生活出版社刊行的《契诃夫戏剧选集》。这套选集包括丽尼译的《伊凡诺夫》、《海鸥》、《万尼亚舅舅》，曹靖华译的《三姊妹》，满涛译的《樱桃园》，李健吾译的《契诃夫独幕剧集》。

40 年代，出现了译介契诃夫作品的高潮。契诃夫与其他几位俄国作家普希金、莱蒙托夫、冈察洛夫、奥斯特洛夫斯基一道被列入了出版选集的计划，但最终只有《契诃夫戏剧选集》出齐了六种译作。这一时期，焦菊隐开始致力于契诃夫戏剧的翻译，他翻译的《契诃夫戏剧集》于 1954 年出版。曹禺虽然没有译过契诃夫的戏剧作品，但在三四十年代为契诃夫戏剧在中国的推广做出了特殊的贡献。他曾在国立剧专给学生仔细地分析契诃夫戏剧的妙处，和学生们一道“沉醉于契诃夫深邃艰深的艺术里”。曹禺本人极为欣赏《三姊妹》，认为这部伟大的戏剧展现的是一幅秋季的忧郁，里面没有惊心动魄的故事，有的只是能抓住人们心灵的活生生的人。

50—70 年代，在契诃夫作品的翻译和出版方面占据醒目位置的是小说，而不是戏剧。

80 年代伊始，上海译文出版社根据俄文 12 卷本《契诃夫文集》推出了汝龙翻译的《契诃夫文集》，其中包括小说、剧本和书信等。就在 1980 年，上海译文出版社还出版了焦菊隐翻译的《契诃夫戏剧集》。

通而观之，中译本最多的契诃夫作品中有几部是戏剧，即《樱桃园》、《伊凡诺夫》、《三姊妹》和《万尼亚舅舅》。

需要指出的是，在中国，对契诃夫戏剧作品的评论早于对其作品的翻译。第一位介绍契诃夫戏剧的是宋春舫[2]。1916 年，他在论文《世界新剧谭》中提到欠壳夫（契诃夫），[3]1918

1.1920 年交由商务印书馆陆续出版，第 6—9 卷分别刊载了这四部剧。鲁迅在其文章《祝中俄文字之交》中提到：“俄国的作品，渐渐的绍介进中国来了，同时也得了一部分读者的共鸣，只是传布开去。零星的译品且不说罢，成为大部的就有《俄国戏曲集》十种和《小说月报》增刊的《俄国文学研究》一大本，还有《被压迫民族文学号》两本……”

2.宋春舫（1892—1938），浙江吴兴（今湖州）人，国学大师王国维的表弟，戏剧理论家、剧作家，我国现代剧坛上最早研究和介绍西方戏剧及理论的一位学者。1912 年毕业于上海圣约翰大学，后去法国、瑞士留学，精通法、德、英、意、西班牙和拉丁文等多种语言。1916 年回国，先后任圣约翰大学、清华大学、北京大学教授，曾专为北京大学文科学生讲授欧洲戏剧课程。五四时期在《新青年》等刊物上撰写了许多评价外国戏剧新思潮、新观念的文章。30 年代初期起，先后辞去了在外交部、法院和私人银行等处的职务，一心钻研戏剧。著有论文集《宋春舫论剧》和剧本。

3.宋春舫在《世界新剧谭》一文中，评价了 30 多位近代欧美戏剧家，又根据胡适提议，于 1918 年在《新青年》上发表《近世名戏百种》，涉及 13 个国家 58 位作者。中国人开始熟悉莎士比亚、易卜生、萧伯纳、泰戈尔、王尔德、高尔斯华绥、斯特林堡、梅特林克、霍普特曼、契诃夫、安特莱夫、果戈理、托尔斯泰、席勒、莫里哀……从现实主义、浪漫主义到象征派、未来派。

年 10 月，又在发表于《新青年》第五卷第四号[1]上的《近世名戏百种》中推荐契诃夫的四部戏剧，即《海鸥》、《万尼亚舅舅》、《三姊妹》和《樱桃园》，并站在世界文学的角度对它们做了高度的评价。三四十年代，评论家们着重评点的契诃夫戏剧作品是《樱桃园》和《三姊妹》。1937 年，芳论在《樱桃园》"译后记"中谈到："总之，抓住旧生活的悲哀的落日之余辉与新时代微熹的曙光的交错，美丽地型化了它的诗意和内在意义，在这儿就有着《樱桃园》动人的地方和价值。"此文看到并指出了契诃夫剧作的重要特征——抒情氛围，这在当时可以说是很有见地的。

总的看来，五四运动以后，直至 1949 年，契诃夫作品在中国传播的主要倾向及其接受视野没有发生很大变化。1949 年后，契诃夫研究在一定的框架下进行着，观点也基本一致，如契诃夫是个批判现实主义作家，其作品有一定的揭露性等。直至 80 年代，契诃夫研究才打破原来固有的框框与思维，逐步走向立体化与系统化。1987 年，第一本中国学者撰写的论文集《契诃夫研究》问世，它由徐祖武、冉国选编，河南大学出版社出版，共收入论文 25 篇，这本书代表了上个世纪 80 年代中国契诃夫研究的学术水平。朱逸森[2]、李辰民[3]、童道明[4]是我国在契诃夫研究方面成果卓著的专家，他们对契诃夫戏剧都有着精深的领悟与研究。

综上，尽管我们对契诃夫小说的译介早于对其戏剧的译介，但是戏剧的译介一旦开启，很快就形成了一股潮流。这是因为契诃夫的剧本进入中国的时代已是中国现代文学走向成熟、开始反思的时代，我国的话剧事业也方兴未艾，因此，他的戏剧一被介绍过来就引起了广泛的关注。

1930 年 5 月 11 日，中国第一次上演了契诃夫戏剧，演出剧目是《文舅舅》（即《万尼亚舅舅》），演出单位是上海辛酉剧社，由朱穰丞导演，

1. 该期《新青年》是"戏剧改良专号"，还发表了胡适的《文学进化观念与戏剧改良》、傅斯年的《戏剧改良各面观》等。在此前后，又有胡适、罗家伦译作《娜拉》、陶履恭（陶孟和）译作《国民公敌》和胡适作品《终身大事》等在《新青年》刊载，这就把"戏剧"纳入了"文学革命"或"文学改良"的轨道，与小说、诗歌、散文等文学领域的提倡白话批判文言同步了。

2. 童道明认为，在这方面用力最勤、贡献最大的是华东师范大学的朱逸森教授。朱先生的两部专著《短篇小说家契诃夫》(1984) 和《契诃夫——人品 · 创作 · 艺术》(1994) 是中国"契诃夫学"的奠基石。

3. 李辰民是成就显著的契诃夫研究专家，著有《走近契诃夫的文学世界》(2003)。

4. 著有《我爱这片天空——契诃夫评传》。

袁牧之主演。在抗日战争时期，一些原在重庆、上海的戏剧工作者纷纷投奔延安，壮大了那里的文艺力量。在延安，他们演出过契诃夫的《求婚》和果戈理的《钦差大臣》等俄苏戏剧。曹禺、夏衍作为中国现代现实主义戏剧的代表人物，在艺术手法上曾经借鉴过契诃夫。尽管夏衍认为，热爱契诃夫的作品与受到影响之间没有必然的联系，他更多的是从狄更斯和高尔基那里受到启迪，但有意思的是，仍有不止一位评论家提到《上海屋檐下》中的契诃夫痕迹。通观 20 世纪三四十年代，契诃夫对中国戏剧的最大影响在于他的“非戏剧化”倾向。这一倾向曾掀起中国戏剧理论和表现形式的革新之潮，它几乎成为三四十年代中国话剧的主流。

新中国成立以后，来自契诃夫祖国的苏联戏剧工作者被邀请参与到“契诃夫戏剧中国化”的工作中来。在 50 年代的中苏“蜜月期”内，苏联专家陆续应邀前来中国，为我国的艺术院校和艺术团体举办“导训班”、“表训班”。1954 年，列斯里作为苏联政府第一个委派的戏剧专家来到北京。他在中央戏剧学院成立导演干部训练班，简称“导训班”。紧接着，苏联专家库里涅夫在中央戏剧学院创建了表演干部训练班。1954 年夏，中国青年艺术剧院决定排演契诃夫的名剧《万尼亚舅舅》，聘请苏联戏剧专家列斯里担任艺术指导。[1]1956 年 1 月 6 日，在人艺院长曹禺邀请下，库里涅夫[2]开始到人艺教学。1952 年，北京人民艺术剧院成立，确定的目标就是要“打造成像莫斯科艺术剧院一样的剧院”。英若诚在自传《水流云在》中写道：“当时所有的演员都非常想更多地了解在苏联

1. 王蒙曾回忆：“20 世纪 50 年代中期，苏联专家列斯里指导了青年艺术剧院排演《万尼亚舅舅》，我找来了焦菊隐译自英语版的《契诃夫戏剧集》。《海鸥》《三姊妹》《凡尼亚舅舅》《樱桃园》，它们使我迷狂。日常的生活，风景，烦闷，失望与不断破碎着的幻梦，怎么让契诃夫看似毫不费力地一鼓捣，就成了那样动人的戏剧。那是充溢着人生的况味，人的气息，大自然的形体与生命的无限苦恼的戏，那些戏里的对白，更是诗一样的散文，这正是我的最爱。我背诵着这些戏剧里的台词，万尼亚说的‘大雨过去了……’，索尼亚说的‘我们会有休息的……’。《樱桃园》的结尾处作者对于效果的说明，天外传来的奇特的声音，斧子落到樱桃树上，一个时代，一个阶级，一些人就这样毁灭了，然而塔妮娅梦想着新的生活，虽然没有人知道新生活是什么样子。这些，读来如得天启，如醍醐灌顶，如脱胎换骨，如五内俱洗，如灵魂升扬……我感到的是一种战栗，一种新生，一种解脱和一种恐惧。”参见王蒙：《半生多事》（自传第一部），广州：花城出版社，2006 年，第 117—118 页。

2. 库里涅夫是当时苏联高尔基剧院戏剧学校的校长。高尔基剧院的前身是瓦赫坦戈夫剧院，由斯坦尼斯拉夫斯基的第二个弟子瓦赫坦戈夫创立，前身是莫斯科艺术剧院第三工作室。

流行的斯坦尼的表演方法。库里涅夫有一整套根据斯坦尼理论而编的表演教程，要花六个月才能学完。而他在我们剧院一待就是三四年，必须承认北京人艺最优秀的老艺术家都是库里涅夫教出来的。”[1] 就这样，这些戏剧领域的苏联专家为新中国培养出了一批优秀的话剧表演艺术家和导演。

50 年代的前中期成为了新中国成立后高等艺术院校和艺术院团集中认识并接受契诃夫戏剧的首轮高峰期。剖析其原因，除我国当时正处于中苏友好“蜜月期”，全民学习并接受苏俄文化这一宏观因素外，还有一个具体因素不容忽视，即 1954 年是契诃夫逝世五十周年——他是该年度世界和平理事会号召隆重纪念的世界文化名人，世界多地的纪念活动都比较隆重。北京那时举行了纪念大会，茅盾既写了纪念文章，也做了专题报告，巴金则应邀去苏联参加纪念活动，回国之后还写了长达数万言的《赴苏参加契诃夫逝世五十周年纪念活动琐记》。

50 年代后期到 60 年代，中国话剧接受契诃夫戏剧的“非戏剧化”倾向逐渐弱化，因为它不符合当时强调主题、强调典型环境和典型人物的文艺方针，但它的影响并未消失，而是成为 80 年代中国现代派话剧一度兴起的重要基石。

进入 90 年代，契诃夫的经典名剧再次登上中国的话剧舞台。1991 年 1 月 5 日，时隔 35 年人艺终于迎来第二位苏联导演。莫斯科艺术剧院总导演叶甫列莫夫和苏联剧协外委会的达吉亚娜来华先行考察，和人艺敲定《海鸥》的日程安排及导演事宜。[2] 就在首演前一个月，8 月 2 日，叶甫列莫夫再次来到人艺，坐镇《海鸥》的排练。就这样，契诃夫的五大名剧之一最终呈现在了 20 世纪末中国的话剧舞台上。

跨入 21 世纪以后，契诃夫戏剧在中国的话剧舞台上已经从忠实于原作的“演出”进入发挥——“演绎”的境界，契诃夫戏剧在中国的魅力有增无减。与上个世纪相比，中国文化语境下的契诃夫戏剧不限于“剧本再被搬上中国的话剧舞台”这一简单的经典翻版的层次，我们的戏剧工作者们站在新的高度上，将契诃夫戏剧摆进了戏剧类专业院校的常规化教学中，摆在了中俄戏剧学术交流、多元化戏剧学术对话、国际戏剧实践交汇的重要平台上。

2004 年是契诃夫逝世一百周年，中国的话剧界把这位戏剧大师的纪念活动搞得有声有色。9 月，中国国家话剧院举办了以“永远的契诃夫”为主题的“首届国际戏剧季”。戏剧季里，共上演了契诃夫的五个剧目，穿插了两次研讨会和一次童道明先生的专题讲座。俄罗斯青年艺

1. 郑榕也曾回忆：“得知库里涅夫要到人艺授课排戏，我觉得很光荣，想都想不到。”他记得，人艺总导演焦菊隐经常抱着笔记本认真听课。参见：陈晓勤、胡骐冰、吴天仪：《他们带来斯坦尼体系的灵魂——属于莫斯科艺术剧院与北京人艺的 20 世纪记忆》（根据郑榕口述整理），《南方都市报》，2011 年 8 月 16 日。

2. 当时北京人艺早已声名鹊起，对外交流活动较多，譬如阿瑟 · 米勒亲自到京导演过《推销员之死》，查尔斯 · 赫斯顿导演过赫尔曼 · 沃克的《哗变》。“《海鸥》是莫斯科艺术剧院的第一个剧目，如同北京人艺第一部戏《龙须沟》……”参见陈晓勤、胡骐冰、吴天仪：《他们带来斯坦尼体系的灵魂——属于莫斯科艺术剧院与北京人艺的 20 世纪记忆》（根据郑榕口述整理），载《南方都市报》，2011 年 8 月 16 日。

术剧院的《樱桃园》使中国观众第一次不出国门就看到了纯粹俄罗斯版的契诃夫戏剧；林兆华戏剧工作室上演的《樱桃园》颠覆了契诃夫戏剧爱好者们传统的审美接受习惯，刷新了中国观众对契诃夫经典名剧的认识维度；以色列卡美尔剧院上演的《安魂曲》和加拿大史密斯·吉尔摩剧院上演的《契诃夫短篇》（根据契诃夫的短篇小说改编）表演风格也是反传统的。在中国北京，中外话剧表演艺术家们如此密集地从各自角度演绎同一位剧作家的不同剧作，这应该算开启了我国话剧界的一个“第一”。

契诃夫逝世百周年纪念活动似乎意犹未尽，2004年的余韵延伸到了2006年。2006年11月10—20日，俄罗斯著名戏剧导演瓦伦金为中央戏剧学院表演系03级1班导演了毕业汇报演出剧目《伊凡诺夫》。瓦伦金中国版的《伊凡诺夫》大胆融入了一些中国传统文化的元素，舞台上充满了中国民族特色，但是这一尝试不算成功，没有收到预想的效果。不过，这从另一方面说明，契诃夫的戏剧是开放式的，是面向未来的，是能够接纳八面来风的，每一代人都可以阐释出“我的契诃夫”。这就正如巴赫金在谈到陀思妥耶夫斯基时说的话：“在长远时间里，任何东西都不会失去其踪迹，一切面向新生活而复苏。在新时代来临的时候，过去所发生过的一切，人类所感受过的一切会进行总结，并以新的涵义进行充实。”[1]

1.《巴赫金全集》第4卷，石家庄：河北教育出版社，1998年版，第373页。

2011年，为纪念契诃夫诞辰150周年，首都的话剧舞台上再次出现契诃夫的经典名剧。5月5—14日，中央戏剧学院表演系本科2006级2班上演了《三姊妹》。学生们的表演虽显稚嫩，但感动和震撼我们的仍是契诃夫对人类生活的困苦与未来生活的幸福所做的深刻诠释与向往。中国人第一次看到契诃夫的面容是在1921年，这一年《小说月报》的《俄国文学研究》号外上刊载了契诃夫的传记和照片。从此，这位戴着夹鼻眼镜的俄国作家的形象深深地嵌入了中国读者的心。90年后，契诃夫的形象首次出现在中国的话剧舞台上——2011年的1月30日“契诃夫与我们”——纪念契诃夫诞辰150周年学术研讨会后，北京蓬蒿剧场首演了童道明先生创作的话剧《我是海鸥》——契诃夫的形象是这部剧的最大亮点，当然它仍在延续契诃夫的经典名剧《海鸥》中对爱情和艺术的思考。

2012年9月，中国国家话剧院首次把契诃夫的处女作《普拉东诺夫》这部数十年来一直在欧美国家上演不衰的话剧推上了中国舞台，从而揭开了该年度“首届国际戏剧季：永远的契诃夫”的序幕。在这个序幕拉开之时，契诃夫就在中国赢得了新的年轻的知音。[2]

2.7月15日这天，中国国家话剧院的排练厅里，举行了一个非常“契诃夫式”的仪式：在王晓鹰导演的指导下，一群未化妆的中国演员向一百多位戏剧爱好者和记者朗读契诃夫的这部戏剧处女作。

作为中国读者最喜爱的外国经典作家之一，契诃夫被中国读者认识和接受已逾百年，而他的戏剧作品进入中国文化语境也已近百年。

契诃夫的剧作以其大胆的创新成为 20 世纪戏剧的先驱。尽管当今中国的现代派话剧更多的是借鉴西方，但西方现代派戏剧也在契诃夫那里汲取过不少的养分。契诃夫戏剧一直是我国文学翻译界、文学评论界、戏剧界（理论研究和表演实践）学习和研究的重要课题。

契诃夫的戏剧在中国传播的历程已成为“契诃夫经验”的重要组成部分，这一现象之所以能够出现，原因是多重的。我国的契诃夫研究已有一些探讨，但其中有一点似乎强调得不够，即这和我国文学界、戏剧界每一阶段对“翻译、评介契诃夫剧本——演绎契诃夫戏剧”几近同步的运行密切相关。可以说，这两者像一根匹配与咬合良好的链条，一直没有脱节、断裂。契诃夫戏剧在中国的传播事业中，就翻译而言，成就最为突出的首推翻译家曹靖华和焦菊隐；就研究而言，贡献最大的当属朱逸森、李辰民和童道明三位学者，而童道明又是中国当代戏剧界公认的契诃夫研究专家；就话剧舞台上的呈现而言，最为优秀的团体非北京人民艺术剧院莫属。

从契诃夫戏剧在中国的传播历程这一角度考量中国文化语境下的“契诃夫经验”，或许对于梳理和总结从同样视角观照的“莎士比亚经验”、“易卜生经验”等也能起到一些启迪和借鉴的作用。

第六章　20世纪下半期中俄文学交流（三）

第一节 中国作家追随苏联革命文豪高尔基

高尔基(1868—1936)，是中国人民的真诚朋友，他与中国现当代的历史密不可分。

回眸远望，“以俄为师”的新民主主义革命的先驱们曾在“海燕”精神的感召下，高声呼唤“让暴风雨来得更猛烈些吧”。遥想当年，从解放区、国统区走出的一批青年，带着“母亲”的厚爱，昂首步入暴风雨洗涤出的新世界，决心为新生的共和国绘出一幅红色苏联式的蓝图。曾几何时，“生在新社会，长在红旗下”的一代天骄，怀揣“童年”的梦想，欣然闯入“我的大学”，在广阔天地百炼成钢，而今“在人间”担当起21世纪实现“中国梦”的不可替代的力量。几代中国人的心灵历程中，叠加着高尔基的影子。

中国的伟大淳朴的人民，中国的革命力量深深吸引着高尔基。

1900年，在给契诃夫的两封信里，高尔基表达了自己渴望能到中国旅行的心情。

1909年，高尔基在中篇小说《夏天》中塑造了中国人民的美好形象。在他眼里，中国农民具有勤劳朴实、爱好和平、反对不义战争的传统美德。

1912年，辛亥革命后的一年，高尔基致信孙中山，热情赞扬孙中山是中国的“赫尔古烈士”(古希腊神话中的英雄)。

1932年，以高尔基为首的革命作家，如绥拉菲摩维支、法捷耶夫等，致电中国人民，严正抗议日本帝国主义侵占东北、蒋介石反动派压迫国内人民。

1934年，高尔基带头倡议，与阿拉贡、阿·托尔斯泰等世界名人共同发出呼吁，反对日本侵华。

逝世前夕，高尔基仍然关注着中国红军和东北义勇军的情况，预言“他们是好样的，是一定会成功的”。

当我们在政治的低压下苦闷徘徊的时候，高尔基总是雪中送炭。中国人民不仅对他的作品深怀崇敬，而且也一向视他为精神上的兄弟、同志。

1933年，邹韬奋流亡到莫斯科后不久，写信给高尔基，表达了他的敬慕，希望能见到这位伟大的作家，还准备把他编译的《革命文豪高尔基》一书亲自送给高尔基。

1935年6月，在莫斯科红场上全苏联体育大检阅时，作为驻苏记者的戈宝权有幸看见了高尔基。

1936年6月，一代文豪高尔基与世长辞，戈宝权又在红场上参加了他的葬礼。

在江西瑞金，中国的“红都”，中央苏区召开的第二届中华苏维埃大会上，高尔基曾被选为名誉主席之一。

在延安，人们以各种形式多次纪念高尔基——专题报告、见过他的人谈印象、朗诵他的作品、编演他的《母亲》……

当高尔基生命垂危的消息传到中国时，成立不久的文艺家协会正在上海举行会议。会议通过的第一项决议是致信慰问高尔基。

三四十年代，高尔基的作品在中国读者尤其是进步青年中间十分流行。当时由于随身携带高尔基作品而被捕的事时有发生。

在国民党反动统治下，高尔基的作品出了被禁，禁了又出。不同的版本以顽强的精神，源源不断甚至改头换面地印行。

多少年来，中国人民一直把高尔基视为雪中送炭的朋友、心灵上的知音。尽管在很长的一段时期内，中国人心目中的高尔基有些变形，但他给予中国读者特别是五四运动以后的进步青年以相当深刻的影响。

高尔基的作品早在辛亥革命前就进入中国，至今已有百余年的历史。

1907年，吴梼从日译本重译了高尔基的《忧患余生》。根据目前掌握的资料，这是高尔基作品的最早中译本。1908年，留日中国学生在东京出版了高尔基的短篇名作《鹰歌》(即《鹰之歌》)的中文节译。1916年，上海推出高尔基的小说《廿六人》(即《二十六个和一个》)的中译本。1917年，周国贤(即周瘦鹃)从英文转译高尔基的《意大利童话》中的第十一篇《大义》，译文前有一段题为“高甘小传”的作者简介。上述四种译文均不是直接译自俄文，介绍也十分简要。它们是我们所知的五四运动前中国最早的高尔基作品的中译本。

我们认识到高尔基对于中国的重要性，从而开始认真地大量介绍翻译他的作品，是在五四文学革命以后。

最初，高尔基的各种短篇作品不断地出现在中国读者面前。

1919 年，高尔基的短篇小说《鲍列斯》（即《他的情人》）由胡适翻译发表。1921 年，郑振铎译的《木筏之上》以及孙伏园、沈泽民、胡根天等人的高尔基其他译作，被陆续刊登在这一年的《小说月报》上。1923 年，第一篇直接由俄文译成中文的高尔基作品——《意大利童话》第十三篇《劳动的汗》，经瞿秋白翻译问世。在这之后，高尔基的短篇作品被陆陆续续翻译过来，从未间断，在《小说月报》、《中国青年》等文学刊物和革命刊物上经常亮相，开始引起广大读者的注意和喜爱。经过 1925—1927 年的革命，高尔基的短篇、中篇和长篇小说以及其他体裁的作品的译文更是层出不穷，主要形式是单行本。

1927 年，李兰翻译了《胆怯的人》（即《福马·高尔杰耶夫》），这是译成中文的第一部高尔基长篇小说，也是高尔基的第一部长篇小说。1928 年，上海推出三部从英文转译的高尔基作品集，即宋桂煌的《高尔基小说集》、朱溪的《草原上》和郑效洵的《绿的猫儿》。同年，洪灵菲翻译了《童年》的第六章，定题为“沉郁”。从此，翻译高尔基的作品便成为文坛的风气。1929 年，陈勺水从法文转译了十月革命后高尔基的代表作《日记片段》。

这样，在我国现代文学的第一个十年中，高尔基作品的翻译初具规模。中国读者开始领略高尔基多方面的创作天赋。

三四十年代——中国新文学发展的重要阶段，是高尔基在中国影响最大的时期。鲁迅、茅盾、巴金、郁达夫、瞿秋白、柔石、冯雪峰、周扬、夏衍等，都是高尔基作品的积极译介者。

这一时期高尔基作品的翻译出现了一些新特点。

高尔基的各类体裁的作品翻译明显增多。像小说、剧本、回忆录、政论、文论等的中译本，以单行本的形式连续不断地问世。到了 40 年代末，高尔基的重要作品几乎都有了中译本，而且出现了一作多译、一书多版的情况：《童年》在 1930 年至 1948 年的十八年间，共有六种译本；剧本《在底层》曾有译自日文、英文、俄文的八种不同译本，分别以《夜店》、《下层》、《深渊》等为名；《和列宁相处的日子》有过六种译本；广大中国读者熟知的长篇小说《母亲》、自传体小说《在人间》和《我的大学》等都出现过两三种以上的译本。许多重要作品的译作一版再版，像夏衍译的《没用人的一生》、姚蓬子译的《我的童年》、巴金译的《草原故事》（即《草原集》）都有四五版面世。

这个时期，中国人民自己翻译、编选、出版的高尔基著作选集和文集有不少种，如鲁迅编的《戈里基文录》、黄源编的《高尔基代表作》、巴金编的《高尔基杰作选》、杨伍编的《高尔基文学论文集》等。高尔基逝世的1936年，上海推出六卷本《高尔基选集》，该集是这个时期收有高尔基多类作品的一部重要的多卷本文集。这一年高尔基的作品在中国共出了34个版次。那个年代，出版者敢冒天下之大不韪，是因为发行高尔基作品有利可图，而在这一表象的背后，是广大中国读者对高尔基作品迫切的需要。

1928—1937年，是俄苏文学翻译活动十分活跃的年份，文学作品的译数迅速上升。高尔基成为最受欢迎的外国作家，他的作品初版数达44种，超过任何一位旧俄作家（屠格涅夫30种，契诃夫20种，托尔斯泰14种，陀思妥耶夫斯基14种）。

三四十年代，根据高尔基小说、剧本改编的话剧，同样受到中国读者的热烈欢迎。由柯灵、师陀从《底层》改编的话剧《夜店》，在上海公演后，反响极佳。由田汉改编的《母亲》、王元美改编的《小市民》、焦菊隐导演的《夜店》等，均成为在中国剧坛风靡一时的高尔基戏剧作品。

50年代以前的高尔基各类作品的译本，在今天看来，很多是不完善的，有的甚至非常粗糙。但在过去，即使是很差的译本照样也有销路。这说明基于深刻的社会根源，中国读者对于高尔基作品的需要十分迫切。

新中国成立至今，我们一直非常重视高尔基的作品。人民文学出版社编译的20卷高尔基文集，已于1986年全部出齐。该集成为我国介绍外国文艺名著发行量最大、最受重视的一种。

通观我们对俄苏文学的接受史，在1928—1987年的60年内，高尔基文学作品初版数为161种，包括小说120种、戏剧39种、诗歌2种。高尔基作品翻译出版数量在所有俄苏作家中，一直雄踞榜首。

高尔基是一位特殊的作家——早期是旧俄作家，后期是苏联文学的代表作家，因此高尔基作品形成我国俄苏文学翻译乃至评论中的一个特殊现象。

在我国文学界最初介绍高尔基的阶段，即五四运动之前，突出的是作家的坎坷际遇和不畏困苦、追求自由的精神，强调的是作家本人和他的作品与下层人民的密切关系。

五四运动以后，直至1927年，比起其他作家，高尔基的创作还没引起中国文艺界的广泛注意，所以其作品的中译也相对较少。尽管评论者们有意试图通过自己的评介宣传各种文学主张，但当时能参考的国外高尔基研究的资料有限，而这些资料中的观点多有交叉。这就使得这一时期我们对高尔基的介绍、评论在无意中避免了片面性。

1924年，郑振铎在他编著的我国第一本《俄国文学史略》中，列有专节评述高尔基。郑振铎将高尔基视作一个写实主义者，认为高尔基塑造的人物都是凡人，不是英雄，他的作品传达出反抗的呼声。但苏联庸俗社会学的观点对郑振铎也有影响，这从他对高尔基在1905年和1917年两次革命间的作品不高的评价中反映出来。

1928年，高尔基诞辰六十周年纪念成为高尔基在中国的影响由小渐大的一个转机。我国报刊登载了一批纪念、评介的文章，其中赵景深的《高尔基评传》和耿济之的《高尔基》最有代表性。它们对高尔基的生平和创作做了较为系统的介绍，对他各个时期创作的基本特征做了简明概括。

赵景深对高尔基创作完全以体裁划分，以今天的眼光来看，难免过于机械化，但他的一些观点很值得重视。如他认为高尔基早年创作风格是在写实主义内，挟带着一点浪漫主义，直到创作后期高尔基才真正显示出是个写实主义者。当然赵景深的某些观点还可以商榷，像他认为高尔基的作品几乎没有风格，高尔基不会分析现代人的心理。不管怎样，这毕竟是个人的独立的思考。赵景深的文章主要着眼于高尔基的艺术方法。耿济之的文章则更多地探讨渗透在高尔基中后期创作中的文化因素和道德因素，以及它们在表现俄罗斯民族心理、民族性格方面的巨大意义。尽管侧重点不同，但他们都没有忽略高尔基作品的艺术特色。从社会政治和艺术角度对《母亲》的评价，很好地反映了这一点。

北京俄文专修馆的毕业生、俄文和中文造诣均深的耿济之，在直接阅读高尔基原著、广泛接触研究资料的基础上，写出了《高尔基》。文章简明扼要地概括了高尔基每一时期在题材、人物、风格等方面的变化，几乎涵盖高尔基的全部重要作品。耿济之特别看重1905年革命失败后高尔基作品的价值，认为高尔基三十五年里的心血结晶——二十巨册的文集，可以称得上是部“近代俄国的民族史”。

还是在1928年，钱杏村（阿英）以《曾经为人的动物》一文，对高尔基的“流浪汉小说”里的佳作《沦落的人们》做了深入的艺术分析。该文大概是20世纪20年代中国人写的唯一的一篇高尔基单篇作品的研究专论。尤为难得的是，钱杏村不再像其他的评论者那样，凭借国外的研究资料做一般性的介绍，而是评点国外研究者的观点，力求立足于作品本身，写出中国人自己的见解。

郑振铎、赵景深、耿济之、钱杏村和我们下面拟将谈及的瞿秋白等人的评论互相呼应，展示出 20 世纪 20 年代我国文学界高尔基研究的整体水准，反映出中国人在认识高尔基作品的意义和价值时的不同倾向。

整个 20 年代，我国有关高尔基的评介文章和书籍，在数量上超过了同时期我们对其他所有外国作家的评介。

三四十年代，中国现代文学水平有很明显的提高。高尔基及其他俄苏名家在中国的影响日趋扩大。这期间我国出现了三次评介高尔基著作的高潮。

第一次高潮是在 1932 年高尔基创作活动四十周年之际。1932 年前后，茅盾、夏衍等人先后编撰各自的高尔基评传，周扬和阿英相继编选出《高尔基创作四十年纪念论文集》和《高尔基印象记》，邹韬奋和黄秋萍分别编译出版《革命文豪高尔基》和《高尔基研究》。

第二次高潮是在 1936 年高尔基逝世的时候。这一年，上海编辑出版了两本文集——《高尔基》和《高尔基选集》第六卷（评传）。

1946 年高尔基逝世十周年引起高尔基评介的第三次高潮。这一年，戈宝权接任《高尔基研究》的主编，一年内出版十三期。《高尔基研究》创刊于 1942 年，曾由当时在中国的苏联学者主编。

《高尔基创作四十年纪念论文集》

在这三次高潮前后，出现了一大批数量可观的成果。其中大部分是纪念性的文章，另外还有一些专著、评传等，大多也是根据苏联、日本等国研究者的著作编译或改写过来的，较少有中国人的独立见解。只有茅盾的《高尔基》、周扬的《高尔基的浪漫主义》、胡风的《M.高尔基片段》以及鲁迅、瞿秋白、巴金等人的论文和序跋，能代表三四十年代我国高尔基研究的高水平。

对于三四十年代大部分中国现代作家来说，高尔基给予他们的影响，远不止是文学上的，更主要的是人格上和精神上的。郭沫若、冯雪峰都曾就这一点做过精辟的描述。的确，高尔基比任何外国作家都更有力地影响了现代中国作家的世界观和文艺观。

"影响"的种子只有播在准备好的土壤上才会萌芽生根。因此，"影响"是一个复杂多样的过程，它常常发源于一种心理的或意识形态的启悟，某种外来的东西突然点亮了接受方长期思考的问题，从而给予接受方一种新的解决的可能。

从中国对高尔基的接受来看，既有深刻的社会根源，又有中国知识分子传统的文化心态的因素。

五四运动以后，中国现代社会的背景、需求，笔者已在前几章做了不同程度的介绍，在此不再重复。现在来看一看中国知识分子传统的文化心理结构。

"民生"是历代中国政治思想的中心。孟子思想中的"仁政"，其核心就是"民生"问题。从孟子到孙中山，"民生"观念一直贯穿了两千多年。这一观念世代相沿地体现在传统士大夫的理想中——传统士大夫往往都有"先天下之忧而忧，后天下之乐而乐"的远大抱负，表现在行动上就是"政治挂帅"。到了现代，在中国知识分子阶层中，这个政治化倾向就变成了"救国"或"革命"的献身精神和使命感。中国现代知识分子自觉不自觉地承接了士大夫阶层"以天下为己任"、"家事、国事、天下事，事事关心"的传统，而时代更把中国现代知识分子推向服从于政治变革与改造社会的轨道。

从"影响"的发送方来看，来自下层的高尔基比以往任何作家都更深刻地了解挣扎在生活底层人民的生活和心灵，他最充分地传达出受苦受难的民众的心绪和愿望。正是他一些作品的这种平民意识和人民性，不仅对俄国革命产生了巨大的积极影响，而且引起了具有强烈的政治意识和社会使命感的中国现代作家，乃至整个知识阶层的极大敬意和关注。

在上述客观的历史条件和主观的心理因素的作用下，高尔基成为中国现代作家极力推崇和借鉴的对象。

高尔基的早期流浪汉小说和自传体三部曲，让有着相似经历的中国的文学青年在回顾自身成长历程时，感到分外亲切。

路翎在晚年回忆高尔基对他的影响时，激动不已。他指出，高尔基的《在人间》、《草原故事》、《下层》是使他感动的文学读物，对他本人的世界观很有影响，帮他形成了美学的观点和感情的样式。高尔基作品中对沙皇黑暗制度的抨击，对工人、流浪汉等下层人民的感情，成为路翎日常观察事物的重要依据。同样的流浪汉生活的经历，使得路翎被高尔斯的流浪汉小说吸引住了。在他描写下层人民的作品里，相当多地描写了流浪汉。在写《饥饿的郭素娥》时，高尔基的《马尔华》中的劳动妇女形象一直萦绕在路翎的脑际。路翎从步入文坛起，整个文学创作活动都带着清醒的平民意识。

艾芜创作第一个短篇小说集《南行记》时，不自觉地受到高尔基的感染。像高尔基那样，艾芜带着满腔热情去挖掘他曾朝夕相伴的中国流浪汉们的善良心灵、复杂个性和精神创伤，竭力表达出一般民众对于自由生活、人性正常发展的渴求。其中《我的旅伴》使人不禁联想到高尔基的同名作品，《偷马贼》也很容易让人将它与高尔基的《朋友》联系起来。艾芜的自传体小说《我的幼年时代》、《童年的故事》和《我的青年时代》中广泛渗透的主体“我”，明显表露出从高尔基自传体三部曲《童年》、《在人间》和《我的大学》里获得的启迪。

高尔基笔下的流浪汉世界，带着特有的清新风格和神奇魅力，吸引了当时许多中国的文学爱好者走上文学创作的道路。高尔基笔下的流浪汉们冲出黑暗的渴望和行为，正符合中国读者反抗黑暗社会的普遍情绪，成为他们认识生活、接触生活的一个重要途径。

高尔基的《母亲》对中国现代作家的影响也不只是思想上、精神上的。

同瞿秋白一样，蒋光慈也曾留学苏联，后来在成为一名早期共产党人的同时，也成了一位文坛的知名作家。因而他与瞿秋白的文学创作，具有与众不同的轨迹。有别于高尔基描写工人生活的《母亲》，蒋光慈的小说《咆哮了的土地》展现了一幅中国农民运动的图景。这篇小说在创作方法上明显带有《母亲》的痕迹。

《母亲》还使一贯擅长写浙东农民和知识分子生活的王西彦，对工厂和工人生活产生了兴趣。1936 年，他写下描写工人斗争生活的短篇小说《曙》。

三四十年代，在中国读者中最为流行、最有影响的高尔基作品，莫过于流浪汉小说、自传体三部曲、《母亲》及《底层》等。中国广大读者和作家通过它们了解到高尔基的精神以及作品的力量和源泉。这些作品在一定程度上起着革命教科书的作用，在中国读者中间具有神奇的力量。高尔基对三四十年代的中国作家群体有着普遍性的影响。下面我们通过邹韬奋、瞿秋白、鲁迅、茅盾、巴金来考察一下，中国现代作家对高尔基及其创作是如何理解、把握、借鉴与再创造的。

30年代初，邹韬奋看过一本美国教授的专著《高尔基和他的俄国》，觉得书中有许多引人入胜的事实，如果介绍到中国，一定会令人兴奋。于是他在百忙中挤出时间，编译完成一本20万字的《革命文豪高尔基》。1933年7月，该书在上海问世，立即受到全国广大的读者特别是青年读者的热烈欢迎。到了次年4月，就已发行到第3版。在国民党反动统治下，这算得上奇迹。

《革命文豪高尔基》引起鲁迅的注意。1934年5月，鲁迅致信邹韬奋，认为此书是给中国青年的很好的赠品，并提出如果有插图就更有趣味，还表示如果需要，他可以把自己的《高尔基画像集》借给他制版。

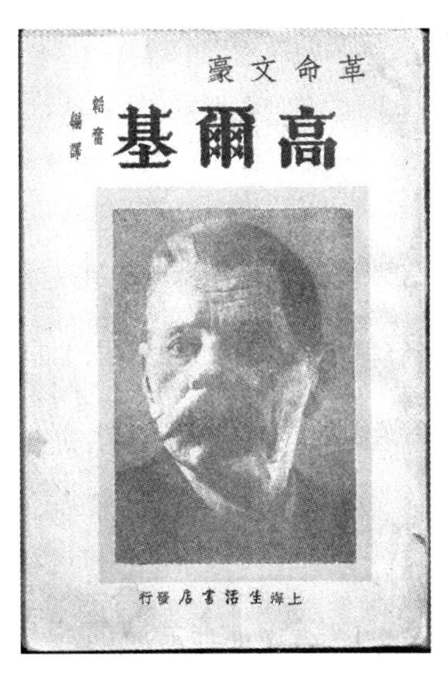

《革命文豪高尔基》封面

尽管还有这样和那样的缺点，但在中国作家编写的有关高尔基的著作中，《革命文豪高尔基》是一部较早的较为详尽的传记。

1933年正是国民党的白色恐怖加剧的时候，邹韬奋编译完《革命文豪高尔基》后，就于7月流亡国外。抵达莫斯科后，不懂俄文的邹韬奋，立即用英文写信给自己敬慕已久的高尔基，表达了希望见到这位革命文豪的心情，并准备把《革命文豪高尔基》送给高尔基本人。

高尔基是否会见过邹韬奋，有没有给邹韬奋回过信，到目前为止，还没有能够印证的史料。

在苍茫的大海上，狂风卷集着乌云，一只海燕冲破层层阻霾，高声呼唤着暴风雨的到来……这一几代中国人较为熟悉的画面，今天的中学生朋友也不会陌生。《海燕之歌》——高尔基的著名散文诗，它的第一位中文译者就是瞿秋白。

瞿秋白是五四运动以后我国高尔基作品的最早译介者、研究者之一。瞿秋白的译文忠实于原作，极好地传达出原作的精神。不仅如此，他在介绍、评论高尔基方面也很有建树。

20 世纪 20 年代，瞿秋白旅俄期间完成的《俄国文学史》，其中就有论及高尔基的文字。这段不长的文字主要集中评述高尔基的早期创作，特别是高度评价了流浪汉小说。瞿秋白还强调，作家的文学精彩之处不在《歌狄叶夫》(即《福马 · 高尔杰耶夫》)、《底里》(即《底层》)、《三个》(即《三人》)、《母亲》等几部作品。由于身为作家的瞿秋白又是一位出色的政治家，所以他对高尔基作品的评判有自己特定的取舍标准。像他对《母亲》之后的大量作品只字不提，恐怕就是受到 20 世纪 20 年代苏联“无产阶级文化派”的影响。“无产阶级文化派”指责高尔基为“同路人”。瞿秋白当时并未看清这一派的偏颇，对高尔基的评价某些地方有失公允、客观。

20 世纪三四十年代，中国文坛出现一种片面化的倾向：有些人仅仅抓住高尔基创作中的几部作品，一再宣传他的革命意识。瞿秋白很有代表性。他翻译过《高尔基论文选集》、《高尔基创作选集》、《高尔基——伟大的普洛艺术家》等文，还写过《关于高尔基的书——读邹韬奋编译的〈革命文豪高尔基〉》和《“非政治化的”高尔基——读〈革命文豪高尔基〉二》等文。译文和论文在观点和意图上具有一致性，基本上都是对高尔基各个时期的主要创作与俄国革命的关系进行描述。

瞿秋白对高尔基的翻译和评介，注重的是作家、作品与革命的关系，强调的是作家的革命意识。

作为一位颇有天赋的作家，瞿秋白自然也会从高尔基那里汲取营养，充实自己的创作。他的《水陆道场 · 暴风雨之前》在艺术构思、表现手法和语言艺术方面，直接模仿了《海燕之歌》。文中作者满怀激情地呼唤：“暴风雨呵，只有你能够把光华灿烂的宇宙还给我们！只有你！”这分明是高尔基式的呼唤——“让暴风雨来得更猛烈些吧！”瞿秋白的全部文学活动都鲜明地贯穿着服务于社会政治斗争的目的。

长期以来，在中国和苏联文学界，鲁迅都享有“中国的高尔基”的盛誉。苏联人彼得罗夫认为，把鲁迅和社会主义现实主义文学的创立者高尔基相提并论是完全应当的。

鲁迅十分推崇高尔基，但反对别人把他比作中国的高尔基，认为伟大的高尔基无人可比。

鲁迅翻译过高尔基的《俄罗斯童话》、《恶魔》和《谈谈我怎样学习写作》，还有一些苏联、日本等国学者的高尔基研究论文，并为不少高尔基作品的中译本写序言和介绍，同时又在许多文章、书信中论及高尔基。

鲁迅十分反感有知识的人摆出上等的姿态，极其赞赏高尔基始终如一的平民意识，以此告诫文学青年。另外，当大多数评论者死死抓住几部作品不放，纷纷热衷于高尔基某些作品对俄国革命的意义，积极高扬高尔基的革命意识时，鲁迅发现了高尔基在剖析俄罗斯国民性方面的功力和成绩。仅从《俄罗斯童话》中的十六则篇幅短小的故事中，鲁迅就洞察到，高尔基“写出了老俄国人的生态与病情”。这种敏锐与深刻，首先来自鲁迅本人的思想艺术追求。这种追求恰好与高尔基的艺术追求发生了精神上的契合。

高尔基在第一次俄国革命失败后，将关注的焦点从改造社会环境转向重铸俄罗斯人的民族灵魂。高尔基创作生涯上的这一重大转折，不为一般读者察觉，也少有研究者探讨。只有鲁迅从作家、评论家和翻译家的多种角度，准确地把握住高尔基创作道路中期的这个转变，从而找到了一位异国知音。

鲁迅对高尔基的平民意识以及他的深刻的人民性有着透彻的理解，并积极弘扬倡导，其用意在于增强中国现代作家们的平民意识和人民性。这一努力使得人道主义、人民性在20世纪三四十年代中国文学中得以承续、强化。鲁迅、茅盾、瞿秋白、邹韬奋、巴金、路翎、艾芜、蒋光慈、胡风、张天翼、夏衍、王西彦……众多的中国现代作家注意到，平民意识是高尔基精神的核心，人民性是高尔基创作的力量源泉，两者贯穿于作家的全部作品中。不少作家将高尔基作为具体的学习与借鉴的范例，在高尔基的影响下形成自己的平民意识，从而在作品中显示出人民性的特征。

在我国，不少当代读者知道茅盾的《雷雨前》与高尔基的《海燕之歌》具有某些共同点。还有评论者从赏析的角度将两者加以比较，像1985年谭学纯发表的《让暴风雨洗涤出崭新的世界——高尔基〈海燕〉、茅盾〈雷雨前〉比较赏析》一文。但在我国文学界的茅盾与外国文学关系的研究中，很少有人去全面地考察高尔基对茅盾的影响。

1930 年，茅盾的《关于高尔基》一文反映出茅盾对高尔基的深刻了解。在这篇文章中，茅盾以《母亲》和《童年》作为划分高尔基创作道路三个阶段的标志，简明扼要地介绍了作家从“开风气，振人心”，到“社会主义的高尔基”，再到“诗人的高尔基”——三个阶段的成就与风格特征。茅盾着重从整体上把握高尔基的创作，客观地肯定高尔基每一时期作品的独特意义和影响。比起当时和后来只抓住高尔基浩繁多样的创作中的少数作品的评论者们，茅盾确实更胜一筹。

茅盾也像鲁迅一样，十分注意高尔基作品中的平民意识。20 世纪三四十年代，他曾多次谈到，来自社会底层的高尔基在成功之后始终没有抛开平民意识。

茅盾在评论上对高尔基颇有己见，在创作实践中也深受高尔基的启发。

茅盾曾表明，高尔基的作品增长了他对现实的观察力，而高尔基特有的处置题材的手法也使他在熟知的古典作品手法之外看到一个新的境界。

高尔基善于从宏观上鸟瞰式地巡视千姿百态的社会人生，而且善于通过对现实的敏锐洞察和深入剖析，把握社会各阶层的生活，捕捉社会动态发展的变化和人们精神心理的微妙变动。从第一部短篇小说《马卡尔·楚德拉》直至最后一部四卷本长篇小说《克里姆·萨姆金的一生》，高尔基从探寻流浪汉的生活与心灵世界起步，逐步塑造出大千世界的小市民、农民、手工业工人、知识分子、外省商人、中产阶级人士的形象。

茅盾对五四运动以后的中国社会有比较深刻的研究和了解。他也长于俯视社会现实，捕捉当代社会生活中的重大事件以及它们对各个方面的影响，同时也像高尔基那样，时时注意“研究生活的一切参加者”——工农大众、青年知识分子、大小军阀、政客、各种资产者。

茅盾认为高尔基处理题材的角度很独特，对自己很有影响。高尔基是从“人的心灵运动”的角度来挑选、组织材料，因此构成高尔基作品的主脉材料是人物内心世界的欲望、意向、观念之间的冲撞，人物心灵深处的矛盾和人物之间在心理、思想、道德情感的横向联系中的纠绊。

同高尔基相似，茅盾重视社会精神生活的流程，将人物放到历史变迁的大背景下，从人物的心灵运动中折射出生活的变动。这也是茅盾小说艺术的重要特色之一。作为小说家的茅盾，心理描写不只是刻画人物形象的艺术手段，而是反映生活本质的一种方式，甚至就是生活本身实实在在的内容。

在《子夜》中，茅盾让吴荪甫在几条战线上奔波往来，让他不断地随公债投机、企业活动和家乡事业等多方面的胜利和失败的波澜而起伏。在时而兴奋、时而忧虑、时而镇定自若、时而急躁不安的复杂心理活动中，将吴荪甫的心理状态和精神面貌展现给读者。在《幻灭》中，茅盾让章静始终处于兴奋和幻灭不断交错的心境里，通过对她跌宕起伏的心理动态的揭示，反映革命浪潮冲击下某些知识分子的共同特点和命运。茅盾其他的小说，像《动摇》、《追求》、《腐蚀》等都鲜明地体现出茅盾刻画人物心理时的高尔基式的大手笔，探索人物内心的奥秘、人物心灵深处的矛盾，意在揭示这些冲突的社会性、时代性，进而表现特定时期的社会情绪和社会心理的典型特征。

20 世纪 30 年代初，巴金就翻译了高尔基的短篇小说。后来他又编选了五卷本《高尔基短篇小说集》，该集收有他自己的译作。

文学翻译与文学创作几乎同时起步的巴金，在翻译高尔基的早期作品时，开始尝试写短篇小说。巴金曾表示，他特别喜爱高尔基的短篇小说。高尔基短篇小说的第一人称叙述样式曾给予巴金很大的启迪。巴金多次提及《伊则吉尔老婆子》中的勇士丹柯，巴金极为欣赏高尔基身上的丹柯精神——以“燃烧的心”驱散黑暗和愚昧，为人类照亮光明前途。巴金也是个极富激情的人，有着一颗炽热的心，渴望“把心交给读者”，向读者直接倾吐“奔放的感情”，这就使得巴金很快从高尔基作品中，找到了最适于表达自己思想情感的艺术形式，即第一人称的小说样式。这一叙述角度便于和读者交心恳谈、沟通感情。《灭亡》、《春天里的秋天》、《家》、《寒夜》……无不让读者感受到巴金那颗“燃烧的心”。

从这一点上看，巴金准确地抓住了高尔基创作个性上的一个基本特点。

“文如其人”，我们能从高尔基的作品看到作家的善意真诚，我们也能从巴金的小说中感受到巴金的诚恳直率。巴金喜爱高尔基的作品，也是因为高尔基诉诸作品强烈的感情，并赋予这种感情以淋漓酣畅、力度十足的艺术表现。

像高尔基一样，巴金也擅长以情动人。这一点源自感情的积累，更是得益于两位作家思想的深度。没有高尔基的深厚博大的人道主义、平民意识和他对重铸民族灵魂的关注，没有巴金的民主主义意识和爱国主义深情，以及他对光明和正义的执著追寻，他们的炽热情感就会缺少底劲。

20 世纪三四十年代，对高尔基作品的评价和翻译在量上压倒其他任何外国作家。这一绝对的优势表明了中国知识分子阶层对高尔基的兴趣及热情，这股热情一直持续到新中国成立以后。那时每一个中国人都处在为新生的共和国献出一切的高昂情绪中。红色苏联——人类历史上第一个社会主义国家成为我国社会文化生活诸方面崇敬、效仿的楷模。在这样的时代中，高尔基和他的作品受到格外的推崇。

在 1949—1966 年的十七年间，纪念、回忆、介绍高尔基的文章占绝对优势，但有分量的不多，大多数内容都很空泛，真正具有研究性质的论文很少。另外，研究课题的选择面十分狭窄。即使有关高尔基的研究著作，绝大多数不是撰写，而是翻译或编译。

这一时期我们对高尔基的评介有两大特点：竭力突出高尔基的革命意识、政治斗争意识，有意强调高尔基的“人学”思想、人道主义精神。由于十七年间的社会氛围，前一种倾向占压倒一切的优势。评论者们一窝蜂地涌向高尔基的少数几部作品，像《母亲》、《海燕之歌》等。大家乐此不疲地反复阐释这些作品的政治意义、对现实斗争的指导作用，却对高尔基的创作整体视而不见。

这样，通过评论界以偏概全的引导，在一般中国读者视野里高尔基是一位以文学创作为政治斗争服务的典型，是一位善于塑造“工农兵”英雄形象的作家，又是一名俄国革命和苏维埃社会主义革命建设的歌手。这一强大的宣传导向甚至影响到“文革”前后出生的一代年轻人。记得我们上幼儿园和小学的时候，精神文化生活少得可怜。在翻来覆去读的几本小人书中，笔者印象最深的就是高尔基的《童年》、《在人间》和《我的大学》。从那里我们这代人知道了：高尔基从一个苦大仇深的流浪儿，成长为一个“根正苗红”的无产阶级作家。他给我们的印象只是会像海燕那样高喊“让暴风雨来得更猛烈些吧！”之类口号式的话。

从 20 世纪五六十年代我国对高尔基的评介、研究中可以看到，这个时代造就的知识分子，他们的思维方式和行为方式明显具有接受与服从的特征，它使一代人丧失了旺盛的创造力和灵活的理解力。但是也有冲破禁忌的特例。有一些评论者力求从整体上把握高尔基思想与创作的特质，着力强调高尔基人道主义精神这一代代相承的俄罗斯文学的优秀传统。

1950 年出版的肖三的著作《高尔基的美学观》，是我国系统阐述高尔基美学思想的首部专著。该书在一定程度上抓住了高尔基创作的精髓。

1957 年，钱谷融发表了《论“文学是人学”》一文，联系当时文坛的实际，把高尔基文艺思想的核心与反对极左文艺观念相联系，很有意义。但可惜的是，这一关于高尔基的“文学是人学”的思想的探讨，没能使评论界去进一步研究高尔基的文学观。

1962 年，继钱谷融之后，吴泰昌发表了《高尔基的文学是“人学”辩》。该文认为文学是“人学”属后人的误传，并非高尔基本人的原意，高尔基只是把文学当作“人学”或“民学”的源头。同年发表的许之乔的《“人学”短笺》持相反的观点。文章指出，高尔基确曾称文学为“人学”，“文学是人学”集中体现了高尔基的一个重要的美学思想。“文学是人学”的问题触及文学的本质、目的、作用等敏感的区域，因此许之乔的观点也没有得到我国评论界的普遍接受。

粉碎“四人帮”后，历史进入一个新时期。1977—1987 年间，我国各地报刊发表的高尔基研究论文近二百篇，还有一些我国学者自己编写的高尔基研究专著和普及性的小册子问世，像陈寿朋的《高尔基美学思想论稿》、《高尔基创作论稿》，谭得伶的《高尔基及其创作》。长期锁国，与外界隔绝，一旦开放便渴望了解外面的世界。这时，苏联及其他国家高尔基研究专家们的论文、专著也被译介过来。谭得伶的《高尔基学简论》一文，较系统地介绍了苏联高尔基研究的历史与现状；薛君智的《英美的苏联文学研究》，介绍了西方学者对高尔基的评论。

这些成果，给复苏不久的高尔基研究提供了一些新信息，对我国研究者有所启发，但长期的思想禁忌久已渗透在我们的文学观念、研究方法和思维套路之中，因此这些信息引起的反馈面并不大。

中国的文学界、评论界在改革开放的大潮中迅速更新着观念，种种变迁也在深化着人们对高尔基的认识与理解。

1980 年，刘保端以《高尔基如是说——“文学即人学”考》一文，激起关于“文学是人学”的又一轮探讨。文章同意吴泰昌 1962 年提出的观点。李辉凡针锋相对，以《我国高尔基文艺思想研究中的几个问题》和《论高尔基的人道主义》两篇文章，强调不必去深究高尔基是否说过“文学即人学”，重要的是通过他的多次言论和整个创作思想去思考。李辉凡还建议今后最好将“文学即人学”这一用语改为“文学是人学”。继而，吴元迈又撰文进一步阐明：高尔基在谈论文学是“人学”时，并非一般的人学，而是艺术领域的人学。李辉凡、吴元迈的观点具有代表性，基本上得到评论界认可。

随着文学视野的扩大和文学交流的加强，我们的高尔基研究的领域也得到了开拓。研究者开始涉及以往未敢涉足或未予深入探究的一些问题。陆人豪注意到高尔基重视批判小市民习气，张羽对于高尔基著作中的造神论观点加以探讨，李辉凡深入考察高尔基的人道主义思想……

进入 80 年代，伴随着比较文学在中国的复兴，一些研究者把比较的方法引入高尔基研究。有不少文章专论高尔基与列夫 · 托尔斯泰、马雅可夫斯基、叶赛宁等俄苏作家的关系，还有一些将高尔基与鲁迅、茅盾、郭沫若等中国作家加以比较。这类论文尽管深度不一，但都具有锐意求新的特点，是对我国长期单向化的高尔基研究的一种反拨。

曾几何时，中国许多作家、评论家把翻译和介绍高尔基的作品当作中国人民的精神食粮，当作自己的战斗任务之一。

多少年来，我们自以为已经很了解高尔基——“中国革命文学的导师”，其实不然。正如叶水夫在 1981 年大连高尔基学术讨论会上的开幕词中所说：“高尔基研究虽然已有很长的历史，但是，由于各种原因，没有弄清楚的问题还是不少的。”但这种状况至今仍未有多大改观。个中原因也许恰似约翰 · 班扬说过的一句话：“我因为背上的重负，不能够按我要求的速度那样走去。”

在高尔基研究的领域，大家都迫切地感到需要新的经验，但又往往欣赏旧日经验的安全。

近几年，在中西文学交流势不可挡的总趋势下，惯于顺从的中国人似乎对一切已有定论的外国作家，都要重新审视，重新评判。这是可喜的现象，因为在历次政治浪潮中，我们大多习惯的不是独立思考，而是按照某种既定的要求去否定某个人，也否定自己，在精神上完全丧失了自我。

对待高尔基的态度就是一个很好的例子。曾经红极一时、被我们偶像化了的高尔基，在意识流、朦胧诗、黑色幽默、荒诞派面前，显得落伍了，大有“门前冷落鞍马稀”之势。人们把对极左文艺路线、庸俗社会学的厌烦情绪统统倾泻到高尔基身上——有的大学教师不愿谈高尔基，有些研究者不愿谈高尔基与中国作家的关系，某些作家不屑谈高尔基对自己创作的影响——一沾高尔基，好像就有种不情愿的感觉。这种引导致使一般读者也对高尔基产生厌倦心理。

看来，“非此即彼”的传统认知方法是根深蒂固的。更新文学观念、转换观察视角、深化具体研究，并不仅是肯定过去被批判的作家，或是否定以往被肯定的作家。

其实，高尔基的思想和创作，就是一个丰富而复杂的世界。作家的精神世界广博而深邃，作家的艺术追求多元化、立体化，远非《母亲》、《童年》、《在人间》和《我的大学》能够代表的。

令人高兴的是，我国评论界已有人潜入高尔基艺术世界的深层，进行大胆突破。如汪介之的论文与专著就力图公正客观地考察高尔基与中国文学的关系，弥补庸俗社会学对高尔基的贬毁，向中国读者呈现一个不被拔高的高尔基，奉献一个丰富多彩的高尔基世界。

高尔基从19世纪跨进20世纪，将俄国文学领入苏联文学。作为俄罗斯民族文学的继承人，高尔基向世界昭示苏联文坛雄风犹在。

时光流转，代代年年。

1907—2013年，高尔基在中国的命运，正如他本人的生活经历，历尽坎坷，一度辉煌，一度黯淡。相比之下，辉煌的时期毕竟更长。

第二节 苏联最后的名诗人

亚历山大·特里丰诺维奇·特瓦尔多夫斯基(1910—1971)是苏联著名的诗人。1925年，特瓦尔多夫斯基发表了最初的诗作。1928年，他开始担任地方报纸的通讯员。30年代，他写有长诗《社会主义大道》（1931）和《开场白》（1933）、中篇小说《农庄主席的日记》（1932）、《诗集1930—1935》、组诗《在芬兰的雪地上》（1939—1940）等作品。1936年，长诗《春草国》的发表使他一举成名。

卫国战争时期，特瓦尔多夫斯基曾上前线，创作了长诗《瓦西里·焦尔金》（1941—1945）。作品塑造了一个勇敢质朴幽默的战士形象，这给他带来了巨大声誉。战后，特瓦尔多夫斯基发表了长诗《路旁人家》（1946）、《山外青山天外天》（1953—1960）、《焦尔金游地府》（1954—1963）、《近年抒情诗抄》（1959—1967），以及小说、散文和论集等。

特瓦尔多夫斯基两度担任苏联作家协会主办的《新世界》杂志主编（1950—1954，1958—1970）。在他担任主编期间，《新世界》发表的引起激烈争论的作品有奥维奇金的特写《区里的日常生活》（1952）、爱伦堡的回忆录《人、岁月、生活》（1961—1965）、索尔仁尼琴的中篇小说《伊凡·杰尼索维奇的一天》（1962）和他本人的长诗《焦尔金游地府》等。他主张"写真实"和"写普通人"，认为俄罗斯文学之所以赢得世界声誉，首先在于它"密切关注普通人"，亦即关注"通常所称的'小人物'"，并在某些文艺问题上同柯切托夫主编的《十月》杂志进行争论。

特瓦尔多夫斯基来自乡村，诗风接近民歌。特瓦尔多夫斯基主张写真实，写普通人，所以他在自己的诗歌中努力表现苏联人民的现实生活，着力描写平凡的人物，并且获得了巨大的成功。他的诗歌真实、质朴，富有鲜明的民族特色和丰富的感情色彩。他还创造了一种新型的史诗形式——抒情哲理诗。

俄罗斯联邦文化部长弗拉基米尔·梅金斯基在特瓦尔多夫斯基雕像揭幕式上致辞说："特瓦尔多夫斯基不仅是伟大的诗人，还是伟大的公民。他是伟大的战士。他一生都在战斗，他是农民的儿子，参加过苏联与芬兰战争，然后在生日的第二天，就参加了伟戴维国战争。战后他再次投入战斗，为士兵的记忆而战，为发表战争的真相而战，为了战友们，为了作家们，为了记忆。"

特瓦尔多夫斯基在中国以诗人著称。他的《瓦西里·焦尔金》、《春草国》、《山外青山天外天》等长诗，受到喜爱苏联文学读者的熟悉。但是作为《新世界》杂志的主编，他为刊物殚精竭虑，呕心沥血，与报刊审查机构斗智斗勇的故事却很少为中国读者所知。正是在特瓦尔多夫斯基的斡旋下，索尔仁尼琴的作品《伊凡·杰尼索维奇的一天》得以发表，进而影响中国文坛。因此，特瓦尔多夫斯基主编杂志，进而对俄苏乃至中国文坛产生的影响同样不容忽视。

与苏联时期著名女诗人阿赫玛托娃等相比，特瓦尔多夫斯基作品的译介数量较少。大多出现在俄苏文学研究大卷之中，如《俄罗斯文学史》、《苏联文学史》、《20世纪俄罗斯诗歌史》，很少有专著。而中国读者主要关注作品集中在《瓦西里·焦尔金》、《春草国》等具有民族和时代特色的长诗上，这些作品容易引起相似背景下中国读者的共鸣。而特瓦尔多夫斯基60年代以及后期的抒情诗，如组诗《纪念母亲》、《柳兰刚刚盛开》、《钻天的云雀》、《白桦》，现有资料可考证的，只有少量有译者在期刊文献上发表过译文。

特瓦尔多夫斯基作品的翻译主要集中在20世纪50年代。这与当时苏联和中国文坛上的文艺争论有关：1953年，在中华文学艺术工作者第二次代表大会上，社会主义现实主义被正式确定为文学艺术创作和批评的最高准则。1956年后，随着苏共二十大批判斯大林的“个人崇拜”，苏联文艺界开始批判“无冲突论”和粉饰现实的倾向，提出了“干预生活”的口号。“干预生活”的口号和解冻文学的一些作品被译介到中国，促进了中国文艺界宽松活跃氛围的形成。1956年，在“双百”方针的影响下，秦兆阳、胡风、陈涌等对新中国成立以来文坛充斥平庸的、公式化和概念化的作品不满，他们质疑社会主义现实主义存在的根据，主张以“真实性”为文学创作和理论批评的最高标准。目前，根据有限资料考证，在中国，特瓦尔多夫斯基最早被译介的作品为《华西里·焦尔金》和《战士的书》，出版于1956年，译者为梦海。

以下为特瓦尔多夫斯基作品的翻译情况：

《华西里·焦尔金》、《战士的书》

出版发行者：上海新文艺出版社

出版发行时间：1956年

译者：梦海

《瓦西里·焦尔金》

文献类型：专著

出版发行者：中国青年出版社

出版发行时间：1957年

译者：汪飞白

《春草国》

文献类型：专著

出版发行者：人民文学出版社

出版发行时间：1958 年

译者：飞白

《摩拉维亚国》

出版发行者：上海文艺出版社

出版发行时间：1959 年

译者：梦海

《山外青山天外天》

出版发行者：作家出版社

出版发行时间：1961 年

译者：飞白，罗昕

《焦尔金游地府》

出版发行者：作家出版社

出版发行时间：1964 年

译者：丘琴　等

《路旁人家》（长诗选载）

文献类型：期刊论文

出版发行时间：1982 年 12 月 31 日

译者：陆嘉玉

翻译特瓦尔多夫斯基的著名译者：

汪飞白：笔名飞白，祖籍安徽绩溪。1929 年 12 月 21 日出生于浙江杭州，著名诗人汪静之之子。1949 年肄业于浙江大学外文系。外国诗翻译家与评论家，精通英、俄、德、法、西以及拉丁语等十余种外国语。译有长诗《瓦西里·焦尔金》、《春草国》、《贝劳扬尼斯的故事》、《列宁》、《山外青山天外天》、《谁在俄罗斯能过好日子》、《英国维多利亚时代诗选》、《勃朗宁诗选》（合译），主持编写《世界名诗鉴赏辞典》、《世界诗库》（10卷）等。汪飞白1955年决定开始翻译《瓦西里·焦尔金》，在行军途中和训练过程中进行翻译工作。该书在1957年由中国青年出版社出版。

梦海：本名陈君实，江苏武进人。高中毕业。1934年起，历任上海开明书店店员、时代书报社校对、家乡小学教员、《时代日报》编辑、时代出版社编译部编译、上海新文艺出版社编辑、外国文学专业介绍人员。1939年开始发表作品。1979年加入中国作家协会。主要作品有：译著《克雷洛夫寓言》、《普希金童话诗》、《盖达尔中篇小说》、《华西里·焦尔金》、《列宁》，儿童剧剧本《雾海孤帆》、《动物园》等。妻子吴墨兰也是俄语翻译家。

丘琴：原名邓天佑，黑龙江宾县人。1938年毕业于北平东北大学。1939年后，历任重庆东北救亡总会《反攻》半月刊和《文学月报》编委，中苏友好协会总会秘书，对外文委亚非拉文化研究所非洲组副组长，中国科学院自然科学史研究所《科学史论丛》主编、编审。东北大学北京校友会顾问，东北师范大学兼职教授。1936年开始发表作品。1956年加入中国作家协会。编译作品有：《苏联诗选》、《吉洪诺夫诗选》、《希克梅特诗选》、《马雅可夫斯基选集》、《伊凡·弗兰科诗文选》、《焦尔金游地府》、《托康巴耶夫诗集》、《世界抒情诗选》、《苏联女诗人抒情诗选》、《苏联当代诗选》、《普希金抒情诗选》、《普希金抒情诗全集》(均合译)等。

文学领域对特瓦尔多夫斯基的研究集中在20世纪80年代，主要研究对象是特瓦尔多夫斯基战争题材的诗歌，这可能与中国当时社会文化背景有所关联。70年代末80年代初在中国大陆文坛出现新的文学现象：伤痕文学、反思文学。伤痕文学是新时期出现的第一个全新的文学思潮。社会主义新时期是以彻底否定“文化大革命”为历史起点的。“文革”对灵魂的摧残尤其容易造成惨痛的心灵创伤。但只有在挣脱了精神枷锁、真正思想解放之后，人们才能意识到这“伤痕”有多重多深。这是伤痕文学产生的历史根源。20世纪70年代末80年代初，一批作家从政治、社会层面上还原“文革”的荒谬本质，并追溯此前的历史，从一般地揭示社会谬误上升到历史经验教训的总结上。和伤痕文学相比，其目光更为深邃、清醒，主题更为深刻，带有更强的理性色彩，被称为反思文学。

《春草国》这首诗通过中心人物中农尼舒塔的旅行故事描写苏维埃农村在集体化时期所经历的斗争以及农村的巨大变化。作者用抒情的笔触刻画出一个典型的小私有者，细致描写了他的心理状态，同时热情地歌颂了集体化的全面胜利和农民们的美好生活。而在中国也出现了大量类似的歌颂赞美农村集体化过程中的种种事件的文学作品：杨朔的《荔枝蜜》、《茶花赋》，周立波的《山乡巨变》，秦兆阳的《在田野上前进》，赵树理的《三里湾》，柳青的《创业史》，浩然的《艳阳天》，陈登科的《风雷》，以及如《太阳照在桑干河上》、《暴风骤雨》这样的以土改为题材的长篇小说。

《瓦西里·焦尔金》塑造了刚毅果断的英雄战士形象，歌颂了反法西斯侵略的卫国战争。主人公乐观活泼，积极向上。而抗战时期中国文学也有类似的战争题材作品，其中最具代表性的是孙犁的《芦花荡》、《荷花淀》等。这两部作品中对风景的描写与特瓦尔多夫斯基晚期抒情诗艺术方面有相似之处。而在塑造人物方面，也同样突出了人物乐观开朗、充满希望的精神面貌。

《山外青山天外天》是第二次世界大战后特瓦尔多夫斯基最重要的作品。长诗关注当时刚刚结束的战争给人们心灵留下的创伤和阴影，以及昔日的痛苦、忧虑、失望。《焦尔金游地府》是一首讽刺长诗，特瓦尔多夫斯基把他在现实社会中看不惯的一切现象都集中起来，放到地府中去。中国在 80 年代出现了伤痕文学、反思文学、改革文学，在文学总体的发展道路上与特瓦尔多夫斯基的创作方向不谋而合。卢新华的短篇小说《伤痕》，茹志鹃的《编辑错了的故事》、《蝴蝶》，路遥的《平凡的世界》等新时期出现的文学作品，同样聚焦旧体制的各种弊端，关注人们心灵的伤痕。

此外，值得一提的是，巴金在踏上文学道路的初期，在他创作旺盛的日子里，在他困惑的岁月以及体衰力弱的晚年，都无时无刻不对俄罗斯文学表现出浓厚的兴趣。他在俄罗斯文学中探索过人生的道路，从俄罗斯作家身上汲取过力量，从俄罗斯文学作品中借鉴过写作的技巧。巴金曾托人代买过特瓦尔多夫斯基的长诗《山外青山天外天》。可见特瓦尔多夫斯基对中国作家具有一定的影响力。

虽然从影响研究的角度来看，没有论据证明中国的这些作品直接受到了特瓦尔多夫斯基的影响；但是如果从平行研究的视角来看，相似的社会文化背景使得两者的文学内涵具有较多的相似之处。

特瓦尔多夫斯基作为著名诗人，对俄罗斯文坛产生过深远的影响。而 20 世纪中国文学很大程度上视苏联文学为自己的良师益友。因此特瓦尔多夫斯基对中国的影响，无论是显性的还是潜移默化的，都值得深入研究。

第三节　白银时代文学翻译补缺

阿赫玛托娃是 20 世纪俄国诗坛的一位女诗人，被誉为“俄罗斯诗歌的月亮”[1]。

在中国，最早翻译她诗歌的是郭沫若。郭沫若在 1929 年上海光华书局出版的《新俄诗选》[2] 里翻译了阿赫玛托娃的两首抒情诗：《完全卖了，完全失了》和《而且他是公正的……》。郭沫若对阿赫玛托娃的评价颇高：“她的著作表现着这位天才的抒情诗人之古典的清澈意味与其沉着的用词。她的疏淡的韵文很喜欢用颠倒的简语。革命并没有威骇了她，依然在苏维埃共和国度她的生活。”[3] 赵景深曾在 1931 年第 1 期《妇女杂志》《现代世界文学家概况》一文中介绍了阿赫玛托娃：“阿克马托瓦（Anna Akhmatova，1889 年生）是女诗人葛兰珂（Anna Andreyevna Gorenko）的笔名。”可是，遗憾的是，阿赫玛托娃并没有马上被大众所接受和熟知，因为当时的中国更需要的是一种“为人生”的文学，阿赫玛托娃显然不能满足当时中国社会的这种需求。

1. 苏联诗人叶夫图申科在《缅怀阿赫玛托娃》（《文学报》1970 年 3 月）一诗中，把阿赫玛托娃与俄罗斯最伟大的诗人普希金相提并论。他把普希金比作“俄罗斯诗歌的太阳”，把阿赫玛托娃比作“俄罗斯诗歌的月亮”。

2. 很多人认为最早是在 1928 年，然而笔者在 1928 年由上海创造社出版的《沫若译诗集》中并未发现郭译的阿赫玛托娃的诗。

3.《文艺报》1988 年 1 月 9 日第 6 版。

在抗日战争和解放战争期间，我国进入了向苏联学习的语境。这一时期苏联的文学作品和文学理论被大量介绍到中国。此时，阿赫玛托娃正在被苏联当局批判[4]，甚至被苏联作家协会开除，这直接决定了中国文学界对阿赫玛托娃的态度。此阶段阿赫玛托娃的作品在中国很少被翻译。建国后，国内又形成了一次译介俄苏文学的高潮，但是此阶段我们更关注的是在苏联获奖的文学作品，阿赫玛托娃又“无缘”被翻译。这种情况一直持续到“文革”结束。

4. 当时负责文艺工作的领导人日丹诺夫在《关于〈星〉和〈列宁格勒〉两杂志的报告》中，称左琴科和阿赫玛托娃等作家为反动的“市侩”、“荡妇”、“为艺术而艺术的谬论”的典型。

“文革”结束后，国内政治“完全控制”文学的局面有所改变，对外国文学的译介开始自由起来。1978 年，王守仁在《国外社会科学》（1978 年第 4 期）所著文章《苏联诗歌：高涨还是危机？——苏联诗歌创作演变情况综述》中提到了阿赫玛托娃的名字。1979 年，阿赫玛托娃被再次翻译和介绍。[1]自此之后，阿赫玛托娃在中国不断被翻译、介绍。比较有名的译者有辛守魁、王守仁、戴骢、高莽等。此时，还出现了阿赫玛托娃诗歌的单行本：戴骢译的《阿赫玛托娃诗选》（1985）、王守仁和黎华合译的《阿赫玛托娃诗选》（1987）。除此之外，也出现了对阿赫玛托娃的研究和评论：杨静敏的《谈阿赫玛托娃的诗歌创作》（1983 年第 3 期），王璞的《寂静：阿赫玛托娃诗里的一个主导意象——〈没有主人公的歌〉品析》（1987 年第 2 期）。

1.1979 年 2 月《外国文艺》刊登了阿赫玛托娃的诗。

改革开放以来，篇名中有阿赫玛托娃名字的文章共 75 篇，关键词含阿赫玛托娃的文章共 226 篇，主题涉及阿赫玛托娃的文章共 248 篇。可以说，国内对阿赫玛托娃的研究还是相当可观的（改革开放以来，篇名中含茨维塔耶娃的文章仅有 51 篇，关键词含茨维塔耶娃的文章有 156 篇，主题涉及茨维塔耶娃的文章有 159 篇）。国内出版的关于阿赫玛托娃的书共 18 本。纵观这些书和文章，我们发现，这些书和文章或翻译阿赫玛托娃的诗歌，或介绍阿赫玛托娃，或研究阿赫玛托娃作品。研究阿赫玛托娃的主要方向有：从她诗歌的文本出发来研究她的艺术和情感，将她与其他俄国诗人（如普希金、茨维塔耶娃）或中国诗人（主要是李清照）比较，研究她的两首诗：《没有主人公的叙事诗》、《安魂曲》。

改革开放后对阿赫玛托娃的介绍、翻译和研究，使得中国作家对阿赫玛托娃的认识加深了，其中很多诗人的作品里烙上了阿赫玛托娃的“印记”。阿赫玛托娃的这种影响可能是直接的，王家新曾著有诗学论文随笔《没有英雄的诗》，从书名上就可以看出是对阿赫玛托娃的《没有英雄的叙事诗》的借鉴；但阿赫玛托娃对中国诗人的影响更多是间接的，更多是精神层面的。那一辈的诗人大多经历过“文革”，他们有着与阿赫玛托娃类似的经历（阿曾被苏联当局严厉批评，见上文），所以这些诗人更能体会阿赫玛托娃的“辛酸”与“凄苦”。打动中国诗人的是，在遭遇逆境和挫折时，女诗人表现得那么坚韧，那么顽强，她的这种精神给中国诗人留下深刻的印象。有些诗人直言阿赫玛托娃对其创作产生了影响，如林莽曾说：“回顾我的诗歌写作，有这样几位诗人对我启发是最多的，他们是普希金、泰戈尔、洛尔加、聂鲁达、波德莱尔、阿赫玛托娃、茨维塔耶娃，对诗歌熟悉的人一定可以从中看出我的诗歌脉络。”[2]也有诗人为表达对阿赫玛托娃的敬重，写关于她的诗，如西川曾写《远方》一诗：

2. 林莽：《永不枯竭的源泉》，载《国外文学》，2002 年第 1 期。

远方

有一片梦中的雪野

有一株雪野中的白桦

有一间小屋就要发出洪亮的祈祷

有一块瓦片就要从北极星落下

远方

有一群百姓像白菜一样翠绿

有一壶开水被野兽们喝光

有一只木椅陷入回忆

有一盏台灯代表我照亮

远方

一块玻璃上写满我看不懂的文字

一张白纸上长出大豆和高粱

一张面孔使我停下笔来

再拿起笔时墨水已经冻僵

远方

在树杈间升起了十二月的行云

我灵魂的火车停立于寒冷

在寒冷的路上我看到我走着

在一个女子的门前我咳嗽了三下

受到阿赫玛托娃影响的诗人还有北岛、柏桦、于坚、蓝蓝、庞培、伊甸等。

阿赫玛托娃在从事诗歌创作的同时，还翻译过外国诗歌，其中包括中国的《离骚》。阿赫玛托娃并不懂汉语，她是依据其他外文译本，在费德林等俄国汉学家的帮助下转译《离骚》

的。[1]费德林认为，阿赫玛托娃的翻译是“在我们眼前复活了中国远古歌者的声音。那声音清纯不虚假，充满心灵的激情与悲剧情节。原本是陌生的外国诗，我们眼看着它渐渐地变成我们自己的，我们感到亲切的诗。这种变化实际上是让中国诗在俄国土壤上二度开花”[2]。

1. 汪介之、陈建华：《悠远的回响——俄罗斯作家与中国文化》，银川：宁夏出版社，2002 年版。

2. [俄] 费德林：《与阿尔马托娃一起译〈离骚〉》，乌兰汗（高莽）译，载《世界文学》，1993 年第 3 期。

除屈原的《离骚》外，阿赫玛托娃还翻译过李商隐、李白和李清照的诗。其中，阿赫玛托娃在翻译李商隐《无题》一诗后，自己创作了一首与之类似的诗——《子夜诗抄》。阿赫玛托娃的《子夜诗抄》从艺术构思到意象创造都有李商隐诗作的痕迹。[3]阿赫玛托娃对以中国为代表的东方文化十分感兴趣。她曾在 1955 年 5 月写给利季娅·丘可夫斯卡娅的信中这样说过：“Сегодня в Китае《День Поэзии》, Праздник Дракона. Китайцы бросают в реку рис в честь ЦюйЮаня, который утонул.”[4]另外，在阿赫玛托娃写给她儿子的信中有这样一段话：

3. 汪介之、陈建华：《悠远的回响——俄罗斯作家与中国文化》，银川：宁夏出版社，2002 年版。

4. Чуковская Л. К. Записки об Анне Ахматовой.—М: Книга. 1989(Время и судьбы) Кн. 1. 1938—1941. 271 с. 1 л.

我在继续看中国古文献，又碰到了匈奴。这是公元一世纪的事。两位汉人（苏武和李陵两位将军）被匈奴俘虏，在匈奴住了 19 年。后来一位将军（苏武）返回故乡，另一位吟诗相送，这首诗已被译为英文（无韵体）。[5]

5.《阿赫玛托娃诗文集》，马海甸、徐振亚译，第 381 页，合肥：安徽文艺出版社，1999 年版。

虽然在阿赫玛托娃诗中没有直接提过中国，但是她在自己的诗中不止一次提到了东方，如写于塔什干时期的组诗“Луна в зените”（《明月当空》）：

Заснуть огорченной,
Проснуться влюбленной,
Увидеть, как красен мак.
Какая-то сила
Сегодня входила
В твое святилище, мрак!
Мангалочий дворик,
Как дым твой горек
И как твой тополь высок...
Шехерезада
Идет из сада...
Так вот ты какой. Восток!

巧合的是，阿赫玛托娃的第一位丈夫——诗人尼古拉·古米廖夫也同中国诗歌文化有着某种联系。[1]古米廖夫精通法语，曾用法语阅读过中国诗人李白、杜甫等的诗作，并由此写了《瓷器陈列馆：中国诗歌》一书。这本诗集的出现与古米廖夫对异域文化感兴趣有着密切关系。古米廖夫也创作了一些中国题材的诗歌，如《珍珠》中的《中国行》、《箭筒》中的《中国小姐》等诗。阿赫玛托娃的儿子列夫·古米廖夫是专门研究东方历史和文化的史学专家，他曾写过多部有关匈奴的学术研究专著。

1. 汪介之、陈建华：《悠远的回响——俄罗斯作家与中国文化》，银川：宁夏出版社，2002 年版。

综上可以看出，阿赫玛托娃很早就被介绍到中国来，然而由于中国当时的社会环境，我们无法也不可能深入地了解阿赫玛托娃。直到改革开放之后，阿赫玛托娃才逐渐被中国作家所接受和熟知，并且对中国一些诗人产生了深远的影响。然而，阿赫玛托娃与中国的“缘分”不仅停留于此，她还曾翻译过中国古诗，对中国文化表现出浓厚的兴趣，另外，她的第一任丈夫和儿子均与中国有着千丝万缕的联系。随着对阿赫玛托娃研究的深入，我们相信，会有更多能够证明阿赫玛托娃与中国有联系的史料被挖掘出来。

第四节　俄苏文学译界旗帜曹靖华

曹靖华是我国著名的翻译家，他一直是俄苏文学译介领域的一面旗帜。对他在文学翻译等领域成就的研究，已经纳入我国学术界的视野。

我国的“曹靖华研究”始于 20 世纪 80 年代曹靖华先生生命的最后几年，首批以“书”、“册”形式出版的汇总性成果集中出现在曹老的故乡河南省卢氏县。

1987 年，出现了一阵曹靖华宣传热潮。它从上半年一直持续到下半年。5 月，曹靖华先生九秩华诞前夕，北京大学、中国作家协会、中国翻译家协会、苏联文学研究会、鲁迅博物馆、《世界文学》杂志社等单位在北京大学未名湖畔联合召开了“曹靖华学术座谈会”；9 月，曹靖华先生逝世后，《人民日报》、《光明日报》、《文艺报》等各大报刊以及《河南日报》、《郑州晚报》、《教育时报》等地方性报刊刊载了一大批怀念文章。

1988 年 8 月，即曹老逝世一周年之际，卢氏县一下子推出了两项成果：将《卢氏文史资料》第二辑编为“曹靖华逝世周年纪念专集”，以表达故乡人民对他的怀念；中共卢氏县委员会、卢氏县人民政府编印出版了《曹植甫先生教泽碑纪念册》（以下简称《纪念册》）。

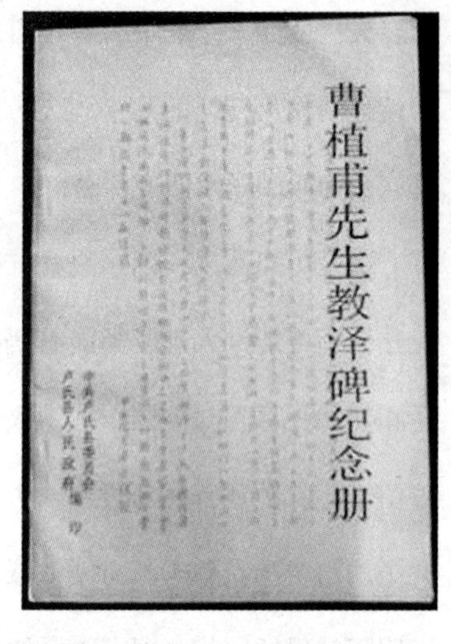

《曹植甫先生教泽碑纪念册》封面

《纪念册》实为一本小册子，印数 3 000。它由照片、题词和文章三部分组成。第一部分照片，包括曹植甫先生遗像、曹植甫先生故居、曹植甫先生执教处、鲁迅手书的曹先生教泽碑文、曹植甫先生教泽碑、曹植甫先生教泽碑揭幕式大会等珍贵的图片资料；第二部分收有臧克家、萧军、端木蕻良、骆宾基、周海婴等的题词，也十分珍贵；第三部分收入了包括曹靖华在内的 13 位作者写的 12 篇文章和发言；此外，还有一篇卢氏县教育学会撰写的《曹植甫先生生平简介》，四份教泽碑树立前后的有关文件与通知。《纪念册》虽不是正式出版物，但意义非同寻常，这是我国曹靖华研究的开端。它抓住了曹靖华生平的一个亮点、曹靖华研究的一个重要切入点——鲁迅先生为曹靖华的父亲曹植甫先生题写的教泽碑。

1988 年 12 月，《一束洁白的花——缅怀曹靖华》（以下简称《一束洁白的花》）由文化艺术出版社出版，全书 37 万多字，印数 1 650 册。

《一束洁白的花——缅怀曹靖华》封面

这是我国出版的第一本曹靖华纪念与研究文集。此书由北京大学、中国作家协会等八家单位共同主编。该书由两部分内容汇成：一是 1987 年 5 月北京大学举办的曹靖华 90 寿辰学术座谈会上和会后的文章，二是 1987 年 9 月曹老逝世后各地报刊发表的悼念文章、唁函、唁电、挽联、挽诗等。《一束洁白的花》里的作者来自国内的四面八方、各条战线。编者在“编后记”里特别指出：“我们深深感到现在汇编成书的文字还只是研究曹靖华的初步成果，而深入的讨论和研究将是长期的，并非一本纪念集所能概括。因此我们殷切希望能有一个研究曹靖华的全国性的常设机构来担当这项重任。我们献出的‘一束洁白的花’，只是个开端。”[1]

1.《一束洁白的花——缅怀曹靖华》，北京：文化艺术出版社，1988年版，第500页。

1992年10月，在曹靖华诞辰95周年和逝世5周年之际，河南教育出版社结集出版了由张德美和冷柯编写的《曹靖华纪念文集》，该集近40万字，印数1 000册。

《曹靖华纪念文集》封面

该文集实际上是之前出版的纪念文集《一束洁白的花》的补充和扩展，它收录了前者出版后一些友人的纪念文章以及散落于各种书籍、报刊中关于曹老的研究、评论文章。与80年代纪念文集的文章作者基本限于国内人士相比，该文集收入了不少苏联友人的怀念文字、曹老与苏联友人的往返书信和有关资料。换言之，此书汇集了国内外一批曹靖华研究成果，“将一个立体的曹靖华全方位、多层次地展现给中国和世界”[2]。

2. 李啸东、范中胜：《这一方山河——中国当代文学巨擘曹靖华故乡溯源》，开封：《史学月刊》杂志社，1994年版，第13页。

1994年8月，《这一方山河——中国当代文学巨擘曹靖华故乡溯源》一书由《史学月刊》杂志社出版，字数24万多，印数4 000册。著者是李啸东、范中胜。前者现为卢氏县档案馆馆长。

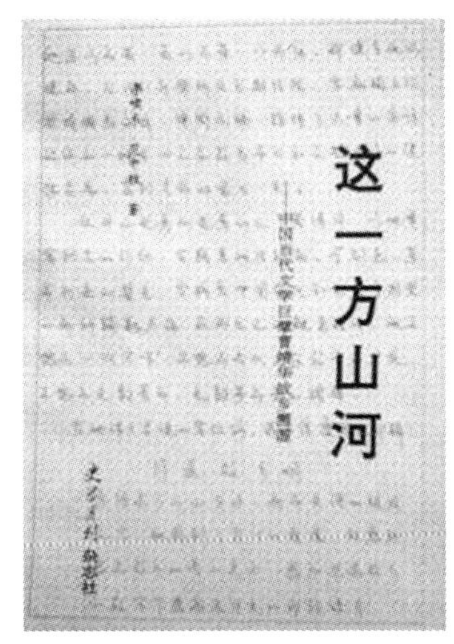

《这一方山河——中国当代文学巨擘曹靖华故乡溯源》封面

全书分为上卷、中卷和下卷，共十章（上卷两章，中卷六章，下卷两章）。该书有两大特点：地方志的资料十分丰富；写作笔法比较特别，作者称之为“史体散文”。上卷是曹靖华研究，只占全书篇幅的三分之一。它选取了曹老人生的几个重要关口，即曹植甫先生教泽碑文，走出大山闯世界，圆满了结包办婚姻、志同道合觅得终身伴侣，外国语学社结缘苏俄、北伐战争接受洗礼，与鲁迅和瞿秋白的珍贵友谊，在领袖们的关怀下，翻译与育人的一代宗师，五回故乡、魂归大山。中卷和下卷将豫西这片山川的历史文化风貌全面地展现开来，这就使得读者能够通过这片土地养育的世代名人、这片土地上发生过的重要事件更深一层地了解曹靖华，解析曹靖华。

1997 年 10 月，曹靖华百年诞辰暨逝世 10 周年之际，河南美术出版社编印出版了《曹靖华》。

《曹靖华》封面

这是一本画册，由戈宝权作序，体例上以曹老的自叙经历作为贯穿全书的说明。内容由五部分组成：题词（杨尚昆、习仲勋）、自叙经历、纪念活动、曹靖华译著部分版本及其他、曹靖华生平及主要译著年表。画册除大量曹老在不同年代国内外生活与活动的照片外，还有许多《铁流》、《第四十一》、《城与年》的木刻插图——它们首次被集中呈现在广大中国读者面前。其中有些原拓已毁于苏联卫国战争的炮火，有些幸赖鲁迅先生的珍藏而得以保存，鲁迅先生还亲自为其中一些撰写说明，这愈发显得珍贵。画册集中展示的还有曹老部分译著不同年代版本的插图及封面。画册《曹靖华》的意义不止停留在对曹靖华本人的研究上，戈宝权认为“它反映了 20 年代以来中俄文字之交的一个侧面”[1]。这本画册还有一个独特之处，即封面的三个“独一无二”——曹老晚年的一张肖像照、曹老手书的题字、闻一多的印章。

1.《曹靖华·序》，郑州：河南美术出版社，1997 年版。

2007 年 9—10 月，上海鲁迅纪念馆向曹靖华诞辰 110

周年和逝世 20 周年献上了两份成果——《曹靖华纪念集》和《曹靖华影像》，前者 39 万多字，由中国福利会出版社出版，后者印数 1 200 册，由上海文化出版社出版。

《曹靖华纪念集》是 21 世纪的第一部曹靖华纪念与研究文集，它收录了此前未及收入的曹老本人的佚文、书信、见诸报刊的回忆文章等。按照内容，本书分为纪念 · 研究、佚文 · 书信和资料三部分。

《曹靖华纪念集》封面

《曹靖华影像》这本精装的曹靖华影集在十年前图文并茂的《曹靖华》的基础上做出了新的努力和探索。它由两部分构成：第一部分的十一章基本上以曹靖华先生生平活动时间的先后为序，配以翔实的资料照片和简洁的文字说明，形象地反映了他光辉的一生；第二部分是“曹靖华生平及主要译著年表”。该影集没有止步于“梳理生平”这一层面，还力求恰如其分地评价曹老在中国革命和新文学运动史上的地位。《曹靖华影像》的编者在“编后记”中强调：此书基本采用了原画册中的照片，同时收入了不少个人和机构翻拍的图片，并对原来的照片编排根据章节的需要做出了调整或增删。

《曹靖华影像》封面

献给曹靖华诞辰 110 周年和逝世 20 周年的成果还有冷柯著的《曹靖华三代研究》。

该书于 2007 年 10 月由中国文联出版社出版，22 万多字，印数 500 册。作者将自己几十年来撰写的各种体裁的曹老研究文章汇集成了此书。这部著作填补了曹靖华研究的一个空缺。周鸿俊在“序言”中指出：“许多人都知道曹靖华是一位名满中外的翻译家、文学家、散文家、教育家、社会活动家。研究他的译著者，研究他的散文者，研究他的教育思想与教育实践者，研究他的社会活动特点及其贡献者，屡见不鲜。但是，把曹家祖孙三代人放在一起进行研究却从来没有见过。”[1] 周鸿俊还对冷柯长年追踪研究曹靖华的执著精神和研究功力予以了很高的评价。

1. 冷柯：《曹靖华三代研究 · 序言》，第 7 页，北京：中国文联出版社，2007 年版。

《曹靖华三代研究》封面

纪念曹靖华诞辰 110 周年的成果不只发表在 2007 年。2008 年 7 月，《伏牛山的儿子——曹靖华传》由人民文学出版社推出，作者是曹靖华的儿子彭龄与儿媳章谊。全书 33 万多字，印数 2 000 册。该传记由 38 幅照片和 19 章文字组成。此前，有关曹靖华的传记已有三本：1988 年 7 月，陕西人民出版社出版的钟子硕、李联海的《飞花之路——访曹靖华》；1990 年 12 月，广西人民出版社出版的尚允康的《一代宗师——曹靖华传》；1998 年 9 月，上海教育出版社出版的丁言模的《曹靖华传》。《飞花之路——访曹靖华》主要由《随笔》编辑钟子硕、李联海的《曹靖华访问记》和冷柯、毛粹的《曹靖华年谱简编》组成。其中，《曹靖华访问记》是作者根据 1980 年从化采访曹老的口述材料整理而成的，它不仅为一般读者，而且为中国现代文学及鲁迅研究者提供了比较全面、系统的第一手资料。丁言模的《曹靖华传》是本特色鲜明的传记，它像学术研究时所写的笔记，较多地记叙了曹靖华的译著活动——这既是该传的特点，又是它的不足之处。尚允康的《一代宗师——曹靖华传》中，作者的主观推想臆断较多，有失客观与严肃。相形之下，彭龄与章谊的这本《伏牛山的儿子——曹靖华传》显然在多方位、多侧面搜集资料上下了很大的功夫，从字里行间还能看出，作者对各方资料又做了许多的查证与核实。该传的“序”比较独特，它由彭龄 1996 年写的一首诗《伏

《伏牛山的儿子—曹靖华传》封面

牛山的儿子》代为序。可以说，这本传记呈现出了一个立体的、丰满的曹靖华。因为作者与被写者这一亲密的血缘关系，该传记还有着别的传记无法替代的亲切感。

北京大学编辑的《曹靖华先生诞辰 110 周年纪念文集》即将问世。它由上编“曹靖华先生诞辰 110 周年纪念会暨俄罗斯文学国际研讨会”纪念文献与下编“曹靖华先生诞辰 110 周年纪念会暨俄罗斯文学国际研讨会”科学论文汇编而成。文集的两部分都着力挖掘以往文集遗漏和较弱的方面。因此，该文集与前几部文集的不同之处在于，不仅有回忆性的纪念文章，还有科学论文。这些论文探讨的问题正是曹老本人的学术活动中最有代表性的方面，即俄罗斯文学、中俄文学与文化交流。在学术论文部分，该文集将“曹靖华研究”（9 篇专论）单列一项，使之纳入学院派体系内的学术研究视野，这在我国应为首倡。

除此以外，曹靖华研究相关成果还有：彭龄的《而今百龄正童年——记曹靖华》，张羽的《曹靖华青年时代》，林佩云、乔长森编的《曹靖华研究专集》（中国当代文学研究资料丛书），张德美编的《曹靖华研究资料》（中国现代作家资料丛书）等。

综上所述，可以认为，已有 20 多年历史的我国的“曹靖华研究”已初具规模：积累了一批成果，拥有了一批研究者。成果以文集和传记两种形式的文本为主，研究者分为两种类型，即血缘型和非血缘型。血缘型的研究者包括曹老的亲属（曹彭龄、曹苏玲、卢章谊）和曹老故乡（小概念的卢氏县和大概念的河南省）的人士（冷柯、张羽、李啸东等）。非血缘型的研究者来自不同的领域，学院派特点较浓，像北京大学、上海鲁迅纪念馆、中国青年出版社等单位。迄今为止，尽管仍未出现研究曹靖华的全国性的常设机构，但是“曹靖华研究”仍然能够发展下去。笔者认为，下一阶段的“曹靖华研究”应在以下四个方面有所展开和推进：一是曹靖华翻译思想研究，二是曹靖华与中俄文学、文化交流，三是曹靖华与俄罗斯文学学科体系的建立，四是曹靖华教育思想与教育实践研究。

第七章　20 世纪下半期中俄文学交流（四）

第一节 俄苏对中国现当代文学的关注

在20世纪50年代苏联引进中国文学的"洪流"中，现当代文学占很大比重。现代文学十大名家鲁、郭、茅、巴、老、曹、沈、艾、张、赵，除沈从文、张爱玲未做介绍外，均已被翻译。其他作家也有很多人被评介。在各国翻译的中国现当代作家作品中，论数量俄苏也居于世界前列。

一、 现当代文学的翻译和研究

已出作品有俄译《鲁迅选集》（四卷）、《郭沫若文集》（三卷）、《茅盾文集》（三卷）、《老舍选集》（两卷）、《曹禺剧作选》（一卷）、《艾青诗选》和《赵树理小说选》，其他如叶圣陶、丁玲等名家都有介绍。其规模之宏大、时间之集中，在世界汉学史上极为罕见。鲁迅被称作中国的"高尔基"或"果戈理"，其研究既多且深，独得学界青睐。这种热潮，"表明了苏联学者和全体人民对中国命运的深刻关注，以及他们同中国人民扩大文化交流的强烈愿望"（华克生语）。而在20世纪60—80年代，切尔卡斯基持续不断地编译诗集，恰好组成了一个介绍中国现当代诗歌的完整系列。其所编四本诗集选诗人逾百名，规模相当可观。"文革"之后，中国进入新的历史时期，文学创作的勃兴立刻引起汉学家的注意。从70年代末起，苏联又出现了译介中国文学的热潮，特别是反映改革开放的作品，如古华的小说《芙蓉镇》（1986）、刘心武等人的短篇小

老舍小说《正红旗下》俄译本封面

说集《相会在兰州》（1987）等。据不完全统计，这时汇编成书的作品集，有七部中短篇小说集、十部中长篇小说集、一部诗集，收录作家数十名。当代作品的俄译本印数很多，常常出现供不应求的情况。俄苏学者肯定我国的新时期文学，认为它有暴露阴暗面和反映改革开放成就的作用，竭力向读者推荐新一代作家。关于艺术手法的继承与创新，他们的探索也很细腻，李福清、索罗金、谢曼诺夫等人特别强调民族传统与外来影响的融合。

总之，俄苏的中国文学研究大体包括文学史、作家论和作品分析等范畴，由于涉及面广，成果丰硕，已经形成了相当完整的学术体系。其学术特色是密切联系时代思潮，重视思想性、民主性、进步性和革命精神。这也是他们选择研究对象的标准，因此某些西方还很少介绍的作家，苏联学者都有译介和研究。

《相会在兰州》俄译本封面

中国文学不仅译成了俄文，而且译成了乌克兰文、塔吉克文、亚美尼亚文、哈萨克文等多种文字。其中，绝大多数译本是从俄文转译的，而乌克兰文译本则多半直接译自中文。乌克兰译介中国文学历史悠久，有几位汉学家如契尔科、雅·李谢维奇，做出了较大的贡献。

二、 对现代文学的一般评价

鲁迅研究专家彼得罗夫对鲁迅有一段评价：“鲁迅是中国现代文学的奠基人。鲁迅真实地、多面地描绘了中国社会现实，以其伟大的作品开辟了中国现实主义文学艺术的新纪元。鲁迅优秀的文学遗产是20世纪初期中国社会生活的百科全书，是中国人民的智慧及其憧憬光明未来的具体体现。”彼得罗夫认为鲁迅早期的学术研究使他接受了先辈作家的优秀传统，而翻译西方著作则使他找到了东欧和俄苏文学。所以“鲁迅能创造性地发扬以罗贯中、施耐庵、曹雪芹、吴敬梓的不朽作品为代表的中国古典小说传统，发扬西方批判现实主义主要是俄罗斯古典文学的创作经验和优秀的文学成就”。不过，外国文学作品的影响，“决不会破坏鲁迅创作风格的独立性，决不意味着鲁迅摒弃了自己的民族传统。鲁迅永远是一位深刻的富有民族性的作家”。

对于郭沫若，著名汉学家费德林经过多年研究做出这样的概括：作为社会活动家、作家的郭沫若，他与中国民族解放运动的开端，与革命斗争的新形势同步诞生，“20 年代的诗歌创作与 1919 年反帝反封建的五四运动紧密相连，作品充满了对于封建传统思想和反动统治的憎恨，愤怒地揭露了社会的不平等现象”。他又指出，郭沫若的多才博学和创新的科研活动以及积极的社会政治工作，“这一切便决定了郭沫若作品的开阔、精深、博大”。

茅盾半个多世纪光辉的文学创作，早为苏联汉学界所知晓。著名汉学家索罗金在《纪念茅盾》一文中评论道：在中国历史重大转折的几十年中，茅盾描绘了异常广阔且丰富多彩的生活图景，塑造了社会各阶层的各种人物形象。“在这方面，恐怕没有一个中国作家能与之相媲美”。费德林也指出：“茅盾著作是本世纪二三十年代中国生活的百科全书。也许任何一位中国作家都不能创作出如此广阔的现代中国社会的画卷，不能描绘出这么丰富多彩的同代人形象系列，不能像茅盾在其中长篇小说中那样提出这么多重大的社会问题。”他认为茅盾的长篇小说《子夜》（1932），“运用一位现实主义艺术大师所应有的艺术手法”，“描绘了一幅中国社会生活的巨幅画卷”。他指出茅盾文学创作的基本特点是“反映时代的重大社会现实，塑造各个社会阶层的代表人物，描写他们的性格、环境和思想”。

巴金的短篇小说早在 1937 年就被译成俄文刊登在《在国外》杂志上。至 60 年代末，他的作品发行了近 50 万册，彼得罗夫为他的俄译本《家》（1956）和两卷文集（1957）撰写长篇序言，介绍了他的生平和创作。1976 年，莫斯科大学出版了尼科尔斯卡娅教授的学术专著《巴金作品概论》，详细介绍巴金的主要长篇及中短篇小说，论述作品的政治倾向和现实意义，为巴金 30—60 年代的作品勾画出一个清晰的轮廓。她认为，巴金 20 年代世界观方面和文学方面所受的影响非常复杂，因而片面地解释是不妥的。巴金走过一条曲折的道路，“不管外国思想对他的影响多么强烈，巴金还是成了批判现实主义者——首先是他的同胞鲁迅——的文学和美学原则的坚定信徒”。著名汉学家热洛霍夫采夫称“巴金是中国作家中最欧化的一个，外国文学，特别是19世纪的俄国文学，对他的影响是巨大的”。但是他也不同意说巴金“是个欧化的、信奉世界主义的、与民族土壤格格不入的作家”，而是肯定“巴金是位既有声望又多产的作家，对促进中国革命进步的左倾气氛的形成是做出了贡献的。他吸引读者走上了倾向革命的道路，他的作品传播着革命情绪，是第一个台阶，走上这个台阶之后，距离中国共产党，距离有组织的反对帝国主义和国内反动派的斗争便不远了”。

关于老舍，费德林在其主编的《中国文学》一书中设有“老舍”专章（第13章），在其主编的《老舍短篇小说、剧本、论文集》中也有论文全面分析、评论老舍的作品。彼得罗夫也为俄文版《骆驼祥子》写了题为《老舍及其创作》的卷头论文。吉什科夫在为《老舍短篇小说》俄译本写的序言中指出，老舍不仅中国闻名而且世界闻名，他是许多长篇及短篇小说、剧本、诗歌和文艺评论的作者，是一位多产的老作家，是一位非常生活化的作家，是一位讽刺作家，老舍的文艺评论“博学多才、富有敏锐鉴赏力和热爱祖国文学事业的有力证明”。阿勃德拉赫曼诺娃则写了详尽、全面的专论《论老舍的文艺美学观》，指出：“研究老舍的文艺批评活动，不仅能深刻理解这位多才多艺的作家的全部意义，而且能拓宽我们的文艺批评观念，了解进步的文艺工作者们为反对导致‘文革’灾难的方针而进行的种种斗争方式和方法。”

曹禺受苏联文学界的关注，主要是早期的剧作《雷雨》、《日出》和新中国成立后的话剧《明朗的天》。彼得罗夫分析《雷雨》、《日出》等剧本后指出：“爱国主义与人道主义，对美好幸福的向往与人类思想解放的理想，这一切永远是曹禺剧作的思想基础。作家坚定地站在民主立场上向旧社会发起了猛烈的攻击。”他认为，评判生活问题和生产现象，鲜明的艺术特点与深刻的心理描写塑造人物形象方面表现出来的高度思想性原则，“使得话剧《明朗的天》进入当代中国文学的优秀作品之林”，“其作品现实主义的深度、人道主义、鲜明独特的艺术风格，使曹禺不仅享有全民族的，而且享有全世界的盛誉”。

关于艾青，彼得罗夫早在50年代初就写出了《艾青评传》，全面研究了艾青的早期创作，对其诗歌给予高度的评价。费德林也写了大量著述，在《艾青：创作与时代》长篇论文中比较全面地论述了艾青的诗歌，认为艾青是自由诗体的艺术大师，“在他的诗里充盈着清新的泥土气息”，具有“美丽的画面和婀娜多姿的形态”，并指出“艾青的诗歌特点是以深刻的现实主义干预生活的现实性”，说艾青的犁“耕出了灵感的田地”，“播下了善良和真理的种子”。

三、 对赵树理的集中概括

苏联汉学家费德林认为，在关注农民和农村生活的众多中国作家中应首先指出“天才的具有独特艺术风格的作家赵树理的名字”（《赵树理的创作》）。1949年，《远东》杂志第2期率先译载了赵树理的长篇小说《李家庄的变迁》（克里弗佐夫译）。同年，由莫斯科外国文学出版社出版单行本。1950年一连推出了3种赵树理译作：《小二黑结婚》（收于《中国短篇小说集》，莫斯科外国文学出版社）、《小二黑结婚》（短篇小说集，莫斯科真理报出版社）、《李家庄的变迁》（远东出版社）。随后连续出版《赵树理选集》（贾丕才译，1953）、《李家庄的变迁》（克里弗佐夫译，1954）、《三里湾》（斯米尔诺夫、吉什科夫合译，《外国文学》1955年第3期），加上《张来兴》（贾托夫译，莫斯科外国文学出版社，1963）和《李有才板话》（施奈德译，莫斯科科学出版社，1974）等，赵树理的主要作品全部译成俄文。其中，《李家庄的变迁》出了4种版本，《小二黑结婚》出了3种版本，《赵树理选集》出了2种版本。

概括苏联文坛对赵树理的评论，要点如下：

（一）总体评价：深刻的人民性

费德林在其《中国文学》（1956）一书中的“赵树理”专章（第14章）和《赵树理选集》俄译本（1958）的序文中，从艺术的源泉、艺术的本质价值、审美价值、创作方法、表现手法、艺术风格等方面做了全面分析，认为赵树理有真正的艺术天赋，充满幽默，风格独特，“具有极大的艺术魔力”。因为赵树理摆正了艺术与社会的关系，笃信艺术源于生活，而且赵树理熟悉中国农村，熟悉农民的独特生活，熟悉他们自古以来的习俗、思想和追求，“把文学创作视为为人民服务，为人民的解放事业服务”；所以，“赵树理的作品始终反映现实中的变革、现实生活中的现象与事实、一切与革命相关的新生事物”，而且“赵树理从人民的立场出发观察生活和人，用人民的慧眼观察人物的行为和人与人之间的关系”，这一美好思想就注定了“赵树理的文学艺术创作具有深刻的人民性”。

（二）艺术特色：继承章回小说的传统和运用民间文学的手法

费德林认为赵树理通常使用的创作方法是，以卓越的艺术技巧，通过人物相互之间的关系，通过人物及其观点的直接冲突，通过现实生活环境，生动地描绘出了日常生活环境及其典型特征，往往“利用民间文学的丰富素材塑造人物形象，结构故事情节，选择意味格调，设计结构布局”。赵树理的作品“具有真实的生动性、鲜明性和新鲜感”，还“经常以怪诞的结构布局来刻画自己的人物”。赵树理的手法是“运用章回小说的叙述手法描述社会现实”，“通过动作来描写人物，通过行为和周围环境的关系来揭示人物的本性”，“巧妙地掌握了塑造典型形象和典型性格的艺术”。他所塑造的形象和性格的力量与价值，其现实主义的实质与人民性“就在于其形象的典型性，在于作家创作的个人的独特风格”。费德林称赵树理形成了独特风格，“自成一家”，“摆脱了文学的陈规旧套”，“人物的心理描写非常简洁”，“作品的语言生动而形象化”。总体说来，“作品的特点是独具特色的生动而富有新意的观察与思考，生机盎然的热情、激情与朴实的故事”。苏联评论界公认“赵树理创作了艺术性与思想性得到了和谐结合的作品”。

（三） 文学史上的地位：农村生活文学史上的里程碑

索罗金和艾德林在论述 20 世纪 40 年代中国文学的发展时，从文学史的视角点明赵树理文学创作的意义。“40 年代下半期的中国文学，是以一部反映中国农村生活的最好作品——1946 年问世的赵树理大部头小说《李家庄的变迁》为标志的”。他们认为赵树理创造性地继承人民文学传统，善于运用绝妙的、朴素而又形象的语言描写人物，“对人物心理观察精致，善于在错综交织的外部环境中揭示人物的内在本质”，创作出了“艺术性与思想性得到了和谐结合的作品，创作了运用人民感到亲切的民族艺术形式描写中国农村的新旧事物斗争的作品”。

因而，继赵树理之后，“中国新文学迎来了一批在人民中成长起来的青年作家”，如刘白羽、杜鹏程、魏巍、马烽、康濯、孙犁、王愿坚、陈登科和其他许多青年人。索罗金指出：“这些作家学习传统艺术手法，吸取外国先进的文学经验，不断提高自己的理论水平，从而迅速成长起来。”

四、 两国学者协力完成《子夜》俄译

苏联学者对中国现当代文学的关注，还表现在对名著的翻译态度极为认真。《子夜》俄译本即为一例。

茅盾的《子夜》出版于1932年。最早译成的外文版是俄文版。早在1934年，苏联《青年近卫军》杂志即在第五期以《罢工之前》为题用英文转译刊登了《子夜》的部分章节；1936年哈尔科夫出版的《中国》文选上又刊登了名为《暴动》的部分章节。1937年出版《子夜》俄文本，这是世界上首次全译本。英译全文虽在1936年由史沫特莱组织完成，却因抗日战争爆发而未能出版。1952年，苏联再次翻译出版《子夜》。不久，1955年出版《茅盾选集》时，又重新译校了《子夜》。[1]

1. 稽钧生：《〈子夜〉俄译本的一则逸闻》，载《中华读书报》，1999年6月16日第5版。

其他出版《子夜》全译本的国家为：德国（1938年）、日本（1951年）、匈牙利（1955年）、波兰（1956年）、朝鲜（1960年）。新中国成立后我国外文出版社也出版过英文版《子夜》。

1952年版的《子夜》俄译本系汉学家、苏联作协会员弗·鲁德曼（Вл. Рудман，1910—1954）翻译的。译者因该译文被报刊评为质量欠佳而受到作协的批评。故此，在出版《茅盾文集》（两卷本）时，出版社要求鲁德曼重译。鲁德曼便先译出三章，由作协请两位汉文专家审校。岂知那两个人并不比译者高明。这样不得不经由作协会员沙维托夫（Т. Саветов）介绍，请我国在苏人员稽直出面担任校译。

稽直（1901—1983），江苏镇江人。1922年加入中国社会主义青年团，后赴莫斯科东方大学学习，1925年回国，同年加入中国共产党。1926年10月被中共中央派赴苏联远东地区工作，1932年应征到苏联远东边防部队特种红旗军工作，1934年至1936年被第三国际派往新疆，1937年返回莫斯科，后参加苏联卫国战争，曾荣获苏联“红星勋章”及“苏联建军三十周年奖章”等。

1950年后，他兼任莫斯科语言学院教授，参加《毛泽东选集》、《中华人民共和国法令选

集》、《华俄大辞典》、《中华人民共和国经济建设成就选》、《胡绳文选》以及《茅盾选集》等书籍的翻译、校对工作。1955 年 7 月回国，历任公安部、农机部办公室副主任，北京图书馆副馆长等职，1983 年 1 月 30 日在北京病逝。

稽直在仔细校阅后，写了一篇认真的评论交给作家协会和出版社，主要内容如下：

1. 译者俄文优丽，翻译忠实；错处全经改正，应任其继续工作。

2. 审核者们（尤其是用铅笔写的）非但未能发现某些较大的错误，并且连不错的地方，有些竟被改错（请参阅我的修正）。最令人讨厌的，就是在译稿上，乱打问号。这证明审核者责任心缺乏。

3. 请由编辑处召集译者、审阅者和我，以及其他有关人等，开一个会议，以便当面交换意见。[1]

1. 稽钧生：《〈子夜〉俄译本的一则逸闻》，载《中华读书报》，1999 年 6 月 16 日第 5 版。

作家协会和出版社经研究后，接受了稽直的意见，做出决定，仍由鲁德曼继续翻译，并由稽直负责校译。

不料，1954 年 5 月 19 日稽直忽然接到电话，说鲁德曼译到第十三章后，于 5 月 18 日凌晨因心脏病突发，猝然离世。总编辑与稽直商讨，要求稽直担任起继续重译的工作。但稽直当时还有其他一些译校任务，且正忙于申请回国，随时都有可能离开苏联；不过他还是答应协助，同时建议，书出版时全书的译者仍应署名“鲁德曼”。

当时稽直在日记中写道：“《子夜》在中国文艺中是一部代表时代的作品，而如果它的俄文译本也能获得苏联读者的同样好评，那么，此不能不归功于鲁德曼了。”“在介绍外国文艺著作这方面，翻译人之作用非常大。近四年来，俄译中文作品，能受苏联读者欢迎的，实在不多。唯《暴风骤雨》竟成例外。尚《子夜》也能如此，鲁德曼也就死也不朽了。”

稽直回国之后，曾将此书译事的始末写信告诉茅盾，显现苏联方面对待译介中国现代文学名著是如何认真。

20 世纪 20 年代初期，稽直在上海从事学生运动和工人运动，是当时中国社会主义青年团上海第四支部书记。在开党团联席工作会议时，他与茅盾常有机会见面，也很熟悉，所以回国后，他特地给茅盾写信谈了有关《子夜》的翻译校对工作。他在信中谈到了负责校阅《子夜》第三次俄译本的情况：“总以为这是描写 1931 年之中国的唯一巨作，应慎重从事。故当完成此项工作时，以自己参加俄译《毛选》所得的经验作为准绳。对原文绝对忠实，对译文力求流畅。结果，凡译文与原文不合的地方，经删改，补漏，重译者，大小约有一千五百处之多。当然，这并不是说，在新的译本中，已经毫无瑕疵。例如‘六九公债’、‘期货’等等名词的翻译，到现时，我总觉得不完全确切（我还记得，当时为要明了它们究竟是怎么一回事，曾在列宁图书馆里把许多旧书报毫无收获地整整翻了三天）。”[1]

1. 稽钧生：《〈子夜〉》俄译本的一则逸闻》，载《中华读书报》，1999年6月16日第5版。

五、 重视革命女作家的创作

苏联时代对中国女作家同样给予极大的关注。不过，决非当今流行的“女性文学”那种意义，而是注重女作家的革命性。如“鉴湖女侠”诗人秋瑾、解放区女作家丁玲、东北抗日文学女士萧红等一批女性，既译介她们的作品，又为其写传。

最近，我国学者高莽对俄苏的萧红研究情况做了系统调查和全面概括。[2]

2. 高莽：《俄苏的萧红研究与翻译》，载《文艺报》，2010年11月12日。

（一）苏联时期对萧红的评介

苏联最早翻译发表萧红作品的是汉学家弗·科洛科洛夫（中名郭质生，1896—1979）。科洛科洛夫出生于我国新疆。20世纪20年代瞿秋白访苏时，他曾担任陪同翻译。他长期在大学任教。1944年莫斯科出版的《中国短篇小说集》，收有他译的萧红的《莲花池》，这是萧红第一篇俄译的短篇小说。

1960年出版《东方文选》，第三集中发表亚·拉林（1932— ）译的短篇小说《桥》。拉林50年代曾在我国进修、工作过。回国后，在苏联科学院远东所工作。

1963年莫斯科出版的《东方小说选》，刊登奥·费什曼译的《小城的春秋》。费什曼（1919—1986）先后任列宁格勒大学教授和苏联科学院东方学研究所研究员。

50年代，苏联《国际文学》、《新世界》、《旗》等杂志以及奥·鲍洛金娜（1945— ）关于老舍的文章中，列·切尔卡斯基（1925—1998）的专著《战争年代的中国诗歌：1937—1949》和《艾青——太阳之子：关于诗人的书》中，都提到了萧红的名字。

2006年至2010年俄罗斯科学院远东研究所出版的六卷本《中国精神文化大典》中，收有纳·列别捷娃撰写的萧红介绍，还首次刊登了两幅萧红的照片。

（二）萧红评传介绍

1998 年在海参崴由远东科学出版社出版了列别捷娃的专著《萧红——生平、创作、命运》，162 页。

纳·亚·列别捷娃（1954— ），1977 年毕业于远东大学，在俄罗斯科学院远东历史、考古和民族风俗研究所任职。她最早的学术论文是《叶圣陶创作中的儿童题材》。关于萧红的评传是俄苏第一本研究东北作家的专著。它完稿于 1996 年，1998 年出版。据高莽 2010 年赴海参崴所见，该书“封面是黄色纸上印的徐悲鸿古典仕女图，单色，相当简陋，封面与内容很不协调”。

列别捷娃在《致读者》中写道：

> *萧红在中国为人熟知，中国最伟大的散文巨擘鲁迅先生是她的导师。萧红是属于富有爱国主义情绪的左倾知识分子圈内的人。她的名字和她最著名的中篇小说《生死场》是和中国人民抗日战争紧密相连的。战争迫使萧红浪迹天涯，从东北的满洲到南方的香港。命运对她毫不慈悲，但我觉得所有写她的人都没有注意到她与命运的长期抗争，没有注意到她是怎样想从为她固定的生活樊篱中挣脱出来。也许，正是这位敢于抵御恶势力的弱者的勇气和大无畏精神，使我对萧红的兴趣与其说是视为经典，不如说是重其人性。我希望东方学同行们和所有重视中国文化的人都能了解她。*

高莽译出《致读者》之后，便概括评述了列别捷娃的《萧红——生平、创作、命运》一书。它共分 11 章，并附 5 篇小说译文。作者在书中较详细地介绍了萧红的生平。她还几次引用俄罗斯女诗人阿赫玛托娃的诗句和事迹做衬托。谈到萧红初到哈尔滨时，她引用阿赫玛托娃的诗句：“我已准备好 / 迎接命运中的 / 狂风巨浪。”萧红历经坎坷，面对不幸，列别捷娃又引证了阿赫玛托娃的诗句：“少了一个希望 / 多了一首歌。”

萧红与萧军结合以后，二人同时从事文学创作，作者则以阿赫玛托娃与第一个丈夫诗人古米廖夫的关系，说明二人必须要各自寻找自己的路：

> *当两个相爱的人，都从事创作，他们的关系相当难处，作为例子可以提到安娜·阿*

赫玛托娃和尼古拉·古米廖夫这两名诗人的结合。他们之间根本不存在女性依附男性的儒家思想，也没有因循保守的男性傲慢。两个名气相等的个人都想保持自己的自由，又不失却心爱的人……表面上他们的婚姻持续了八年，其实早在这之前就已经中断。

写到萧红与萧军的关系时，作者认为：萧红容忍，萧军放任。萧军有了新欢，刺伤了萧红的心，于是她写下了短诗《苦杯》11首。作者将该诗歌全部译成俄文附入书中。作者又用阿赫玛托娃的诗做对照。作者写道："这些充满了悲伤、哀怨和备受屈辱的心的短诗还用注释吗？自从人有了这种感受之后，它就超越时间与空间存在于世上。"这种感情孕育在安娜·阿赫玛托娃的诗歌里，阿氏的诗《二十一日夜星期一》正和萧红诗的最后一节相吻合。

某一个无所事事的人编造说，
人间有爱情。
由于懈怠或是由于寂寞，
都信以为真，而且如此生活。
他们期待会晤，他们害怕分离，
他们吟唱爱情之歌。
但另外一种秘密，
却被一片沉静蒙住着……

如此期盼爱情的人，除了被凌辱的心的疼痛之外，还有什么？萧红与萧军意识到，他们的关系应当有所变化，便决定暂时分开……萧军和萧红分手时，作者又引用了阿赫玛托娃的诗句："二人分手了／不是几周／不是几月／而是几年／终于吹来一股真正自由的清风／鬓角已戴上了苍白的花环。"作者说："其实这几句诗完完全全地反映出这对中国情侣长期分离的经历。"

第二节 苏联时代对鲁迅作品的翻译和研究

苏联历来重视对鲁迅作品的翻译与介绍，鲁迅研究在当代俄苏汉学界占有首要的地位。

一、 鲁迅著作在苏联的传播

我国著名学者戈宝权先生曾对鲁迅著作最早的俄译本做过专门的考察。鲁迅作品中最早译成俄文的是《阿Q正传》，在1929年同时出了两种译本：一种是王希礼译的，由列宁格勒激浪出版社出版；另一种是"无译者名"（鲁迅语）的，由莫斯科青年近卫军出版社出版。后经研究，此系苏联汉学家科金和中国人高世华合译的。"至于传闻卢那察尔斯基曾译过《阿Q正传》和为俄译本写过序文，又俄译本第一版十万部一个月内售完，现经反复查考，并无其事，都是以讹传讹的。"[1]

1. 戈宝权：《鲁迅在世界文学上的地位》，第32页，西安：陕西人民出版社，1981年版。

鲁迅逝世以后，1938年苏联科学院出版了《鲁迅》纪念论文与译文集，后来又出版了罗果夫编的《鲁迅选集》（1945，莫斯科）和他译的《阿Q正传》（1947，上海），不久后又出版了《鲁迅小说、杂文与书简集》（1949）。

新中国成立后，苏联翻译出版的鲁迅作品种类更多，有《鲁迅小说集》（1950）、《鲁迅短篇小说与论文集》（1952）、《鲁迅小说集》（1953）、《鲁迅短篇小说集》（1956，巴库和明斯克各一种）、《阿Q正传》（1960）、《故事新编》（1964）、《鲁迅中短篇小说集》（1971）、《鲁迅选集》（1981）等。

其中规模最大的要算1954年至1956年出版的四卷本《鲁迅选集》。第一卷收录《呐喊》、《野草》和《彷徨》；第二卷收录从《热风》、《坟》、《华盖集》、《二心集》、《伪自由书》、《南腔北调集》、《准风月谈》、《花边文学》、《且介亭杂文》和《集外集》中选出来的杂文；第三卷为《故事新编》和《朝花夕拾》中选出的回忆文章，以及从各杂文集选出的杂文（多带有回忆性质，如谈韦素园、刘半农、章太炎等）；第四卷为《两地书》和书信选。这套选集无论编选和翻译都是精心之作。译者为汉学家的最佳阵容，而且多为从事鲁迅研究的专家。其中有费德林、罗果夫、艾德林、彼得罗夫、科洛科洛夫、罗加乔夫、帕纳秀克、齐赫文斯基等，还有当时的青年译者马努欣、杨希娜、瓦西科夫等。波兹涅耶娃承担主要编选工作并译了大量作品，费德林写了序言。

鲁迅单篇作品被翻译作为单行本出版或登载报刊的，为数更多。还有的作品被译成乌克兰、格鲁吉亚、哈萨克、乌兹别克、吉尔吉斯、立陶宛、拉脱维亚等语言文字出版，其中有小说集，也有单部作品。

1977年，编辑出版了《鲁迅著作索引》（格拉戈列夫编，索罗金序），提供了译介作品的全貌。

二、 四本鲁迅研究专著

（一）波兹涅耶娃著《鲁迅·生平与创作》

在苏联的鲁研学人中，最早拿出论鲁迅专著的是波兹涅耶娃（Л. Д. Позднеева，1908—1974）。她1932年大学毕业，1933年便着手研究鲁迅，1956年以《鲁迅的创作道路》学位论文获博士学位，1957年出版《鲁迅》专著，1959年扩大为《鲁迅·生平与创作》（莫斯科大学出版社）。

她在出专著前的二十多年里，已经有许多论鲁迅作品的文章和译作，不但自己搜集和整理了大量有关的资料，而且同鲁迅的朋友曹靖华、李霁野、李何林以及陆宗达、胡乔木、许广平、戈宝权等有直接交往，得到他们在阐释鲁迅的思想和创作问题、搜集资料直至解释具体作品等多方面的帮助。

这部专著共设三篇九章。第一篇三章分别阐述鲁迅儿童少年时代、去日本求学和在辛亥革命这三个阶段的思想及活动，时间从1881年至1917年。第二篇写的是1918年至1927年的事，共三章。三章中有两章分别写鲁迅从1918年至1926年的革命活动和大革命失败后去厦门、广东、上海的情况，另外一章是评析《呐喊》、《彷徨》、《野草》三本作品集。第三篇也是三章，写1928年至1936年鲁迅的生活。有一章写他与“左联”的关系，另外两章分别论述鲁迅后期的杂文和《故事新编》。

这是第一次全面、系统又深入地向苏联读者介绍鲁迅的专著。它以材料丰富翔实、分析细致、概括性强而著称。作者仔细分析了鲁迅的生活道路及思想发展的脉络，解释其创作的特点，重点是突出鲁迅的革命精神，指出“鲁迅是在中国实行革命、挣脱帝国主义和封建主义锁链的那支大军中的一名战士”。

波兹涅耶娃分析了鲁迅的全部创作后，最后归结为：“鲁迅的创作道路是从中世纪的八股经过革命浪漫主义和批判现实主义走向社会主义现实主义。”

（二）索罗金著《鲁迅世界观的形成》

索罗金（В .Ф. Сорокин）在发表专著以前已先完成长篇学位论文《鲁迅创作道路的开始和小说〈呐喊〉》（1956），并于1958年通过论文答辩获副博士学位，接着又有《论鲁迅的现实主义》（1958）等文章。专著《鲁迅世界观的形成》（1958，东方文学出版社）从一个侧面，即早期的活动和创作中所表现出的思想来论述鲁迅早年政治观、哲学观和美学观的形成，起止时间大致从20世纪末至1927年大革命失败。这本仅196页的论著中，除前言与结束语外，有四节论述鲁迅的经历（即“儿童少年时代”、“初入文坛”、“1909—1917年”、“五四运动与文学革命”），另外三节分别剖析《狂人日记》、《呐喊》和《阿Q正传》。

作者认为鲁迅是在20年代末“从革命民主主义立场（鲁迅自称为‘进化论’的立场）……过渡到马克思主义立场”的。同时，在鲁迅的创作方面则论述他怎样从“充满革命思想”的批判现实主义逐步创造了一切前提条件，得以“在20年代末走上社会主义现实主义”的。

从详细分析鲁迅早期的作品来看，包括留学日本时的文章、辛亥革命时的小说如《怀旧》以及《呐喊》，尤其是《阿Q正传》等作品，其深入详尽的程度，还是苏联鲁研学中的第一部，这也是本书的历史价值。

据作者说，他之所以能做到这一步，是由于拥有大量中国人写的有关鲁迅的文字资料。他在50年代初曾有两年时间在北京的苏联驻华使馆新闻处工作，有广泛的社会接触，搜集到自20年代初以来中国发表的相当丰富的鲁研材料。“在总体构思上我受瞿秋白和冯雪峰的影响最大，而最有意思的事实资料则是从周遐寿（周作人）的回忆录中得到的。”作者又谦逊地说：“我这本小书也只能说具有文学研究史上的意义。”[1]

1. 段内引语均见1988年12月21日索罗金给笔者的信。

（三） 彼得罗夫著《鲁迅 · 生平与创作概论》

主要从事中国现代文学研究的维克多 · 瓦西里耶维奇 · 彼得罗夫（В.В. Петров，1929—1986），1951年毕业于列宁格勒大学东方系，50年代就有不少著述，除专著《艾青评传》（1954）外，还有论别的作家的文章，如《马雅可夫斯基和现代的中国诗歌》（1952）、《老舍及其创作》(1956)、《巴金的长篇小说〈家〉》(1956)、《巴金的创作道路》(1959)、《论曹禺的创作（跋）》(1960)等，以及六七十年代的文章《元杂剧》(1966)、《中国早期翻译的列宁论文艺问题的著作》(1970)、《郁达夫〈春风沉醉的晚上〉短篇集出版前言》(1972)、《论二十至三十年代的中国诗歌》(1973)等。

彼得罗夫像

其中，论鲁迅的文章占的比例不小，如《鲁迅和中国诗歌》(1958)、《鲁迅和郁达夫》(1967)、《鲁迅与苏联》(1976)、《鲁迅和瞿秋白》(1975)等，而专著《鲁迅·生平与创作概论》(1960，国家文学出版社出版，383页)则是他在这个方面的代表作。

为了说明这部专著的特点，需要把它和同类的作品做对比。在波兹涅耶娃、索罗金的专著以及费德林、罗果夫、艾德林等人的文章中，重点是用鲁迅的主要经历和创作问题，论述他的世界观和创作方法这两个方面的形成和发展过程，同时剖析其创作(主要是《呐喊》、《彷徨》和一部分杂文)的特点，以论说鲁迅在中国现代文坛的地位和作用。此外也兼及鲁迅怎样译介俄苏文学作品的问题。

彼得罗夫的特点是以分析鲁迅的作品为主，包括小说、散文及杂文，论证鲁迅创建革命文学的功绩及作用。全书九章中就有五章分别分析《呐喊》、《彷徨》、《野草》、杂文和《故事新编》。在叙述鲁迅活动的三章中也不是泛泛地谈生平，而是突出说明“鲁迅与革命文学的关系”和“鲁迅为创建革命文学而奋斗”。最后一章谈“鲁迅与外国文学”，内容比前述同类著作有更大的范围，不限于俄苏文学，而是广泛涉及世界各国文学，但中心仍然是围绕鲁迅怎样吸收外国进步的、民主的和革命的文学，以增加中国新文学的养料。

（四）谢曼诺夫著《鲁迅和他的前驱》

谢曼诺夫像

弗拉基米尔·伊凡诺维奇·谢曼诺夫（В.И.Семанов, 1933—2010)，1955 年毕业于列宁格勒大学东方系，1968 年获得博士学位，曾任苏联科学院世界文学研究所研究员、莫斯科大学亚非系主任。他大学毕业后一直从事中国文学的研究工作，发表了不少介绍中国文学的论著和译作。他在鲁迅研究方面的论著，除了《鲁迅和他的前驱》[1] 外，还有论文《19 世纪和 20 世纪初的中国文学与鲁迅》(1962)、《伟大的中国作家——评彼得罗夫著〈鲁迅·生平与创作概论〉》(1962)、《新的经典作品》（1962）、《鲁迅论外国文学》（1965)、《鲁迅反对庸俗化者》（1972)、《评波兹涅耶娃著〈鲁迅·生平与创作〉》(1973)、《评两本关于鲁迅的著作（波兹涅耶娃:〈鲁迅·生平与创作〉，布拉格；黄颂康:〈鲁迅与现代中国的新文化运动〉，阿姆斯特丹）》(1961)、《“迅行”——为纪念鲁迅诞辰一百周年而作》(1981) 等。

1.［俄］谢曼诺夫：《鲁迅和他的前驱》，李明滨译，长沙：湖南文艺出版社，1987 年版。

《鲁迅和他的前驱》全书分三章，还有前言（“作者的话”）和结束语（“若干结论”）。第一章“在世纪的初叶”论述鲁迅前期，即从 19 世纪末到 1918 年在思想上的探索和创作上的尝试，分别以“初期的经验和体会”、“参加启蒙运动 (1903—1906)”、“探索与失败（1906—1909)”、“在革命前夕和革命期间 (1909—1913)”和“沉默的年代’（1914—1918 年初）”等五节来叙写。接着，在

第二章“严峻评价的意义(1918—1936)”里分析鲁迅后期对文学创作和文学家们的评价以及这些评价前后的变化，实际上也是分析鲁迅美学思想的发展，分别设“政论文和诗词”、“翻译”、“戏剧”和“小说”四节，使这些评价得到全面而系统的论述。谢曼诺夫指出，中国评论家从创造社的成仿吾到太阳社的钱杏邨，当鲁迅在世时都说他是“仿古”、“旧调重弹”，鲁迅去世后又承认他是“创新”，但同时也割断了鲁迅同文学前驱的联系。有鉴于此，本书作者想“以阐明中国新、旧文学的关系为目标”。在前两章详细分析的基础上，就有可能在第三章“革新家”来论证本书提出的“目标”了，具体内容便体现在“体裁”、“题材、人物、思想、情绪”、“塑造性格的原则”、“景物描写、主人公的生活环境”、“结构”、“作者对事件的评价”、“语言”等七节中。

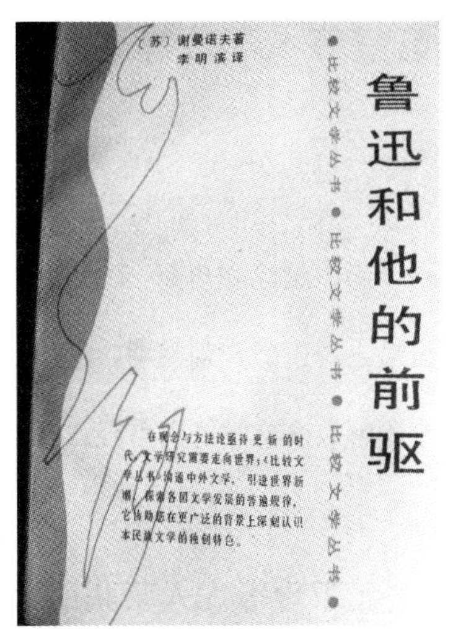

谢曼诺夫《鲁迅和他的前驱》中译本封面

谢曼诺夫正是通过对比得出结论：清末的谴责小说比起 18 世纪以前的古典小说(如《儒林外史》、《红楼梦》)来，有许多明显的弱点。它“虽然鞭挞腐朽的上层官僚、假仁假义的儒家道德，反对迷信和封建家庭的肆虐，主张关心个人的命运。但是这类作品对受苦人的同情往往流于伤感，而为其指明出路的愿望又变成了说教”。鲁迅的作品则克服了这些弱点，《呐喊》越过谴责小说而向 18 世纪以前的古典小说学习，继承了中国古典小说的优良传统，成为“新的经典作品”。

第三节 丁玲等人获俄奖与解放区文学受青睐

新中国建立初期，在 1951 年苏联政府就将斯大林奖金授予 5 位中国作家——丁玲、周立波、贺敬之、丁毅、刘白羽。这也是中国作家首次获得苏联的国家奖，同时也表现出苏联文学界对中国解放区文学特别重视。

一、 丁玲等 5 人荣获斯大林奖金

1949 年 9 月，莫斯科高尔基电影制片厂导演格拉西莫夫和苏联中央文献纪录片电影制片厂导演瓦尔拉莫夫率队来和我国合拍《解放了的中国》和《中国人民的胜利》两部大型影片，1950 年 10 月完成。1951 年两片荣获苏联国家奖斯大林奖金。担任两片文学顾问的周立波和刘白羽以及音乐顾问、助理导演、摄影师等我方人员均获奖。

1950 年，刘白羽在莫斯科与苏联电影工作者一起创作电影剧本《中国人民的胜利》，有中俄两种语言版本问世。同年，莫斯科儿童文学出版社又出版刘白羽短篇小说集《政治委员 / 回家》。至 1959 年莫斯科军事出版社出版刘白羽的中篇小说《无脚拖拉机手》(俄译名《永不熄灭的火焰》，斯米尔诺夫译）止，10 年间苏联出版的刘白羽的作品，包括《政治委员》、《勇敢的人》、《无敌三勇士》、《火光在前》等主要中短篇小说在内，至少有 10 种。索罗金和艾德林评论刘白羽的“描写人民英雄主义的小说”，夸赞“他的作品自然、朴素、真实”。

周立波获奖事迹比较特殊，将在下节专述。

丁玲获得的奖励占有特殊的地位。苏联译介她的第一篇文章是《中国作家为恢复中苏两国外交关系的致电》（《国际文学》，1933 年第 3 期）。1934 年，莫斯科国际出版社出版她的短篇小说《某夜》（载于史沫特莱编《中国短篇小说集》，英文版）。1935 年，《国境线上》译载其短篇小说《水》（波兹涅耶娃译）。从 1933 年至 1937 年，苏联共刊载丁玲短篇小说《某夜》、《水》、《消息》、《礼物》等 8 篇。

新中国建立前夕，1949 年《旗帜》第 5—7 期，全文连载莫斯科大学教授波兹涅耶娃译的

丁玲的长篇小说《太阳照在桑干河上》。接着，《矿工小说报》第9—25期又全文译载该长篇小说。同年，莫斯科外国文学出版社和玛加达苏维埃摇篮出版社先后出版《太阳照在桑干河上》两种俄译本。这一年共发表丁玲的11部作品，其中仅《太阳照在桑干河上》就有4种版本。据不完全统计，从1949年至1955年，苏联共出版（发表）丁玲作品38种，占44年（1933—1977）俄译丁玲作品总量的76%。其中，仅《太阳照在桑干河上》就出版了14种版本（含8种少数民族语言版本）。

1957年以后，译介曾长时间中断。到1974年才在《雨——中国20—30年代作家小说集》（费德林编）中收录丁玲的短篇小说《梦柯》。1977年，苏联《译丛》第8期译载她的小说《在医院中》。

对于丁玲的评价，也随着其长篇代表作《太阳照在桑干河上》的翻译而展开。该书译者波兹涅耶娃在译序中指出："解放区的土地改革以其全部的复杂性被展现在我们面前"，"这部小说全面地而非简单化地反映了土改这一复杂进程"，它"以大部分篇幅描写了解放区新的人、新的组织……解放区农村生活的一切新生事物"，"也非常注意描写农村的反动势力"。

波兹涅耶娃经过深入探讨，发现"长篇小说《太阳照在桑干河上》的基本优点，是运用现实主义手法描写人，就其全部复杂性和多样性方面描写中国农村的活生生的人"。她说，丁玲继承中国近代长篇小说传统，将作品中每个主要人物都写成一个单独的短篇，从而展示其经历与性格特征。所以，她说："这部作品，就其艺术技巧，其展示形象和事件的现实主义手法而论，表明女作家的长足进步"，"表明丁玲创作已进入符合创作规律的时期"，"对创建新民主的真正的现实主义文学做出了重大贡献"。

汉学家费德林另有论文写道：《太阳照在桑干河上》开头部分比后面写得更充实、宏伟，读者感到自己是在读一部史诗。他指出：这一长篇的史诗性内容，固然与它题材的宏巨性有关，但更为重要的是，"丁玲既不简单化也不夸大复杂和多样的生活真实……这位语言艺术家所描写的暴风雨将临的情景是令人难忘的"。

贺敬之、丁毅执笔，集体创作的歌剧《白毛女》，50年代初在莫斯科国立瓦赫坦戈剧院上演后，反响强烈，随后在列宁格勒、乌兹别克等地演出，几乎场场爆满。索罗金和艾德林在评论文章中说："该歌剧的悲剧魅力、内容的朴实与真实性以及音乐的人民性，都使《白毛女》

成为中国文学教育人民奋起投入解放斗争的优秀作品之一。”

《白毛女》俄译本译者之一、著名汉学家罗果夫为该剧本写了序文，对该剧做出了很有代表性的评论：其一，“《白毛女》的艺术品格在于，它是一部真正的人民艺术作品”。其二，《白毛女》的音乐富有艺术魅力。音乐独具特色，“通过包括中国传统乐器组成的乐队的演奏，使歌剧《白毛女》产生了强烈的艺术效果”。其三，《白毛女》运用人民语言，生动而形象。剧作广泛运用了对比手法和生动的人民语言，“甚至在次要的场景中，人物对话的色调与鲜活性都能创作出一幅独特的极具艺术表现力的图画”。罗果夫的结论是：人民歌剧《白毛女》是中国现代文学的最动人心弦的作品之一。

二、 解放区文学在苏联的翻译出版综述

1951 年荣获苏联国家奖斯大林奖金的丁玲、周立波、贺敬之、丁毅、刘白羽，均为来自解放区的作家。凡是出自解放区作家的作品，当年在苏联文艺界均备受重视，迅即被翻译出版。

（一）当年翻译的最为流行的代表作品

贺敬之、丁毅的《白毛女》（罗果夫译，1952 年），丁玲的《太阳照在桑干河上》（波兹涅耶娃译，1949 和 1952 年）、《丁玲选集》（波兹涅耶娃译，1954 年），周立波的《暴风骤雨》（鲁德曼译，1951 和 1952 年）、《山乡巨变》正篇（俄译本改名《春到山乡》，克里弗佐夫译，1960 年）及续篇（俄译本改名《清溪》，克里弗佐夫译，1962 年）、《铁水奔流》（伊凡科译，1957 年），赵树理的《李家庄的变化》（克里弗佐夫译，1949 年）、《李有才板话》（施奈德译，1974 年）、《张来兴》（俄译本改名《硬骨头》，贾托夫译，1963 年）和《赵树理选集》（贾丕才译，1953 年），马烽、西戎的《吕梁英雄传》（罗高寿、斯佩兰斯基译，1951 年），邵子南的《地雷阵》（彼得罗夫译，1950 年），欧阳山的《高干大》（彼得罗夫译，1951 年），周而复的《白求恩大夫》（法恩加尔译，1960 年）和《上海的早晨》（斯拉勃诺夫译，1960 年），柯蓝的《红旗呼啦啦飘》（贾托夫译，1951 年）。

（二）50年代翻译的其他作品

草明的《原动力》（罗高寿译，1950年），刘白羽的《火光在前》（伊凡科、帕纳秀克译，1951年）、《刘白羽选集》（罗扎诺夫译，1955年）、《无脚拖拉机手》（俄译本改名《永不熄灭的火焰》，斯米尔诺夫译，1959年），魏巍的《谁是最可爱的人》（马尔科娃译，1957年），胡可的《战斗里成长》（贾托夫译，1951年），杜鹏程的《保卫延安》（贾托夫、克里弗佐夫译，1957年），吴强的《红日》（谢曼诺夫、斯本尔诺夫、施奈德译，1959年），吴运铎的《把一切献给党》（帕列伊译，1956年）等。

（三）60年代翻译的其他作品

袁静的《红色交通线》（俄译本改名《特殊任务》，戈洛夫略夫译，1961年），马烽的《仅仅十年》（收17部短篇，贾托夫译，1960年）和《不能忘记的人》（短篇小说集，文学社编选，1960年），周洁夫的《走向胜利》（沙什洛夫译，1959年），梁信的《刘胡兰》（切尔卡斯基译，1958年），雷加的《站在最前列》（戈洛夫略夫译，1959年），张孟良的《儿女风尘记》（伊凡科译，1959年），冯德英的《苦菜花》（帕纳秀克译，1959年）和《迎春花》（帕纳秀克译，1961年），梁斌的《红旗谱》（俄译本改名《三代人》，帕霍莫夫、亚诺夫斯基译，1960年）。

据不完全统计，从20世纪40年代末至60年代初，解放区文学被翻译成俄文的就有27位作家的近40部小说。这些作品在苏联读者中曾广为流传。

此外，还有新诗（即白话诗）已译成俄文的单行本。如：萧三的《萧三诗选》（诗人自译，1954年），艾青的《黎明的通知》（吉托维奇译，1952年）、《太阳的话》（切尔斯基编选并译，1989年）和《艾青抒情诗选》（尤·索罗金译，1981年）。

流行最广的是1959年出版的费德林编选的《中国新诗集》（1919—1958），费德林邀集了艾德林、切尔卡斯基、吉托维奇、亚罗斯拉夫采夫、鲍特文尼克、戈卢别夫、阿历山大罗夫、捷尔—格里戈梁、埃弗隆等35位译者，选译中国现代诗人新写的新诗，其中除郭沫若、康白情、闻一多、朱自清、冰心、冯至、蒋光慈、殷夫等外，其他大部分是来自解放区的诗人，有毛泽东、朱德、刘伯承、萧三、柯仲平、蒲风、何其芳、田间、力扬、卞之琳、王亚平、严辰、戈壁舟、李季、阮章竞、张志民、贺敬之、郭小川等。

俄苏汉学家对中国解放区文学如此长时间地坚持大量翻译介绍，这在国际汉学界显得特别突出。

第四节　双向交流的体现者——周立波

周立波从延安时期开始讲授俄罗斯文学，到苏联时代荣获斯大林奖金，直至后来成为享誉国际的作家，这是一段美好光彩的历史回忆。

一、早期开讲俄罗斯文学，培养现代文学青年

周立波的创作极受苏联研究者的注意并得到好评。他们跟踪翻译了周立波的新作。1951 年翻译出版《暴风骤雨》俄文第一版（鲁得曼和卡林诺科夫译并序，莫斯科），1952 年出版俄文第二版（同译者，舒普列佐夫序，莫斯科）。1957 年译出《铁水奔流》（伊凡科译，阿凡纳西耶夫序，莫斯科），1960 年译出《山乡巨变》正篇（俄译本书名为《春到山乡》，克里弗佐夫译并序，莫斯科），1962 年译出《山乡巨变》续篇（俄译本书名《清溪》，克立弗佐夫译并序，莫斯科）。此外，1953 年出版的《中国短篇小说集》俄译本（卡拉谢夫编）也收有周立波的小说。而且周立波的名字早已收入苏联 60—70 年代的百科全书了。

周立波像

周立波不但是受苏联人欢迎的作家，而且是中俄（苏）学术界研究两国文学关系中很受注意的个案。

周立波 1940 年至 1942 年在延安鲁迅艺术文学院讲授“名著选读”课时陆续写下的手稿，系用印有方格的各色油光纸竖行写成，纸张有大有小，有的是简要的讲稿，有的是讲课提纲，有的仅列篇名或章节名，还有的是残稿，字迹辨认起来相当困难。

据说，周立波授课的内容有《阿 Q 正传》、《红楼梦》等中国作品，多数则为外国文学作品。有许多手稿已丢失，目前仅存的有蒙田、莱辛、歌德、司汤达、巴尔扎克、梅里美、莫泊桑、纪德、普希金、莱蒙托夫、果戈理、屠格涅夫、陀思妥耶夫斯基、托尔斯泰、契诃夫、高尔基、绥拉菲摩维奇、班台莱耶夫、涅维洛夫、法捷耶夫等人的名著，在所有 22 讲手稿中（包括残稿共约 10 万字），俄国部分占了三分之二。

讲稿仅系讲课的详细提纲。讲课前后随时补充，增删。所有稿纸上打了各种标记，加入许多段落，随意填写在稿纸上，几乎占满了一切空白处，也有许多英、德、法文的书名与人名，包括作品主人公的名字，以及收入的英文句段。讲稿经年累月随主人南征北战，时间的磨损已令字迹模糊。

我们整理这些手稿所做的事有三类：一是辨认难解的字句，加以确定和填写，包括代号或代称。如“T”为“托尔斯泰”，“朵”为“陀思妥耶夫斯基”，依据篇章内容及上下文，比较好认定。实在难定的，或讲稿已被磨掉的字迹，则加入空方格，留待今后有可能再填入。二是引用外文的段落，作者有时只引用小说外文书名及某一段的头尾几个字，那就需要查出他依据的原著外文，全文照录，并相应引入已有中译本的文字（少数情况是无中译文的，则代为译出）。第三类数量比较大，加了注解，或注明他所讲到的作家（生平和著作）、作品（内容要点）、主人公（在作品中的地位和作用），或注解其所涉及的文艺思想和理论的要点；但这一切均以方便读者读懂为限，避免冗繁或过分解读周立波的文艺思想和文艺批评观点。

读解讲稿之后，笔者发现周立波的讲课具有外国文学的全面系统知识，甚至有文学史的脉络。他讲的虽是“名著选读”，实际上已经涵盖了欧洲文学史的各个时期。以俄国古典文学为例，文学史上的六大名作家，即普希金、果戈理、屠格涅夫、陀思妥耶夫斯基、托尔斯泰、契诃夫，他都已列入。至于苏联文学，至 30 年代大的名作家，他在 40 年代初也及时选入，如高尔基、绥拉菲摩维奇、法捷耶夫等。这与笔者在80年代参编的《欧洲文学史》（杨周翰主编）和《俄国文学史》（曹靖华主编）相吻合，足见讲稿具有当代性。同时说明延安培养的文艺骨干在外国文学方面具有很高的素养，并非有人误以为的那种“土包子”。

讲稿还表明，延安时期很注重现当代文艺理论的引进和宣传教育。欧洲古今的文艺学说，尤其是苏联当代文学理论，包括别林斯基的现实主义文论、车尔尼雪夫斯基的美学观，讲稿都有涉及。苏联当代文艺家巴赫金在30年代初提出的“复调小说”理论，分析陀思妥耶夫斯基小说的一个特点是：让各种人物汇集在一起，对同一问题发表各自的见解，观点互不相同，互相对立。而作者只做客观的描述，不加评论，也不加干预，造成作者与人物、人物与人物之间的“平等对话”关系。此谓“多声部”，或称“复调”。巴赫金此论提出甚早，但在我国正式全面翻译和推介则是80年代的事。可是周立波在40年代初就已敏锐地发觉这个特点。他在讲陀思妥耶夫斯基的《罪与罚》时，说他的作品在俄国文学中有特别的地位，具有正常传统以外的特点：“维持兴趣的是他对于对话的把握，对话多……对话中的抑扬和节奏可以看出个性。”周立波还用别的作家做对比，说普希金的小说中人物说着作者的言语，不是人物独立地说话。

从讲稿出发，我们还敬佩于周立波广泛的文艺天赋：集创作、评论和翻译于一身。以外文而言，稿中使用多种语言，所引英、德、法文都有。所译作品甚至包括俄国古典文学作家普希金的《杜布罗夫斯基》（20世纪40年代出版，1981年群众出版社再版）。至于周立波译的苏联名著肖洛霍夫的小说《被开垦的处女地》，更是闻名遐迩。该书转自英译本，新中国成立后已据俄文本校译过，1950年三联书店出版，1954年人民文学出版社再版，可谓经典名译，无人超越。小说的译名业已广泛传开，已为学界习用。80年代，有后起的译者以书名《新垦地》出了新译本（安徽人民出版社，1984年）。其实对于原俄文书名Поднятая целина来说，两种译法相比，显然前者（周译名）更贴切，更形象，也更抽象，不仅雅致，而且还富有哲理意味；而后者（新译名）则具体化不足，太俗而不利于想象。也许新译者出于好意，用心在不与前译者雷同。周立波毕竟是有文艺创作经验和修养的老作家，其翻译水平是和创作水平相匹配的。

周立波的讲稿后来收入《周立波文集》第五卷（上海文艺出版社，1985年版）。

二、 50年代初两次荣获俄罗斯国家奖

50年代初周立波获得两个奖项：一项是因1950年俄中合拍的电影《解放了的中国》，他作为编剧和文学顾问，在创作过程中起了重要作用；再一项是因长篇小说《暴风骤雨》在国内外影响很大。1951年，莫斯科外国文学出版社首先出版长篇小说《暴风骤雨》（鲁德曼译），第二年再版。1953年该社又出了一部《中国短篇小说集》（卡拉谢夫编选），其中收录了周立波的短篇小说。继《暴风骤雨》后，周立波的其他三部大部头著作《铁水奔流》、《山乡巨变》正篇、《山乡巨变》续篇，分别于1957年、1960年、1962年出版俄译本。

周立波荣获的斯大林奖章

对周立波的评论和介绍，自他的作品俄译本出现后就持续不断。最集中和有代表性的是索罗金和费德林合著的《中国文学简编·20世纪40年代的中国人民文学》（1962），索罗金的论文《中国作家短篇小说俄译本序》（1959）和鲁德曼、舒普列佐夫分别为《暴风骤雨》俄译本第一版（1951）和第二版（1952）做的序言。

舒普列佐夫认为，“反映土改的第一部巨著，就是天才的中国作家周立波的长篇小说《暴风骤雨》”。土地改革，是解放中国生产力，保障中国政治、经济独立的基础，也是创建独立的人民共和国十分必要的条件；所以，它是当代中国文学的一个“中心主题”。索罗金和艾德林在论及反映这一“中心主题”的作品时也指出，首先应该提到共产党员作家周立波的长篇小说《暴风骤雨》。长篇小说《暴风骤雨》以其题材的宽广与丰富，明显地区别于中国描写

土改生活的其他作品。

概括他们的论述，《暴风骤雨》的特点有三：第一是写新人，尤其写新人的成长历程。苏联学者认为，土改的主题在当时能最充分地展示人民中新人的成长历程。舒普列佐夫说：“周立波并未局限于描写农民反对使他们陷入贫困与饥饿的封建土地所有制的斗争，他集中描写的主题是展现新人的诞生和成长的历程。”第二是成功地塑造了“一系列农村典型人物”。如鲁德曼所说的“党的智慧与良知的体现者”肖祥、“农民的领头人”赵玉林、老雇农郭全海，还有“色彩鲜丽的人物”白玉山和白大嫂形象等。“但作者决不仅限于此，他同时还描写出了中国农村先进人物的形成和思想发展的典型的当代画卷”。三是人民通俗易懂的艺术形式。鲁德曼认为《暴风骤雨》“这部作品正是从艺术形式到语言运用都是广大人民群众通俗易懂的长篇小说”。所以索罗金和艾德林总结《暴风骤雨》的成就在于“具有高度的思想性与艺术性，描写了当代从未发生过的历史变革”。

苏联学者非常重视40年代周立波翻译的肖洛霍夫的《被开垦的处女地》，认为该作品“对周后来的所有文学创作产生了很大影响”。他们从文学影响学的角度，运用比较文学研究方法，分析研究周立波作品的人物。鲁德曼认为周立波自觉地赋予其众多人物以肖洛霍夫人物的特点，最突出的例子就是赶车人老孙头；不过周立波并不是单纯的模仿，而是具有深刻的原创性。鲁德曼说：“这里要特别说明，任何模仿或机械借用当然是绝对不可以的，长篇小说《暴风骤雨》的人物形象决非如此，而是具有深刻的独特风格的原创性。”

三、 60年代俄方盛赞周立波是“乡土文学”的能手

《山乡巨变》的俄译者克里弗佐夫在译序中详细说明周立波的创作有以下几个特点：

第一，学习苏联文学的现实主义精神，创造了全景式的文学作品。他发现，周立波是苏联文学的热情宣传者。周曾表示，“我们把苏联文学当作我们的最好的先生”，“我们文艺工作者从苏联文学里学习了最进步的创作方法。这种方法教导着我们要有深刻的思想性，要紧紧和人民联结在一起，要踏实地表现劳动人民的战斗和生活”。[1] 所以“周立波的创作乃至全部生活都密切联系人民，积极干预生活……善于在作品中描绘广阔的令人难忘的人民生活的

1. 周立波：《我们珍爱苏联的文学》，载《人民文学》，1949年第1期。

画面”。

译者详细阐明“《暴风骤雨》的故事发生在中国东北农村，而《春到山乡》的事件，则发生在中国华南山乡。但从作品庞大的结构来看，就其反映中国农民的命运而言，《春到山乡》正是《暴风骤雨》的续篇，它展示了中国革命发展的一个崭新的更高的阶段”。因而周的创作具有全景式的特色，描绘中国农村从40年代到60年代的图景。“如果说《暴风骤雨》中描绘了农民反对封建土地占有制，实现土地改革的斗争，那么在这里，读者则看到了中国农民在共产党领导下废除了统治数千年之久的土地私有制，将其变为新的社会主义的集体所有制。”“但作者成功地表现了清溪乡的合作化并不是一个孤立的事件，而是一场席卷全国的规模宏大的社会主义改造运动。”“1955年是中国农民走向社会主义道路的决定性的一年。就其历史影响而言，这是许多世纪以来中国农村制度的一次最伟大的变革，它在周立波的这部新的长篇小说中得到了艺术的再现。”

第二，《山乡巨变》的特点是结构极为单纯、朴实、自然。“深谙中国人民的生活和心理，以其永不改变的幽默感，创作了众多难忘的典型形象，其中既有体现合作化运动中党的领导作用的农村带头人，也有代表农村各社会阶层的普通农民。同时，他们中的每一个人物都具有自己的，往往是复杂的性格；具有自己独特的，属于他‘那一个’所固有的特征。”其中有“邓秀梅这个言辞激越泼辣、性格倔强、善于思考的22岁的年轻女共产党员”，农村青年干部陈大春和盛淑君，刚刚萌发爱情的一对老实人刘雨生和盛佳秀。尤其有塑造得极为成功的两个贫农形象——外号“亭面湖”的盛佑亭和讷于言词的陈光晋。在小说的续篇中，周立波还写到这些人物随着农村的变化而进步。这些人物形象反过来又说明“清溪乡已经发生巨变”，“中国大地上已经出现春天的气息”。

第三，译者夸赞周深入农村实际的生活态度。这里并以苏联名作家肖洛霍夫做比照。肖不像有的作家成名之后就调到莫斯科，或进作家协会，或入中央政府去做官，而是一辈子坚守故乡农村，创作出《静静的顿河》等众多的作品，永远是顿河草原的歌手。周立波也一样，出名之后就从北京回到农村故乡，住了十几年。

事实上，在北京，在作家协会或在《人民文学》（他是该杂志的创刊人和编辑之一）的编辑部里你很难碰见他。不，在他的家乡湖南省益阳县桃花仑你却能很快地找到他，

他在那里担任乡党委副书记已经二年余了。任何一个孩子把你领到田里，你都能在那里的农民中间找到这位被湖南的烈日晒得像农民一样黝黑的作家，他戴一顶宽檐的斗笠，着一件蓝色夏布裤子，裤管绾到膝盖以上。或许，只有那副遮住他那虽然近视但却具有惊人的洞察力的眼睛的硕大角制眼镜，才能使你将他同其他人区别开来。作者（周立波）十分熟悉他所写的对象；他每天都同他的小说的主人公们在一起，或在田里，或在决定农村命运的喧闹的群众大会上，或在某个老乡的饭桌旁。不正因为如此，他的长篇小说才给我们展现了一幅独具中国画风的风俗画，他的作品中的农民形象如此绚丽多姿，他们的语言才这样闪烁着劳动人民无比的幽默吗？

正因为如此，《山乡巨变》这部小说才"洋溢着中国农村的乡土气息，散发着山中盛开的茶子花的幽香"，周立波才能成为"乡土文学"的能手。

以上克里弗佐夫的评论颇具代表性。他长期研究中国历史、文化与民俗，曾作为外交官在1951年至1966年间来华住了十几年，不但了解情况，而且亲历过中国社会、农村的变革，他的评论很有见地，也反映了俄国汉学家们的认识水平。

第五节　专事研究中国古今诗歌的切尔卡斯基

列昂尼德·叶甫谢耶维奇·切尔卡斯基（Л. Е. Черкасский，1925—1998），1925年6月2日出生于苏联基辅省（现为乌克兰切尔卡瑟州）首府切尔卡瑟市的一个职员家庭，1951年毕业于莫斯科军事外语学院东方系，1965年至1966年来北京大学进修。1962年以论文《曹植的诗》获副博士学位，1971年12月以《中国新诗论（20年代）》晋升博士。他1960年起即任职于苏联科学院东方学研究所，主要研究中国诗歌，尤其是现代文学新诗，曾先后担任该所远东研究室副主任、主任。1998年5月20日逝世于以色列国的特拉维夫。他一生勤勉，共发表各类作品260多种。

一、 新诗研究

切尔卡斯基对俄国汉学的主要贡献，在于对中国新诗做了全面系统的译介和研究，其丰硕的成果使他不但在俄国汉学界成为对中国现代诗歌研究的第一人，而且在世界汉学界也占有一席之地。

切尔卡斯基像

切尔卡斯基专事中国现代诗的评介，几乎是独立完成了对中国现代诗坛的全面扫描和重点深入的探索。

（一）翻译现代新诗

1. 编选、译并序：《雨巷（20和30年代中国抒情诗）》（莫斯科，科学出版社东方文学部，1969年），选有戴望舒等16位诗人的161首诗。

2. 编选、译并序：《五更天（30至40年代中国抒情诗）》（莫斯科，科学出版社，1975年），选有田间、艾青等24位诗人的161首诗。

3. 编选、译并序：《蜀道难（50—80年代中国抒情诗）》（莫斯科，虹出版社，1983年），选有顾工、公刘、李瑛、韩瀚等55位诗人的112首诗。

这三本诗集恰好组成一个系列，提供了中国20年代至80年代诗歌的全貌，让俄苏读者不仅能够了解现代诗作，而且可以延伸到当代。切尔卡斯基选择的诗人之多和诗作面之广，是其他外国的翻译家不可企及的。他曾经把现代（20世纪20—40年代）诗人另编选成一本《40人诗集（中国20一40年代抒情诗）》（莫斯科，科学出版社，1978年）。只要列举出那一长串入选诗人的名字，就足以说明他选编的精细和深入：汪静之、刘半农、刘大白、朱自清、徐玉诺、谢冰心、徐志摩、朱湘、陈梦家、殷夫、蒋光慈、戴望舒、蒲风、王统照、王亚平、郑振铎、瞿秋白、郭沫若、臧克家、卞之琳、何其芳、李广田、袁水拍、沙鸥、李季、柯仲平、梁宗岱、宗白华、康白情、邵洵美、冯至、温流、萧三、艾青、田间、任钧、应修人、潘漠华。

（二）三部论著

切尔卡斯基对俄国汉学的主要贡献，还在于写成了两部中国现代诗论和一部现代诗人艾青专论。他既坚守苏联汉学界“分配”给他的中国新诗阵地，勤勉耕耘，认真探索，成为俄国学界研究中国新诗唯一全面的专家，又兼顾俄国汉学翻译与研究，不仅出翻译作品，还出研究专著。其所著三部论作为：

1.《中国新诗论（20—30年代）》，苏联科学院东方学研究所，莫斯科，科学出版社，1972年。

全书分两编14章。上编谈“五四诗歌”的8章，分别叙写五四运动、文学革命和中国新诗所受西方文学的影响，分析五四诗歌中的人道主义思想，用相当大的篇幅评论新诗，将其归纳为四类。一为现实主义诗人刘大白、汪静之、谢冰心等人的诗，二为浪漫主义诗人闻一多、郭沫若（《女神》）、朱自清等人的诗，三为自由诗，四为抒情诗。下编以“现实主义派和颓废派”为题设置6章（“颓废派”即今日所称的现代主义流派，切尔卡斯基在这里沿用了苏联当年的名称），论及革命与诗歌和“太阳社”的诗，象征主义者李金发、穆木天的诗，“新月派”包括徐志摩等人的诗，欧体诗如闻一多等人的诗，也论及叙事长诗这种体裁的创作，对于蒲风、田间等人的诗给予足够的重视。

切尔卡斯基注意的中心问题，是这个时期诗歌创作的方向、体裁、形式，是新诗中的传统与创新的因素。他对中国现代诗人中现实主义、浪漫主义和象征主义几大流派的创作，特别是他们的思想、美学观和诗歌艺术特色都做了具体分析，对其中代表诗人的评析均以充分的资料为依据。该专著对于中国自由诗、欧体诗、抒情短诗和叙事长诗特点的分析，也许是最为吸引人的部分。作者在书中说明，中国新诗具有重要意义，它正在与西方和东方各国的诗歌互相交融，逐步走向世界文学的大家庭中去。

2.《中国战争年代的诗（1937—1949）》，苏联科学院东方学研究所，莫斯科，科学出版社，

1980年。

这是上一部书的续篇。它把抗日战争和解放战争时期发表的新诗做了全面系统的概括分析，以大量丰富的史料阐明在这两次战争期间中国新诗的形式、体裁、结构和艺术形象特色，涉及200余部诗集。作为重点或典型分析的则有艾青、邹狄帆、“时代的鼓手”田间、“农民诗人”臧克家、长诗作者柯仲平、“灯塔看守人”王亚平、“国际主义诗人”萧三、“夜的歌和白天的歌”诗人贺敬之、人民“爱与恨”的表达者袁水拍、长诗《王贵与李香香》的作者李季、“农村的歌”作者沙鸥等50多人。该专著对这两个时期中国诗歌与世界进步诗歌特别是与俄苏诗歌的联系，都做了详细的分析。

切尔卡斯基既肯定和赞扬战争年代诗歌创作的成就，也指出了它的缺点和不足。例如由于群众高昂热情的鼓舞，诗歌以空前巨大的数量出现，从抗战爆发到1942年就已发表50多万首诗，不可避免地会出现公式化和粗糙肤浅之作，艺术上当然也不成熟。切尔卡斯基认为，他“这本书的宗旨正是客观地有根据地分析战争年代中国诗歌发展的道路，分析它复杂和矛盾的现象，研究它同本国文学传统和世界文化的关系，既谈其达到的高度与成就，也谈其缺点与不足”。

这两本书对五四以来新诗的发展进程、历史脉络、形式特点做了清晰的勾勒，合起来看恰好是一部完整的“中国现代诗歌史”。论其成书的年代，甚至可以说它不比中国的同类著作晚。况且，它用欧洲常见的文艺学观点和方法来考察中国新诗的历程，例如用文艺思潮的原理来概括和梳理各个流派，阐明新诗创作的规律和得失，无疑更值得我们借鉴。

3. 专著《艾青——太阳的使者》，俄国科学院东方学研究所，莫斯科，科学出版社，1993年。

如果说前两部著作是从面上勾勒现代诗的发展历史，那么这部专著就是深入重点，把艾青作为典型例子进行剖析。切氏从诗歌历史发展中选了艾青作为重点诗人，反过来又用艾青事例来说明诗史。这无论对于切氏个人，还是对于俄国汉学来说，都具有重要的学术方法的意义，令人感到其研究方法的优异。因而它比此前出版的彼得罗夫著的《艾青评传》更有影响。

该书系统评析了诗人艾青50年的创作历程。全书分为11章，按照评传的思路，头两章“双尖山下”、“激流勇进”写诗人从童年到青年的成长，第3至第5章以“抗战前夜”、“抗战时期”、“在延安窑洞”叙写了艾青作为战士和诗人在盛年叱咤风云的光荣历史与辉煌成就。

从第 6 章起转入诗人命运的坎坷和久经磨难之后的复出与创作，分别为“艰难的十年”、“被错划为右派”、“我是清洁工”、“归来的歌”、“诗人永远和人民群众在一起”，最后以“大师”归结。总之，作者满怀痛切之情写了诗人艾青痛苦的童年、漂泊的青年、成功的中年时代，灾难临头不得不在逆境中蹉跎岁月，直至最后才“异峰”突起的晚年。切尔卡斯基最终指出：中国杰出诗人艾青的名声早已跨出国界，他的作品已经成为世界文化不可分割的一部分。

二、 毕生的著译

切尔卡斯基贡献给俄国汉学的，虽然主要是中国现代诗研究，但决不限于此，他也研究了古代诗人曹植与建安文学、中俄文学关系与中外比较文学，如苏联诗人马雅可夫斯基作品在中国、中国文学中的列宁形象，曹植与罗马诗人奥维德之比较等等。为了反映切尔卡斯基研究范围的全貌，下文将其晚年的主要著译书目列出，以供了解。

切尔卡斯基在俄苏汉学界的名声和贡献，自从他 1986 年来华出席当代文学研讨会起，即为我国学界同行所知晓。笔者曾在 1990 年写出的《中国文学在俄苏》一书中设专节加以介绍。准备把他的三部主要著作翻译过来的我国学者有两位。

先动手的一位是中国社科院文学所的李聃研究员。他翻译了切尔卡斯基的两部中国现代诗论，总共有 50 万字左右。李聃从 90 年代就默默地劳作，为了还原书中引证的大量诗作，曾历尽辛苦。要完成如此大的工程实属不易，有的译文还要经作者过目。这也印证了切尔卡斯基为此两部著作所下的苦功。由于条件的困难，这么庞大的著作迄今未能面世。

后来的一位是泰山学院外文系主任宋绍香教授。他已译出《艾青——太阳的使者》，约 15 万字，这是宋氏崇敬艾青心情的体现。

切尔卡斯基新诗和古典诗主要著译书目：

1. 《中国之声 · 中国诗人诗集》，赤塔，1954 年，72 页。
2. 《曹植的政治观与文学观》，《中国、日本 · 史学与哲学》，莫斯科，1961 年，第 131—145 页。
3. 《曹植〈七哀〉》，1962 年版，133 页；1973 年版，168 页。
4. 《曹植的诗》，莫斯科，1963 年版，68 页。

5.《赤潮·五四诗集》，莫斯科，1964年版，98页。

6.《论五四诗歌中的人道主义问题》，《东方文学中的人道主义思想》，莫斯科，1967年，第64—72页。

7.《中国诗人蒋光慈论文化遗产》，《亚非人民》，1967年第2期，第100—106页。

8.《罗马的放逐者与魏国的贬黜者——奥维德（公元前43年至公元17年）和曹植（192—232）》，《历史语文学研究·祝康拉德院士70寿诞》，莫斯科，第409—415页。

9.《雨巷·20—30年代中国抒情诗》，莫斯科，1969年版，199页。

10.《论中国新诗的分期》，《东方文学理论问题》，莫斯科，1969年版，第354—359页。

11.《中国诗社》，《远东文学研究理论问题》，莫斯科，1970年版，第134—140页。

12.《五四时期的诗》，《中国新诗与西方文学》，《中国1919年的五四运动》，莫斯科，1971年版，第232—251、252—261页。

13.《列宁思想与中国文学中的列宁形象》，《列宁和国外东方文学》，与施奈德合著，莫斯科，1971年版，第51—91页。

14.《中国新诗论（20—30年代）》，莫斯科，1972年版，496页。

15.《五更天（30—40年代中国抒情诗）》，莫斯科，1975年版，128页。

16.《马雅可夫斯基在中国》，莫斯科，1975年版，128页。

17.《40位诗人·20—40年代中国抒情诗》，莫斯科，1978年版，342页。

18.《论中外文学关系·中国30—40年代诗歌》，《亚非人民》，1979年第1期，第108—116页。

19.《中国战争年代的诗歌（1937—1949）》，莫斯科，1980年版，272页。

20.《中国诗歌》，莫斯科，1982年版，239页。

21.《中国当代的“暴露”诗歌》，《亚非人民》1982年第2期，第87—94页。

22.《蜀道难·50—80年代诗选》，莫斯科，1983年及1987年版，199页。

23.《在长城后面的阴影下》，《远东》，1985年第7期，第146—153页。

24.《俄罗斯文学在东方》，《翻译理论与实践》，莫斯科，1987年版，184页。

25.《艾青——太阳的使者》，莫斯科，1993年版，233页。此书已有中译本：宋绍香译《艾青：太阳的使者》，中国文史出版社，2007 年版，313 页。

第六节 波兹涅耶娃与莫斯科大学中国文学史教材

莫斯科大学教授波兹涅耶娃在中国文学教学、古典文学和现代文学研究上成就杰出，尤其编有一部别具一格的中国文学史教科书，是享有世界声誉的汉学家。

柳鲍芙·德米特里耶夫娜·波兹涅耶娃（Л.Д. Позднеева，1908—1974）出生于俄国圣彼得堡的一个汉学世家，其父德·波兹涅耶夫毕业于彼得堡大学东方系汉满蒙专业，长期任教于东方语言各专业，曾任海参崴东方学院院长（1904—1906），获中国颁授双龙勋章。其伯父阿·波兹涅耶夫是蒙古学家，为海参崴东方学院的创校校长（1899—1903）。波兹涅耶娃 1908 年 6 月 2 日出生于日本，当时父亲正携家眷在日本从事讲学和研究，1910 年全家返回彼得堡。

波兹涅耶娃在中学和中等音乐学校毕业后考入列宁格勒大学东方系，至 1932 年毕业。她在这里受业于俄中两国本学科最大的学者，即“苏联首屈一指的汉学家”（郭沫若语）阿列克谢耶夫院士和中国苏联文学翻译的先驱曹靖华教授。当年曹先生在参加北伐战争失败后，为逃避国内反动政府的白色恐怖而流亡苏联，任教于列宁格勒。波氏在大学五年始终由曹讲授汉语语言文学。她天资聪颖，勤奋好学，是曹靖华的得意门生。后来，曹先生曾夸奖她是“难得的多面手，很有才气”，说她开卷能读古文，开口能讲白话，提笔能写很好的中文文章。当她 1956 年进行博士学位论文答辩时，曹先生正好在莫斯科出差，便欣然应邀出席她的答辩仪式。

波兹涅耶娃大学毕业后，从 1932 年至 1943 年在海参崴市任教，执教于中国师范专科学校、中国列宁学校和远东大学。[1] 在这里她结识了时任师范大学副校长兼中国部主任的张锡俦先生，后与之结婚。张回国后，解放初期就任刚成立的北京俄语学院（北京外国语学院前身）院长，成为北京外国语大学的首任校长。

1. 曹靖华：《自叙经历》，见上海鲁迅纪念馆编《曹靖华纪念集》，第 415 页，上海：中国福利会出版社，2007 年版。

远东大学撤销后，她便来到莫斯科，在共产国际办的学校教中国学生俄语，同时为列宁军事政治学院教授中文，兼任外国文学出版社编辑。1935 年起发表作品，先后翻译了鲁迅、丁玲和老舍等现代作家的小说，也为《世界文学》杂志撰稿。1943 年考入苏联科学院东方所研究生班，并于 1944 年开始在莫斯科大学历史系任教，以后转到语文系（亚非学院），仍教授中国语言文学。1974 年 8 月 25 日去世，任教 40 余年。

波兹涅耶娃于 1946 年以《元稹的〈莺莺传〉》论文获副博士学位，1956 年以《鲁迅的创作道路》论文获博士学位，并于 1957 年和 1958 年先后晋升高级研究员和教授，以优异的成绩先后获得罗蒙诺索夫奖金（1952）、奖状（1959）和奖章（1973）。

一、 教学工作上的一系列革新

波兹涅耶娃从 1949 年到 1959 年担任教研室主任，先是历史系东方语教研室，后为语文系中文教研室。再后来莫斯科大学成立亚非学院，她便成了学院的中国语言文学教研室主任。她主管教学期间，以其远见卓识对教学工作实现了一系列改革。她认为，学生在具备中文实践能力之外，应加强相关的理论修养和广阔的知识面。因此，她在语言教学中引进汉语史和方言学课程，在文学方面则不局限于设范文选读课，而是在莫大乃至于全苏率先开设了系统的中国文学史课程，同时增设西方文学和俄罗斯文学史等课。她从教学大纲、课程设置到教学讲义实现了一系列的改革，这使得该校培养出来的汉学人才在理论、知识和技能方面三者兼备，既可适应职业部门实践工作的需要，又有能力从事学术研究。这样，便使教学工作面貌焕然一新。此项改革，还扩及整个东方语言文学的教学，波兹涅耶娃被视为东方学教学的改革家。

以文学教学而言，莫大的文学史教程从横向上看，有东方文学的全貌，列入中国、日本、印度、波斯等东方国家文学；从纵向上看，以中国文学为例，即从古代、中世纪、近代到现代，呈现了历史的脉络。如今该校保存有一部完整的东方文学史，由 4 卷组成：《古代东方文学》、《中世纪东方文学》（1—2 册）、《近代东方文学》和《现代东方文学》。其中的中国文学部分系由波兹涅耶娃主编的，她和其他东方语文教授合力促成这部巨著在 20 世纪 60—70 年代问世。这是俄国高校使用的唯一一部大型中国文学史，也是波兹涅耶娃留给后代的一座永久的丰碑。

波兹涅耶娃（左）与李莎（李立三夫人）教授合影

从 1959 年至 1973 年，波兹涅耶娃虽然不再担任教研室主任的职务，但已是众望所归的学科带头人。她不断地促进教学改革工作的完善。在莫大任教 30 年，她培养出一批批人才，可谓桃李满天下。

二、 学术研究上的多种著译

波兹涅耶娃的学术研究一向兼顾现代文学和古典文学。1949 年，她翻译出版丁玲的长篇小说《太阳照在桑干河上》，为该书 1951 年获得苏联国家奖即斯大林文学奖（也是中国作品首次获苏联政府奖）提供了文本条件。1954 年她编选《鲁迅选集》（4 卷本）并翻译了其中三分之一的作品，她写出详尽的跋（序为费德林所作），其独特的见解甚至引起国外注意，还被译成日文在日本发表。在 1956 年以鲁迅为题的博士论文通过后，她于 1959 年出版了《鲁迅评传》[1]，这是一部很有分量的力作。当这部著作在 40 多年后译成中文出版时，我国著名的鲁研学人林非教授在《鲁迅评传》中译本序中称赞：这位“俄罗斯汉学前辈，实在称得上是勤奋踏实和严肃认真地从事学术研究的榜样，她涉及的材料之广博，论述的笔法之精细”，列出的鲁迅文章之出处和背景材料，“真可以说是做到了无一字无来历，这种一丝不苟的治学精神，确实是十分令人钦佩的”。林非先生又说：“鲁迅先生是一位博大精深和浩瀚无际的伟大作家和思想家……对他进行如此全面和深入的研究，无疑是一项非常艰巨的劳作，何况还是出自她这位外国汉学家之手，就更令人惊叹不止了。”

1. 中译本由吴兴勇、颜雄翻译，湖南教育出版社 2000 年出版。

鲁研学人译者颜雄教授在《鲁迅评传》中译本后记中盛赞波兹涅耶娃数十年如一日，“勤奋谨严，实事求是的学风铸就了本书的学术品位”，而且与同时代人相较，它是鲁研中“一部篇幅最大的评传式专著”。此前已出版的同类著作仅有：“曹聚仁《鲁迅评传》（1937.8），约20万字；小田岳夫《鲁迅传》（范泉译，1946.9），不到10万字；王菁著《鲁迅传》（1948.1），近35万字；朱正《鲁迅传略》（1956.12），约10万字。”

此外，波兹涅耶娃还为苏联的《伟人丛书》撰写了一册《鲁迅》（1957）。该书流传很广，在1971年为纪念鲁迅诞辰90周年而译成日文在东京出版。

波兹涅耶娃在古典文学研究领域著译甚丰，重要的有1954年为北京大学王力教授《中国语法纲要》俄译本做的序。由于《纲要》一书的例句大多数采自《红楼梦》，为便于俄文读者理解，波兹涅耶娃不得不在序文中全面而详细地评论那部古典小说，结果序文鲜明的马克思主义观点迅即被我国评论界看中，译为《论〈红楼梦〉》，于1955年在《人民文学》杂志上发表。

三、 编纂别具一格的中国文学史教科书

波兹涅耶娃的惊人之举还在于她编写的文学教材破除了中国文学史的传统体例。

在苏联，东方文学中也有欧洲文学“文艺复兴”的观点，这首先是康拉德院士提出的（《中国文学史概论》，1959年）。此论一出，当年在苏联汉学界立刻舆论哗然，有不少人持反对的意见。汉学家费德林说：“就现有的资料来看，欧洲发生过的那种复兴或文艺复兴，对中国并不是必然的，我们有权把中国的文学艺术发展过程视作人类进化的世界性规律的实现，但决不是欧洲模式或标准的某种变异。”[1]

1. 赵永穆编选：《费德林集》，奉真、董青子译，第31页，天津：天津人民出版社，1995年版。

但在长期的争论中，波氏一直力挺康拉德。她不但赞成中国文学史上有“文艺复兴时期”，认为该时期可以分成两个阶段：第一阶段在8—10世纪，即唐、宋代，爱情自由抒情诗和短篇传奇小说流行，第二阶段在10—12世纪，宋末元初，盛行政论散文和哲理小说；而且进一步发挥，主张中国文学史上还有“启蒙主义时期”（即类似欧洲18世纪的启蒙主义文学）。当然，那也给这场论争激起更大的波澜。

论争归论争，波兹涅耶娃并不满足于空口议论，而是立即付诸行动：用欧洲文学的理论和观念来构建中国文学史的体例，编撰莫斯科大学版的中国文学史。

1．分期，按世界历史的大时代划分为四个时代。

⑴古代文学，从公元前3000年到公元2世纪，包括夏商周、战国和汉代。⑵中世纪文学，从3世纪到17世纪前半期，包括六朝和唐、宋、元、明代。⑶近代文学，从17世纪前半期到20世纪初，即清代。⑷现代文学，从1917年到1945年。

2．内容，撰述按概论和专论两类安排。

她解释破除中国文学史传统体例的理由，认为那套体例的公式是“分期按朝代，分类看体裁”，有很大的缺点。首先，那样的分期并不切合文学发展的过程，因为王朝的覆灭并不表示某种文学过程的终结。其次，朝代分期失之过细，到底不如古代、近代、现代等大历史时代的概念清晰。再次，那样的分类只能反映某种体裁的“极盛时期”，如唐诗、宋词、元曲，不能告诉读者该体裁的发展过程。例如，戏曲不可能是在蒙古人入主中原那80年内才创造出来的，它在此前和此后如何？此外，旧的写法只能使人注意每一个国家文学的特点，却妨碍人去看待联结各国文学的共同特点。如果坚持每个民族按自己的朝代计算纪年，那就不能按历史的大时代来对各国文学的发展做总体的研究。如果坚持每个民族传统的体裁概念，那就看不到某种文学现象的共同点。

在比较文学界历来流行三种代表性的学术研究方法，即影响研究、平行研究和类型学研究，分别代表法国学派、美国学派和俄国学派。不过多年以前有中国学者主张，还有第四种，系代表中国学派的研究方法，曰诠释法，即用欧洲文学的理论和观点来解释中国文学现象。如若此说成立，那么俄国汉学家应该早就开始实践了。波兹涅耶娃正是用了欧洲的文学史观破除中国文学史的体例，并与她的同仁们在20世纪60—70年代撰写了一部别样的中国文学史。不管它里面对一个个具体的中国文学现象的诠释是否正确，或是否有某些过分比附之处，它那种按大历史时代做的分期，确实都是欧洲汉学界向来的习惯，便于他们理解。一个“古代文学”的概念就便于他们联想世界文学范围内的相同背景，比单独去弄懂“楚”辞、“汉”赋的朝代观念要轻易得多。这不也是一种比较文学吗？所以波兹涅耶娃主编的那部文学史巨著能受俄苏学生接受。这可能也是为外国学者书写中国文学史提供了一个试验，即为如何适应和引导本国读者更快地理解他们比较陌生的中国文学史提供了例子。

第七节 俄罗斯科学院编《中国精神文化大典》

2010 年 6 月初，俄罗斯科学院季塔连科院士（М. Л. Титаренко，1934— ）把他主编的《中国精神文化大典》（以下简称《大典》）俄文本赠予我国，为俄罗斯举办的“汉语年”活动献上一份厚礼。至此，季塔连科实现了他在俄国全面系统推介中国精神文化的夙愿——一套六卷六千页大开本的皇皇巨制最终完稿问世。六卷书在五年之内连续推出：第一卷《哲学》（728 页），2006 年；第二卷《神话、宗教》（869 页），2007 年；第三卷《文学、语言和文字》（835 页），2008 年；第四卷《历史思想，政治和法制文化》（936 页），2009 年；第五卷《科学、技术、军事思想、卫生和教育》（1087 页），2009 年；第六卷《艺术》（1030 页），2010 年。这不能不算是一项高效率的工程，它也把季塔连科的汉学学术地位推向了巅峰。

关于中国文学的入典，诗歌、小说、戏剧和文艺理论均集中在第三卷，其他部分神话和古典散文诸子百家分别收入第二卷和第一卷，古代散文《史记》和兵书、艺书等分别收入第四卷、第五卷和第六卷。

一、 一部新颖的百科全书

出版方把该书的中文书名拟为“大典”，意在表示“大而全”。其实不如按俄文原名照译为“百科全书”，似更妥当，更能表达其内容全面精到、撰述深浅适度、查阅方便实用的特点，更符合俄国汉学有“百科全书”的传统。

《中国精神文化大典》部分卷册

当 2006 年（“俄罗斯年”）8 月 30 日该书第一卷来北京国际图书博览会举行首发式时，笔者曾在仪式上发表感言，表示赞赏，并且想立刻动手写书评，因为该卷书的“前身”——1994 年出版的俄文本《中国哲学》词典我曾阅读过，心想很快写出读后感，应该不成问题。岂知翻阅新卷再次惊赞之余，更感到其创新的力度，非等出齐全书，在全面了解全书的新构思以前，就单卷来写评论是难于下笔的。

原来新书与《中国哲学》词典相较，面目已经改观，不再是一个个词条排列有序的工具书了。编者设定目标在于把中国文明作为有机的整体来介绍，显示它在世界上独一无二，内在完美又形式多样，在此前提下再深入展示文明的各个细部。同时又不限于援引经典，把悠久的文化写成凝固的“馆藏古董”，而要古今联系，展现中国文化的十足活力，成为鲜活的现实。在第一卷之首，编者表明，他既关注过去，又着眼现在和未来，“不仅注意到中国精神文化对东亚中国周边许多国家文化的形成业已造成重大影响，而且注意到中国文化在全世界的文化宝库中所占有举足轻重的分量。同时，还注意到实行改革开放政策以来的中国正日益变成世界性强国之一，它在许多方面将决定人类和世界文明的前途”。

有鉴于此，编者设定全书应兼顾专业人员和一般读者，即让该书具有专业学术论著和普及性读物双重性质。因而全书分成两个层面：一为通论性的，每卷都设综述或总论，用长文阐释本卷所涉专题，或用若干论文对其中所含主要问题分别做概括又周详的论述，由多篇文章组成“甲篇”。二为供查阅的词典，即细列为一个个词条，辟为“乙篇”。它所含已是几百上千条词目，是一部详细的辞书。此外，每卷还设有“丙篇”，用以附录各种参考资料、重要文献、译名对照，或出版物及大事年表以及索引，意在为专家和读者做进一步研究提供方便，这种安排也为全书陡增了浓厚的学术性。

总而言之，面对历史悠久、博大精深的中国精神文化，非如此精心安排和周详撰述，不足以反映全貌。因而可以说这套中国精神文化百科全书做到了“雅俗共赏”，令专家学人和普通读者满意。它从内容到形式都新颖，不但在欧洲其他国家，而且在中国也未见过，实属世界首创。

《大典》的意义在于，它是俄罗斯几个世纪以来汉学研究成果的结晶和集中体现，在俄罗斯汉学发展史上具有里程碑的意义。

在俄国，所谓汉学，就是以中文原文材料为依据，对中国国情进行研究的各门学科之总和，尤其是人文科学和社会科学学科之总和。那么，从这六卷本看出，它的研究科目已经包揽无余。

《大典》的写法，并非选择有相关内容的中文书籍去翻译，而是由富有成就的汉学家分工执笔，自然能写出自己研究的心得，并且凝聚三百年来几代汉学家的研究所得和治学经验，包括吸纳中国学者既得的历史经验。

以第二卷《神话、宗教》为例，甲篇收有两大专题的总论和综述，以及分专题的论文（其中又分列有细目）。“神话”题内含有：中国神话概观，国内外对中国神话的研究史略，民间信仰和社稷祭祀、神话观，占卜术和星相术等4篇短文；“宗教”题则含7篇文章，包括宗教信仰简史与现状，有儒教信仰、道教、佛教、邪教，以及传入中国的异国宗教，诸如基督教及其分支俄国东正教、伊斯兰教、犹太教、袄教、摩尼教等。撰写人为李福清院士等杰出的中国神话学家。甲篇的总论正是以李福清的一篇8万字长文《中国神话论》压缩而成，而乙篇收录的神话与宗教词条综述450条中，他所撰中国古代神话词条就占了200条左右。这两项内容在俄编《世界神话百科词典》中占有重要地位，该书已于1990年获苏联国家奖。

同样，第三卷甲篇的总论，由戈雷金娜、索罗金和热洛霍夫采夫等资深汉学家分别就古典文学和现当代文学撰写。其中《中国文学在俄罗斯》一节，更是由戈雷金娜和索罗金两位合作的同书名专著（2004年出版）压缩而来的。

主编季塔连科之长处在于眼界高远，能继承俄国汉学的历史传统和统率现实的学者阵势。

俄国文学一开始就注重对中国的国情综合研究，奠基人比丘林（1777—1853）毕生译著丰硕，涵盖了中国史地、清代典章律法、社会民情和文化现实，被后代编成“百科”系列。他被称为“百科全书”式的学者，此后遂成传统。后来阿列克谢耶夫院士（1881—1951）延续传统，主持编撰《中国》（1940年）文集，收录众多汉学学者论析中国历史、经济、文化等文章共21篇，具有“百科”的性质。它既是老辈汉学家成果的汇集，又是培育新一代汉学学者的依据和读物。如今季塔连科成了第三代“百科全书”式的主持人。不过，已经是大为创新的一代。

此次季塔连科工程的主力无疑在远东所，但他已经调动了全俄汉学的精英，其中既有传统的汉学“五强”——科学院东方学所、远东所，莫斯科大学亚非学所，圣彼得堡的大学东方系和科学院东方文献研究所，也有新起的东部汉学重镇——新西伯利亚、乌兰乌德和海参崴等地的汉学中心。这支数百人强有力的汉学队伍积十余年之努力才完成了巨大的工程。而季塔连科也如其前辈阿列克谢耶夫院士一样担起领军人的历史重任。《大典》正成为俄国汉学历史进程的丰碑。

二、 一名俄中文化交流的热心实践家

季塔连科生于 1934 年。1957 年莫斯科大学毕业后，随即来华进修，曾在北大哲学系师从冯友兰教授研习中国哲学史。他曾跟随冯师深入农村生活半年，与农民同吃同住同劳动。此行对于他大有裨益。后来他在北京纪念冯友兰 100 周年诞辰会议上说，在北大的那段经历使他终生难忘，从此更深刻了解冯友兰的哲学思想。

季塔连科像

季塔连科早年以研究墨子的著作成名，1979 年晋升博士。曾先后在苏联驻华使馆和苏共中央机关任职。1985 年接掌科学院远东研究所以后，便大刀阔斧地开展对华友好联谊和文化交流，在学术研究和日常实践两个方面广有建树，为该所赢得声誉。他本人也先后当选为俄罗斯汉学家协会会长（1988—1998）和俄中友协主席（1998 年起）。

季塔连科曾以编选和译释先秦诸子的著作宣传中国古代哲学思想。20 世纪 80 年代转向研究中国思想，并且联系现实，古为今用。其重点有二：一是关注“小康社会”思想的发展，主张应借鉴中国之路，向当局建言，由强有力的政党领导改革，集中“全俄”意志，避免俄国陷入“乱邦”和“危邦”的境地。他以真知灼见赢得信任，被几任总统聘请为政府访华团的顾问。

他同时组织力量翻译出版《邓小平选集》、《邓小平传》等类书著，予以推广。二是把中国思想作为整体来研究，从而扩大精神文化的范围。如第五卷《科学、技术、军事思想，卫生和教育》所涉皆为崭新的课题，几乎全是以往俄国汉学家未曾涉猎的，像中国的科学方法论、天与地的科学、物质变化、生命与人的科学等，均系当代汉学家首开研究的记录。这样一来，季塔连科把远东所办得充满活力。据季塔连科的门生洛曼诺夫博士所言，由于季塔连科不懈地倡导，目前该所内已形成了研究中国思想的“现代学派”。

季塔连科在 20 世纪 90 年代中期以来连续出版了 5 部专著：《俄罗斯与东亚 · 国际关系和不同文明之间的关系问题》（1994）、《俄罗斯面向亚洲》（1998）、《中国文明与改革》（1999）、《俄罗斯 · 以合作谋安全 · 东亚潮流》（2003）、《远东的地缘政治意义 · 俄罗斯、中国及亚洲各国》（2008），重点均在阐释中国思想在当代国际关系中的运用。他认为，中国文明在全球化的背景下依然保持自己的特色。中国哲学能够对世界文明做出积极的贡献，有助于克服西方唯理主义和实用主义的偏颇。俄罗斯只要学好中国的经验——既不损害自己文明的“核心”，又能融入异己的文明，便可保持自己民族的一致。

季塔连科以汉学研究和实践的新突破而于 1997 年当选为俄罗斯科学院通讯院士，2001 年 11 月当选为院士。他总括自己的体会说：从世界范围来说，汉学变成了中西文明之间交际的工具，而“俄罗斯汉学的特点在于深具欧亚精神，长于以平等的态度，看待中国和中国文明，力图达到各种文化的相互理解、相互丰富与和谐一致”。

季塔连科在中国早已享有盛誉。十余年前，当他在莫斯科中国使馆的国庆 50 周年招待会上，献出他在俄国宣传中国改革成就的巨型文集《中国在现代化与改革的道路上奋进》（735 页，1999 年）时，在场中方人士无不表示敬佩。就在那年 10 月，他荣获中国颁授的“中俄友谊奖章”。

第八节　两国交往的文化使者——戈宝权和齐赫文斯基

20 世纪的中俄文化交流中，两国各有一位持续最久、影响最大的活动家，他们就是戈宝权教授和齐赫文斯基院士。两个人的情况近似，都有学术研究和交流实践的双重任务，都有学术论著且在本国学界享有声誉，并且成为本学科的学术带头人，都担任过本国驻对方国家的首任外交使节，能从主持外事交往工作中去推动文化和文学交流，不但本人身体力行，而且带领和影响各自国家学术界的实践，为两国建立了友好来往的基础和桥梁，实际都成为文化和友谊的使者，都被对象国所肯定和赞扬。戈宝权荣获苏联政府颁发的“人民友谊”勋章；齐赫文斯基被中国《人民日报》评价为“西学东渐”和“东学西渐”的桥梁中为数不多的几个闪光的名字，即“从马可 · 波罗……到齐赫文斯基等”。

戈宝权和齐赫文斯基合影

一、　戈宝权

戈宝权（1913—2000），江苏东台人，1928 年入上海大夏大学学习，通英、法、日、俄语，遍游苏联、东欧诸国，先后做记者、编辑、外交和学术研究工作，译著 50 余种。译有普希金、高尔基、裴多菲等人的作品，研究论著近十种，汇集成书为《戈宝权文集》（6 卷）。

戈宝权出身于书香门第，几代人均系文界名流。祖父以监生名世，蒙孙中山先生为其遗像题词，孙中山手迹为“戈骏叔先生遗像”。父亲任东台县教育局长。栽培戈宝权成名的二叔戈公振为名记者，毛泽东主席说曾读过其所著《中国报学史》。三叔新中国成立后任苏州医学院副院长。

戈宝权自幼聪明过人，尤擅长外文。1928年入上海大夏大学，学的是英、法、日语。世界语和俄语属于自学，但也获得优异的成绩。1932年毕业后不久，竟能胜任赴苏联采访新闻的工作，于1935年任天津《大公报》驻苏记者去莫斯科，从此开始他俄罗斯学家的人生历程。懂多种外文的本领也使他日后成为有名的外国文学的翻译家和研究者。

戈宝权从事中俄文化交流的生涯可分为四个时期：一是1935年至1937年为驻苏新闻记者。二是1938年至1948年抗战时期在重庆《新华日报》和中苏文化协会工作，战后到上海进入苏联"塔斯社"，从事有关对苏的报道、信息和翻译工作。三是1949年至1956年先担任高级外交官（驻苏使馆临时代办兼政务和文化参赞），后任中苏友好协会总会副秘书长。四是1957年以后为中国社科院文学研究所和外国文学研究所研究员，继续坚持俄苏文学的研究，也扩及其他外国文学，但始终没有离开俄罗斯学家的岗位。

前两个时期他采访过苏联的大小会议、节庆日和当时各界人物，在重庆从事新闻工作。其中有两件大事，无论对戈宝权本人，还是对中俄文化交流史，都具有标志性的意义。一件是1947年在上海举办的普希金逝世110周年的活动。之前他和塔斯社社长罗果夫筹划编译出版了《普希金文集》。该书精选短诗、长诗、戏剧、小说，附论家评普希金的文章及作品插图，加上有普希金略传和年表，成为我国首次出版的全面系统展示诗人名作的译书，有当代俄文翻译名家的参与，既是精品，又成了范本。戈宝权又请郭沫若题写书名，在纪念会期间发行，起了推广以普希金为代表的俄国文学的作用。文集在10年内重印9次，销售之广，为当时外国文学书籍所仅见。戈宝权本人从此成了中国普希金研究的主要代表。另一件大事是1947年在上海举行"文豪高尔基先生逝世10周年纪念会"，戈宝权当年就写出《谈高尔基作品最早的中译》（见于《大公报》），同年的许多报纸都刊有戈宝权写的有关高尔基的文章，高潮则是出版戈宝权编辑的《高尔基研究年鉴》和他同茅盾一起翻译的《高尔基画传》。这对于宣传无产阶级文学的主要代表作家高尔基无疑是巨大的推力，而戈宝权便以高尔基研究的专家闻名了。

后两个时期突显了戈宝权作为文化使者和研究外国文学学者的形象。他广泛接触苏联作家、科学家和学者，有科学院院长涅斯米扬诺夫，诗人苏尔科夫，作家法捷耶夫、西蒙诺夫，芭蕾舞演员乌兰诺娃、列别申斯卡娅，列宁的扮演者斯特拉乌赫等等，包括各加盟共和国的名家，如阿塞拜疆诗人武尔贡、立陶宛诗人文茨洛瓦、乌克兰学者契尔科等，即如戈宝权自己著文所称，“我走访了全苏联”。

当然，戈宝权的贡献不仅仅在于俄罗斯学。20 世纪 70 年代以后，他着重研究中外文学交流，多次参加国际学术会议，形成了学术成果的丰硕期。他一生走访的国家有美国、法国、日本、丹麦、埃及、波兰、捷克、南斯拉夫等，而且联络东西方各国的学者，包括汉学家；因而他研究的中外文学关系比别人更为广泛。

颇能反映他学者风格的一例，是他搜罗托尔斯泰全集的趣事，见于他在全集第一卷扉页上写下的这样一段文字：“苏联自 1928 年托尔斯泰诞辰百年纪念时起，开始编印纪念版的《托尔斯泰全集》，经过 30 年之久，方于 1958 年全部出齐，共 91 卷。忆当时苏联曾有一张漫画，称一家人经祖父、父亲和孙子三代之努力，方将全集购齐。《托尔斯泰全集》印数不多，每卷一般不过 5 000 册。因此在苏联旧书店中也早已成为难得之书。我从 30 年代（1935 年）开始搜购，经多方面努力方补成全集。40 多年来，我先从莫斯科将此书运回，后几经迁徙，又复经十年浩劫及地震之灾，全书得以保存至今，亦云幸矣……”

不过“文革”之后，戈宝权发现还是缺少一卷（第 45 卷），不免竟日耿耿于怀。此事被当年留学莫斯科大学、现为上海华东师大教授的倪蕊琴知道了，她也细心搜集购到多数卷册，但仍不全，为成人之美，便拿出第 45 卷赠予戈宝权，使其补全。反过来，戈宝权又据自己所藏为倪制出其所缺卷册复本回赠，让她也凑齐全集。

这样，戈藏《托尔斯泰全集》便是目前国内唯一完整的一套原版全集。1986 年，它随同戈宝权的两万卷藏书一起捐赠给南京图书馆了（该馆专设“戈宝权藏书室”）。

戈金权藏《托尔斯泰全集》部分卷册

在戈宝权捐书之前，中国社科院外文所已将其所藏全集复印一套保存。这样就形成了南京、上海、北京各有一套《托尔斯泰全集》的俄文版，实在是为读者查阅原典提供了方便。

综观一生，戈宝权翻译作品涉及的外国作家多达50余位，评论研究过的作家逾百位，其成就得到有关国家的承认，因而获得各国的奖项无数，诸如俄罗斯、乌克兰、白俄罗斯、法国、捷克等。1988年所获苏联政府颁发的“人民友谊”勋章，应该说是最高的奖励，也最适于对戈宝权的评价。他出访70多次，造访国家30多个，终其一生，都是在中国和各国人民之间传递文化，结交友谊。他是“文化和友谊的使者”，这是中外一致给予他的崇高评价。

二、 齐赫文斯基

谢尔盖·列昂尼德维奇·齐赫文斯基（С.Л. Тихвинский），中文名齐赫文，1918年9月1日生于彼得堡一位军医之家。先后毕业于列宁格勒大学东方系（1938）和莫斯科东方学院中国科（1941），所获学位、学衔有史学副博士（1945）、史学博士（1953）、教授（1959）、通讯院士（1968）和院士（1981）。长期在外交部任职，期间先后为驻华（1943—1950）、驻英（1953—1956）、驻日（1956—1957）使节，领特命全权大使衔（1966年起）。长期从事外事教育工作。多次获国家勋章、奖章及奖金。

齐赫文一生共出版专著11部，发表论文500多篇。

齐赫文的学术生涯是令人钦佩的。他主要研究中国近现代史并以此成名。当他在20世纪40—50年代先后以副博士论文《孙中山的民族主义原则及其对外政策》（1945）和博士论文《19世纪末中国的维新运动》（1953）走进学术界时，立刻在苏联史学界显得卓尔不群，也引起中国史学同行的关注。尤其在两文修订成专著出版之后，即曾在五六十年代连续出版两部专著《19世纪末中国维新运动与康有为》（1959）和《孙中山的外交政策观点与实践》（1964）。前一部书迅速被译成中文。其特点是史料翔实，依据文档、同时代人的回忆和既往成果的梳理，有分析有批判，阐释在世界历史大背景下中国历史事件和事变的新义，其中鲜明的马克思主义立场、理论和观点，历史唯物主义的精神令中国同行刮目相看，在许多问题上能给人以新的启发。这两部书被认为是研究辛亥革命史的力作。

它们与后来发表的专著《周恩来与中国的独立和统一》构成齐赫文中国近现代史研究成果的“三部曲”。同时，他还围绕着康有为、孙中山、周恩来这三位重要历史人物编辑出版了一系列历史资料和人物传记资料，极为珍贵，如《孙中山选集》、《1898—1949 年中国的统一与独立之路，据周恩来的传记资料》（1996）。

齐赫文主编的《中国近代史》也显示了他本身学术研究的素养和功力，该书已被译成中、英、法、波兰等多种文字。

他从 1963 年起主持编纂多卷本的文献资料《17—19 世纪中俄关系：文献与资料》，几十年来连续不断出版，后来增编了 20 世纪的内容，其中有几卷已译成中文。同时他的研究领域也扩展至俄中关系、日本近代史以及俄国汉学史，他已成为俄国汉学和史学界的领军人物。

齐赫文之所以能取得如此卓越的成就，与他师承俄国东方学前辈有关，如在中国学术界也广为知晓的克拉奇科夫斯基、司徒卢威、阿列克谢耶夫三位院士，以及鄂登堡、巴托尔德、弗拉基米尔佐夫等名家；另一个重要原因是他具有汉语和其他外语的深厚功底，以及锲而不舍的努力；还有一个因素尤为重要，即他对中国社会有亲身的体验，亲自参与或见证重大事变，可以说他自从进入汉语专业的青年时代起，一生与中国结下了不解之缘，关心中国的命运，对中国人民充满感情。他不仅从事学术研究，而且一生都用实践行动充当两国文化交流的桥梁。

作为苏联驻北平的总领事，齐赫文见证了新中国诞生这样的历史大事。在参加开国大典之后，他立即将周恩来总理兼外长的快函传递到莫斯科，促成了苏联政府在次日——10 月 2 日发表声明公开承认并与中华人民共和国建交。他随即被任命为大使馆临时代办，成为首任驻新中国的使节。他的名字已经和两国关系史连在一起了，这是他外交生涯中最为荣耀的经历。

附：齐赫文斯基著作已译成中文的书目

1. 齐赫文斯基：《中国变法维新运动和康有为》，张时裕等译，生活·读书·新知三联书店，1962年版。

2. 齐赫文斯基主编：《中国近代史》（上、下册），北京师范大学历史系翻译小组译，生活·读书·新知三联书店，1974年版。

3. 齐赫文斯基：《周恩来与中国的独立和统一》，何鸿江、张祖武等译，中央文献出版社，2000年版。

4. 齐赫文斯基：《我的一生与中国（30—90年代）》，社会科学文献出版社，1994年版。

5. 齐赫文斯基：《回到天安门》，马贵凡、刘存宽、陈春华译，中共党史出版社，2004年版。

附录：中俄文学交流大事记[1]

1. 中俄文学、文化关系问题，笔者曾从不同方面写过其他著述，本书只涉及其中一个侧面，但此大事记已尽可能列入各个方面。

1682—1725 年，彼得大帝在位，从此有三位沙皇在 18 世纪前、中、后期先后推动“中国热”。

1712 年 5 月至 1715 年 3 月，康熙帝派内阁侍读图理琛一行四人前往伏尔加河下游慰问我蒙古族土尔扈特部阿玉奇汗，历时近三年，回国后著成《异域录》。

1708 年，清政府在北京开办“俄罗斯文馆”。

1715 年，俄国东正教使团来华，从此定期长驻北京，每届十人，驻期十年，前后持续共派二十届。

1741—1761 年，伊丽莎白女皇在位。

1744—1794 年，诺维科夫主编《雄蜂》杂志，时常刊登汉学信息，尤其是汉学家列昂季耶夫译自中文的《易经》（1780）、《大学》（1780）、《中庸》（1784）等。

1762—1796 年，叶卡杰林娜二世女皇在位。

1780 年，俄译《大学》、《中庸》、《孙子》、《论语》等诸子作品小规模出现，均为选译。

19 世纪上半期，比丘林为俄国汉学学科奠基。

1832 年，《好逑传》俄译本出版。

1845 年，清政府将雍和宫所藏《丹珠尔经》800 余册赠送俄国，随后俄方回赠书籍一批，凡 357 种。

1880 年，瓦西里耶夫（王西里）著《中国文学史纲要》出版。

1884—1910 年，作家托尔斯泰编选《道德经》语录等中国古代哲学思想论述类书籍近 10 种。

1899—1900 年，克雷洛夫《狗友篇》等三则寓言译成中文发表，开启了俄国文学进入中国的先河。

1916 年，阿列克谢耶夫（阿翰林）论司空图《诗品》专著出版，从此对苏联中国文学研究做全面开拓。

1921—1922 年，作为记者，瞿秋白赴新俄采访，写出文集《饿乡纪程》和《赤都心史》。

1929 年，王希礼译《阿 Q 正传》在列宁格勒出版。

1935—1938 年，戈宝权作为新闻记者驻苏联采访。

1941—1945 年，曹靖华主编《苏联抗战文艺丛书》（译丛）出版。

1946 年，上海举行“纪念高尔基逝世 10 周年大会”。

1937 年，上海举办“普希金诞辰百周年纪念会”，后于 1947 年出版戈宝权、罗果夫编选《普希金文集》。

1949 年 10 月，戈宝权和齐赫文斯基互为驻对方国家使馆的首任临时代办。

1949—1960 年，苏联翻译中国文学形成洪流，有译作 1 000 种，印数 4 300 万册。

1954—1960 年，苏联出版俄译古典小说《三国演义》、《红楼梦》、《水浒传》、《西游记》、《儒林外史》、《老残游记》、《孽海花》等。

1951 年，丁玲等 5 位中国现代作家获“斯大林文艺奖金”。

1953 年 11 月至 1956 年 6 月，北京大学俄文系举办俄罗斯文学研究班两年，专家卡普斯金主讲，培养高校俄文专业俄罗斯文学教员。

1954—1978 年，中国现代作家鲁迅、郭沫若、茅盾、巴金、老舍、曹禺、艾青、赵树理各有选集俄译本出版，并有 40 位新诗人诗集俄译本出版。

1954—1956 年，波兹涅耶娃编《鲁迅选集》（4 卷）俄译本出版。

1956—1957 年，北京师范大学中文系举办苏联文学进修班和研究班共两年，专家格拉西莫娃和柯尔尊主讲，培养全国俄苏文学教员 98 人。

1959 年 1 月，《世界文学》创刊，由中国社科院外国文学研究所主办，其前身是《译文》杂志。

20 世纪 60—80 年代，俄苏文学作家中译本出版系列选集：《普希金选集》（7 卷）、《陀思妥耶夫斯基选集》（9 卷）、《托尔斯泰文集》（17 卷）、《高尔基文集》（20 卷）、《马雅可夫斯基选集》（5 卷）等。

1961 年，李福清发表成名作《万里长城的传说和中国民间文学的体裁问题》。李福清于 2008 年当选俄国科学院院士。

1962—1977 年，波兹涅耶娃主编莫斯科大学中国文学史教材，分别收入该校《东方文学》古代、中古、近代、现代 4 卷。

1964 年，孟列夫、李福清发现列藏本《石头记》抄本。

1968年，戈雷金娜、李谢维奇合著《50年来的中国文学研究》出版。

1977年，施奈德著《俄国古典文学作品在中国》出版。

1979年，北京师大《苏联文学》创刊，持续出刊至今，现名《俄罗斯文艺》。

20世纪80年代起，苏联陆续编出大型《中国文学丛书》俄译本40种。

1983年，戈宝权作论文《谈中俄文字之交》。

1989年，曹靖华主编的《俄国文学史》经教育部审定为高校文科通用教材。

1990年8月，李明滨著《中国文学在俄苏》，作为乐黛云主编《中国文学在国外》首次大型丛书十种之一出版。

1992年9月，戈宝权著《中外文学因缘》（比较文学论文集）出版。

1994年9月，宋绍香著《苏联学者论中国现代文学》（俄译本序跋集）出版。

1996年，李明滨长篇论文《中国文化在俄罗斯传播三百年》（上、中、下篇）连载于北京《中国文化研究》（1996年秋、冬之卷和1997年春之卷）。

1996年4月20日，北京大学成立全国性的"普希金研究会"。

1999年，中国政府文化部编《新中国对外文化交流史略》出版。

1999年6月，在北京人民大会堂举行"纪念普希金诞辰200周年大会"，有中国政府领导人、俄国驻华大使及俄国政府代表等各界人士出席。

20世纪90年代末起，中国出版部门开始编出俄国大作家个人的作品全集，有普希金、莱蒙托夫、果戈理、屠格涅夫、陀思妥耶夫斯基、契诃夫等。

2005年10月，在台湾南华大学举办"肖洛霍夫诞辰100周年学术会议"，属于台湾地区首次纪念苏联作家。

2006年，中国举办"俄罗斯年"，翻译出版多种俄国当代文学作品。

2006年11月至2007年3月，在台南、台北举办"俄罗斯文学三巨人特展"，展出由俄方提供的普希金、托尔斯泰、肖洛霍夫手稿等物，属台湾地区首次展出。

2004年起，圣彼得堡大学每两年举行一次"远东文学问题"国际学术会议，讨论中国文学，先后讨论过的作家有巴金、鲁迅、郑振铎、陆游、郭沫若等。

参考文献

（一） 中文文献

中国社会科学院情报中心 . 俄苏中国学手册 . 北京：中国社会科学出版社，1986.

戈宝权 . 谈中俄文字之交 . 周一良主编 . 中外文化交流史 . 郑州：河南人民出版社，1988.

李福清 . 中国古典文学研究在苏联（小说 · 戏曲）. 田大畏译 . 北京：书目文献出版社，1988.

李福清 . 中国神话故事论集 . 马昌仪译 . 北京：中国民间文艺出版社，1988.

曹靖华主编 . 俄国文学史 . 北京：人民文学出版社，1989.

李明滨 . 中国文学在俄苏 . 广州：花城出版社，1990.

倪蕊琴主编 . 论中苏文学发展进程 . 上海：华东师范大学出版社，1991.

戈宝权 . 中外文学因缘 . 北京：北京出版社，1992.

曹靖华 . 曹靖华译著文集（1–11 卷）. 北京：北京大学出版社，郑州：河南教育出版社，1992.

中华人民共和国文化部对外文化联络局 . 中国对外文化交流概览（1944—1991）. 北京：光明日报出版社，1993.

宋绍香编并译 . 苏联学者论中国现代文学 . 北京：新华出版社，1994.

汪介之 . 选择与失落——中俄文学关系的文化观照 . 南京：江苏文艺出版社，1995.

阎纯德 . 汉学研究（1–10 集）. 北京：中华书局，1996.

蒋路 . 俄国文史漫笔 . 北京 : 东方出版社，1997.

李福清 . 三国演义与民间文化传统 . 尹锡康，田大畏译 . 上海：上海古籍出版社，1997.

李明滨 . 中国与俄苏文化交流志 . 上海：上海人民出版社，1998.

陈建华 .20 世纪中俄文学关系 . 上海：学林出版社，1998.

汪建钊 . 中俄文学之交——俄苏文学与 20 世纪中国新文学 . 桂林：漓江出版社，1999.

周发祥，李岫 . 中外文学交流史 . 长沙：湖南教育出版社，1999.

张铁夫主编 . 普希金与中国 . 长沙：岳麓出版社，2000.

吴泽霖 . 托尔斯泰和中国古典文化思想 . 北京：北京师范大学出版社，2000.

戈宝权 · 戈宝权纪念文集 . 南京：江苏教育出版社，2001.

汪介之，陈建华 . 悠远的回响——俄罗斯作家与中国文化 . 银川：宁夏人民出版社，2001.

宋绍香编并译 . 中国解放区文学俄文版序跋集 . 北京：中国文史出版社，2003.

王智量，谭绍凯，胡日佳，区品圣主编 . 托尔斯泰览要 . 贵阳：贵州人民出版社，2006.

李明滨 . 中国文学俄罗斯传播史 . 北京：学苑出版社，2008.

查晓燕主编 . 曹靖华诞辰 110 周年纪念文集 . 北京：红旗出版社，2009.

李逸津 . 两大邻邦的心灵沟通——中俄文学交流百年回顾 . 哈尔滨：黑龙江人民出版社，2010.

冯骥才主编 . 心灵的桥梁——中俄文学交流计划 . 天津：天津大学出版社，2010.

冯骥才主编 . 永存的记忆——李福清中国文化研究国际学术研讨会论文集 . 天津：天津社会科学院出版社，2013.

（二） 俄文文献

Алексеев В. М.Китайская поэма о поэте. Стансы Сыкун Ту（837---908). Пер. и исследование, 1916 г.

Алексеев В. М. Китайская народная картина. Духовная жизнь старого Китая в народных изображениях，М. изд. Наука，1966 г.

Алексеев В. М .Китайская литература. Избранные труды. М. изд. Наука，1978 г.

Васильев В.П. Очерк истории китайской литературы. СПб. 1880.

Воскресенский Д.Н.Лнтературйый мир средневекового Китая. Китайская классическая проза на байхуа：Собрание трудов. М. 2006.

Глаголева И.К. Китайская классическая литература：Библиографический указатель русских переводов и критической литературы на русском языке/ М.1989.

Голыгuна К.И. Великий предел: Китайская модель мира в литературе и культуре (I—XII в в.) .М.1995.

Голыгuна К.И. Теория изящной словесности в Китае XIX—иачала XX в. М.1971.

Голыгuна К.Н., Сорокuн В. Ф. Изучение китайской литературы в России. М.2004.

Дагданов Г.Б.Чань—буддизм в творчестве Ван Вэя.Новосибирск, 1984.

Дагданов Г.Б. Мэн Хаожань в культуре средневекового Китая. М.1991.

Желоховцев А.Н. Хуабэнь—городская повесть средневекового Китая: Некоторые проблемы происхождения и жанра. М.1969.

Кравцова М .Е. История культуры Китая: Учеб . пособие . СПб ., 1988; 2003.

Лебедева Н.А. Сяо Хун: жизнь, творчество, судьба. Владивосток, 1998.

Лuсевuч И.С. Древняя китайская поэзия и народная песня. (Юэфу конца III в.до н.э.——начала III в. н.э.).М.1969.

Лuсевuч И.С. Литературная мысль Китая на рубеже древности и средних веков. М.1979.

Литература Востока в средние века:Ч. 1/Под ред. Н.И. Конрада и др. М.1970.

Литература древнего Востока/Сост. Л.Е.Померанцева.М.1962. [Нз содерж.:Позднеева Л.Д. Древнекитайская литература, с. 307—438.]

Малuновская Т.А. Очерк истории китайской классической драмы в жанре цзацзюй (XIV—XVIIвв.) СПб.1996.

Маркова С.Н.Китайская поэзия в период национально — освободительной войны, 1932—1945. М.1958.

Меньшuков Л.Н. Реформа китайской классической драмы.М.1959.

Позднеева Л.Д. Лу Синь: Жизнь и творчество(1881—1936). М.1959.

Рифтин Б.Л.Сказание о Великой стене и проблема жанра в китайском фольклоре.М.1961.

Рифтин Б.Л.Историческая эпопея и фольклорная традиция в Китае. (Устные и книжные версии" Троецарствия).М.1970.

Рифтин Б.Л.От мифа к роману. Эволюция изображения персонажа в китайской литературе. М.1979.

Рогачев А. П. У Чэнъэнь и его роман Путешествие на Запад： Очерк.М.1984.

Семанов В.Н. Лу Синь и его предшественники. М.1967.

Семанов В.Н. Эволюция китайского романа， конец XVIII—начало XX в. М.1970.

Серебряков Е. А.Ду Фу:Критико-биографический очерк. М.1958.

Серебряков Е. А. Китайская поэзия X—X1 веков（жанры ши и цы). Л.1979.

Сорокин В.Ф. Китайская классическая драма XIII—XIV вв.: Генезис. Структура.Образы. Сюжеты. М.1979.

Сорокин В.Ф. Творческий путь Мао Дуня. М.1962.

Спешнев Н.А. Китайская простонародная литература: Песенно—повествовательные жанры. М.1986.

Сухоруков В.Т.Вэнь И—до: Жизнь и творчество. М.1968.

Торопцев С.А. Книга о Великой Белизне. Ли Бо: поэзия и жизнь. М.2002.

Федоренко Н.Т. Избранные произведения: В 2 т. М.1987.

Фишман О.Л.Три китайских новеллиста XVII—XVIII вв.: Пу Сунлин， Цзи Юнь， Юань Мэй. М. 1980.

Черкасский Л.Е. Китайская позия военных лет， 1937—1949. М.1980.

Черкасский Л.Е. Маяковский в Китае. М.1976.

Черкасский Л.Е. Новая китайская поэзия(20–30–е годы).М.1972.

Шнейдер М.Е. Русская классика в Китае. М. 1977.

后记

本书酝酿成文的过程比较长，原因在于试图探寻一种较为恰当的表述方式。起先，进展颇为顺利。我们既然确定书写的侧重点在“交流”，两人又按交流的双向做了分工，一个人写中传俄，一个人写俄传中，各负其责，放心写去，互不交叉，当可免重复之虞。这是切实可行的。但是后来写作中又有了新的难题：内容应涵盖多宽？交流的两端是中俄两个文学大国，史料丰富，内容繁杂，如若都引进来，有闻必录，将失之冗长，成为历史长编。何况其中若干方面和题材，作者此前已写过别的著作，没有必要重复自己；但若选材过严减缩太过，又易挂一漏万，与两个大国之间的文学交流实况不相符合。这样斟酌再三，最终定下来采用如今这种通志体的写法。

“通”者，其意之一在“贯通”，按时代次序上下贯通，有史的脉络。“志”则为记大事，或记归类中之显者。每记一事一类，均有始有终，论析有理有据，增加可读性，避免混沌一片，见林不见木。这样，当可做到全书脉络清楚，全面系统又点面结合，重点突出，令人读来不觉得枯燥。至于是否达到如此理想效果，则未可知，尚待方家指正。

本书执笔者分工如下：李明滨，绪论及第一、三、四、七章、附录；查晓燕，第二、五、六章。

编写过程中，无论是检索新近资料、打印校译文字，还是寻找某些原文图书线索、复制图片等复杂事务，都得到许多校内外同仁和同学的帮助，其中有国家图书馆陈蕊副研究员，北大俄语系图书分馆黄金鹏副研究员，北大俄语系办公室马兰秘书，人民文学出版社温哲仙编审、张福生编审，在北大就读的马来西亚博士生秦美珊，还有本系的研究生唐薇、焦黎、尹旭、金美玲、杨佳楠诸位同学。在此谨对他们深表谢忱。

李明滨

于燕园六院 101

2013 年 11 月 30 日

编后记

随师兄去府上拜访钱林森教授，满怀激动与期望，已是九年前的事了。那天讨论的出版项目，占去此后我编辑生涯的主要时光，筹划项目、联系作者、一次又一次的编写会，断断续续地收稿、改稿，九年就这样在焦急的等待、繁忙的工作中过去了，而九年，是一位寿者生命时光的十分之一，是我编辑生涯中最美好的日子……每每想到这里，心中总难免暗惊。人一生有多长，能做多少事，什么是值得投入一生最好时光的事业？付诸漫长时光与巨大努力的工作，一旦完成，最好的报偿是什么呢？这些问题困扰着我，只是到了最后这段日子，我才平静下来。或许这些困惑都是矫情，尽心尽力、无怨无悔地做完一件事，就足够了。不求有功，但求告慰自己。

《中外文学交流史》17 卷终于完成，钱老师、周老师和各卷作者们付出了巨大的努力，我心怀感激。在这九年里，有的作者不幸故去，有的作者中途退出，但更多的朋友加入进来。吕同六先生原来负责主持意大利卷，工作开始不久不幸去世。我们深深地怀念吕同六先生，他的故去不仅是中国学术界的巨大损失，也是我们这套丛书的损失。张西平先生慷慨地接替了吕先生的工作，意大利卷终于圆满完成。朝韩卷也颇多波折，起初是北大韩振乾先生承担此卷的著述，后来韩先生不幸故去，刘顺利先生加入我们。刘顺利先生按自己的学术思路，一切从头开始，多年的积累使他举重若轻，如期完成这本皇皇巨著。还有北欧卷，我们请来了瑞典的陈迈平（万之）先生，后来陈先生因为心脏手术等原因而无力承担此卷撰著。叶隽先生知难而上。期间种种，像叶隽所说，“使我们更加坚信道义的力量、人的情感和高山流水的声音”。李明滨、赵振江、郅溥浩、郁龙余、王晓平、梁丽芳、朱徽先生都是学养深厚的前辈，他们加入这个团队并完成自己的著作，为这套丛书奠定了坚实的学术基础，也提高了丛书的品位。卫茂平、丁超、宋炳辉、姚风、查晓燕、葛桂录、马佳、郭惠芬、贺昌盛先生正值盛年，且身当要职，还在百忙之中坚持写作，使这套丛书在研究的问题与方法上具备了最前沿的学术品质。齐宏伟、杜心源、周云龙都是风头正健的学界新秀，在他们的著述中，我们看到了中外文学关系史研究的美好前景。

这套书是个集体项目，具有一般集体项目的优势与劣势，成就固然令人欣喜，缺憾也引人羞愧。当然，最让人感到骄傲与欣慰的是，这套书自始至终得到比较文学界前辈的关心与指导，乐黛云教授、严绍璗教授、饶芃子教授在丛书启动时便致信编委会，提出中肯的指导意见，以后仍不断关心丛书的进展。2005 年丛书启动即被列入“十一五”国家重点图书出版规划项目，2012 年，本套丛书获得国家出版基金资助，这既为丛书的出版提供了保障，我们更认为这是对我们这个项目出版价值的高度肯定，是一种极高的荣誉，因此我们由衷地喜悦，并充满感激。

丛书是一个浩大的学术工程，也得到了我们历任领导的高度重视和大力支持。2005 年策划启动时，还没有现今各种文化资助的政策，出版这套丛书需要胆识和气魄。社领导参与了我们的数次编写会，他们的睿智敬业以及作为山东人的豪爽诚挚给我们的作者留下了深刻的印象。丛书编校任务繁琐而沉重，周红心、钱锋、于增强、孙金栋、王金洲、杜聪、刘丛、尹攀登、左娜诸位编辑同仁投入了巨大热情和精力，承担了部分卷次的编校工作，周红心协助我做了许多细致的工作，保证了丛书项目如期完成。

感谢书籍装帧设计师王承利老师，将他的书籍装帧理念倾注到这套丛书上。王老师精心打磨每一个细节，从封面到版式，从工艺到纸张，认真研究反复比较，最终将传统与现代、中国与世界、文学与学术和书籍之美完美地融合在一起。丛书设计独具匠心而又恰如其分。

《中外文学交流史》17 卷在历经艰辛与坎坷之后，终得圆满，为此钱老师、周老师付出了巨大的努力。钱老师作为项目的发起人、主持人，自然功德无量，仅他为此项目给各位老师作者发的电子邮件，连缀起来，就快成一本书了。2007 年在济南会议上，钱老师邀请周老师与他联袂主编，从此周老师分担了许多审稿、统稿的事务性工作。师兄葛桂录教授的贡献是独特而不可替代的，没有他的牵线，便没有我们与钱老师、周老师的合作，这套丛书便无缘发生。

大家都是有缘人，聚在一起做一件事，缘起而聚、缘尽而散，聚散之间，留下这套书，作为事业与友情的纪念，亦算作人生一大幸事。在中国比较文学学术史上，在中国出版史上，这套书可能无足轻重，但在我自己的职业生涯中，它至关重要。它寄托着我的职业理想，甚至让我怀念起 20 多年前我在山东大学的学业，那时候我对比较文学的憧憬仍是纯粹而美好的，甚至有些敬畏。能够从事自己志业的人是幸福的，我虽然没有从事比较文学研究，但有幸从事比较文学著作的出版，也算是自己的志业。此刻，我庆幸自己是个有福的人！

祝 丽

图书在版编目（CIP）数据

中外文学交流史．中国 - 俄苏卷 / 李明滨等著．-- 济南 ：山东教育出版社，2014（2026.1重印）
ISBN 978-7-5328-8500-8

Ⅰ．①中… Ⅱ．①李… Ⅲ．①文学—文化交流—文化史—中国、俄罗斯②文学—文化交流—文化史—中国、苏联 Ⅳ．①I109

中国版本图书馆 CIP 数据核字 (2014) 第 152857 号

中外文学交流史　　中国 - 俄苏卷
钱林森　周　宁　　主编
李明滨　查晓燕　　著

总 策 划：祝　丽
责任编辑：周红心
装帧设计：王承利

主　管：山东出版传媒股份有限公司
出版者：山东教育出版社
（济南市市中区二环南路2066号4区1号　　邮编：250003）
电　话：（0531）82092660　传真：（0531）82092601
网　址：http://www.sjs.com.cn
发行者：山东教育出版社
印　刷：山东华立印务有限公司
版　次：2015年1 2 月第 1 版
印　次：2026年 1 月第 2 次印刷
规　格：787mm×1092mm　16 开本
印　张：21.75 印张
字　数：396 千字
书　号：ISBN　978-7-5328-8500-8
定　价：189.00 元
（如印装质量有问题，请与印刷厂联系调换）　印厂电话：0531-76216033